더 리턴드

THE RETURNED
더 리턴드

진실 혹은 영혼의 귀환

제이슨 모트 지음
안종설 옮김

맥스media

나의 어머니와 아버지에게 이 책을 바칩니다.

작가의 말

어머니가 돌아가시고 12년이 지난 지금은, 어머니의 목소리가 거의 기억나지 않는다. 아버지가 돌아가시고 6년이 지난 지금, 내가 기억하는 아버지의 모습은 서서히 죽음을 향해 다가가던 마지막 몇 달 동안의 모습뿐이다. 이 기억들을 잊을 수 있었으면 좋겠다.

누군가를 잃었을 때, 특정한 일부만 남고 나머지는 완전히 사라진다. 그것이 기억의 원칙이다.

하지만 소설이라면 꼭 그럴 필요가 없다.

2010년 7월, 어머니 기일을 2주 남짓 앞둔 어느 날 꿈에서 어머니를 보았다. 꿈은 아주 단순했다. 일을 마치고 집으로 돌아오니 저녁 식탁에 어머니가 앉아 나를 기다리고 계셨다. 꿈속에서 어머니와 나는 줄곧 이야기를 나누었다. 나는 어머니가 돌아가신 뒤 어떻게 지냈는지, 대학원 생활은 어떤지를 이야기했다. 어머니는 나더러 왜 아직도 자리를 잡고 가정을 꾸리지 않느냐고 물으셨다. 어머니는 돌아가신 뒤에도 나를 장가보내지 못해 안달이셨다.

우리는 오로지 꿈속에서만 가능한 무언가를 함께 나누었다. 어머니와 아들 사이의 대화였다.

그 꿈은 몇 달 동안 내 뇌리를 떠나지 않았다. 어떤 날은 잠자리에 들면서 한 번 더 그 꿈을 꾸기를 간절히 바랐지만, 그 바람은 이루어지지 않았다. 그러던 어느 날, 친구와 점심을 먹다가 내 정서적 불안에 대한 이야기가 나왔다. 오랜 친구 사이에서 흔히 그렇듯, 대화는 엉뚱한 농담으로 흐르는 듯했지만 결국 본론으로 돌아왔다. 식사가 끝날 무렵, 잔잔한 대화가 오가던 중에 친구가 불쑥 물었다.

"만약에 딱 하룻밤만 어머니가 정말로 돌아오시는 상황을 상상해 보면 어떨까? 그런데 사실은 어머니만 돌아오신 게 아니라면? 다른 사람들한테도 똑같은 상황이 벌어진다면?"

이 책은 그렇게 태어났다.

이 책이 나에게 갖는 의미를 설명하기란 결코 쉬운 일이 아니다. 매일같이 원고를 붙잡고 씨름했고, 특정한 의문을 해결하기 위해 매달렸다. 일반적인 물리학의 의문, 지극히 사소한 디테일과 마지막 결론에 대한 의문들. 심지어는 가장 원초적인 문제, '귀환자는 어디에서 왔는가? 그들의 정체는 무엇인가? 그들이 실제로 존재하기는 하는가?'라는 의문까지 무던히도 나를 괴롭혔다. 물론 그중에는 쉽게 해결된 의문도 있지만 정말이지 미쳐 버릴 만큼 복잡 미묘한 것들도 많아서, 결국 이 작품을 거의 포기하기 직전 상태에까지 이른 적도 있었다.

하지만 끝내 전진을 계속할 수 있었던 것은 벨러미 요원이라는 인물 덕분이었다. 나는 그에게서 나 자신을 발견하기 시작했다. 그의 어머니가 돌아가신 이야기—중풍, 그리고 그에 이어지는 질환—는 곧 내 어머니가 돌아가신 이야기이기도 하다. 어머니에게서 거리를 두고자 하는 그의 만성적인 욕구는 어머니의 마지막 나날과 관련된 더욱 고통스러운 기억에서 달아나고자 하는 나 자신의 욕구이기도 하다. 궁극적으로, 그의 화해는 나의 화해가 되었다.

이 소설을 쓰는 작업은 나에게 단순히 한 권의 소설을 쓰는 작업이 아니었다. 그것은 하나의 기회였다. 다시 한 번 어머니와 마주 앉을 수 있는 기회. 현실에서 그랬듯이 무작정 숨기만 할 것이 아니라, 어머니의 미소를 보고, 어머니의 음성을 듣고, 어머니 생애의 마지막 나날을 함께할 기회.

그렇게 해서 나는 자신이 이 소설을 통해 무엇을 원하는지를 깨닫게 되었다. 이 소설을 읽는 이들이 2010년의 내가 꿈속에서 느꼈듯, 자기 자신의 이야기를 다시 한 번 발견할 수 있는 기회가 되었으면 좋겠다. 삶과 죽음의 무자비한 원칙들이 적용되지 않아 다시 한 번 사랑하는 사람들과 함께할 수 있는 장소가 되었으면 좋겠다. 부모가 다시 한 번 자식을 안을 수 있는 곳. 잃어버린 연인을 다시 한 번 만날 수 있는 곳. 한 아이가 어머니에게 마지막 작별을 고할 수 있는 곳.

한 친구는 이 소설이 시간을 초월한 느낌을 준다고 표현한 적이 있다. 맞는 말이라고 생각한다. 책을 읽는 이들이 이 세상으로 들어와 그 페이지 속에서 미처 하지 못한 이야기, 화해하지 못한 감정들을 발견할 수 있었으면 좋겠다. 그리하여 이제 그만 무거운 짐을 내려놓기를.

제이슨 모트

THE RETURNED

차례

작가의 말 ·····6

더 리턴드 ·····13

감사의 말 ·····447

이 책을 읽는 분들에게 ·····450

1

그날 해럴드가 현관을 열었을 때, 고급스러운 정장을 차려입은 검은 피부의 남자가 해럴드를 바라보며 웃고 있었다. 해럴드는 문득 엽총을 꺼내야 하는 것 아닌가 하는 생각이 들었지만, 순회 목사 사건과 사냥개 논쟁을 들고 나온 루실의 성화로 이미 오래전에 총을 처분해 버렸다는 사실을 뒤늦게 기억해냈다.

"무슨 일입니까?" 해럴드가 햇빛에 눈을 찡그리며 말했다. 강한 햇살에 남자의 검은 피부가 오히려 더욱 검게 보였다.

"하그레이브 씨 되십니까?" 남자가 물었다.

"그런데요." 해럴드가 대답했다.

"누구예요, 해럴드?" 루실의 목소리가 들려왔다. 루실은 지금 거실의 텔레비전 앞에서 흥분을 주체하지 못해 씩씩거리고 있었다. 뉴스 앵커가 최초의 귀환자인 에드먼드 블리스에 대해, 그의 삶이 다시 태어난 뒤 어떻게 달라졌는지에 대해 이야기하는 중이었다.

"과연 두 번째가 더 나을까요?" 앵커는 정면으로 카메라를 향해 그렇게 물었다. 그 질문의 답을 전적으로 시청자의 몫으로 남기겠다는 의도가 분명해 보였다.

마당의 참나무가 바람에 흔들리고 있었지만, 태양의 고도가 워낙 낮아 햇빛은 그 가지 아래 거의 수평으로 해럴드의 눈을 파고들었다. 해럴드는 한 손을 차양처럼 들어 눈 위에 그림자를 만들었지만, 마주 선 검은 피부의 남자와 소년은 마당 뒤편의 소나무, 그리고 그 너머 구름 한 점 없는 하늘을 배경으로 한 실루엣 정도로밖에 보이지 않았다. 남자는 비교적 마른 편이었지만, 잘 손질된 정장 속의 몸매가 제법 탄탄해 보였다. 자그마한 체구의 소년은 어림잡아 여덟 살이나 아홉 살쯤 되지 않았을까 싶었다.

해럴드가 몇 번 눈을 깜빡이자, 동공이 좀 더 빛에 적응했다.

"누구예요, 해럴드?" 첫 번째 질문에 대답이 없었다는 사실을 깨달은 루실이 두 번째로 같은 질문을 던졌다.

해럴드는 문간에 선 채 눈을 껌뻑거리며 물끄러미 소년을 내려다보았다. 점점 그의 관심이 남자에게서 소년에게로 옮겨가면서, 그의 뇌 한쪽 구석에 잠들어 있던 어느 신경세포가 화들짝 깨어나는 중이었다.

이윽고 신경세포가 완전히 되살아나듯, 해럴드는 검은 피부의 남자 옆에 서 있는 소년이 누구인지를 알아차렸다. 그러나 해럴드는 자신의 뇌가 전하는 정보를 믿지 않았다. 마음속으로 아무리 계산을 해봐도 결과는 똑같았다.

거실의 텔레비전은 이제 허공을 내지르는 주먹과 고함을 질러대는 군중의 입을 클로즈업하고 있었다. 영상은 이내 피켓을 든 채 함성을 지르는 사람들, 그리고 남다른 권위와 실탄으로 무장한 사람들만 누릴 수 있는 위엄을 발산하며 동상처럼 버티고 선 군인들에게로 옮겨갔다. 그 한복판에 있는 조그만 연립 주택이 바로 에드먼드 블리스스의 집이었는데, 모든 창문에 커튼이 드리워져 있었다. 분명한 것은 그가 이 집안에 있다는 사실뿐이었다.

루실은 고개를 가로저으며 "상상이 가냐고요?" 하고 중얼거리더니, 이내 다시 생각이 난 듯 소리쳤다.

"문 앞에 누가 온 거예요, 해럴드?"

해럴드는 여전히 소년을 유심히 살피며 문 앞에 서 있었다. 키가 자그마하고, 하얀 얼굴에는 주근깨가 가득하며, 덥수룩한 갈색 머리가 아무렇게나 자란 아이였다. 구식 티셔츠와 청바지를 입었고, 눈에는 안도감이 가득했다. 죽은 생선처럼 흐리멍덩한 눈이 아니라, 생동감이 넘치고 물기가 그렁그렁 고인 눈이었다.

"다리가 네 개고 '움머어어어' 하고 우는 게 뭐게요?"

소년이 흔들리는 목소리로 물었다.

해럴드는 헛기침을 했다. 아직도 확신이 서지 않았다.

"글쎄." 해럴드가 대답했다.

"감기 걸린 소!"

소년은 노인의 허리를 와락 끌어안은 채 흐느껴 울며 소리쳤다. "아빠! 아빠!" 해럴드는 하마터면 균형을 잃고 쓰러질 뻔했지만 가까스로 문틀에 몸을 의지한 채 아이의 머리를 어루만졌다. 오랫동안 잠들어 있던 부성이 깨어나는 순간이었다.

"쉿." 그가 속삭였다. "울지 마라."

"해럴드?" 그제야 현관에서 뭔가 믿을 수 없는 일이 벌어졌음을 깨달은 루실이 텔레비전에서 눈을 떼고 그의 이름을 불렀다.

"해럴드, 무슨 일이에요? 누가 왔는데 그래요?"

해럴드는 입술이 바싹 타들어가는 느낌이었다. "그게… 그게…"

해럴드는 '조셉이야'라고 대답하고 싶었다.

"제이콥이야." 이윽고 그가 대답했다.

루실이 정신을 잃고 쓰러질 때, 마침 그 뒤에 소파가 받치고 있었던 것은 천만다행이었다.

제이콥 윌리엄 하그레이브는 1966년 8월 15일에 죽었다. 그것도 하필이면 자신의 여덟 번째 생일날. 그 뒤로 마을 사람들은 밤에 잠이 오지 않아 뒤척일 때마다 이따금 그의 죽음을 입에 담곤 했다. 배우자에게 돌아누워 숨죽인 목소리로 이 불확실한 세상을 살아가려면 아주 특별한 은총이 필요할 수밖에 없다고 소곤거렸다. 때로는 부부가 함께 침대에서 일어나 자녀가 잠든 침실을 들여다보며, 한 아이의 목숨을 그토록 빨리 가져간 신의 의도를 말없이 묵상하기도 했다. 특히나 지리적 배경이 미국 남부의 조그만 마을이었으므로, 그 같은 사건은 필연적으로 사람들이 하나님을 더 의지하게 되는 계기가 되었다.

제이콥이 죽은 뒤, 그의 어머니 루실은 바로 그 전날 밤에 일어난 일로 미루어 그날 뭔가 끔찍한 사건이 일어날 줄 알았다는 말을 종종 입에 담았다.

그날 밤 루실은 이가 빠지는 꿈을 꿨다. 아주 오래전, 자신의 어머니에게서 이가 빠지는 꿈은 죽음을 알리는 징조라는 이야기를 들은 적이 있었다.

제이콥의 생일파티 때, 루실은 시종일관 자신의 아들, 다른 아이들뿐만 아니라 그 자리에 참석한 모든 사람들에게 각별히 신경을 썼다. 조바심 난 제비처럼 사람들 사이를 돌아다니며 혹시 불편한 것은 없는지, 먹을 것이 부족하지는 않은지를 일일이 챙겼다. 또한 지난번에 만났을 때보다 어쩌면 이렇게 날씬해졌는지, 아이들이 어쩌면 이렇게 많이 컸는지, 심지어는 날씨가 왜 이렇게 좋은지 모르겠다는 말을 입에 달고 다녔다. 아닌 게 아니라 햇살이 더할 나위 없이 화창했고, 그래서 그런지 그날따라 만물은 더욱 푸르렀다. 어쩌면 루실은 꿈자리가 사나웠던 탓에 더욱 손님들에게 신경을 썼는지도 모른다. 아이들을 일일이 쫓아다니며 밥을 챙겨 먹였고, 손님들 사이에 유쾌한 화젯거리가 떨어지지 않도록 남다른 재치를 발휘했다. 저녁이 되어 한층 분위기가 무르익자, 메리 그린을 설득해 결국 멋들어진 노래까지 한 곡조 뽑아내도록 만든 것도 그녀였다. 메리는 비단결처럼 아름답고 감미로운 목소리의 소유자였다. 제이콥은 그런 그녀를 유난히 좋아해서 그녀의 남편 프레드에게 종종 놀림을 받았다. 만약 제이콥이 여자에게 반할 줄 알 나이였다면 제법 볼만한 일이 벌어졌을지도 모른다. 어쨌거나 그날은 모든 면에서 멋진 하루였다. 제이콥이 사라지기 전까지는.

제이콥은 아이들이, 혹은 사소한 수수께끼들이 그렇듯이, 누구의 눈에도 뜨이지 않고 혼자 집을 빠져나갔다. 나중에 해럴드와 루실이 경찰에 진술한 바로는 그때 시간이 3시에서 3시 반 사이였다고 한다. 제이콥은 본인과 대지 이외에는 아무도 알지 못할 그 어떤 이유로 마당 남쪽의 솔밭을 지나고 숲을 가로질러 강가까지 내려간 뒤, 그 누구의 허락이나 사과도 없이 익사하고 만 것이었다.

해럴드와 루실은 사무국에서 나온 사람이 찾아오기 바로 며칠 전, 만약 제이콥이 살아 돌아온다면 어떨까 하는 이야기를 나눈 적이 있었다.

"그들은 사람이 아니에요." 루실은 손목을 비비 꼬며 단호하게 말했다. 그들 부부가 뒷베란다에서 나눈 대화의 일부였다. 중요한 사건은 모두 뒷베란다에서 일어났다.

"그렇다고 그냥 모르는 척할 수는 없잖아." 해럴드는 아내에게 그렇게 말하며 발을 쾅 굴렀다. 대화는 금세 거친 논쟁으로 이어졌다.

"그들은 사람이 아니라니까요." 루실이 같은 소리를 되풀이했다.

"음, 사람이 아니면 뭐야? 식물인가? 아니면 광물?"

해럴드의 입술이 실룩거렸다. 담배를 갈망하는 것이 분명했다. 아내와 분란이 생길 때마다 담배를 한 대 피우며 기선을 제압하는데 성공하곤 했던 해럴드였다. 루실이 그의 흡연 습관을 물고 늘어진 진짜 이유도 어쩌면 그것 때문이 아닐까 싶었다.

"나한테 함부로 대들지 말아요, 해럴드 너새니얼 하그레이브. 이건 심각한 얘기예요."

"함부로 대들지 말라고?"

"그래요! 당신이 얼마나 나한테 함부로 하는지 알아요? 옛날부터 그랬다고요!"

"이거야 원. 어제는 뭐, '수다스럽다'고 하더니 오늘은 '함부로 대든다'고?"

"그러니 좀 더 나아지려고 하는 나의 노력을 비웃지 말란 말이에요. 내 마음은 예나 지금이나 예민해요. 어쩌면 젊었을 때보다 더 예민해졌을지도 모르고. 한 가지 더, 당신 앞으로는 괜히 말 돌리려고 애쓰지 말아요."

"함부로 대든다!" 해럴드는 생각할수록 어이가 없는지 다시 한 번 그 말을 뇌까리다가 혀에 너무 힘을 준 듯 침이 한 방울 튀어 베란다 난간에 떨어졌다. "내 참."

루실은 그쯤에서 본론으로 돌아왔다. "그 사람들 정체를 알 수가 없어요." 그녀가 말했다.

루실은 갑자기 벌떡 일어섰다가 도로 의자에 앉았다. "내가 아는 건 그들이 당신이나 나 같은 정상인이 아니라는 점뿐이에요. 그들은… 그들은…" 루실은 말을 멈췄다. 그다음에 이어질 단어 하나를 입 속에서 이리저리 굴리며 신중하게 준비하는 기색이었다.

"그들은 악마예요." 마침내 그녀가 그 말을 뱉어냈다. 그러고는 마치 그 말이 방향을 바꾸어 자신을 역습하기라도 한 듯 몸을 움츠렸다. "그들은 우리를 죽이려고 온 거예요. 아니면 우리를 유혹하거나! 정말 말세라니까요. '죽은 자들이 땅 위를 걸으리라.' 성경에도 나오잖아요!"

해럴드는 아직도 '함부로 대든다'의 충격에서 벗어나지 못한 표정으로 코웃음을 쳤다. 그의 손이 주머니 속으로 들어갔다. "악마?" 손이 주머니 속에서 라이터를 더듬어 찾는 동안, 그의 머릿속에는 여러 가지 생각이 꼬리를 물었다.

“악마는 미신이야. 소심한 겁쟁이들의 상상력이 만들어낸 허상이라고. 사전에서 영원히 추방해 버려야 할 단어가 있다면, 그게 바로 ‘악마’야. 하! 단어들 중에서는 그런 게 바로 함부로 대드는 녀석이거든. 현실하고는 아무런 상관도 없고, 귀환자하고도 더더욱 거리가 멀다 이 말이야. 그러니 착각하지 마, 루실 애비게일 대니얼스 하그레이브. 그들은 사람이야. 당신에게 걸어와서 키스를 할 수도 있잖아. 나는 지금까지 그런 행동을 할 줄 아는 악마는 한 번도 만나본 적이 없어. 참, 우리가 결혼하기 전의 토요일 밤, 툴사에 어떤 금발 소녀가 한 명 있었는데, 어쩌면 그 소녀가 지금쯤 악마로 변했을지도 모르겠군.”

“닥쳐요!” 루실이 그렇게 쏘아붙이더니, 목소리가 생각보다 크게 나온 듯 스스로도 깜짝 놀라는 표정이었다. “그런 식으로 말하지 말라고 했잖아요.”

“어떤 식?”

“우리 아들은 아닐 거예요.” 사태의 심각성, 말하자면 잃어버린 아들에 대한 기억이 되살아나자, 그녀의 말투가 한결 느려졌다. “제이콥은 하나님 품으로 돌아갔으니까.” 그녀가 말했다. 그녀의 두 손은 어느새 하얗게 뼈마디를 드러낸 가녀린 주먹이 되어 무릎 위에 놓여 있었다.

침묵이 밀려왔다.

하지만 침묵은 오래가지 않았다.

“어디에 나온다는 거야?” 해럴드가 물었다.

"뭐가요?"

"성경 어디에 나오냐고?"

"뭐가 말이에요?"

"'죽은 자들이 땅 위를 걷는다'는 구절 말야."

"계시록이지 어디예요!" 루실은 세상에 그렇게 멍청한 질문이 어디 있냐는 듯, 소나무의 비행 궤적이 어떻게 되느냐는 질문이라도 받은 듯이 두 팔을 활짝 펼치며 쏘아붙였다. "계시록에 버젓이 나온다고요! '죽은 자들이 땅 위를 걸으리라!'" 루실은 자신의 손이 아직 주먹을 풀지 않은 게 다행스러웠다. 가끔 사람들이 영화에서 하듯, 그 주먹을 허공에 대고 흔들 수 있었으니까.

해럴드는 웃음을 터뜨렸다. "계시록 어디? 몇 장 몇 절?"

"닥쳐요." 루실이 말했다. "나온다는 게 중요하지 몇 장 몇 절이 뭐 중요해요!"

"그렇겠지요, 부인." 해럴드가 말했다. "함부로 대들어서 죄송하네요."

하지만 악마—그들의 특정한 악마—가 눈물이 글썽이는 갈색 눈동자에 그토록 오랜 세월 동안 부모와 헤어져 낯선 사람들과 함께 지내온 아이 특유의 안도감을 가득 담은 채 여전히 작고 불가사의한 모습으로 그들의 현관 앞에 나타났을 때, 잠깐 정신을 잃었다가 다시 살아난 루실의 단단히 닫혔던 마음은 사무국에서 나온 잘 차려입은 남자 앞에서 봄눈처럼 녹아내렸다. 사무국 요원의 대처 역시 흠잡을 데가 없었다. 최근 몇 주 사이에 똑같은 상황을 최소한 몇 차례 이상 목격한 듯, 그의 얼굴에는 잘 훈련된 미소가 떠나지 않았다.

"귀환자를 위한 후원 모임이 있어요." 사무국 요원이 말했다. "귀환자의 가족을 위한 후원 모임도 있고요." 다시 그렇게 말하며 환하게 미소 지었다.

"중국 베이징 근처의 조그만 마을에서 발견되었어요." 사무국 요원이 말을 이었다. 그가 분명히 자기 이름을 밝혔음에도 불구하고, 그러잖아도 요즘 들어 사람들의 이름을 기억하는 데 커다란 어려움을 겪고 있던 해럴드와 루실은 죽었던 아들과의 재회 역시 그들의 기억력을 되살리는 데 큰 도움이 되지 않은 탓에 그를 그저 사무국 요원이라고 기억할 수밖에 없었다.

"물고기를 잡는지 뭘 하는지, 강가에 무릎을 꿇고 엎드려 있었다더군요. 그 동네 사람들은 영어를 못해서 중국어로 이름이 뭔지, 어떻게 여기까지 왔는지, 어디서 왔는지 등등 길 잃은 아이와 마주쳤을 때 제일 먼저 묻는 질문들을 던졌습니다. 언어의 장벽이 문제가 된다는 사실이 드러나자, 몇몇 여인들이 아이를 진정시켰어요. 아이가 갑자기 울음을 터뜨렸는데, 왜 안 그랬겠어요?"

그러면서 그는 또 미소를 지었다. "아무튼 거기는 캔자스가 아니었거든요. 마을 사람들은 아이를 진정시킨 다음에 영어를 할 줄 아는 공무원을 찾아갔는데…" 그는 나머지 이야기는 별로 중요하지 않다는 듯이 검정색 정장 속의 어깨를 한 번 들었다 놓으며 덧붙였다. "늘 이런 식이지요."

그는 말을 멈추고 그리 가식적으로만 보이지는 않는 미소를 머금은 채 갑자기 멀쩡하게 살아서 자신의 눈앞에 나타난 아들을 끌어안고 어쩔 줄 모르는 루실을 지긋이 바라보았다. 루실은 아이를 꼭 끌어안고 정수리에 입을 맞추더니, 두 손으로 아이의 얼굴을 받쳐 들고 웃음과 눈물이 뒤섞인 키스 세례를 퍼부었다.

제이콥도 친절한 웃음으로 화답했다. 그 나이 또래의 아이들은 흔히 엄마가 뽀뽀를 하면 기겁을 해서 얼굴을 닦아내기 일쑤지만, 제이콥은 그러지 않았다.

"누구에게나 참 낯선 경험이지요." 사무국 요원이 말했다.

가무이 야마모토

그가 편의점으로 들어서자, 문에 달린 놋쇠 종이 가볍게 딸랑거렸다. 바깥에서는 누군가가 막 주유기 앞을 빠져나가는 중이었고, 그를 본 사람은 아무도 없었다. 계산대 뒤에서 이야기를 나누던 키가 크고 호리호리한 몸매의 남자와 오동통하고 얼굴이 불그스레한 남자가 대화를 멈추고 그를 바라보았다. 들리는 소리라고는 나지막이 돌아가는 냉장고 소리뿐이었다. 가무이가 깊숙이 고개를 숙여 보이는 동안, 그의 등 뒤로 문이 닫히면서 종이 또 한 번 딸랑거렸다.

계산대 뒤의 두 남자는 그래도 입을 열지 않았다.

가무이는 미소를 지으며 두 번째로 고개를 숙였다. "용서하십시오." 그가 그렇게 말하자, 계산대 뒤의 두 남자는 기겁을 했다. "항복합니다." 가무이는 두 손을 허공으로 치켜들었다.

얼굴이 불그스레한 남자가 뭐라고 입을 열었지만, 가무이는 그 말을 알아듣지 못했다. 계산대 뒤의 두 남자는 가무이 쪽을 힐끔거리며 한참 동안이나 자기네끼리 뭐라고 이야기를 나누었다. 이어서 불그스레한 얼굴의 남자가 출입문을 가리켰다. 가무이는 뒤를 돌아보았지만, 텅 빈 거리와 막 지평선 위로 고개를 내미는 태양 말고는 아무것도 보이지 않았다. "항복합니다." 가무이가 같은 말을 한 번 더 되풀이했다.

그는 다른 사람들과 마찬가지로 몇 시간 전에 발견한 숲 가장자리의 어느 나무 옆에다 자신의 권총을 묻어두었다. 군복 상의와 모자도 벗어서 총과 함께 놔둔 터라, 지금 그는 꼭두새벽부터 러닝셔츠와 바지, 그리고 반짝거리는 군화 차림으로 조그만 주유소에 서 있는 참이었다. 모든 것이 미국인들의 손에 살해되지 않기 위한 조치였다. "야마모토입니다." 그는 그렇게 말한 뒤, 다시 덧붙였다.

"항복합니다."

불그스레한 얼굴의 남자가 이번에는 좀 더 큰소리로 뭐라고 말했다. 이어서 두 번째 남자가 합세해서는 둘이 동시에 버럭버럭 소리를 지르며 출입문 쪽을 가리켰다. "항복합니다." 그들의 목소리가 높아지자 겁을 먹은 가무이는 또 한 번 중얼거렸다. 호리호리한 남자가 계산대에 놓여 있던 음료수 깡통을 냅다 그에게 집어던졌다. 깡통이 빗나가자, 그는 다시 소리를 지르며 출입문을 가리키더니, 뭐 또 던질 게 없나 하고 주위를 두리번거렸다.

"고맙습니다." 가무이는 간신히 그렇게 말했지만 아무래도 자신이 하고 싶었던 말은 그게 아닌 듯했다. 그가 아는 영어 단어는 불과 몇 개 되지 않았다. 그는 문을 향해 뒷걸음질쳤다. 불그스레한 얼굴의 남자가 계산대 밑에서 깡통을 하나 찾아냈다. 그는 기합까지 넣어가며 그 깡통을 힘껏 집어던졌다. 깡통은 가무이의 왼쪽 관자놀이 바로 위를 때렸다. 그의 몸이 휘청거리며 문에 부딪혔다. 놋쇠 종이 딸랑거렸다.

얼굴이 불그스레한 남자가 또다시 깡통을 집어던지고 호리호리한 몸매의 남자도 던질 것을 찾아 두리번거리는 동안, 가무이는 자신에게 무기가 없고 저항할 의사도 없음을 보여주기 위해 두 손을 치켜들고 주유소를 빠져나왔다. 자신의 심장 뛰는 소리가 귓전에 왕왕거렸다.

그 사이, 바깥에는 해가 덩실 떠올라 도시를 부드러운 오렌지 빛으로 물들였다. 평화로운 광경이었다.

가무이는 얼굴에서 피를 뚝뚝 떨어뜨리며 두 손을 치켜든 채 거리를 걸었다. "항복합니다!" 그가 외치는 소리가 마을의 새벽잠을 깨웠다. 가무이는 사람들이 자신을 살려주기만을 바랄 뿐이었다.

2

제아무리 죽음으로부터 되돌아온 사람들이라고 해도 서류 작업을 피할 수는 없었다. 국제 귀환자 사무국에는 엄청난 기금이 쇄도해 먼저 들어온 돈을 미처 쓸 시간이 없을 지경이었다. 지구상의 모든 나라들은 사무국을 후원하기 위해 최대한 예산을 쥐어짰고, 그럴 형편이 되지 않는 나라들은 부채까지 마다하지 않았다. 현재의 사태에 대처할 수 있는 조직은 지구상에 이 사무국이 유일한 탓이었다.

문제는 사무국 내부 사람들조차 외부 사람들보다 그다지 많은 것을 알고 있지는 않았다는 점이다. 그들이 하는 일은 사람들의 숫자를 세고, 그들에게 고향으로 가는 길을 알려주는 것이 전부였다. 그 이상 할 수 있는 일이 없었다.

약 30분이 지나 해럴드 부부의 조그만 집 현관 앞에서 벌어진 소동이 어느 정도 가라앉고 감격적인 포옹의 순간이 지나가자, 제이콥은 주방 식탁으로 자리를 옮겨 그동안 못 먹은 음식을 입 속에 쑤셔 넣기 시작했다. 사무국 요원은 집 주인 부부와 함께 거실에 앉아 갈색 가죽으로 된 가방에서 서류를 꺼내 뒤적였다.

"귀환자가 원래 사망한 때가 언젭니까?" 사무국 요원이 물었다. 조금 전 그는 자신의 이름을 마틴 벨러미 요원이라고 다시 한 번 밝힌 참이었다.

"그 이야기를 꼭 해야 하나요?" 루실이 되물었다. 그녀가 숨을 크게 몰아쉬며 허리를 꼿꼿이 세우고, 돌아온 아들을 끌어안고 감격적인 순간을 누리느라 헝클어진 긴 백발을 가지런히 쓸어 넘기자 갑자기 전혀 다른 사람이 되어 버린 듯한 분위기였다.

"무슨 이야기?" 해럴드가 쏘아붙였다.

"'사망'이라는 표현 때문에 그러시는 겁니다."

벨러미 요원이 대신 설명했다.

루실도 고개를 끄덕였다.

"그게 어때서?" 해럴드가 다시 물었다. 자기가 생각해도 목소리가 의도했던 것보다 좀 더 크게 나온 모양이었다. 제이콥이 앉아 있는 곳에서 그들의 목소리가 들리는지 어떤지는 확실하지 않았지만, 서로의 모습이 훤히 보이기는 했다.

"쉿!"

"저 아이는 죽었어." 해럴드가 말했다. "아닌 척해 봐야 소용없다고." 본인은 의식하지 못했지만 그의 목소리는 아까보다 훨씬 낮아졌다.

"마틴 벨러미 요원은 내 말뜻을 알아요." 루실이 대답했다. 그녀는 무릎 위에 올려놓은 손을 잠시도 가만두지 못하며 이따금 제이콥을 마치 바람 앞의 촛불이라도 되는 듯이 불안한 눈빛으로 바라보았다.

벨러미 요원은 미소를 지었다. "괜찮습니다." 그가 말했다. "사실은 아주 보편적인 반응이에요. 좀 더 신중하지 못한 제 불찰입니다. 자, 그럼 처음부터 다시 시작합시다. 괜찮으시죠?" 그는 질문지를 들여다보며 다시 물었다. "귀환자가 원래—"

"어디 출신입니까?"

"예?"

"어디 출신이냐고?" 해럴드는 창가에 서서 파란 하늘을 내다보고 있었다.

"억양이 뉴욕 출신 같아서 말이에요." 해럴드가 말했다.

"좋은 겁니까, 나쁜 겁니까?" 벨러미 요원은 국제 귀환자 사무국의 노스캐롤라이나 남부 지역 담당자로 발령 난 뒤 그런 소리를 열두 번도 더 들었다는 소리는 쏙 뺀 채 되물었다.

"나쁜 정도가 아니지." 해럴드가 말했다. "하지만 난 이해심이 아주 많은 사람이라서 말이오."

"제이콥." 루실이 그들의 수작에 끼어들었다. "저 아이를 제이콥이라고 불러주세요. 그게 이름이니까."

"알겠습니다, 부인." 벨러미 요원이 말했다. "죄송합니다. 이제 저도 그 정도는 알 때가 된 것 같은데 말입니다."

"고마워요, 마틴 벨러미." 루실이 말했다. 어느새 그녀의 무릎 위에 놓인 두 손이 주먹을 불끈 움켜쥐고 있었다. 그녀는 숨을 크게 내쉬며 정신을 집중하고서야 겨우 주먹을 풀었다. "고마워요, 마틴 벨러미." 그녀가 같은 소리를 한 번 더 되풀이했다.

"제이콥이 떠난 게 언제입니까?" 벨러미 요원이 부드러운 목소리로 물었다.

"1966년 8월 15일." 해럴드가 대답했다. 그 사이에 문 앞으로 자리를 옮긴 그는 여전히 불안한 표정을 감추지 못했다. 그의 혀가 입술을 한 번 핥았다. 두 손이 차례로 낡은 바지의 주머니로 들어가더니, 위로 올라와 입술을 건드렸다. 그의 손은 어디서도 평화를—혹은 담배를—찾지 못했다.

벨러미 요원은 메모를 했다.

"그날 무슨 일이 벌어진 거지요?"

그날 소년을 찾던 수색대 사람들에게 '제이콥'이라는 단어는 일종의 주문과도 같았다. 일정한 간격을 두고 "제이콥! 제이콥 하그레이브!"라는 고함소리가 울려 퍼졌다. 잠시 후 또 다른 목소리가 같은 이름을 외쳤고, 다시 조금 후에는 다음 사람이 차례를 이어받았다.

"제이콥! 제이콥!"

처음에는 그들의 목소리가 서로 뒤엉켜 공포와 절망이 뒤섞인 불협화음을 이루었다. 하지만 소년이 얼른 발견되지 않자 수색대는 목청을 아끼기 위해 서로 번갈아가며 소년의 이름을 외쳤다. 그 사이에 황금빛으로 변한 태양은 서서히 키 큰 나무 뒤로, 이어서 키 작은 덤불 너머로 자취를 감추었다.

다들 근심에 사로잡혀 빽빽한 가시나무 사이를 비틀거리며 헤집고 다니느라 녹초가 되었다. 그때 해럴드와 함께 있던 사람들 중 하나가 프레드 그린이었다. "곧 찾을 거야." 프레드는 몇 번이나 되풀이해서 그렇게 말했다. "자네도 내가 선물한 장난감 총의 포장을 풀던 녀석의 표정을 봤지? 정말이지 그토록 흥분한 표정은 처음이었어." 프레드는 연신 가쁜 숨을 몰아쉬었고, 지친 다리가 불에 덴 듯 화끈거렸다. "금방 찾을 수 있을 거야." 그가 고개를 끄덕이며 덧붙였다.

"금방 찾을 거라고."

그러는 사이에 어느새 한밤중이 되었고, 덤불과 소나무 무성한 아카디아의 수풀에는 손전등 불빛이 점점이 반짝거리기 시작했다.

강이 가까워오자 해럴드는 집에서 루실에게 "틀림없이 돌아올 거야, 엄마가 보고 싶어서라도"라고 말한 게 무척 다행스럽게 느껴졌다. 어떻게 아느냐고 물으면 할 말은 없지만, 그는 소년을 강에서 찾게 될 거라는 사실을 알고 있었다.

해럴드는 무릎까지 올라오는 얕은 강 속을 조심스럽게 한 걸음씩 나아가며 소년의 이름을 불렀다. 혹시 어디 가까운 곳에서 대답을 하지 않을까 해서 한 걸음 떼고 멈춰서 귀를 기울이고, 또 한 걸음 떼고 귀를 기울이는 과정을 되풀이했다.

이윽고 그가 소년을 찾았을 때, 소년은 달빛이 어려 은색으로 반짝거리는 강물과 똑같은 색깔로 환하게 빛나고 있었다.

"하나님 맙소사." 해럴드의 입에서 탄식이 터졌다. 그 이후 지금까지 한 번도 그는 그 단어를 입에 담지 않았다.

이야기를 풀어놓던 해럴드는 문득 자신의 목소리에 그 오랜 세월이 묻어나는 느낌이 들었다. 그의 목소리는 거친 세파에 시달린 노인의 목소리와 별반 다르지 않았다. 말을 하는 동안 그는 자꾸만 주름지고 두툼한 손바닥으로 겨우 두피에 매달려 있는 몇 올 안 되는 흰머리를 쓸어 올리곤 했다. 손등에는 검은 점이 가득했고, 손가락 마디는 가끔씩 그를 괴롭히는 관절염 때문에 퉁퉁 부어 있었다. 또래의 다른 사람들에 비하면 통증이 그렇게까지 심하지는 않지만, 그것만으로도 더 이상 자신의 것이 아닌 젊음의 풍요를 상기하기에 부족함이 없었다. 말을 하는 동안에도 간헐적으로 허리에 뜨끔한 통증이 밀려왔다 사라지곤 했다.

거의 다 빠져 버린 머리칼. 검버섯이 뒤덮인 피부. 크고 둥그런 두상. 쭈글쭈글하고 옆으로 퍼진 귀. 루실이 아무리 신경 써서 골라 주어도 한없이 후줄근해 보이기만 하는 옷차림. 이제는 그가 노인이라는 데 한 치의 의문도 없었다.

제이콥이—여전히 어리고 활기찬 모습으로—돌아오자 해럴드 하그레이브는 왠지 자신의 나이를 더욱 실감하게 되었다.

남편만큼이나 나이가 지긋한 루실은 이야기를 이어가는 남편을 애써 외면한 채 마치 아무 일도 없었다는 듯이, 앞으로도 아무 일 없을 거라는 듯이 1966년 그때와 마찬가지로 주방 식탁에 앉아 태평스럽게 피칸 파이를 먹고 있는 여덟 살짜리 아들을 물끄러미 쳐다볼 뿐이었다. 이따금 얼굴로 흘러내린 백발을 쓸어 올리다가 반점투성이인 자신의 가녀린 손이 눈에 들어오기도 하겠지만, 그런 것쯤은 아무 관심도 없는 눈치였다.

해럴드와 루실, 두 사람은 가녀린 한 쌍의 새와도 같았다. 최근 들어서는 루실의 체격이 해럴드보다 더 커졌다. 아니, 그보다는 해럴드가 루실보다 빠르게 오그라들었다고 하는 쪽이 더 정확한 표현일 것이다. 그래서 요즘 두 사람이 말다툼이라도 할 때면 해럴드가 루실을 올려다보아야 했다. 게다가 루실은 해럴드보다 '낭비'도 적었다. 그녀가 틈만 나면 남편의 흡연을 두고 잔소리를 해온 것도 그 때문이었다. 루실은 여전히 옷맵시가 떨어지지 않았다. 그녀의 가늘고 긴 팔이 여전히 민첩하고 단단한 반면, 헐렁한 셔츠 소매 속에 가려진 해럴드의 팔은 예전에 비해 훨씬 약해 보였다. 루실은 남편의 그런 모습을 확인할 때마다 은근히 신경이 쓰였다.

루실은 거기에 대해 조금은 엉뚱한 자부심을 가지고 있었고, 그런 자신에게 큰 죄책감은 느끼지 않았다. 비록 때로는 그래도 괜찮은지 모르겠다는 생각이 들기는 했지만.

벨러미 요원은 손에 쥐가 날 때까지 열심히 뭔가를 적었다. 이 인터뷰를 녹음해둘까 하는 생각을 한 적도 있었지만, 그래도 손으로 직접 쓰는 게 더 낫다는 생각에는 변함이 없었다. 공무원이랍시고 만났는데 메모를 하나도 하지 않으면 괜히 기분 나빠 하는 사람들도 있었다. 벨러미 요원에게는 무척이나 다행스러운 일이었다. 그의 뇌는 귀로 입력되는 정보보다는 눈으로 입력되는 정보를 선호하는 유형이었다. 만약 지금 현장에서 일일이 메모를 해두지 않으면 나중에 빈 칸을 채우느라 고생깨나 해야 할 것이다.

벨러미 요원은 1966년의 그날 시작된 생일파티부터 메모를 시작했다. 그렇게 해서 죄의식에 사로잡혀 눈물을 흘리던 루실의 회고가 기록으로 남았다. 살아 있는 제이콥을 마지막으로 본 사람이 바로 그녀였다. 다른 아이를 뒤쫓아 번개처럼 모퉁이를 돌아 뛰어가던 제이콥의 하얀 팔을 얼핏 본 것이 그녀의 기억에 남은 제이콥의 마지막 모습이었다. 벨러미 요원은 장례식 때 교회가 터져 나가는 것 같았다고 적었다.

하지만 그들과의 인터뷰 중에는 벨러미 요원이 서류에 적지 않은 부분도 있었다. 그런 내용은 관료주의의 냄새가 물씬 풍기는 서류에 기록하기보다, 그저 자신의 기억에 담아두는 것이 더 적절해 보였기 때문이다.

해럴드와 루실은 아들의 죽음을 견뎌내긴 했지만, 물론 결코 쉬운 일은 아니었다. 이후 50여 년의 세월은 아주 특별한 종류의 외로움, 시도 때도 없이 불쑥불쑥 고개를 치켜드는 낯선 외로움으로 점철되었고, 일요일 저녁 식탁과는 별로 어울리지 않는 대화가 오가는 일도 잦아졌다. 그들은 그 외로움의 정체를 굳이 정의하려 하지 않았고, 이에 대한 이야기도 거의 나누지 않았다. 어느 날 갑자기 거실 한복판에 턱하니 자리를 잡고 우주의 진정한 작동 원리에 대한 가장 불길하고 오지랖 넓은 고민을 확인해주는 입자 가속기—규모는 작지만 복잡하고 신비롭기는 진짜 가속기와 다를 바 없는—라도 되는 듯이, 그저 묵묵히 이를 악물고 그 외로움을 견뎌낼 뿐이었다.

어떤 면에서 거기에는 제 나름의 진리가 담겨 있었다.

오랜 세월에 걸쳐 그들은 외로움으로부터 달아나는 데 익숙해졌을 뿐 아니라 거기에 대처하는 솜씨도 노련해졌다. 일종의 게임과도 같았다고나 할까. 이를테면 이런 식이었다. 멋진 건물이 보이면 너무 오랫동안 쳐다보지 마라. 자칫하면 언젠가 아이가 크면 건축가가 될 거라고 말했던 기억이 되살아날지도 모르니까. 조금이라도 제이콥과 닮은 구석이 있는 아이의 얼굴은 철저하게 외면하라.

해마다 제이콥의 생일이 다가오면 그들은 울적한 마음으로 하루를 보냈고, 대화를 나누는 데 어려움을 겪었다. 루실은 별다른 이유 없이 울음을 터뜨리기도 했고, 해럴드는 하루 전보다 약간 더 많은 양의 담배를 피웠다.

하지만 처음에만 그랬을 뿐이었다. 말하자면 그런 것은 슬픔으로 가득했던 초창기의 일이었던 것이다.

그들은 점점 늙어갔다.

문은 닫혔다.

제이콥이 느닷없이—여전히 웃는 얼굴로, 그동안 전혀 나이를 먹지 않아 여덟 살 때의 그 귀한 아들의 모습 그대로—그들의 현관 앞에 다시 나타났을 때, 해럴드와 루실은 이미 그의 죽음이라는 비극으로부터 아주 멀리까지 나아온 다음이었고, 그 거리가 너무 멀어서 해럴드는 그 아이의 이름을 잊어버렸을 정도였다.

해럴드와 루실이 말을 마치자, 침묵이 이어졌다. 그러나 침묵은 그 진지함에도 불구하고 그리 오래가지 않았다. 제이콥이 앉아 있는 주방 식탁에서 그가 포크로 접시를 긁는 소리와 함께 레모네이드를 마시는 소리, 이어서 만족스럽게 트림을 하는 소리가 연달아 들려온 탓이었다. "죄송해요." 아이는 부모를 향해 소리쳤다.

루실은 미소를 지었다.

"이런 질문을 드려서 죄송합니다." 벨러미 요원이 입을 열었다.

"절대로 두 분을 비난하려고 이런 말을 하는 건 아닙니다. 그저 이… 미묘한 상황을 좀 더 잘 이해하기 위해 꼭 필요한 질문이기 때문에 여쭤보는 것뿐이에요."

"드디어 본론이 나오겠군." 해럴드가 말했다. 있지도 않은 담배를 찾아 헤매던 그의 손이 드디어 주머니 속에 얌전히 자리를 잡았다. 루실은 어쩔 수 없다는 듯 손을 내저어 보였다.

"이전에 두 분과 제이콥의 관계는 어땠습니까?"

벨러미 요원이 물었다.

해럴드는 코웃음을 쳤다. 지금까지 줄기차게 왼쪽 다리에 실려 있던 그의 체중이 비로소 오른쪽 다리로 옮겨갔다. 그는 루실을 바라보며 말했다. "바로 이 대목에서 우리가 저 아이를 쫓아냈다거나 하는 소리가 나와야 한다고. 텔레비전에 자주 나오잖아. 우리가 아이랑 싸웠다거나, 저녁을 굶겼다거나, 텔레비전에 나오는 뭐 그렇고 그런 소리를 해야 될 시점이라고." 해럴드는 현관을 마주 보는 복도에 놓인 조그만 테이블로 다가갔다. 제일 윗서랍에 아직 뜯지 않은 담배가 한 갑 들어 있었다.

그가 거실로 돌아오기도 전에 루실이 먼저 포문을 열었다.

"꿈도 꾸지 마세요!"

해럴드는 마치 자기의 손이 자기 것이 아닌 양 기계적인 동작으로 담뱃갑의 포장을 뜯었다. 그는 담배 한 개비를 꺼내 입에 물고는 주름진 얼굴을 쓸어내리며 길게 숨을 내쉬었다. "필요한 건 이것뿐이야." 그가 말했다. "이것뿐이라고."

벨러미 요원이 부드러운 목소리로 입을 열었다. "저는 두 분이나 다른 누군가가 아드님의… 이거 참, 완곡어법이라는 게 이렇게 어렵다니까요." 그는 미소를 지으며 말을 이었다.

"저는 그저 질문을 던질 뿐입니다. 사무국에서도 다른 모든 사람들과 마찬가지로 이 사태의 본질을 알아내려고 사력을 다하고 있는 중입니다. 사람들이 서로 연결되도록 돕는 것은 우리 책임일지 모르지만, 그렇다고 어떻게 해서 이런 일이 벌어지는지에 대해 우리만의 정보가 확보되어 있다는 의미는 아닙니다."

그는 어깨를 슬쩍 들었다 놓았다.

"핵심적인 의문들에는 여전히 손도 못 대고 있습니다. 단지 확보할 수 있는 모든 정보를 끌어모으고, 혹시 모든 사람들이 불편하게 느낄 수도 있는 질문까지 던져서라도 이 핵심적인 의문에 접근할 방법을 찾아보자는 희망을 품고 있을 뿐이지요. 말하자면 사태가 우리의 손을 벗어나기 전에 어떻게든 손잡이를 만들어 보자는 겁니다."

루실은 낡은 소파에 앉은 채 몸을 앞으로 숙였다. "일이 어떻게 우리의 손을 벗어난다는 거죠? 이미 벗어나고 있나요?"

"그렇게 될 거야." 해럴드가 말했다. "성경에 대고 맹세해도 좋아."

벨러미 요원은 태연하고 직업적인 태도로 고개를 가로저으며 아까 한 질문을 되풀이했다.

"제이콥이 떠나기 전에 두 분과의 관계는 어땠습니까?"

루실은 해럴드가 뭐라고 대꾸를 할 것 같아서 얼른 선수를 쳤다.

"아주 좋았어요." 그녀가 말했다. "지극히 정상이었죠. 이상한 건 하나도 없었어요. 그 아이는 우리 아들이었고, 우리는 모든 부모들과 마찬가지로 그 아이를 사랑했죠. 그 아이도 우리를 사랑했고요. 그게 다예요. 지금도 마찬가지고. 우린 그 아이를 사랑하고, 그 아이는 우리를 사랑해요. 그러다가 이렇게 주님의 은총으로 다시 만나게 된 거고요." 그녀는 목을 문지르며 손을 들었다.

"이건 기적이에요." 그녀가 말했다.

벨러미 요원은 메모를 했다.

"어르신은 어떻습니까?" 그가 해럴드를 향해 물었다.

해럴드는 불을 붙이지 않은 담배를 입에서 떼며 머리를 문질렀다. "이 사람이 다 말했잖소." 그가 고개를 끄덕이며 대답했다.

벨러미 요원은 또 뭔가를 적었다.

"좀 우스운 질문이 될지 모르겠지만, 두 분은 진심으로 하나님을 믿으십니까?"

"그럼요!" 루실이 갑자기 자세를 고쳐 앉으며 대답했다. "예수님의 열렬한 팬이자 친구지요! 그걸 자랑스러워하는 사람이고요. 아멘." 그녀는 해럴드를 향해 고개를 끄덕여 보였다. "하지만 저 사람은 그렇지 않아요. 하나님의 은총에 빌붙어 사는 사람이라고나 할까. 회개를 하라고 입이 마르도록 얘기해도 어찌나 고집이 센지 몰라요."

해럴드는 낡은 잔디깎이 기계 같은 웃음소리를 냈다. "우리는 서로 번갈아가면서 믿어요." 그가 말했다. "다행히도 50년이 훌쩍 지났지만 아직 내 차례가 돌아오지 않은 것뿐이고."

루실이 손을 내저었다.

"교단은요?" 벨러미 요원이 메모를 하며 물었다.

"침례교." 루실이 대답했다.

"언제부터요?"

"평생."

메모.

"아, 정확히 말해서 꼭 그렇지는 않아요." 루실이 덧붙였다.

벨러미 요원은 동작을 멈췄다.

"한동안 감리교를 믿은 적이 있어요. 그런데 성경의 특정한 부분에 대해서 목사님과 의견이 다른 데가 있더라고요. 성결교회도 다녀본 적이 있는데, 그 사람들하고도 맞지가 않았어요. 툭하면 고함을 지르거나 춤추고 노래하는 데 너무 많은 시간을 투자하니까요. 하나님의 집에 와 있다는 생각보다는 파티에 와 있는 느낌이 더 강했어요. 크리스천이 그래서는 안 된다고 생각했죠."

루실은 고개를 길게 뽑고 제이콥이 앉아 있는 쪽을 바라보았다.

아이는 예전에도 자주 그랬듯이 보일 듯 말 듯 고개를 끄덕이며 졸고 있었다. 루실이 다시 말을 이었다. "또 한때는—"

"그렇게 시시콜콜 다 얘기하지 않아도 돼."

해럴드가 그녀의 말을 가로막았다.

"좀 가만히 있어요! 이분이 지금 나한테 물었잖아요! 안 그래요, 마틴 벨러미?"

벨러미 요원은 고개를 끄덕였다. "맞습니다, 부인. 옳은 말씀이에요. 머지않아 이 모든 게 아주 중요하다는 사실이 드러날 겁니다. 제 경험에 비춰볼 때 중요한 건 언제나 아주 사소해 보이는 부분이거든요. 특히 이렇게 큰 문제일 경우는 더욱 그렇지요."

"도대체 문제가 얼마나 큰 거죠?" 루실이 마치 호시탐탐 기회만 엿보고 있었다는 듯이 얼른 물었다.

"몇 명이나 되느냐는 말씀입니까?" 벨러미 요원이 되물었다.

루실은 고개를 끄덕였다.

"뭐 엄청나게 많은 숫자는 아닙니다." 벨러미 요원은 잘 절제된 목소리로 대답했다. "정확한 숫자를 말씀드릴 수는 없습니다만, 아주 국지적인 현상이에요. 숫자도 얼마 되지 않고요."

"몇백 명쯤 되나요?" 루실이 밀어붙였다. "아니면 몇천 명? '얼마 되지 않는다'는 게 대충 몇 명이나 된다는 거죠?"

"크게 우려할 정도는 아니라는 말씀입니다, 하그레이브 부인."

벨러미 요원이 고개를 설레설레 가로저으며 말했다. "말하자면 기적의 영역을 벗어나지 못할 정도지요."

"이분이 당신보다 한 수 위로군."

해럴드가 웃음을 터뜨리며 말했다.

루실은 그저 빙그레 미소만 지을 뿐이었다.

벨러미 요원에게 자초지종을 모두 이야기하고 나자 해는 어느새 대지의 어둠 속으로 모습을 감추었다. 창가에서는 귀뚜라미가 울기 시작했으며, 제이콥은 해럴드와 루실의 침대 한복판에 조용히 누워 있었다. 루실은 주방 식탁에서 잠든 아이를 안아 침실로 옮겨오며 뿌듯한 마음을 감출 수 없었다. 그 나이에, 게다가 골반도 신통치 않은데, 아직 자기 힘으로 아이를 안아서 옮길 기운이 있을 거라고는 생각도 못했기 때문이다.

하지만 시간이 늦어 식탁 앞에서 소리 나지 않게 몸을 숙이고 두 팔을 아이의 허리 밑으로 넣으며 힘을 주니, 제이콥은 거의 무게가 느껴지지 않을 만큼 가뿐하게 들려 올라왔다. 마치 더없이 젊고 날렵하던 스무 살 시절로 돌아간 느낌이었다. 그토록 오랜 세월과 통증이 모두 뜬소문처럼 느껴졌다.

루실은 아이를 안고 아무렇지도 않게 계단을 올라와 침대에 누이고 이불을 덮어준 다음, 자기도 그 옆에 누워 예전에 하던 것처럼 가볍게 콧노래를 불러주었다. 제이콥이 순식간에 곯아떨어진 것은 아니지만, 그래도 괜찮다고 느꼈다.

잠은 이미 충분히 잤을 테니까.

루실은 한참 동안 아이 옆에 앉아서 아이의 가슴이 부드럽게 오르내리는 것을 지켜보았다. 마법이—아니, 기적이—갑자기 풀려버리면 어떡하나 걱정스러웠지만 그런 일은 일어나지 않았고, 루실은 주님에게 감사의 기도를 드렸다.

그녀가 다시 거실로 내려왔을 때, 해럴드와 벨러미 요원은 어색한 침묵에 사로잡혀 있었다. 해럴드는 문 앞에 서서 덧문 밖으로 담배 연기를 뿜어내고 있었다. 벨러미 요원은 원래 앉아 있던 의자에서 일어나 서 있었다. 갑자기 그가 커다란 갈증과 피로에 시달리는 사람처럼 보였다. 루실은 그제야 문득 그가 이 집으로 들어온 뒤로 지금까지 그에게 마실 것조차 권하지 않았다는 사실을 깨달았고, 그것이 묘한 상처로 다가왔다. 하지만 지금 해럴드와 벨러미 요원이 보여주는 행동으로 미뤄볼 때, 어쩌면 그들이 그녀에게 또 다른 상처를 안겨줄지도 모른다는 생각이 들었다.

“이분이 당신에게 물어볼 게 있다는군, 루실.” 해럴드가 말했다. 담배를 입으로 가져가는 그의 손이 가볍게 떨리고 있었다. 그것 때문에 루실도 이미 그의 흡연에 대해 잔소리를 하지 않기로 마음을 먹은 상태였다.

“뭔데요?”

“좀 앉으시지요.” 벨러미 요원은 그렇게 말하며 그녀에게 다가와 부축하려는 듯한 태도를 취했다.

루실은 한 걸음 뒤로 물러섰다. “뭔데 그래요?”

“좀 민감한 질문입니다.”

“뭐든 대답할 수 있어요. 설마 이제 와서 아까 대답했던 것보다 더 힘든 질문이 남아 있진 않겠죠?”

해럴드는 그녀에게 등을 돌린 채 고개를 떨어뜨리고 말없이 담배 연기만 뿜어냈다.

“이건 누구에게나 처음에는 아주 단순해 보이지만 사실은 아주 복잡하고 심각한 질문입니다.” 벨러미 요원이 운을 뗐다.

“그러니 부인께서도 대답을 하기 전에 충분히 생각할 시간을 가지시기를 바라는 마음이네요. 그렇다고 해서 물론 대답할 기회가 딱 한 번뿐이라는 뜻은 아닙니다. 단지 마음을 정하기 전에 제 질문을 충분히 고려해 주십사 하는 말씀을 드리고 싶은 거지요.”

루실의 얼굴이 빨갛게 달아올랐다.

“저런, 마틴 벨러미 씨! 당신이 그렇게 심각한 남녀 차별주의자일 거라고는 생각도 못했어요. 제가 여자라는 이유만으로 힘없이 무너질 거라고 생각한다면, 그건 오산이에요."

"제기랄, 루실." 해럴드가 버럭 소리쳤다. 기세와는 달리 그렇게까지 가시가 돋친 목소리는 아니었다. "그냥 듣기나 해." 그러면서 그는 기침을 했다. 어쩌면 그것은 기침이 아니라 흐느낌이었는지도 모른다.

루실은 자리에 앉았다.

벨러미 요원도 앉았다. 그는 바지에서 눈에 보이지 않는 뭔가를 털어내고는 잠시 자신의 손을 들여다보았다.

"자." 루실이 말했다. "준비는 끝났어요. 그렇게 뜸을 들이니 더 답답하네요."

"오늘 저녁에 제가 드릴 마지막 질문입니다. 지금 당장 대답하실 필요는 없지만, 빠르면 빠를수록 좋아요. 답이 빨리 나올수록 일이 덜 복잡해질 테니까요."

"도대체 뭐죠?" 루실이 애원하듯 물었다.

벨러미 요원은 숨을 크게 들이쉬었다.

"제이콥을 데리고 있을 겁니까?"

그게 2주 전의 일이었다.

제이콥은 지금 집에 있었다. 그것은 변하지 않는 사실이었다. 비어 있던 방이 다시 그의 침실로 꾸며졌고, 아이는 처음부터 아무 일도 없었다는 듯이 무난히 현재의 생활에 안착했다. 제이콥은 어렸다. 그에게는 엄마가 있었다. 아버지도 있었다. 그의 우주는 거기서 끝이었다.

아이가 돌아온 뒤, 해럴드의 마음은 뚜렷하게 확정할 수 없는 이유로 어수선하기 짝이 없었다. 그때부터 굴뚝처럼 줄담배를 피우기 시작했다. 그러니 그의 지저분한 습관에 대한 루실의 잔소리를 피하기 위해, 하루의 대부분을 베란다에 나가서 보내야 하는 것도 무리는 아니었다.

모든 것이 너무 빨리 변해 버렸다. 거기에 비하면 좋지 않은 습관 한두 개쯤 생기는 건 아무것도 아니었다.

"그들은 악마예요!" 머릿속에서 그렇게 쏘아붙이는 루실의 목소리가 들렸다.

비가 쏟아지고 있었다. 오늘 하루도 거의 막바지였다. 나무들 뒤로 어둠이 내려앉았다. 집안은 조용해졌다. 쏟아지는 빗소리를 뚫고 하루 종일 아이를 쫓아다니느라 너무 많은 기력을 소진해 버린 늙은 여인의 가쁜 숨소리가 들려왔다. 루실이 덧문을 열고 나와 이마의 땀을 훔치더니, 자기 의자에 털썩 주저앉았다.

"주여!" 루실이 중얼거렸다. "정말이지 재 때문에 죽을 맛이에요."

해럴드는 담배를 끄고 헛기침을 했다. 루실을 약 올리기 전에 늘 하는 준비과정이었다. "그 악마 말이야?"

루실이 기겁을 해서 손을 내저었다.

"쉿!" 그녀가 말했다. "그런 소리 하지 말아요!"

"당신이 먼저 그렇게 불렀잖아. 그 사람들은 다 악마라고 한 말, 생각 안 나?"

루실은 아직도 아이를 쫓아다니느라 차오른 숨이 가라앉지 않은 듯 말까지 더듬었다. "그건 옛날 얘기예요." 그녀가 쏘아붙였다. "내 생각이 틀렸다고요. 이제는 분명히 알아요." 그녀는 미소를 지으며 피곤한 표정으로 등받이에 몸을 기댔다. "그들은 축복이에요. 주님의 축복이라고요. 무슨 말인지 알아요? 또 한 번의 기회라니까요!"

두 사람은 잠시 침묵을 지키며 루실의 호흡이 정상으로 돌아오는 소리에 귀를 기울였다. 비록 여덟 살짜리 아이의 어머니이기는 하지만, 루실은 이제 할머니였다. 쉽게 피로를 느끼는 것이 당연했다.

"당신도 재랑 시간을 좀 더 많이 가져야 해요." 루실이 말했다.

"당신이 거리를 두는 걸 재도 알아요. 어떻게 모르겠어요. 당신이 자기를 대하는 태도가 예전과는 다르다는 것을 안다고요. 예전에 여기 있을 때하고 말이에요."

루실은 그 표현이 마음에 드는지 미소를 지었다.

해럴드는 고개를 가로저었다.

"그러다가 또 훌쩍 떠나 버리면 어떡하려고?"

순식간에 루실의 얼굴에서 미소가 사라졌다. "조용히 해요!" 그녀가 말했다. "'네 혀로 악한 말을 하지 말며, 네 입술로 거짓말을 하지 말아라.' 시편 34장 13절."

"나한테 시편 들먹이지 말라니까. 당신도 사람들이 뭐라고 말하는지 알잖아, 루실. 당신도 나만큼이나 잘 알 거야. 그들이 어느 순간 불쑥 사라져 버리고, 두 번 다시 연락이 없다잖아. 마치 저쪽 세상에서 도로 불러들인 것처럼."

루실은 고개를 가로저었다. "난 그런 헛소리에 신경 쓸 시간이 없어요." 루실은 그렇게 말하며 밀가루 포대처럼 사지를 짓누르는 피로의 무게를 떨치고 몸을 일으켰다. "말도 안 되는 헛소문일 뿐이라고요. 난 저녁 준비나 하러 가야겠어요. 폐렴이라도 걸려 죽고 싶어서 이렇게 앉아 있는 거예요? 비가 이리 쏟아지는데."

"죽어도 괜찮아, 돌아오면 되니까." 해럴드가 말했다.

"시편 34장 13절!"

루실은 안으로 들어가 덧문을 닫고 빗장까지 내려 버렸다.

주방에서 냄비와 프라이팬 달그락거리는 소리가 들려왔다. 찬장문도 여러 번 열렸다 닫혔다. 고기 냄새, 밀가루 냄새, 양념 냄새가 5월의 향기, 비 내음과 함께 어우러졌다. 해럴드가 설핏 잠이 들려는 순간, 아이의 목소리가 들려왔다. "저 나가도 돼요, 아빠?"

해럴드는 고개를 가로저어 졸음을 쫓았다. "뭐라고?" 그는 아이의 질문을 또렷이 알아들었음에도 불구하고 그렇게 되물었다.

"나가도 돼요? 부탁이에요."

해럴드는 희미하게 색이 바랜 옛 기억들 속에서도 '부탁이에요'라는 말만 나오면 꼼짝을 못하던 자신의 습성이 떠올랐다.

"네 엄마가 기절을 할 텐데." 해럴드가 말했다.

"금방 깨어나실 거예요."

해럴드는 웃음을 참느라 침을 꿀꺽 삼켰다.

담배를 찾으려고 손을 더듬었지만 집히는 게 없었다. 최소한 한 개비는 남은 줄 알았는데. 해럴드는 주머니를 뒤졌다. 주머니 속에서 담배 대신 조그만 은빛 십자가가 딸려 나왔다. 누구한테서 선물로 받은 거였는데, 그 특정한 기억이 깨끗이 사라진 듯 언제, 누가 주었는지 전혀 생각이 나지 않았다. 그게 주머니에 들어 있다는 사실조차 까마득히 까먹고 있었으니, 무슨 살인 무기라도 되듯 멍하니 들여다보는 것도 무리가 아니었다.

원래는 그리스도가 못 박힌 십자가에 '주님은 당신을 사랑하십니다'라는 글자가 새겨져 있었다. 하지만 지금은 글자가 다 뭉개지고 '은'자와 'ㄷ'자가 희미하게 남아 있을 뿐이었다. 물끄러미 십자가를 들여다보던 해럴드는 마치 남의 손인 양 자신도 모르게 엄지로 그 표면을 어루만지기 시작했다.

제이콥은 덧문 뒤의 주방에 서 있었다. 문틀에 몸을 기대고 다리를 꼰 자세가 제법 생각에 잠긴 아이 같았다. 지평선을 아래위로 훑던 아이의 눈길이 빗줄기와 바람에 이어 자신의 아버지에게 고정되었다. 아이는 숨을 크게 내쉬더니, 헛기침을 했다. "나가면 참 좋을 것 같은데." 아이가 한껏 과장된 목소리로 중얼거렸다.

해럴드는 웃음을 터뜨렸다.

주방에서 뭔가를 기름에 튀기는 소리가 났다. 루실의 콧노래 소리도 이어졌다.

"나오너라." 해럴드가 말했다.

제이콥이 베란다로 나와 해럴드의 발치에 앉자, 그에 화답이라도 하듯 빗줄기가 더욱 거세졌다. 하늘에서 쏟아지기보다 오히려 땅으로 내리꽂힌다는 표현이 더 어울릴 듯했다. 빗줄기는 베란다 난간을 때리고 해럴드와 제이콥을 적셨지만, 둘 다 신경 쓰지 않았다. 아주 오랜 시간 동안, 늙은 아버지와 한때 죽었었던 아들이 서로를 바라보았다. 붉은 기운이 도는 소년의 갈색 머리칼과 주근깨투성이의 동그란 얼굴은 예전과 다르지 않았다. 팔도 예전처럼 비정상적으로 보일 만큼 길었고, 50년 전에 미처 갖지 못한 기회를 만회라도 하듯 몸이 서서히 사춘기로 접어들 준비를 하고 있었다. 해럴드는 문득, 아이가 무척 건강해 보인다는 생각을 했다.

해럴드의 혀가 충동적으로 입술을 핥는 동안, 그의 엄지는 여전히 십자가를 문지르고 있었다. 아이는 꼼짝도 하지 않았다. 이따금 눈을 깜빡이는 것만 빼면, 죽었을 때와 똑같은 모습이었다.

"아이를 데리고 있을 겁니까?"

해럴드의 머릿속에, 이번에는 벨러미 요원의 목소리가 들렸다.

"내가 결정할 일이 아니오." 해럴드가 말했다. "루실이 알아서 하겠지. 그 사람한테 물어보시오. 나야 그 사람이 하자는 대로 할 테니까."

벨러미 요원은 고개를 끄덕였다. "무슨 말씀인지 압니다, 하그레이브 씨. 하지만 그래도 어르신에게 묻지 않을 수가 없어요. 반드시 어르신의 대답을 들어야 하니까요. 다른 사람에게는 절대 얘기하지 않습니다. 원하시면 녹음기를 끌 수도 있고요. 어쨌거나 저는 어르신의 대답을 들어야 합니다. 어르신이 무엇을 원하는지 알아야 하니까요. 어르신이 아이를 데리고 있고 싶은지 어떤지를 말입니다."

"천만에." 해럴드가 말했다. "절대로 원하지 않지. 하지만 선택의 여지가 있소?"

루이스와 수잔 홀트

루이스는 온타리오에서 깨어났다. 수잔이 깨어난 곳은 피닉스 외곽이었다. 그는 회계사였고, 그녀는 피아노를 가르쳤다.

세상은 달라졌지만, 그래도 변함없었다. 자동차들은 더 조용해졌다. 건물들은 예전보다 더 높아지고 밤에도 번쩍거렸다. 모든 사람들은 더 바빠 보였다. 하지만 그게 다였다. 그리고 그런 것은 아무래도 상관없었다.

루이스는 이미 오래전부터 아무도 시도하지 않은 방식을 따라, 기차를 몇 번이고 갈아타며 남쪽으로 향했다. 그가 사무국의 눈에 뜨이지 않은 것은 순전히 운, 아니면 재수가 좋아서였다. 수잔은 북동쪽으로 출발했지만, 오래지 않아 붙잡힌 뒤 최근 들어 빠르게 사무국의 주요 거점 가운데 하나로 자리를 굳혀가는 솔트 레이크 시티 외곽으로 이송되었다. 루이스가 네브래스카와 와이오밍의 경계 근처에서 붙잡힌 지 얼마 지나지 않아서의 일이었다.

그렇게 해서 그들은 죽은 지 90년 만에 다시 만났다.

수잔은 조금도 변하지 않았다. 루이스는 예전보다 아주 조금 홀쭉해지기는 했지만, 그의 긴 여정을 감안하면 그 정도는 당연했다.

울타리와 미래에 대한 불안에도 불구하고, 그들은 다른 사람들처럼 겁을 내지 않았다.

때로는 두 사람의 결합으로 인해 탄생하는 음악이 있다. 쉬지 않고 이어지는, 피할 수 없는 운율이.

3

아카디아는 남부의 조그만 마을들이 흔히 그러하듯 한적한 시골에 자리하고 있었다. 소나무와 삼나무, 참나무로 울창한 숲속을 꾸불꾸불 지나가는 2차선 아스팔트 도로를 따라가다 보면 넓고 평평한 마당 한복판에 버티고 선 1층짜리 조그만 목재 주택들이 드문드문 나타나기 시작했다. 봄이나 여름에는 여기저기 옥수수나 콩밭이 펼쳐져 있기도 했다. 겨울에는 다 맨땅뿐이지만.

몇 킬로미터를 더 들어오면 밭이 조금씩 작아지는 반면 집들이 조금 더 많아졌다. 한때는 마을 전체에 가로등이 두 개뿐이었고, 도로 체계도 엉망이어서 다 스러져가는 낡은 집들이 뒤엉킨 골목을 따라가다 보면 느닷없이 길이 끊겨 되돌아 나오기 일쑤였다. 아카디아에서 새 건물들은 허리케인이 휩쓸고 지나간 뒤 새로 지은 집들뿐이었다. 사람들은 새 나무와 새 페인트로 단장한 이 집들을 보며, 이 오래된 마을에서도 뭔가 새로운 일이 일어나지 않을까 하는 상상을 하곤 했다.

그러나 이 마을에 새로운 일은 좀처럼 일어나지 않았다. 귀환자들이 나타나기 전까지는.

아카디아는 도로도, 집들도 그리 많은 곳이 아니었다. 마을 한복판에 학교가 있는데, 문도 창문도 다 자그마하고, 너무 낡아 작동을 멈춘 냉방 장치가 달린 오래된 벽돌 건물이었다.

북쪽으로 마을의 경계선 바로 너머 조그만 언덕 위에 교회가 자리 잡고 있었다. 통나무와 판자를 섞어 만든 이 건물은 마치 등대처럼 버티고 서서 아카디아 사람들에게 자기네 위에 누군가가 있음을 상기시켜 주었다.

'영혼을 일깨우는 신성한 솔로몬'이라는 이름의 가스펠 밴드—아칸소 출신의 유대인 베이시스트가 이 밴드 소속이었다—가 이 마을을 찾아왔던 1972년 이후, 오늘처럼 많은 사람이 교회로 몰려든 적은 한 번도 없었다. 그야말로 인산인해였다. 교회 앞 잔디밭에 승용차와 트럭들이 잔뜩 주차되어 있었다. 목재를 가득 실은 누군가의 녹슨 픽업트럭이 잔디밭 한복판의 십자가 앞에 서 있어, 마치 예수님이 십자가에서 내려와 근처의 자재상으로 달려가기로 마음먹은 것 아닌가 하는 생각이 들게 했다. '예수님은 당신을 사랑하십니다–5월 31일 생선튀김 파티에 초대합니다'라고 적힌 조그만 표지판 주위에도 온통 차량의 후미등이 가득했다. 끔찍한 교통사고로 한꺼번에 목숨을 잃은 벤슨네 삼형제의 길고도 우울한 합동 장례식이 벌어진 1963년처럼—아니, 1964년이었나?—고속도로 갓길에까지 차들이 늘어서 있었다.

"당신도 같이 들어가야 해요." 루실이 갓길에 낡은 트럭을 세우고 담배를 찾아 셔츠 주머니를 뒤지는 해럴드를 향해 말했다. "당신이 안 나타나면 사람들이 어떻게 생각하겠어요?" 루실은 그렇게 덧붙이며 제이콥의 안전띠를 풀고 헝클어진 머리칼을 쓸어 넘겼다.

"'해럴드 하그레이브가 안 온다고? 천만다행이군! 모든 게 미쳐 돌아가는 시대에 누군가 한결같은 사람도 있어야지!' 뭐 그렇게 생각하겠지."

"불신자 같으니… 예배를 드리는 것도 아니잖아요. 그냥 마을 회의일 뿐이에요. 당신이 참석해서 안 될 이유가 없다고요."

루실은 트럭에서 내리며 옷자락을 매만졌다. 그녀가 제일 좋아해서 아주 특별한 날에만 입는 파스텔 색조의 초록색 혼방 드레스였다. 칼라와 소매 자락의 조그만 꽃무늬에 어느새 세월의 먼지가 내려앉은 모습이었다. "내가 왜 자꾸 신경을 쓰는지 모르겠어요. 난 이 트럭이 정말 싫어." 그녀가 드레스 뒷자락을 쓸어내리며 말했다.

"당신은 내가 사는 모든 트럭을 싫어했잖아."

"그래도 자꾸 사잖아요."

"난 여기 있으면 안 돼요?" 제이콥이 셔츠 옷깃의 단추를 만지작거리며 물었다. 아이는 옛날부터 이상하리만치 단추에 집착하곤 했다. "아빠와 나는—"

"아빠와 '저'는." 루실이 아이의 말을 바로잡았다.

"안 된다." 해럴드는 그렇게 말하며 하마터면 웃음을 터뜨릴 뻔했다. "너는 엄마와 함께 들어가거라." 해럴드는 담배를 입에 물며 자신의 턱을 쓰다듬었다. "담배 연기는 몸에 해로워. 주름살이 생기고, 입 냄새가 심해지고, 털도 많이 나게 하니까."

"고집이 세지게 하기도 하지."

루실은 그렇게 덧붙이며 제이콥을 안아 차에서 내렸다.

"사람들이 저를 반가워하지 않을 것 같아요." 제이콥이 말했다.

"엄마랑 같이 가거라." 해럴드가 단호한 목소리로 말했다. 그러고는 담배에 불을 붙이고 늙은 허파가 감당할 수 있는 최대한의 니코틴을 빨아들였다.

아내와 함께 자신의 아들일 수도, 아닐 수도 있는 아이—그는 아직도 거기에 대해 확실한 입장이 서지 않았다—가 교회 안으로 들어가고 나자, 해럴드는 담배를 한 모금 더 빨아들이고 열어둔 차창 밖으로 연기를 뿜어냈다. 이어서 타들어 가는 담배를 손가락 사이에 끼운 채 운전석에 앉아 턱을 어루만지며 교회를 바라보았다.

교회는 아무래도 칠을 새로 해야 할 것 같았다. 여기저기 페인트가 벗겨져서 원래는 무슨 색이었는지 딱 꼬집어 말하기가 힘들었지만, 옛날에는 지금보다 훨씬 더 그럴듯한 건물이었던 것만은 틀림없었다. 해럴드는 새로 페인트를 칠했을 때 이 교회가 무슨 색이었는지 기억을 더듬어 보았다. 페인트를 새로 칠했을 때도 그는 틀림없이 이 마을에 살고 있었을 터였다. 잘 하면 페인트칠을 누가 했는지까지 기억날 것 같았지만—사우스포트 부근의 업체였다—원래의 페인트 색깔과 마찬가지로 끝내 그 회사 이름은 생각나지 않았다. 아무리 기억을 더듬어도 지금처럼 빛바랜 외관만이 떠오를 뿐이었다.

하지만 원래 기억이란 건 그런 것 아니던가? 세월이 갈수록 녹이 슬어 자기한테 유리한 기억만 남게 마련이었다.

그래도 그것 말고 무엇을 믿는단 말인가?

제이콥은 시한폭탄이었다. 언제 터질지 몰랐다. 해가 저물어도 집으로 돌아오지 않거나, 혹은 교회에서 마구 뛰어다니며 말썽을 일으킨 기억이 선명했다. 한 번은 제이콥이 헨리에타 윌리엄스네 배나무 위로 기어 올라가는 바람에 루실이 까무러치기 직전까지 간 적도 있었다. 동네 사람들이 온통 찾느라 난리가 났는데, 정작 제이콥은 그늘진 배나무 가지 위에서 잘 익은 열매와 얼룩진 햇빛 속에 태연하게 앉아 있었더랬다. 어쩌면 밑에서 벌어지는 소동을 내려다보며 혼자 낄낄거렸을지도 모를 일이었다.

해럴드는 가로등 불빛 너머 교회의 뾰족탑 위로 조그만 무언가가 휙 날아오르는 것을 보았다. 번개처럼 동작이 빠르고 날개가 달린 것이었다. 그것은 잠시 허공을 가르며 자동차 불빛 속에서 밤하늘의 눈송이처럼 반짝거렸다.

다음 순간 그것은 사라졌고, 해럴드는 그것이 다시 나타나지 않으리라는 것을 알아차렸다.

"저건 그 아이가 아니야." 해럴드가 중얼거렸다. 그는 담배를 땅바닥에 던져 버리고 낡은 시트에 몸을 기댔다. 그러고는 고개를 축 늘어뜨리며 혹시 이대로 잠이 들면 꿈도, 기억도 아닌 그 무언가가 엄습하지 않을까 하는 생각을 했다. "아니고말고."

루실은 제이콥의 손을 꼭 잡은 채 신통치 않은 골반이 허락하는 최대한의 속도로 교회 앞의 인파를 헤치고 들어갔다.

"실례합니다. 안녕, 메이콘, 잘 지내지? 좀 지나갈게요. 별일 없어, 루트? 나야 잘 지내지. 실례합니다, 실례할게요. 아, 이게 누구야, 배니스! 정말 오랜만이다. 어떻게 지냈어? 좋아! 정말 다행이네! 아멘. 그럼 나중에 봐. 죄송합니다, 지나갈게요. 이봐, 나야! 실례합니다."

사람들은 루실의 기대대로 순순히 길을 터주었다. 그게 아직도 이 세상에 예의범절이 살아 있다는 증거인지, 아니면 그녀가 드디어 할머니가 되었다는 증거인지 잘 분간이 가지 않았다.

아니, 어쩌면 사람들은 지금 그녀 옆에서 걷고 있는 소년 때문에 길을 비켜준 것인지도 모른다. 오늘밤에는 원래 귀환자들이 참석하기로 되어 있지 않았다. 하지만 제이콥은 누가 뭐라 해도 루실의 아들이었고, 그 누구도, 그 무엇도 감히 그녀 앞에서 그런 사실을 부정할 수는 없는 노릇이었다.

그렇게 해서 이 모자는 신도석 맨 앞줄의 헬렌 헤이즈 옆에 자리를 잡았다. 루실은 제이콥을 옆에 앉혀 놓고 세상 만물을 집어삼키는 아침 안개처럼 교회를 가득 메우는 웅성거림에 자신의 목소리를 보탰다. "많이도 왔네." 그녀는 그렇게 말하며 두 손을 가슴에 모은 채 고개를 가로저었다.

"주일에도 이렇게 많은 사람들이 모인 건 한 번도 못 본 것 같아." 헬렌 헤이즈가 대답했다. 아카디아 사람들은 거의 대부분이 가깝든 멀든 혈연으로 얽혀 있었다. 헬렌과 루실은 사촌 사이였다. 루실은 대니얼스 가문 특유의 길고 각진 얼굴과 훤칠한 키, 가느다란 팔목과 작은 손, 갈색 눈동자 아래로 곧게 뻗은 오뚝한 콧날의 소유자였다. 반면 헬렌은 손목도, 얼굴도, 모든 것이 동그스름했다. 한때 칠흑처럼 검었으나 지금은 어느새 백발이 되어 버린 직모만이 두 여인의 혈연관계를 웅변하는 듯했다.

헬렌은 얼굴이 걱정스러울 만큼 창백했고, 말할 때 입술을 삐죽 내미는 습관이 있어서 심각하고 어딘가 곤혹스러워하는 인상을 주었다. "교회에 이렇게 많은 사람들이 모인 걸 보면 당연히 주님 때문에 온 사람들이라고 생각하겠지. 죽었다가 다시 살아난 사람은 예수님이 처음인데, 이 이교도들이 신경이나 쓸까?"

"엄마?" 제이콥이 금방이라도 떨어질 것 같은 셔츠 단추를 만지작거리며 말했다.

"이 사람들이 다 예수님을 만나러 왔을까?" 헬렌이 말을 이었다.

"기도를 드리러 왔을까? 이 사람들이 마지막으로 십일조를 낸 게 도대체 언제야? 마지막으로 부흥회에 온 게 언제냐고? 말 좀 해봐. 저기, 톰슨네 아들 말이야…" 헬렌은 포동포동한 손가락으로 뒤쪽에 모여 있는 십대 아이들을 가리켰다. "저 아이를 마지막으로 교회에서 본 게 언제지?" 헬렌이 계속 툴툴거렸다. "너무 오래되어서 난 저 아이가 죽은 줄 알았어."

"실제로 죽었었잖아." 루실이 목소리를 낮추며 대답했다. "그건 너도 알고 나도 알고 누구나 다 아는 사실이야."

"나는 이 회의에 참석하는 사람들이 모두… 무슨 뜻인지 알지?"

"제대로 된 상식을 가진 사람이라면 누구나 그렇지 않다는 걸 알아." 루실이 말했다. "솔직히 말해서 그렇게 되어서도 안 되고. 이 회의는 순전히 그들을 위한 자리야. 그들이 왜 오면 안 된다는 거지?"

"짐과 코니가 여기 산다는 소문을 들었어." 헬렌이 말했다. "그게 믿어져?"

"정말이야?" 루실이 대답했다. "난 몰랐어. 하지만 그러면 안 될 이유라도 있어? 그들도 이 마을 사람이잖아."

"'이었다'고 해야지." 헬렌이 동정심이라고는 찾아볼 수 없는 목소리로 루실의 표현을 바로잡았다.

"엄마?" 제이콥이 또 끼어들었다.

"응?" 루실이 대답했다. "왜 그래?"

"배고파요."

루실은 웃음을 터뜨렸다. 배가 고프다고 칭얼거리는 아들이 아직 자기 옆에 살아 있다는 사실이 그녀를 너무 기쁘게 했다.

"먹은 지 얼마나 됐다고!"

제이콥은 드디어 셔츠에서 단추를 떼어내는 데 성공했다. 아이는 작고 하얀 손에 그 단추를 들고 마치 복잡한 수학 공식을 연구하는 사람처럼 이리저리 뒤집어 보았다.

"그래도 배고픈 걸 어떡해요."

"아멘." 루실은 그렇게 중얼거리며 아이의 다리를 토닥이고 이마에 입을 맞추었다.

"집에 가면 먹을 걸 찾아보자."

"복숭아 먹어도 돼요?"

"안 될 것 없지."

"시럽 뿌린 것도?"

"그것도."

"진짜 먹고 싶어요." 제이콥이 미소를 지으며 말했다.

"아빠랑 내가—"

"아빠랑 '제'가." 루실은 또 한 번 아이의 말을 바로잡았다.

아직 5월밖에 안 되었는데 낡은 교회 안은 찌는 듯이 더웠다. 냉방이 시원치 않은데다 사람들이 서로 포개지다시피 빽빽이 들어차 있으니 공기가 통하지 않는 것도 당연했다. 이러다가 뭔가 끔찍한 사고라도 나는 것 아닌가 하는 노파심이 일 지경이었다.

루실은 그런 생각 때문에 자꾸 불안해졌다. 좁은 공간에 지나치게 많은 사람들이 모인 탓에 끔찍한 비극이 일어났다는 보도를 신문이나 텔레비전에서 본 기억이 어른거렸다. 이런 상태라면 사고가 나도 빠져나갈 틈이 없겠다는 생각이 들었다. 루실은 주위를 둘러보며—눈길 닿는 곳은 온통 사람들뿐이었다—만일의 경우에 대비해 비상구의 위치를 확인했다. 교회 뒤쪽에 정문이 있지만 그 앞은 사람들로 가득했다. 600명에 달하는 아카디아 사람들이 모두 다 모인 것 같았다. 그야말로 인산인해였다.

이따금 누군가가 인파를 뚫고 교회 안으로 들어오면 사람들이 물결처럼 앞으로 확 쏠리는 것이 느껴졌다. 이어서 "죄송합니다," "실례합니다," 혹은 "안녕하세요" 등의 인사말이 여기저기서 들려왔다. 설령 이것이 비극적인 압사 사건의 전주곡이라 해도, 전체적인 분위기가 그리 무례한 쪽은 아니라는 생각이 들었다.

루실은 입술을 핥으며 고개를 가로저었다. 공기는 점점 더 탁해졌다. 교회 안은 이미 발 디딜 틈이 없는데도 사람들이 자꾸 꾸역꾸역 몰려들었다. 루실은 그것을 느낄 수 있었다. 어쩌면 버크헤드나 와카마우, 혹은 리겔우드 같은 곳에서까지 사람들이 오는지도 모른다. 사무국에서는 가능한 한 모든 마을에서 이런 집회를 개최하려고 애쓰고 있었다. 가끔은 유명 가수의 공연을 일일이 쫓아다니는 열성 팬처럼 이런 집회를 빠짐없이 찾아다니는 이들이 있었다. 이들은 혹시라도 뭔가 꼬투리를 잡아 싸움을 걸 만한 건수가 없나 하고 사무국 요원들을 쫓아 이 마을 저 마을을 전전한다고 했다.

루실은 심지어 취재 기자와 사진 기자가 아닐까 싶은 한 쌍의 남녀를 발견하기도 했다. 남자는 잡지나 책에 흔히 등장하는 인물처럼 흐트러진 머리칼과 거뭇한 수염이 자란 모습이었다. 루실은 그 남자에게서 장작개비나 바다 냄새가 나지 않을까 상상해 보았다.

여자는 옷차림에 빈틈이 없고, 머리칼을 뒤로 질끈 묶었으며, 정성껏 단장한 얼굴은 화장품 모델만큼이나 완벽했다. "바깥에 혹시 방송국 차량이 와 있는 것 아닌지 모르겠네." 루실은 그렇게 중얼거렸지만 그녀의 목소리는 사람들이 웅성거리는 소리에 묻히고 말았다.

마치 무대 감독의 지시가 떨어지기라도 한 것처럼, 피터즈 목사가 제단 한쪽 구석에 숨겨진 문에서 모습을 드러냈다. 여느 때처럼 작고 연약한 모습의 목사 부인이 그 뒤를 따랐다. 수수한 검정색 드레스 때문에 몸집이 평소보다 더 작아 보였다. 그녀는 벌써부터 땀을 흘리고 있는 듯, 나름 우아한 동작으로 이마의 땀방울을 닦아냈다. 루실은 그 여인의 이름이 좀처럼 기억나지 않았다. 주인만큼이나 작고 연약해서, 좀처럼 사람들의 기억에 깊숙이 파고 들어가지 못하는 그런 이름이었다.

로버트 피터즈 목사는 아내와는 대조적으로 우람한 체구에 검은 머리칼, 그리고 하루 종일 일광욕을 즐기는 사람 같은 피부색을 가졌다. 한눈에 봐도 바위처럼 듬직한 모습이었다. 얼핏 봐서는 폭력에 의지해서 먹고 사는 사람으로 태어나고 양육된 인물이 아닐까 싶을 정도였다. 하지만 루실이 아는 한 이 젊은 성직자는 한 번도 언성을 높인 적조차 없는 사람이었다. 물론 이따금 설교가 절정으로 치달으면 목소리가 높아지는 경우도 있지만, 그것은 본인의 폭력적인 성향이나 하나님의 진노와는 아무런 관계가 없다는 것을 루실은 잘 알고 있었다. 그것은 단지 하나님이 우리의 관심을 이끌어내기 위한 수단일 뿐이었다.

"지옥의 냄새가 풍기는 것 같아요, 목사님." 루실은 목사와 그의 부인이 다가오자 미소를 지으며 그렇게 말했다.

"그러게요, 루실 부인." 피터즈 목사가 대답했다. 그의 크고 네모난 머리통이 크고 네모난 목덜미 위에 단단히 얹혀 있었다.

"어쩌면 뒤에 서 있는 이들 중에 조용히 여기를 빠져나갈 사람들이 생길지도 모르겠군요. 사람들이 나가기 전에 헌금함이라도 돌려야 하는 것 아닌가요? 타이어를 갈아야 해서 말이에요."

"저런!"

"잘 지내셨어요, 하그레이브 부인?" 목사의 아내가 조그만 손으로 조그만 입을 가려 조그만 기침소리를 가로막으며 인사를 건넸다. "좋아 보이시네요." 목소리조차 조그맸다.

"세상에." 루실이 제이콥의 머리칼을 쓰다듬으며 대답했다. "괜찮으세요? 금방이라도 쓰러지실 것 같아요."

"괜찮아요." 목사의 아내가 대답했다. "날씨 때문에 좀 찌뿌둥하기는 하지만요. 실내가 너무 덥네요."

"사람들한테 밖에 좀 나가서 서 있어 달라고 부탁해야 할지도 모르겠군요." 피터즈 목사가 두툼한 손을 들어 햇빛을 가리듯 눈 위로 가져가며 말했다. "비상구가 너무 부족할 것 같아요."

"지옥에는 비상구가 없지 않아요?" 헬렌이 농담을 던졌다.

피터즈 목사는 빙그레 미소를 지으며 신도석으로 내려와 그녀에게 악수를 청했다. "우리 어린 친구는 좀 어떠신가?" 그는 제이콥을 향해 환한 미소를 지으며 말했다.

"잘 지내요."

루실이 그의 다리를 슬쩍 꼬집었다.

"잘 지내요, 목사님."

제이콥은 얼른 그녀의 뜻을 알아차리고 정중하게 덧붙였다.

"이게 다 무슨 일이지?" 피터즈 목사는 여전히 웃음 띤 얼굴로 물었다. 그의 이마에 땀방울이 반짝거렸다. "이 많은 사람들을 다 어떻게 할까, 제이콥?"

소년은 대답 대신 어깨를 으쓱했다가 또다시 허벅지를 꼬집혔다.

"저도 몰라요, 목사님."

"다 집으로 돌려보낼까? 아니면 호스를 가져와서 물을 뿌려 버릴까?"

제이콥은 미소를 지었다.

"목사님이 그런 행동을 하시면 안 돼요."

"누가 그래?"

"성경에 나와 있어요."

"성경? 확실하냐?"

제이콥은 고개를 끄덕였다.

"수수께끼 하나 맞춰 보실래요? 아빠한테서 아주 재미있는 수수께끼를 많이 배웠어요."

"그래?"

"그럼요."

피터즈 목사가 아이 앞에 무릎을 꿇는 것을 보고 루실은 못내 당황스러웠다. 제이콥이 해럴드에게서 배운 시답잖은 우스갯소리 때문에 목사의 옷이 더럽혀질지도 모른다고 생각하니 마음이 편치 않았다. 해럴드가 알고 있는 우스갯소리 중에는 성전에서 함부로 이야기하기에 적절하지 않은 것들도 있는 탓이었다.

루실은 숨을 멈추고 귀를 곤두세웠다.

"수학책이 연필한테 뭐라고 했게요?"

"음." 피터즈 목사는 깊은 생각에 빠진 표정으로 말끔하게 면도한 턱을 어루만졌다. "모르겠구나." 이윽고 그가 말했다. "수학책이 연필한테 뭐라고 했지?"

"'나 문제 많아'라고 했대요."

제이콥이 말했다. 그러고는 웃음을 터뜨렸다. 어떤 사람에게는 그것이 단순히 어린아이의 웃음소리로 들렸다. 그러나 이 아이가 불과 몇 주 전까지만 해도 이 세상 사람이 아니었다는 것을 아는 어떤 이들은 그 웃음소리를 어떻게 받아들여야 할지 잘 판단이 서지 않았다.

목사는 아이와 함께 웃었다. 루실도 미소를 지으며 제이콥이 연필과 비버에 대한 수수께끼를 내지 않은 것을 주님께 감사했다.

피터즈 목사는 윗옷의 가슴 주머니에 손을 넣더니, 한층 과장된 동작으로 은박지에 싸인 조그만 사탕을 하나 꺼냈다.

"계피맛 좋아하니?"

"그럼요, 목사님! 고맙습니다!"

"어쩜 저렇게 예절이 바른지." 헬렌 헤이즈가 말했다. 그녀는 자리에 앉은 채 엉덩이를 꼼지락거리며, 죽었다 깨어나도 이름이 기억나지 않는 목사의 연약한 아내를 바라보았다.

"이렇게 예의바른 아이라면 사탕을 먹을 자격이 있죠." 목사의 아내가 말했다. 그녀는 남편 뒤에 서서 그의 등을 가볍게 두드렸는데, 남편의 체구가 워낙 크고 자기는 작은 탓에 그 단순한 동작조차 엄청난 묘기로 보일 지경이었다. "요즘은 옛날하고 달라서 예의바른 아이를 찾아보기가 얼마나 어려운지 몰라요." 그녀는 말을 멈추고 이마의 땀을 닦았다. 그러고는 손수건을 접어서 입을 가리고는 생쥐처럼 기침을 했다. "어머나."

"안색이 너무 안 좋아 보여요." 헬렌이 말했다.

목사의 아내는 미소를 지으며 정중하게 대답했다.

"괜찮아요, 부인."

피터즈 목사는 제이콥의 머리를 쓰다듬었다. 그러고는 루실을 향해 속삭였다. "사람들이 뭐라고 수군거려도 절대 이 아이가 상처를 받지 않게 하세요… 부인도 마찬가지고요. 아셨지요?"

"네, 목사님." 루실이 말했다.

"네, 목사님." 제이콥도 그 말을 되풀이했다.

"명심해라."

목사는 소년을 향해 말했다.

"너는 기적이라는 것을. 모든 생명은 다 기적이라는 것을."

앤젤라 존슨

지난 사흘 동안 그녀가 갇혀 있던 손님용 침실에는 아름다운 마루가 깔려 있었다. 그들이 식사를 가져다주면 그녀는 음식을 흘리지 않으려고 바짝 신경을 썼다. 무엇을 잘못했는지는 모르지만, 바닥을 더럽히면 벌이 가중될까 봐 두려웠다. 때로는 안전을 기하기 위해 욕조에 앉아서 음식을 먹기도 했는데, 그럴 때면 벽 하나를 사이에 둔 안방에서 부모의 목소리가 들려왔다.

"왜 아직도 저걸 데리러 안 오는 거지?" 그녀의 아버지가 말했다.

"처음부터 이리로 데려오는 게 아니었어." 어머니의 목소리였다.

"다 당신 때문이야. 이웃 사람들이 알아차리면 어떻게 하지?"

"팀은 벌써 알고 있는 것 같아."

"그 사람이 어떻게 알아? 저걸 데려온 시간이 몇 신데. 그렇게 늦게까지 그 사람이 안 자고 있었을 리가 없어. 안 그래?"

잠시 침묵이 흘렀다.

"회사에서 알게 되면 무슨 일이 벌어질지 상상을 해봐. 이게 다 당신 때문이라고."

"그때는 나도 몰랐잖아." 아버지가 조금 부드러워진 목소리로 대답했다. "아주 빼다 박은 듯이 닮아서—"

"그만해. 제발 그 이야기 좀 꺼내지 말라니까, 미첼. 아주 신물이 나! 당장 그 사람들한테 전화를 다시 해야겠어. 오늘밤이라도 와서 데리고 가라고."

그녀는 한쪽 구석에 쪼그리고 앉아 무릎을 가슴으로 끌어당긴 채 조금 울었다. 어떻게 된 영문인지 알 수는 없지만 아무튼 미안한 마음이 앞섰다.

자신의 서랍장과 옷들, 벽에 붙여두었던 포스터 따위가 어디로 갔는지 궁금했다. 벽은 빨강과 분홍 계통의 은은한 파스텔 색조로 칠해져 있었다. 압정을 꽂았던 구멍, 테이프를 붙였던 흔적, 해마다 자라나는 키를 표시했던 문틀의 연필 자국… 그 모든 것이 사라졌다. 모든 것을 페인트로 덮어 버린 모양이었다.

4

워낙 많은 사람들이 모인데다 공기마저 잘 통하지 않자, 다들 끔찍한 사고가 일어날 수도 있다는 생각을 하는지는 몰라도 소란이 조금씩 가라앉기 시작했다. 정적은 교회의 앞문 근처에서 시작되어 마치 바이러스처럼 사람들 사이로 퍼져나갔다.

피터즈 목사는 두 손을 얌전히 마주 잡은 채 꼿꼿한 자세로 서 있었고—루실은 그런 그의 모습이 시나이 산맥만큼이나 듬직하다고 생각했다—잔뜩 몸을 웅크린 그의 아내가 남편의 그림자 뒤에 숨다시피 서 있었다. 루실은 목을 길게 뽑고 주위를 두리번거렸다. 어쩌면 이제 악마도 기다리다 지쳐 버렸는지 모를 노릇이었다.

“안녕하세요, 안녕하세요? 실례합니다. 죄송합니다. 안녕하세요? 잘 지내시죠? 실례 좀 할게요. 죄송합니다.”

누군가가 주문을 외는 듯 단어 하나하나가 군중 사이로 퍼져나갔다.

"실례합니다. 안녕하세요? 잘 지내세요? 죄송합니다. 안녕하세요…" 아주 공손하고 함축적인 동시에, 매끈하면서도 그윽한 목소리였다. 목소리는 점점 커져—어쩌면 주위가 그만큼 더 조용해진 것인지도 모른다—나중에는 단어의 리듬만이 사방으로 퍼져갔다.

"실례합니다. 안녕하세요? 죄송합니다. 안녕하세요…"

의심의 여지없이, 그것은 정부에서 나온 공무원의 잘 훈련된 목소리였다.

"안녕하세요, 목사님." 이윽고 인파를 헤치고 나온 벨러미 요원이 부드러운 목소리로 말했다.

루실은 한숨을 내쉬었다. 자신도 모르는 사이에 제법 한참 동안 숨을 죽인 채 그 장면을 바라보고 있었던 모양이었다.

"부인?"

벨러미 요원은 제이콥을 데려왔던 날과 비슷한, 아주 고급스러운 짙은 회색 정장 차림이었다. 확실히 공무원들에게서 흔히 찾아볼 수 있는 옷차림은 아니었다. 루실은 할리우드 스타나 토크쇼에 나오는 연예인 같은 사람들이 입어도 손색이 없는 옷이라는 생각이 들었다. "너도 잘 지냈지?" 벨러미 요원은 갓 잘라낸 대리석처럼 깔끔한 미소를 지으며 제이콥을 향해 고개를 끄덕여 보였다.

"그럼요, 아저씨." 제이콥이 그렇게 대답하자, 사탕이 치아에 부딪히는 소리가 났다.

"반가운 소리로구나." 벨러미 요원은 비뚤어지지도 않은 넥타이를 바로잡으며 말했다. "아주 반가운 소리야."

그때, 군인 두 명의 모습이 눈에 들어왔다. 젊다 못해, 병정놀이를 하는 어린아이들처럼 보일 만큼 어린 군인들이었다. 루실은 당장 이라도 두 군인이 예전에 제이콥과 톰슨네 아들이 그랬던 것처럼 제단을 뛰어다니며 장난을 칠 것만 같았다. 그러나 그들이 옆구리에 차고 있는 권총은 장난감이 아니었다.

"와주셔서 감사합니다."

피터즈 목사는 그렇게 말하며 벨러미 요원과 악수를 나누었다.

"이런 자리에 제가 빠질 수 없지요. 기다려 주셔서 감사합니다. 아주 많이들 모이셨군요."

"단순히 호기심 때문일 겁니다." 피터즈 목사가 말했다. "우리 모두 마찬가지지요. 사무국이나 정부를 대신해서 뭐 하실 말씀이라도 있습니까?"

"정부를 대신한다고요?" 벨러미 요원은 여전히 웃는 얼굴로 되물었다. "저를 과대평가하시는군요. 저는 그저 가난한 공무원에 지나지 않아요. 뉴욕 출신의—" 그는 마치 이 교회에 모인, 아니 이 마을의 모든 사람들 가운데 자신의 정체를 이미 알아차린 사람이 아무도 없다는 듯이 한껏 목소리를 낮추었다. "흑인일 뿐이지요."

물론 그렇다고 자신의 배경을 노골적으로 드러낼 필요는 없었다. 남부는 참 이상한 곳이었다.

회의가 시작되었다.

"다들 아시다시피," 피터즈 목사가 앞에 서서 말문을 열었다. "우리는 지금 참 재미있는 시대라고 표현할 수밖에 없는 세상을 살고 있습니다. 우리는 이 놀라운 기적을 직접 목격할 수 있는 축복을 받았습니다. 다시 한 번 말씀드리지만, 그들의 존재는 정말이지 놀라운 기적이 아닐 수 없습니다." 피터즈 목사는 자기가 하는 말에 확신이 없을 때 늘 하는 습관대로, 제단을 이리저리 서성이며 말을 이었다. "지금은 구약의 가치와 맞먹는 시대입니다. 나사로는 무덤에서 일어났을 뿐 아니라, 함께 있던 모든 사람을 데리고 돌아온 모양입니다!" 피터즈 목사는 말을 멈추고 목덜미의 땀을 닦았다.

그의 아내가 기침을 했다.

"무슨 일인가가 벌어지고 있습니다." 갑자기 그의 목소리가 커진 탓에 사람들이 깜짝 놀랐다. "우리가 아직 그 원인을 알지 못하는 무슨 일인가가 벌어지고 있는 것입니다." 그는 두 팔을 활짝 벌리며 말을 이었다. "우리는 무엇을 해야 합니까? 어떻게 대응해야 합니까? 두려워해야 합니까? 지금은 불확실성의 시대고, 불확실한 것에 대해 겁을 내는 것은 지극히 자연스러운 일입니다. 하지만 우리는 무엇을 두려워하고 있습니까?" 그는 루실과 제이콥이 앉아 있는 신도석 앞줄로 다가왔다. 포도주 색깔의 낡은 카펫 위에 그의 신발 밑창이 살짝 미끄러졌다. 그는 주머니에서 손수건을 꺼내 이마를 훔치며 제이콥을 향해 미소 지었다.

"우리는 인내심으로 두려움을 잠재워야 합니다." 그가 말했다.

"그것이 우리가 할 일입니다."

인내심을 언급하는 것은 아주 중요하다. 피터즈 목사는 스스로를 상기시켰다. 그는 제이콥의 손을 잡고 뒤쪽에 모여 있는 사람들, 지금 그의 모습이 보이지 않는 사람들까지도 그가 무엇을 하고 있는지 전해들을 수 있도록 충분한 시간적 여유를 두었다. 그는 지금 반세기 전에 죽었으나 지금 이렇게 교회에서 천연덕스럽게 사탕을 빨며 십자가의 그림자 아래 앉아 있는 소년의 손을 잡고 인내심을 설파하고 있었다. 목사의 눈길이 좌중을 가로질렀고, 사람들의 눈길은 그를 따랐다. 목사는 이 자리에 참석한 다른 귀환자들을 한 명 한 명 똑바로 응시함으로써 사람들에게 이미 일이 얼마나 커져 버렸는지를 눈빛으로 웅변했다. 그들은 상상의 소산이 아니라 실제로 살아 있는 사람이었다. 이 사실을 누구도 부정할 수 없었다. 그 점을 사람들에게 이해시키는 일도 못지않게 중요했다.

그러나 피터즈 목사는 인내심이야말로 사람들이 가장 이해하기 힘들어하는 덕목임을 잘 알고 있었다. 이를 실행에 옮기기란 더욱 어려웠다. 그는 자신이 인내심을 들먹일 자격이 있다고 생각하지 않았다. 자기 입에서 나오는 말 한마디 한마디가 다 말이 안 된다고 느꼈지만, 그에게는 이끌어야 할 신도들, 감당해야 할 직분이 있었다. 무엇보다도 그녀를 마음속에서 지워 버려야 했다.

이윽고 피터즈 목사는 두 다리에 힘을 준 채 그녀의 얼굴을 마음속에서 몰아냈다.

"지금처럼 불확실한 시대에는 성급한 생각, 성급한 행동이 우리를 지배할 가능성이 아주 높고, 또한 그럴 기회도 많습니다. 텔레비전만 켜면 사람들이 얼마나 두려움에 떨고 있는지, 그 두려움 때문에 어떤 행동을 하고 있는지를 생생하게 목격할 수 있습니다. 인정하고 싶지 않지만, 우리가 겁을 먹고 있는 것은 사실입니다. 인정하고 싶지 않지만, 우리가 자칫 성급한 생각, 성급한 행동에 빠져들 수 있는 것도 사실입니다. 인정하고 싶지 않지만, 우리는 해서는 안 된다는 것을 뻔히 아는 행동을 하고 싶어 합니다."

그의 마음속에서, 그녀는 낮게 걸린 참나무의 굵은 가지 위에 육식성 고양이처럼 엎드려 있었다. 그때만 해도 어린 소년이었던 그는 땅바닥에 서서 그녀를 올려다보았고, 그녀가 그런 그를 향해 한쪽 팔을 늘어뜨렸다. 너무 무서웠다. 높은 곳이 무서웠고, 그녀가 무서웠고, 그녀에게서 스며 나오는 분위기가 무서웠다. 그리고, 어린아이들이 누구나 그렇듯, 자기 자신이 무서웠다. 무서웠다…

"목사님?"

루실이었다.

커다란 참나무, 울창한 이파리 사이로 일렁이던 태양, 젖은 잔디, 어린 소녀—그 모든 것이 사라졌다. 피터즈 목사는 한숨을 내쉬며 빈손을 맞잡았다.

"그럼 우리더러 어쩌란 말이오?" 한복판에 앉아 있던 프레드 그린이 소리쳤다. 모든 사람이 고개를 돌려 그를 바라보았다. 그는 낡은 모자를 벗고 카키색 작업복 셔츠를 매만졌다. "그들은 정상이 아니오!" 그는 녹슨 우편함처럼 입술을 앙다문 채 뱉어내듯 말을 이었다. 그의 머리카락은 주인을 버린 지 오래였고, 코는 큼직한 반면 눈은 지나치게 작았다. 그 모든 것이 어울려 날이 갈수록 그의 외모를 더욱 날카롭고 험상궂게 만들었다.

"그래서 우리더러 어쩌란 말이오?"

"인내심을 발휘해야 합니다." 피터즈 목사가 말했다. 그는 뒤쪽에서 있는 윌슨네 가족 이야기를 꺼낼지 말지 잠시 망설였다. 하지만 그들은 아카디아에서 아주 특별한 의미를 갖는 가족이었고, 지금은 되도록 그들이 다른 사람들의 눈에 뜨이지 않게 하는 게 상책이었다.

"인내심?" 프레드가 조그만 눈을 휘둥그레 뜨며 소리쳤다. 그의 몸이 부들부들 떨리는 것 같았다. "악마가 우리 집 현관 앞에 나타났는데 인내심을 발휘하라고? 지금 같은 종말의 시대에 우리더러 어떻게 인내심을 발휘하라는 거요?" 프레드는 말을 하면서 피터즈 목사가 아니라 청중들을 바라보았다. 그러고는 조그맣게 원을 그리며 사람들의 시선을 자신에게 집중시킨 뒤, 모든 사람들이 자신의 눈을 볼 수 있도록 유도했다. "지금 같은 시대에 우리더러 인내심을 발휘하랍니다!"

"자, 자." 피터즈 목사가 말했다.

"종말 이야기는 꺼내지 맙시다. 그 불쌍한 사람들을 악마라고 부르지도 말고요. 그들이 커다란 수수께끼를 안고 있는 것은 분명합니다. 기적이라고 해도 과언이 아니겠지요. 하지만 지금은 누구든 뭔가 결론을 내리기에 너무 빠른 시점 아닐까요? 아직 우리가 알지 못하는 것들이 너무나 많은 마당에, 패닉 상태로 빠져드는 것만큼 위험한 일도 없습니다. 댈러스에서 어떤 일이 벌어졌는지 다들 들으셨지요? 귀환자뿐만 아니라 정상인들까지 모두 당했습니다. 모두 다 사라졌어요. 여기서도 그런 일이 벌어지게 해서는 안 됩니다. 이곳 아카디아에서는 절대 안 된다는 말입니다."

"솔직히 말해서 그 댈러스 사람들은 꼭 해야 되는 일을 한 것뿐이잖소."

이제 교회는 활기가 넘쳤다. 신도석에 앉거나 벽을 따라 서 있는 모든 사람들이 프레드에게, 혹은 적어도 그의 열정에 동의한다는 뜻으로 일제히 고개를 끄덕이기 시작했다.

피터즈 목사가 손을 들어 진정하라는 몸짓을 했다. 잠시 수그러드는 듯하던 소란은 이내 도로 커졌다.

루실은 제이콥을 꼭 끌어안고 자기 쪽으로 끌어당겼다. 문득 햇살 따스한 댈러스의 길거리에 어른 아이 할 것 없이 피투성이가 되어, 혹은 온몸에 멍이 든 채 누워 있는 귀환자들의 모습이 떠오르면서 오스스 몸서리가 일었다.

루실은 제이콥의 머리를 쓰다듬으며 자기도 제목을 알지 못하는 콧노래를 흥얼거렸다. 사람들이 모두 제이콥만 쳐다보고 있는 느낌이었다. 쳐다보면 볼수록 그들의 얼굴은 점점 더 심하게 일그러졌다. 입가에는 조소가 떠올랐고, 이맛살은 노골적인 불만으로 주름이 잡혔다. 그러거나 말거나, 소년은 시럽 뿌린 복숭아보다 더 중요한 것은 아무것도 없다는 표정으로 엄마의 품에 안겨 있었다.

루실은 제이콥이 귀환자라는 사실을 숨길 수만 있다면 문제는 간단할 거라고 생각했다. 단순히 평범한 아이라면 무슨 문제가 있겠는가. 하지만 설령 온 동네가 그녀의 개인사를 모른다 할지라도, 1966년 8월 15일에 그녀와 해럴드에게 벌어진 그 끔찍한 비극을 알지 못한다 할지라도, 제이콥의 정체를 숨길 방법은 없었다. 산 사람들은 귀환자를 정확히 알아보았다.

프레드 그린은 귀환자의 유혹에 대해, 왜 그들을 믿으면 안 되는

지에 대해 열변을 토했다.

피터즈 목사의 마음속에는 프레드의 주장을 반박할 온갖 성경 구절, 격언과 성인들의 일화가 맴돌았지만, 지금은 교회 차원의 집회가 아니었다. 주일 아침 예배가 아니었다. 이것은 전 세계를 휩쓴 광풍 속에서 방향을 잃고 허둥거리는 사람들의 마을 회의였다. 이 세상에 아직 정의가 남아 있다면, 그 광풍은 문명 세계를, 즉 뉴욕, 로스앤젤레스, 도쿄, 런던과 파리 같은 대도시들을 휩쓸지언정, 이 조그만 마을까지 덮쳐서는 안 되었다. 심각하고 중요한 문제들이 발생하는 곳은 늘 따로 있지 않던가.

"나는 그들을 어디 한군데에 몰아 놓아야 한다고 생각합니다."

프레드가 주름진, 그러나 여전히 강인한 주먹을 허공에 휘두르며 말했다. 그러자 젊은 남자들이 고개를 끄덕여 동의를 표하며 그의 주변으로 모여들었다. "폐교 같은 곳 있잖소. 아니면 이 교회도 좋고. 목사님 말씀을 듣자 하니 하나님은 그들에게 아무런 불만도 없는 모양이니까."

다음 순간, 피터즈 목사는 평소의 그에게서 좀처럼 찾아볼 수 없는 모습을 보여주었다. 버럭 고함을 지른 것이다. 그 고함소리가 어찌나 우렁차던지, 교회는 순식간에 침묵에 휩싸였으며 작고 연약한 그의 아내는 그의 등 뒤에서 황급히 몇 걸음을 물러났다.

"그다음에는 어떻게 할 겁니까?" 그가 물었다. "그다음에는 그들에게 어떤 일이 벌어지지요? 우리가 어느 건물에 그들을 가둔다고 합시다. 그래서 어쩌자는 겁니까? 그다음에는 어떻게 되는 거지요? 우리가 언제까지 그들을 가둬둘 수 있습니까? 이틀? 한 주? 두 주?

한 달? 이 사태가 끝날 때까지? 그게 언제지요? 죽은 자들이 돌아오는 사태가 언제 끝납니까? 아카디아는 언제 가득 차지요? 이 마을에 살았던 모든 사람들이 다 돌아오는 때는 언젭니까? 우리의 이 조그만 마을이 생긴 지 얼마나 되었지요? 150년? 170년? 그동안 이 마을에 살았던 사람들이 모두 몇 명입니까? 우리가 몇 명이나 감당할 수 있을까요? 우리가 몇 명의 귀환자를, 언제까지 먹여 살릴 수 있지요?"

"귀환자가 우리 마을 사람들만이라는 보장은 있습니까? 다들 무슨 일이 벌어지고 있는지 아시지 않습니까. 그들이 돌아올 때, 원래 살던 곳으로 돌아오는 경우는 거의 없어요. 그러니 우리는 고향으로 돌아오는 사람들을 위해 문을 열어주어야 할 뿐만 아니라, 길을 잃고 우연히 이곳으로 돌아온 사람들까지 받아들여야 합니다. 귀환자들 중에도 외로운 사람들, 연고가 없는 사람들이 있어요. 브래던 카운티에 나타났던 일본 사람을 기억합니까? 그 사람이 지금 어디에 있지요? 일본이 아니라 지금도 브래던 카운티에 있어요. 친절하게도 그를 받아준 어느 가정에 같이 살고 있다고요. 왜 그럴까요? 간단합니다, 본인이 고향으로 돌아가기를 원하지 않았기 때문이에요. 그가 어떤 인생을 살다 죽었건 간에, 지금은 뭔가 다른 삶을 원하는 겁니다. 그리고 기꺼이 인정을 베푸는 좋은 사람들을 만나 그런 기회를 얻은 거고요."

"프레드 그린, 이것 하나만 설명해주면 내가 가진 걸 다 내놓겠어요! 그리고 두 번 다시 '중국놈들 사고방식은 우리와 다르다' 하는 따위의 헛소리는 꺼내지 마세요. 한심하기 짝이 없는 인종 차별주의자처럼 보이니까!"

피터즈 목사는 사람들의 눈에 이성과 배려심—인내의 가능성—이 돌아오는 것을 보았다. "그래서 그들이 더 이상 갈 곳이 없어지면 어떻게 되지요? 죽은 사람의 수가 산 사람보다 많아지면 어떻게 되냐는 말입니다."

"내 말이 그 말이오." 프레드 그린이 쏘아붙였다. "죽은 사람의 수가 산 사람보다 많아지면 어떻게 되는 거요? 그들이 우리를 어떻게 할 것 같소? 우리가 그들의 자비를 구해야 하는 지경이 되면 어떤 일이 벌어지냐는 말이오."

"그런 일이 벌어질 거라는 근거는 어디에도 없지만, 만약 정말로 그런 일이 벌어지면 그들도 우리가 보여준 모범을 따르도록 기도할 뿐이겠지요. 우리가 그들에게 충분한 자비를 베풀었다면 말입니다."

"그런 바보 같은 대답이 어디 있소! 하나님도 내가 교회에서 이렇게 험한 소리를 지껄이는 걸 용서하실 거요. 그게 바보 같은 대답이라는 건 누구도 부정할 수 없는 사실이니까!"

교회 안이 다시 웅성거리기 시작했다. 탄식, 불만, 맹목적인 가정… 웅성거림의 종류도 다양했다. 피터즈 목사는 벨러미 요원을 바라보았다. 하나님이 설득에 실패했으니, 정부가 수습에 나설 차례였다.

"좋아요, 좋습니다!" 벨러미 요원은 그렇게 말하며 군중을 정면으로 바라보았다. 그러고는 한 손으로 흠잡을 데 없는 자신의 회색 정장을 한 번 훑어내렸다. 이 교회 안에서 땀을 흘리지 않는 사람,

탁한 공기와 뜨거운 열기 때문에 힘들어하지 않는 사람은 그가 유일한 듯했다. 그런 그의 모습이 어느 정도 분위기를 가라앉혔다.

"나 같으면 처음부터 이 모든 게 무능한 정부 때문에 빚어진 혼란이라는 주장을 굳이 부정하지 않겠소!" 프레드 그린이 말했다. "오히려 정부가 이번 사태에 깊숙이 개입하고 있다는 사실이 드러난다 해도 전혀 놀라운 일이 아니겠지. 당신이 죽은 사람을 살려내는 방법을 찾으려고 밤잠을 설치지는 않았을지 몰라도, 펜타곤의 그 얼간이들이 전쟁터에서 죽어간 군인들을 살려내면 어떤 이득이 생기는지 열심히 계산기를 두드리고 있다는 쪽에 내 목을 걸어도 좋소!"

프레드의 앙다문 입술이 그의 주장에 한층 힘을 실어 주었다. 그는 교회 안의 모든 사람들을 자신의 추론으로 끌어들이려는 듯 두 팔을 활짝 펼쳤다.

"눈에 뻔히 보이는 수작 아니오? 전쟁터에 나간 군인이 빵! 총을 맞고 쓰러졌어. 그때 누군가가 무슨 단추를 누르거나 주사를 놓으면 죽었던 사람이 벌떡 일어나서 방금 자기를 죽인 개자식들을 향해 입에 거품을 물고 덤벼든다! 이거야말로 심판의 날 최후의 무기 아니오?"

사람들은 그의 주장이 그럴듯하다는 듯이, 혹은 적어도 뭔가 의심해볼 필요는 있는 것 아닌가 하는 표정으로 고개를 끄덕였다.

벨러미 요원은 그 노인의 과격한 주장으로 인한 충격이 어느 정도 가라앉기를 기다렸다. "그렇게만 되면 정말로 심판의 날 최후의 무기가 되겠지요, 그린 씨." 그가 천천히 입을 열었다. "하지만 그런 악몽은 말 그대로 헛된 망상일 뿐이에요. 생각을 해봅시다. 죽었던 사람이 살아났다가, 또 총을 맞고 죽는다? 여러분 가운데 그런 끔찍한 일을 지지할 사람이 몇이나 됩니까? 아마 한 명도 없을 겁니다."

"그렇지 않아요, 그린 씨. 우리 정부는 방대한 규모와 강력한 권력을 가지고 있지만 그렇다고 태양의 움직임을 좌지우지하지는 못하는 것과 마찬가지로, 이번 사태에 대해서도 아무런 통제력을 발휘하지 못하고 있어요. 그저 거대한 파도에 휩쓸리지 않으려고 안간힘을 다하고 있을 뿐입니다. 그저 조금이라도 진전을 만들어내기 위해 노력하고 있을 뿐이라는 얘깁니다."

진전이라… 정말 좋은 단어가 아닐 수 없었다. 마음이 급하고 초조할 때 이보다 더 안전한 단어도 없었다. 부모가 기다리고 있는 집으로 돌아가는 것만큼이나 든든하지 않은가?

군중은 다시 프레드 그린을 바라보았다. 그는 '진전'과 같은 든든한 전망을 한 번도 언급하지 않았다. 그저 늙고, 작고, 성난 모습으로 씩씩거릴 뿐이었다.

피터즈 목사가 거구를 이끌고 벨러미 요원의 오른쪽으로 자리를 옮겼다.

사실 벨러미 요원은 공무원으로 적합한 인물이 전혀 아니었다. 정직한 사람이기 때문이었다. 정부는 무슨 일이 있어도 국민들에게 아무것도 모른다는 말을 해서는 안 된다. 정부가 답을 가지고 있지 못하면 누구에게 의지해야 하는가? 정부는 거짓말을 해서라도 최소한의 체면을 유지해야 한다. 모든 것을 완벽하게 통제하고 있는 척이라도 해야 한다. 언제 어디서든 기적의 치료법을 제시해야 하고, 필요하면 단호한 군사 조치라도 취해야 한다. 또한 귀환자의 경우에는 대통령이 스웨터 차림으로 파이프 담배를 물고 난롯가에 앉아 인내심이 절정에 달한 부드러운 목소리로 "저는 여러분이 필요로 하는 답을 알고 있으며, 모든 일이 다 잘될 겁니다." 하고 기자회견이라도 해야 한다.

하지만 벨러미 요원은 일반 국민에 비해 더 알고 있는 게 하나도 없었으며, 그런 자신을 부끄러워하지도 않았다.

"멍청한 인간들."

프레드는 그렇게 내뱉으며 돌아서서 나가 버렸다. 주위에 모여 있던 사람들이 일제히 몸을 틀어 그에게 길을 내주었다.

프레드 그린이 나가버리고 나니 남부 특유의 차분한 분위기가 돌아왔다. 많은 사람이 차례로 발언을 했고, 목사는 물론이고 사무국에서 나온 사람에게도 여러 가지 질문을 던졌다. 질문은 대부분 누구나 예상할 수 있는 내용을 크게 벗어나지 않았다. 모든 교회, 모든 마을 회관, 모든 강당, 모든 인터넷 포럼, 모든 자유 게시판에서 누구나 궁금해하는 질문들이 이어졌다. 하도 많은 사람이, 하도 여러 차례 묻는 질문이라 이제 지겹다는 느낌이 들 정도였다.

대답—'우리도 잘 모른다', '시간을 달라', '인내심을 가져라'—또한 지겹기는 마찬가지였다. 하지만 적어도 이 대목에서 피터즈 목사와 벨러미 요원이 완벽한 팀워크를 발휘했다는 사실만은 누구도 부정할 수 없었다. 한 사람은 애국심에 호소했다. 또 한 사람은 신앙심을 강조했다. 만약 두 사람이 그런 완벽한 팀워크를 발휘하지 못했다면, 윌슨네 가족이 등장했을 때 마을 사람들이 어떤 반응을 보였을

지는 누구도 예측하기 힘들었을 것이다.

그들은 교회 뒤쪽에 마련된 식당에서 모습을 드러냈다. 그들은 벌써 일주일째 거기서 기거하는 중이었다. 사람들 앞에 잘 나서지 않았고, 따라서 사람들이 그들을 두고 입방아를 찧는 일도 없었다.

짐 윌슨과 코니 윌슨 부부, 그리고 그들의 두 자녀 토미와 해너는 아카디아에 마을이 생긴 이후 유래를 찾아볼 수 없는 최악의 수치이자 슬픔이었다.

아카디아는 원래 살인사건과는 거리가 먼 마을이었다.

그러나 이들만은 예외였다. 아주 오래전, 윌슨 일가는 한밤중에 자기 집에서 총에 맞아 죽은 시신으로 발견되었고, 범인은 체포되지 않았다. 이 사건을 두고 수많은 소문들이 떠돌았다. 초창기에는 벤 왓슨이라는 이름의 부랑자가 유력한 용의자로 떠올랐다. 일정한 거주지가 없고, 이 마을 저 마을을 철새처럼 떠돌아다니던 인물이었다. 주로 겨울철에 아카디아로 흘러들었는데, 최대한 오랫동안 사람들의 눈에 뜨이지 않도록 누구네 헛간에 몰래 숨어서 겨울을 나곤 했다. 하지만 그의 폭력적인 성향에 대해서는 전혀 알려진 바가 없었다. 게다가 사건 당시 그는 공공장소에서 술을 마셨다는 이유로 옆의 옆 마을 유치장에 갇혀 있었다는 사실이 밝혀졌다.

그 밖에도 그다지 신빙성 없는 소문들이 떠올랐다 사라지기를 반복했다. 피살된 부부의 외도—때로는 남편이, 때로는 부인이 도마에 올랐다—가 거론되기도 했는데, 이는 짐이 직장과 교회, 집밖에 모르는 남자였고 코니는 집과 교회, 그리고 아이들이 인생의 전부인 여자였다는 점에서 설득력을 잃었다. 무엇보다도 짐과 코니가 고등학교 시절부터 한 번도 한눈을 판 적이 없는 연인 사이였다는 사실이 그 소문을 잠재웠다. 외도는 그들의 DNA와 애당초 거리가 멀었다.

생전에 월슨 일가는 루실과 많은 시간을 함께했다. 몇몇 할 일 없는 사람들과는 달리 자신의 배경을 캐는 데 별로 관심을 기울이지 않던 짐은, 조부모의 자매 대에서 혈연관계가 형성되었다는 루실의 주장을 그대로 받아들여 종종 왕래를 하는 사이가 되었던 것이다(루실은 그 대고모의 이름을 끝내 밝혀내지 못했다).

친척으로 공인될 기회를 굳이 거부할 사람이 몇이나 되겠는가.

루실은—그들이 죽기 전까지 한 번도 스스로 인정해본 적은 없지만—짐과 코니가 두 자녀를 키우며 오순도순 살아가는 모습을 지켜보며 제이콥의 죽음으로 인해 그런 삶의 기회를 아쉽게 잃어버린 자신의 처지에 조금이나마 위안을 받았다.

그러니 루실이 어떻게 그들을 가족이라고, 자기 세상의 동반자라고 부르지 않을 수 있었겠는가?

월슨 일가가 죽고 나서 오랜 세월이 흐르는 동안 마을 사람들 사이에는 범인이 아카디아 사람은 아닐 거라는, 특정한 사안을 두고 조그만 마을에서 흔히 찾아볼 수 있는 암묵적 합의가 이루어졌다. 범인은 외부인이 분명했다. 순박한 사람들이 조용히 살아가는 이 외딴 마을로 들어와, 그들이 누리던 고즈넉한 평화를 단칼에 깨버리는 끔찍한 범죄를 저지른 사람은 마땅히 외부인이어야만 했다.

교회에 모인 모든 사람들은 뒷문을 통해 한 사람 한 사람 모습을 드러내는 월슨 일가를 깊은 침묵 속에서 지켜보았다. 짐과 코니가 앞장을 섰고, 어린 토미와 해너가 조용히 그 뒤를 따랐다. 군중은 홍해가 갈라지듯 그들에게 길을 터주었다.

금발과 넓은 어깨, 강인한 턱이 인상적인 짐 윌슨은 서른다섯 살이 채 될까 말까 한 젊은이였다. 그는 언제나 무언가를 만드는 데 전념하는 사람이기도 했다. 뭔가 생산적인 일을 하지 않으면 좀이 쑤시는 사람, 만성적인 기아라는 엔트로피에 맞서 인류의 진보에 작지만 꾸준히 힘을 보태는 사람. 바로 이것이 생전의 그가 마을 사람들에게서 많은 사랑을 받은 이유였다. 정중하고, 근면하고, 예의바른 남부 사람이 되기 위해서는 모름지기 그를 본받아야 한다는 말이 나올 정도였다. 하지만 귀환자가 되어 돌아온 지금, 그는 모든 사람들이 얼마나 끔찍한 괴물이 될 수 있는지를 상기시키는 존재가 되어 있었다.

"여러분은 모두 아주 거대한 의문을 향해 다가서고 있습니다."

짐이 낮은 목소리로 말했다.

"오늘밤 여러분이 던졌던 질문은 아직 제자리에 남아 있어요. '우리를 어떻게 할 것인가'라는 질문 말입니다."

피터즈 목사가 그의 말을 가로막았다. "자, 자. 어떻게 하고 말고 할 것도 없습니다. 당신도 우리와 똑같은 사람이에요. 살 곳이 필요합니다. 그래서 우리는 방을 마련했고요."

"그들이 영원히 이곳에 기거할 수는 없어요." 누군가가 말했다. 그에 동의하는 사람들이 뭐라고 수군거리기 시작했다. "뭔가 조치를 취해야 해요."

"저는 그저 여러분에게 고맙다는 말씀을 드리고 싶었습니다."

짐 윌슨이 말했다. 원래 그는 뭔가 몇 마디 말을 더 하려고 계획했었는데, 하나도 생각이 나지 않았다. 아카디아의 모든 사람들이 그를 바라보고 있었다. 그중에는 남들보다 그리 우호적이지 않은 눈빛으로 그를 바라보는 이들도 있었다. "저는 그저… 그저 고맙다는 말씀을 드리고 싶었습니다." 짐 윌슨은 방금 했던 말을 되풀이했다. 그런 다음, 가족들을 이끌고 조금 전에 들어온 문으로 조용히 물러났다.

그다음부터 사람들은 무슨 말을 해야 할지, 무슨 질문을 해야 할지, 무슨 주장을 펼쳐야 할지 곤혹스러워하는 모습이었다. 끼리끼리 뭐라고 수군거리거나 투덜거리기는 했지만, 그런다고 결론이 날 것은 하나도 없었다. 갑자기 다들 무척 피곤하고 힘든 기색을 역력히 드러내기 시작했다.

벨러미 요원은 사람들이 하나둘 교회를 빠져나가기 시작할 무렵, 마지막으로 다시 한 번 모두를 격려하는 발언을 했다. 미소 띤 얼굴로 사람들과 악수를 나누며, 질문을 하는 이들에게는 어떻게 해서 이런 일이 벌어지고 있는지 밝혀내기 위해 할 수 있는 최선을 다하겠노라고 다짐했다. '만족스러운 답이 나올 때까지' 절대 포기하지 않겠다는 말도 빠뜨리지 않았다.

사람들이 정부에게서 원하는 것이 바로 그 '만족스러운 답'이었으니, 그들은 벨러미 요원의 약속을 통해 잠시나마 두려움과 의구심을 달랠 수 있었다.

머지않아 목사와 그의 아내, 그리고 더 이상 자기네 때문에 문제가 커지는 것을 원하지 않아—마치 이 세상으로 돌아온 적이 없는 것처럼—사람들의 눈에 뜨이지 않는 교회 뒷방에 조용히 남아 있던 윌슨네 가족을 제외한 모든 사람들이 각자 집으로 돌아갔다.

"프레드가 할 말이 꽤 많았을 것 같은데."

해럴드는 루실이 교회에서 나와 트럭에 오르자 그렇게 말문을 열었다. 루실은 제이콥의 안전띠가 생각처럼 쉽게 고정되지 않아 상당히 애를 먹는 모습이었다.

"사람들이 다들 좀… 이상해진 것 같아요!" 안전띠가 '찰칵' 하고 끼워지는 소리가 마치 그녀가 말한 문장의 마침표를 찍는 듯했다. 이어서 루실은 창문의 손잡이를 잡아당겼다. 몇 번이나 힘껏 잡아당긴 뒤에야 창문이 열렸다. 루실은 가슴 위로 팔짱을 꼈다.

해럴드가 열쇠를 돌리자, 트럭의 엔진이 비명을 지르며 잠에서 깨어났다.

"제이콥, 네 엄마는 오늘도 입을 꾹 다물고 있었겠지? 아마 시작부터 끝날 때까지 입도 벙긋하지 않고 앉아 있었을 거다, 그렇지?"

"맞아요, 아빠."

제이콥은 그렇게 대답하며 미소 띤 얼굴로 아버지를 바라보았다.

"둘이서 아주 대놓고 사람을 무시하네요." 루실이 툴툴거렸다.

"그럴듯한 말을 한마디 하고 싶어서 입이 근질거려도 기회가 없었겠지. 그럴 때 네 엄마가 어떻게 되는 줄 알지?"

"그럼요, 아빠."

"자꾸 그러면 너랑 안 논다, 제이콥. 네 아빠하고도." 루실은 그렇게 말하면서도 속으로는 겨우 웃음을 억눌렀다. "당장 이 트럭에서 내려 버릴 거야. 그러면 앞으로 나를 만나기 어려울 텐데."

"오늘 나온 얘기 중에 제일 그럴듯한 단어는 뭐였지?"

"심판의 날."

"저런… 그건 정말 그럴듯한 단어로구나. 교회에서 너무 많은 시간을 보내면 '심판의 날'이 온다. 그래서 내가 교회를 안 가는 거야."

"해럴드 하그레이브!"

"목사님은 어땠어? 그 친구, 종교는 마음에 안 들지만 그래도 꽤 괜찮은 미시시피 출신이야."

"저한테 사탕을 주셨어요." 제이콥이 대답했다.

"정말 친절한 분이로구나, 안 그러냐?" 해럴드는 집으로 돌아가는 길이 워낙 캄캄해 트럭을 운전하느라 애를 먹으면서도 그렇게 말했다. "좋은 사람이야, 안 그래?"

이제 교회는 쥐 죽은 듯이 조용해졌다. 피터즈 목사는 자신의 조그만 사무실로 들어가 짙은 색깔의 나무 탁자 앞에 앉았다. 멀리서 도로를 달리는 트럭소리가 들렸다. 모든 것이 아주 간단했고, 그것은 좋은 징조임에 틀림없었다.

그의 책상 서랍 속, 몇 권의 책과 그의 서명을 기다리는 잡다한 서류들, 쓰다 만 설교문들, 그 밖에 사무실을 조금씩 점령해 들어가는 온갖 잡동사니들 밑에 편지가 한 통 들어 있었다. 사무실 한쪽 구석에 놓인 낡은 스탠드가 뿜어내는 희미한 호박색 불빛이 힘겹게 어둠과 싸우고 있었다. 벽마다 늘어선 책장에는 수용 능력을 훨씬 넘어서는 책들이 빼곡히 꽂혀 있었다. 요즘은 그 책들이 그에게 한 줄기 위안을 가져다주었다. 하지만 지금은 한 통의 편지가 그 많은 책들의 숱한 단어들이 가져다주는 위안을 송두리째 빼앗아간 상태였다.

편지의 내용은 이러했다.

친애하는 로버트 피터즈 귀하,

국제 귀환자 사무국은 엘리자베스 핀치라는 이름의 귀환자가 귀하를 애타게 찾고 있음을 알려 드리고자 합니다. 규정상 귀환자의 가족이 아닌 사람에게는 어떠한 정보도 제공되지 않습니다. 대부분의 귀환자들은 제일 먼저 가족을 찾기 마련이지만, 핀치 양의 경우에는 귀하의 소재를 알고자 하는 간절한 바람을 피력했습니다. 이에 귀환자 처리 규정 제21조 17항에 의거, 귀하에게 이 같은 사실을 통보하는 바입니다.

피터즈 목사는 이 편지를 처음 읽었을 때 그랬던 것과 마찬가지로, 지금도 또 한 번 자신의 인생이 송두리째 혼돈의 늪 속으로 빠져드는 기분에 사로잡혔다.

장 리도

"당신은 젊은 여자를 만나야 해요." 그녀가 장을 향해 말했다. "당신이 이 상황을 헤쳐 나가도록 이끌어줄 여자를." 그녀는 힘겹게 조그만 침대로 올라가 자리를 잡았다. "당신은 이제 유명인사예요. 나는 당신의 앞길을 가로막는 늙은 여자일 뿐이고요."

젊은 예술가는 방을 가로질러 그녀 옆에 무릎을 꿇었다. 그가 그녀의 무릎에 얼굴을 기댄 채 그녀의 손바닥에 입을 맞추자, 그녀는 얼마 전부터 생기기 시작한 주름과 반점에 더 신경이 쓰였다.

"이 모든 게 당신 덕분이야." 그가 말했다.

그는 그녀가 방황의 대학 시절을 보내다가 1921년의 어느 여름날 밤 파리에서 불의의 교통사고로 세상을 떠난 무명의 예술가와 마주친 이후, 지난 30년 동안 그녀 인생의 한 부분을 차지했던 남자였다. 지금 그녀는 그의 사랑뿐만 아니라 육신까지도 완벽하게 소유하고 있었다. 그것이 그녀를 겁나게 했다.

바깥에서 들리던 길거리의 소란이 드디어 잠잠해졌다. 경찰이 군중을 해산시키는 데 성공한 모양이었다.

"내가 옛날에도 이렇게 유명했더라면," 그가 말했다. "어쩌면 내 인생이 달라졌을지도 모르는데."

"예술가는 죽고 나서야 제대로 평가받는 경우가 많잖아요."

그녀는 그의 머리칼을 어루만지며 미소를 지었다.

"죽은 사람이 자신에게 돌아올 영광을 되찾기 위해 다시 돌아올 거라고는 아무도 예상하지 못했겠죠."

그녀는 오랜 세월 동안 그의 작품과 생애를 연구해왔다. 하지만 이렇게 그의 체취를 맡으며, 또한 그가 간절히 원했으나 끝내 기르지 못했던 턱수염의 거친 질감을 느끼며 함께하는 시간을 가질 수 있으리라고는 상상도 못했다. 두 사람은 나란히 앉아 그의 예술을 제외한 온갖 이야기를 나누며 밤을 지새웠다. 그의 예술에 대해서는 언론에서 떠들어대는 것만으로도 충분했다. 그중에서도 가장 유명한 기사는 "장 리도: 예술가의 귀환"이라는 제목을 달고 있었다.

기사에서는 그가 예술가의 귀환 가운데 최초의 사례라고 소개되었다. "천재 조각가, 돌아오다! 머지않아 거장들이 우리 곁으로 돌아올 것이다!"

덕분에 그는 이제 유명인사가 되었다. 그가 거의 백 년 전에 만든 작품들, 몇백 프랑만 넘어도 팔리지 않던 그의 작품들이 이제는 수백만 프랑을 호가했다. 많은 팬들이 생겨난 것은 물론이었다.

하지만 장이 원하는 것은 오직 마리사뿐이었다.

"당신이 나를 살아 있게 만들었어." 그는 고양이처럼 그녀의 무릎에 입술을 부비며 말했다. "아무도 나를 거들떠보지 않을 때, 당신이 내 작품을 살아 있게 만들었어."

"그럼 나는 당신의 목동이에요." 그녀가 말했다. 그러면서 손목으로 얼굴에 흘러내린 머리칼을 쓸어 올렸다. 날이 갈수록 조금씩 색이 바래가고, 날이 갈수록 조금씩 숱이 적어지는 머리칼을.

"그게 나 아니에요?"

그는 맑고 파란 눈동자로 그녀를 올려다보았다. 그녀가 오랫동안 연구해온 조악한 화질의 흑백 사진 속에서도 그의 눈동자는 바로 이 아름다운 파란색이었다.

"우리 나이 따위에는 신경 쓰지 않아." 그가 말했다.

"나는 그저 평범한 예술가일 뿐이었지. 이제야 나는 내 작품이 나를 당신에게로 인도하기 위한 것이었음을 알게 되었어."

그러면서 그는 그녀에게 입을 맞추었다.

5

대부분의 굵직한 사건들이 그렇듯이, 이번 사태 역시 공무원 한 사람과 지나치게 젊은 군인 두 사람이 탄 정부 소유의 크라운 빅토리아 한 대, 그리고 한 대의 휴대전화로 시작되었다. 그러나 전화 한 통과 며칠 동안에 벌어진 일련의 일들 때문에 지금 벨러미 요원은 학생도, 강의도 없는 학교에 자리를 잡게 되었다. 지난 며칠 사이에 이 학교에는 학생 대신 사무국 소속의 승용차와 트럭들, 남자와 여자들이 속속 모여들었다.

사무국은 이른바 아카디아 프로젝트를 수립했다. 유사 이래로 이 마을의 경제를 옭죄어 온 입지 조건—고립—은 사무국이 원하는 조건과 정확하게 맞아떨어졌다. 물론 화이트빌에도 음식점과 호텔을 비롯해 사무국이 계획을 실행에 옮기는 데 필요한 모든 시설과 자원이 갖추어져 있었지만, 문제는 인구였다. 머지않아 봉쇄해야 할지도 모르는 고속도로와 크고 작은 도로망은 말할 것도 없이, 1만 5천에 육박하는 인구가 걸림돌로 작용했다.

반면 존재감이 거의 없다고 해도 과언이 아닌 아카디아는 사무국 입장에서 최적의 선택이 아닐 수 없었다. 인구도 얼마 되지 않고, 그 얼마 되지 않는 사람들 중에는 세상의 관심을 끌 만한 인물도 없었다. 그저 농부와 목재 노동자, 기계공과 기술자, 그 밖에 먹고 살기에 급급한 이런저런 소시민들이 살고 있을 뿐이었다.

"그들을 그리워할 사람이 아무도 없다."

적어도 대령의 표현은 그러했다.

윌리스 대령. 그 사람을 떠올리자 벨러미 요원은 가슴이 답답해졌다. 그에 대해서 아는 게 별로 없다는 사실이 더욱 마음을 불안하게 만들었다. 요즘과 같은 정보의 시대에, 구글로 검색이 되지 않는 사람은 믿어서는 안 된다. 하지만 그런 것은 늦은 밤 벨러미 요원이 호텔에서 잠들기 직전에 잠시 떠올린 상념일 뿐이었다. 하루하루 이어지는 일과, 특히 인터뷰에 온 신경을 곤두세워야 하는 탓이었다.

교실은 작았다. 곰팡이 냄새, 그리고 납 성분이 든 페인트와 오랜 세월의 무게가 느껴지는 공간이었다.

"제일 먼저," 벨러미 요원은 노트를 허벅지에 올려놓은 채 의자에 몸을 기대며 말했다. "혹시 특별히 이야기하고 싶은 이상한 일이라도 있습니까?"

"아뇨." 루실이 대답했다. "당장 생각나는 건 없어요." 제이콥도 동의한다는 뜻으로 고개를 끄덕였지만, 그의 관심은 오로지 막대사탕에 집중되어 있었다. "하지만 만약 뭔가 이상한 일이 벌어지고 있다면, 제가 그걸 깨닫는 데 도움이 될 만한 어떤 질문이든 하셔도 괜찮아요." 루실이 말했다. "제가 보기에 당신은 취조관에 가까운 것 같으니까요."

"상당히 가혹한 단어 선택인 것 같네요."

"그럴지도 모르죠." 루실이 대답했다. "미안해요." 루실은 엄지에 침을 묻혀 제이콥의 얼굴에 묻은 사탕 얼룩을 닦아냈다. 그녀는 오늘 인터뷰를 위해 제이콥을 깔끔하게 차려입혔다. 새로 산 검정색 면바지, 칼라가 달린 흰색 셔츠, 새 신발, 심지어 양말까지 새 것이었다. 제이콥 역시 착한 아이답게 깔끔한 옷차림을 유지하려고 나름대로 신경을 쓰고 있었다.

"제가 유난히 그런 단어들을 좋아해서 그런 것뿐이에요." 루실이 말했다. "설령 당신이 약간의 다양성을 보여주려 하는 경우에도 때로는 약간 가혹하게 들릴 수도 있죠." 제이콥의 얼굴을 다 닦은 루실은 이제 자기 자신에게로 관심을 돌렸다. 일단 긴 은발을 매만진 다음, 혹시 뭐가 묻었나 하고 하얀 손을 확인했지만 특별히 묻은 것은 없었다. 이어서 앉은 채로 엉덩이를 살짝 틀어 드레스 자락을 조금 더 잡아당겼다. 물론 그녀의 크림색 드레스 자락이 필요 이상으로 올라가 있었던 것은 아니지만, 존경받을 만한 여자들은 조심성과 조신함을 잃지 않기 위해 온갖 노력을 아끼지 않는다는 사실을 확실하게 보여줄 필요가 있다고 느꼈을 뿐이었다.

'조신' 역시 루실이 평소 대화에서 충분히 자주 써먹을 기회가 없던 단어 가운데 하나였다.

"조신." 루실은 조그맣게 그 단어를 중얼거렸다. 그러고는 드레스의 옷깃을 살짝 잡아당겼다.

"사람들의 보고 중에 수면 장애 문제가 있었습니다."

벨러미 요원은 그렇게 말하며 허벅지의 노트를 책상 위로 옮겨 놓았다. 이렇게 조그만 마을의 학교 선생님들이 그렇게 큰 책상을 쓴다는 것이 조금 뜻밖이었지만, 그런 것은 조금만 생각을 해봐도 납득이 갔다.

벨러미 요원은 몸을 앞으로 숙여 녹음기가 돌아가고 있는지 확인했다. 그러고는 노트에 뭔가를 적으며 루실의 반응이 나타나기를 기다렸지만, 이내 가만히 놔두어서는 대답이 나올 기미가 전혀 보이지 않는다는 사실을 알아차렸다. 그는 괜히 바빠 보이려고 노트에 '계란'이라고 적어 넣었다.

"귀환자들이 수면 장애를 겪는다는 이야기는 아닙니다."

벨러미 요원은 애써 북부 억양을 자제하며 느릿느릿 말했다.

"단지 잠을 아주 조금밖에 자지 않는 경향을 보인다는 이야깁니다. 그렇다고 피로나 무기력감을 호소하지는 않지만, 그들 중에는 며칠씩 잠을 자지 않고도 두어 시간만 휴식을 취하면 아무 문제가 없다고 이야기하는 이들이 있어요."

조금 전까지 자신이 앉아 있는 책상의 가치를 가늠해보던 그의 관심이 이제 의자 쪽으로 옮겨갔다. "하지만 우리는 지금 지푸라기라도 잡으려고 발버둥 치는 것인지도 모릅니다." 그가 말을 이었다.

"우리가 이런 인터뷰를 진행하는 이유도 바로 그거지요. 뭐가 정상이고 뭐가 그렇지 않은지를 가려내기 위해서 말입니다. 우리는 정상인과 마찬가지로 귀환자에 대해서도 최대한 많은 정보를 알아내야 하니까요."

“그래서 지금 제 경우를 묻는 거예요, 아니면 제이콥의 경우를 묻는 거예요?” 루실이 교실을 둘러보며 물었다.

“두 분 다입니다. 우선 부인 경우부터 말씀해 주시지요, 하그레이브 부인. 수면을 취하는 데 무슨 문제가 있습니까? 수면을 방해하는 꿈이라든지, 아니면 불면증 같은?”

루실은 또 한 번 앉은 채로 몸을 꼼지락거렸다. 창밖으로 눈길을 주니, 화창한 바깥 날씨가 눈에 들어왔다. 만물이 화사하게 빛나고 향긋한 봄 냄새가 가득했지만, 그 속에는 머지않은 여름의 눅눅한 습기 냄새도 조금은 섞여 있었다. 루실은 한숨을 내쉬며 두 손을 맞비볐다. 그러고는 두 손을 포개 무릎 위에 내려놓았다. 하지만 왠지 어색한 느낌이 들어서 괜히 무릎을 한 번 쓸어내린 뒤 다정한 엄마들이 흔히 그러하듯 한쪽 팔을 제이콥의 어깨에 둘렀다.

“아뇨.” 이윽고 루실이 대답했다. “저는 지난 50년 동안 깨어 있었어요. 매일 밤마다 말똥말똥 눈을 뜨고 앉아 있었죠. 낮에도 자지 않고 여기저기 돌아다녔고요. 깨어 있는 것 말고는 할 수 있는 일이 하나도 없는 것 같았어요. 참 지겨운 노릇이었죠.” 루실은 미소를 지으며 말을 이었다. “지금은 매일 밤마다 잠을 자요. 아주 평화롭게. 예전에는 상상도 못했을 정도로 깊은 단잠을 자죠.”

루실은 다시 두 손을 무릎 위에 모았다. 이번에는 그럭저럭 견딜 만했다. “이제야 보통 사람들처럼 잠을 자는 느낌이에요.” 그녀가 말했다. “눈을 감았다가 다시 뜨면 어느새 아침이에요. 잠이란 원래 그렇게 자야 되는 것 아닌가 싶어요.”

“해럴드는 어떻습니까? 잠을 잘 자는 편입니까?”

"잘 자죠. 잠이 들면 누가 업어 가도 몰라요. 지금까지 늘 그랬고, 앞으로도 그럴 거예요."

벨러미 요원은 노트에 '오렌지 주스'라고 적어 넣었다. '쇠고기'라는 항목도 추가했다. 잠시 후 그걸 지워 버리고 대신 '다진 쇠고기'로 바꿔 적었다. 그는 제이콥을 돌아보았다. "너는 어때?"

"좋아요, 아저씨. 아무 문제도 없어요."

"좀 이상한 기분이 들 거다, 그렇지 않니? 이것저것 캐묻기나 하고, 테스트다 뭐다 해서 사람들이 너를 가만히 안 두는 느낌일 거야."

제이콥은 어깨만 슬쩍 들었다 놓았다.

"뭐 하고 싶은 말은 없어?"

제이콥은 또 어깨를 으쓱했는데, 이번에는 어깨가 거의 귀 밑에까지 올라와서 조그맣고 부드러운 그의 얼굴을 완전히 감싸는 느낌이었다. 순간적으로 누군가의 그림에 나오는 아이의 모습과 흡사한 듯했다. 셔츠가 귀를 덮었고, 갈색 앞머리가 눈 바로 위에서 찰랑거렸다. 다음 순간 제이콥은 엄마에게 또 꼬집힐 거라는 생각이 들었는지 얼른 말했다. "저는 괜찮아요, 아저씨."

"그럼 다른 걸 하나 물어볼 수 있을까? 조금 더 어려운 질문인데?"

"'물어볼 수 있을까'보다는 '물어봐도 될까'라고 하는 게 더 나은 표현이라고 엄마가 가르쳐 주셨어요."

그러면서 제이콥은 자기 엄마를 쳐다보았다. 루실의 얼굴에는 당혹감과 대견함이 반씩 섞인 듯했다.

벨러미 요원은 싱긋 웃음을 지었다. "그렇구나." 그가 말했다. "좋아, 그럼 조금 더 어려운 질문을 하나 해도 되겠니?"

"안 될 것 없죠." 제이콥은 그렇게 대답하더니 불쑥 한마디 덧붙였다. "수수께끼 하나 내드릴까요?" 갑자기 아이의 눈에 초롱초롱 생기가 돌았다. "전 재미난 수수께끼를 많이 알거든요."

벨러미 요원은 팔짱을 끼고 몸을 앞으로 내밀었다.

"그래, 한 번 내보렴."

루실은 이번에도 속으로 기도를 드렸다. '주님, 제발 비버가 나오는 수수께끼는 안 내게 해주세요.'

"길을 건너는 병아리를 뭐라고 부르게요?"

루실은 숨이 턱 막히는 기분이었다. 병아리가 나오는 수수께끼는 아주 천박하고 상스러운 경우가 많지 않던가.

"폴트리 인 모션(Poultry in motion)!"* 제이콥은 벨러미 요원에게 별로 고민할 시간도 주지 않고 얼른 답을 말했다. 그러고는 허벅지를 철썩 내려치며 노인처럼 웃었다.

"재미있구나. 그것도 아빠한테 배웠니?" 벨러미 요원이 말했다.

"뭐 어려운 거 물어볼 거라고 하셨잖아요." 제이콥이 딴청을 피우며 말했다. 마치 누가 오기를 기다리는 사람처럼 창밖을 내다보는 모습이었다.

"좋아. 네가 전에도 이런 질문을 받았다는 건 나도 안다. 너무 여러 번 같은 질문을 받아서 대답하기가 귀찮을지도 모르겠구나. 나

---

* poetry in motion이라는 숙어가 '아주 우아하고 아름다운 동작'을 뜻하는 관용구로 쓰이는 점에 착안한 말장난.

도 전에 한 번 물어본 적이 있어. 의식을 되찾은 뒤 제일 먼저 기억나는 게 뭐였지?"

제이콥은 대답을 하지 않았다.

"중국에 있었던 건 기억나?"

제이콥은 고개를 끄덕였다. 웬일인지 이번에는 그의 어머니가 훈계를 하지 않았다. 루실 역시 다른 모든 사람들만큼이나 귀환자의 기억에 대해 궁금한 게 많았다. 고갯짓 대신 말을 하라는 가르침을 전하기 위해 그녀의 손이 습관적으로 제이콥을 향해 다가갔지만, 이내 마음을 고쳐먹은 듯 중간에 무릎 위의 원래 자리로 돌아왔다.

"깨어나던 때가 기억나요." 제이콥이 입을 열었다.

"물가에서요. 강가였어요. 큰일 났다는 생각이 들었어요."

"왜 큰일이 났다고 생각했지?"

"엄마 아빠가 제가 어디 있는지 모르고 계신다고 생각했기 때문에요. 아무리 찾아도 엄마 아빠가 보이지 않아서 더 겁이 났어요. 큰일이 난 것 때문에 겁이 난 게 아니라 엄마 아빠가 안 계셔서 겁이 났어요. 아빠가 근처에 계실 거라고 생각했는데 안 계셨어요."

"그래서 어떻게 됐어?"

"사람들이 왔어요. 중국 사람들이요. 그 사람들은 중국말을 했어요."

"그다음에는?"

"그다음에 어떤 아주머니 두 분이 와서 무슨 말을 했는데, 말이 좀 우습기는 해도 아주 친절한 분들이었어요. 뭐라고 말하는지는 못 알아들었지만 친절하다는 건 알 수 있었어요."

"그래." 벨러미 요원이 말했다. "무슨 뜻인지 알겠구나. 의사나 간호사가 자기네끼리만 알아듣는 말을 할 때 나도 그런 생각이 들 때가 있어. 대부분의 경우에는 그들이 무슨 말을 하는지 한마디도 알아듣지 못하지만, 말투나 태도로 미루어 그들이 친절을 베풀려 한다는 것을 알 수 있지. 제이콥, 사람들의 말투만 봐도 무슨 말을 하는지 알아들을 수 있다는 건 참 신기한 일이야. 그렇지 않니?"

"맞아요, 아저씨."

이어서 그들은 제이콥이 베이징 외곽의 조그만 강가 마을에서 발견된 뒤로 무슨 일이 벌어졌는지에 대해 좀 더 이야기를 나누었다. 아이는 신이 나서 그 이야기를 털어놓았다. 자신이 마치 대단한 모험가나 영웅담의 주인공이라도 된 기분이 드는 모양이었다. 물론 고통스러울 만큼 겁이 난 건 사실이었지만, 그것은 처음에 잠깐뿐이었다. 그 순간이 지나자 오히려 재미있다는 생각이 들기 시작했다. 낯선 나라에서, 낯선 사람들이, 낯선 음식을 먹으라고 주었는데, 다행히도 금방 적응할 수 있었다. 지금 이 학교에는 사무국에서 나온 아저씨와 엄마가 함께 있었지만, 제이콥은 진짜 중국 음식을 먹고 싶어 배가 꼬르륵거릴 지경이었다. 자기가 먹은 음식의 이름은 하나도 알지 못했지만 그 향과 맛은 생생히 기억에 남아 있었다.

제이콥은 중국에서 먹은 음식뿐만 아니라 중국인들이 얼마나 친절했는지에 대해서도 길게 이야기했다. 정부에서 나온 사람들—과 군인들—이 도착했을 때도 중국인들은 마치 제이콥이 자기네 가족이라도 되는 듯 따뜻이 보살펴 주었다. 도저히 더 이상 먹을 수 없을 때까지 음식을 가져다주었고, 경이와 신비감이 가득한 눈으로 그를 지켜보았다.

그 뒤에는 한참 동안 비행기를 탔는데, 그건 조금도 겁나지 않았다. 늘 비행기를 타고 어디론가 날아가는 꿈을 꿔왔는데, 뜻하지 않게 거의 18시간이나 비행기를 타게 된 것이다. 승무원들도 친절했지만 그 후에 만난 벨러미 요원만큼 친절하지는 않았다.

"그들은 내내 미소를 짓고 있었어요."

제이콥이 비행기 승무원들을 떠올리며 말했다.

제이콥은 이 모든 이야기를 자신의 어머니, 그리고 사무국에서 나온 아저씨에게 숨김없이 털어놓았다. 표현이 아주 우아하거나 하지는 않았지만 "저는 모든 사람들이 다 좋았어요. 그 사람들도 저를 좋아했고요"라는 말로 대미를 장식했다.

"중국에서 꽤 좋은 시간을 보낸 것 같구나."

"예, 아저씨. 재미있었어요."

"다행이다. 아주 다행이야." 벨러미 요원은 메모를 멈추었다. 어느새 쇼핑 목록이 완성된 탓이었다.

"이런 질문들이 지겹거나 하지는 않니, 제이콥?"

"아뇨, 아저씨. 괜찮아요."

"그럼 마지막으로 한 가지만 더 물어볼게. 잘 생각해서 대답해주면 좋겠구나, 알았지?"

그 사이에 제이콥은 막대사탕을 다 먹었다. 똑바로 앉은 그의 작고 창백한 얼굴이 몹시 심각해졌다. 검은 바지와 칼라 달린 하얀 셔츠 차림의 제이콥이 그런 표정을 하고 있으니 마치 잘 차려입은 어린 정치인 같았다.

"너는 착한 아이야, 제이콥. 최선을 다해줄 거라고 믿는다."

"그래, 맞아." 루실이 아이의 머리를 쓰다듬으며 거들었다.

"중국에서 깨어나기 전의 기억은 뭐가 있지?"

침묵.

루실은 제이콥의 어깨에 팔을 두르고 힘주어 꼭 끌어안았다.

"마틴 벨러미 씨는 너를 힘들게 하려는 게 아니야. 대답하고 싶지 않으면 안 해도 괜찮아. 그냥 궁금해서 그러시는 거니까. 그건 엄마도 마찬가지야. 딱히 호기심이라기보다는 그냥 참견하고 싶은 마음이 앞서서 그런 것 같구나."

루실은 미소를 지으며 제이콥의 겨드랑이를 간질였다.

제이콥이 킬킬거리며 웃음을 터뜨렸다.

루실과 벨러미 요원은 그의 대답을 기다렸다.

루실은 자신의 손길이 제이콥의 머릿속에 숨겨진 기억을 끄집어낼 수 있다는 듯이 부드럽게 아이의 등을 어루만졌다. 문득 해럴드가 같이 있으면 좋겠다는 생각이 들었다. 아빠가 제이콥의 등을 문질러주며 든든한 지원군 역할을 해주면 아이가 더욱 용기를 낼 수 있을 거라는 생각에서였다. 하지만 해럴드는 오늘도 '망할 놈의 멍청한 정부' 어쩌고 하는 대사를 읊으며 전혀 협조할 의사를 보이지 않았고—그의 반응은 루실이 주일날 교회에 끌고 가려 할 때와 비슷했다—결국 루실과 제이콥이 벨러미 요원과 면담하는 동안 트럭에서 기다리기로 낙착을 보았다.

벨러미 요원은 노트를 의자 옆의 탁자에 내려놓음으로써 제이콥에게 단순히 정부의 필요성 때문에 이런 질문을 던지는 것만은 아니라는 점을 암시했다. 제이콥이 경험한 일에 정말로 관심이 있다는 사실을 보여주고 싶었던 것이다. 그는 제이콥을 처음 만난 순간부터 이 아이가 마음에 들었고, 제이콥 역시 자신을 좋아한다고 믿었다.

침묵이 어색할 정도로 길어지자, 벨러미 요원이 다시 입을 열었다. "괜찮아, 제이콥. 싫은 걸 억지로—"

"전 시키는 대로 해요." 제이콥이 말했다.

"시키는 대로 하려고 노력해요."

"그래, 물론 그렇겠지." 벨러미 요원이 말했다.

"말썽을 일으키려던 게 아니었어요. 그날 강가에서요."

"중국에서 말이냐? 사람들이 너를 발견한 곳?"

"아뇨."

제이콥은 잠시 뜸을 들이며 다리를 가슴팍으로 끌어당겼다.

"그날 있었던 일 중에 뭐가 기억나니?"

"버릇없이 굴고 싶지 않았어요."

"나도 안다."

"정말이에요." 제이콥이 말했다.

루실은 소리 죽여 눈물을 흘리기 시작했다. 몸이 부들부들 떨리며 3월의 바람에 흩날리는 버드나무 가지처럼 이완과 수축을 되풀이했다. 그녀는 주머니를 뒤져 화장지를 꺼내더니, 그걸로 눈가를 훔쳤다. "계속 말해 봐." 그녀가 갈라진 목소리로 말했다.

"물이 기억나요." 제이콥이 말했다. "그냥 물이 있었어요. 처음에는 우리 집 근처의 강물이었는데, 나중에는 아니었어요. 그때는 저도 몰랐어요. 그냥 그렇게 된 거예요."

"그 사이에는 아무 일도 없었니?"

제이콥은 어깨를 으쓱거렸다.

루실이 또 눈물을 찍어냈다. 뭔지는 모르지만 묵직한 납덩이 같은 것이 가슴을 짓누르는 느낌이었다. 그저 자신의 몸집에 비해 지나치게 조그만 이 의자에 앉은 채 정신을 잃는 일은 없어야 한다는 생각뿐이었다. 벨러미 요원에게 기절한 할머니를 들춰 업고 뛰도록 만드는 것은 예의에 어긋나는 일이 아닐 수 없었다. 그래서 루실은 예의를 지키기 위해서라도 마음을 단단히 먹어야 했고, 덕분에 자신의 목숨이 달린 것처럼 느껴지는 질문까지도 무사히 입 밖에 낼 수 있었다. "깨어나기 전에 아무 일도 없었니, 제이콥? 그러니까 네가… 잠든 때와 깨어난 때 사이에 말이다. 밝고 따뜻한 빛을 보았다거나, 무슨 목소리를 들었다거나, 뭐 그런 건 하나도 없었어?"

"올빼미가 제일 좋아하는 과목이 뭐게요?" 제이콥이 물었다.

침묵이 이어졌다. 침묵과 함께, 말을 할 수 없는 처지와 엄마의 바람을 들어주어야 한다는 의무감 사이에서 녹초가 되어 버린 소년이 있을 뿐이었다.

"수학(Owlgebra)."*

아무도 대답을 하지 않자, 제이콥은 스스로 답을 공개했다.

"대단한 아이로군요." 벨러미 요원이 말했다. 제이콥은 중서부 출신의 젊은 군인을 따라 옆방으로 자리를 옮긴 다음이었다. 루실과

* '대수'를 뜻하는 algebra의 'al'을 올빼미의 'owl'로 바꾼 말장난.

벨러미 요원은 두 방을 연결하는 문에 조그만 창문이 달려 있어서 제이콥과 군인의 모습을 볼 수 있었다. 루실은 잠시라도 제이콥을 시야에서 떼어놓고 싶지 않았다.

"저 아이는 축복이에요." 루실이 잠시 뜸을 들이다 대답했다. 그녀의 시선이 제이콥에게서 벨러미 요원에게로, 다시 자신의 무릎에 놓인 작고 가느다란 손가락으로 옮겨갔다.

"아무 일도 없었다는 이야기를 들으니 한결 마음이 놓이는군요."

"그러게요." 루실이 대답했다. 그녀는 아직도 자신의 손을 내려다보며 미소를 지었다. 그러더니 갑자기 머릿속에서 조그만 수수께끼 하나가 해결된 사람처럼 자세를 바로잡았다. 그녀의 미소가 점점 커지는 것을 보고서야 벨러미 요원은 조금 전까지의 그 미소가 얼마나 미약한 것이었는지를 깨달았다. "여기까지 내려온 건 처음이죠, 마틴 벨러미 요원님? 남부 말이에요."

"공항까지 쳐서요?" 벨러미 요원은 몸을 앞으로 숙이며 커다란 책상 위에 두 손을 가지런히 내려놓았다. 뭔가 이야기가 나올 것 같은 느낌이었다.

"그건 빼야 되지 않을까 싶네요."

"정말입니까? 왜냐하면 애틀랜타 공항은 셀 수도 없을 만큼 드나들었거든요. 저도 잘 이해가 가지는 않지만, 아무튼 무슨 까닭인지 비행기를 탈 일만 생기면 꼭 애틀랜타를 거쳐야 했던 것 같습니다. 한 번은 비행기 편으로 뉴욕에서 보스턴까지 간 적이 있는데, 그때도 애틀랜타에서 세 시간을 기다렸어요. 어쩌다가 그런 일이 생겼는지는 잘 기억이 나지 않습니다만."

루실은 웃음을 터뜨렸다. "왜 결혼은 안 하셨죠, 마틴 벨러미 요원님? 자신만의 가족을 꾸리고 싶다는 생각이 들지 않던가요?"

벨러미 요원은 어깨를 으쓱했다.

"저하고는 잘 맞지 않는 모양입니다."

"맞추려고 노력을 해봐야죠." 루실은 그렇게 말하며 그만 자리에서 일어나려는 동작을 취했지만, 이내 마음을 고쳐먹었다. "당신은 좋은 사람 같아요. 세상에는 좋은 사람이 좀 더 많이 필요하고요. 당신을 행복하게 해줄 젊은 여자를 만나고, 아이도 가져 보세요."

루실은 여전히 미소를 지은 채 그렇게 말했지만, 벨러미 요원은 이제 그녀의 미소가 조금 희미해진 느낌이 들었다.

루실은 '끙' 하는 신음과 함께 자리에서 일어나 문 앞으로 다가가더니, 제이콥이 아직 그 방에 있는 것을 확인했다. "딸기 축제를 아깝게 놓친 것 같네요, 마틴 벨러미." 그녀가 말했다. 낮고 단조로운 목소리였다.

"해마다 이맘때가 되면 화이트빌에서 딸기 축제가 벌어져요. 언제부터인지 기억도 나지 않을 만큼 오래전부터 빠짐없이 그 축제를 구경했죠. 당신 같은 도회지 사람에게는 별것 아닌 것처럼 보일지 모르지만, 우리 같은 시골 사람들은 절대 놓치고 싶지 않은 행사죠. 말 그대로 온통 딸기밖에 없어요. 사람들은 이런 생각 잘 하지 않겠지만, 한때는 누구나 농장을 하나 가지고 작물을 키우면 충분히 먹고 살 수 있던 시절이 있었어요. 요즘은 그런 경우가 아주 드물어졌죠. 제가 어렸을 때 알던 농장들은 대부분 이미 오래전에 사라졌어요. 한두 개가 겨우 남아 있을 뿐이고요. 제가 알기로 럼버턴 근처의 스키드모어 농장도 아직 남아 있는데… 확실하지는 않아요."

루실은 문 앞에서 물러나 조금 전까지 앉아 있던 의자 뒤에 서서 벨러미 요원을 내려다보았다. 그는 루실을 깜짝 놀라게 하려는 듯, 그녀가 보지 않는 사이에 자리에서 일어나 있었다. 조금 전에 책상 앞에 앉아 있을 때는 조그만 어린아이처럼 보였는데, 어느새 다 큰 어른이 되어 있었다. 멀리 떨어진 대도시에서 온 어른. 아주 오래전부터 어린아이가 아니었던 어른.

"축제는 주말 내내 계속되죠." 루실이 말을 이었다. "해가 갈수록 점점 규모가 커지지만 그 시절에도 이미 아주 큰 행사였어요. 아이들이 다 그렇듯이 제이콥도 잔뜩 흥분해서 어쩔 줄 몰라 했죠. 생전 바깥 구경을 못해 본 아이처럼 말이에요! 심지어는 해럴드조차 그 축제만큼은 굉장히 좋아했어요. 그이는 그런 내색을 하지 않으려고 했지만—그때만 해도 고집불통 영감탱이 노릇 하는 법을 완전히 터득하지 못했던 시절이거든요—얼마나 기분이 좋은지 얼굴에 훤히 드러나곤 했죠. 왜 안 그랬겠어요? 하나뿐인 아들을 데리고 콜럼버스 카운티 딸기 축제를 구경할 수 있으니 말이에요."

"정말 대단했어요. 둘 다 하는 짓은 꼭 어린애 같았죠. 강아지 전시회도 열렸는데, 이건 요즘 텔레비전에 나오는 것하고는 차원이 달랐어요. 전형적인 시골 스타일이라고나 할까요. 놀고먹는 애완견이 아니라 열심히 일을 하는 진짜 개들이었으니까요. 그래도 다들 얼마나 예뻤는지 몰라요! 해럴드와 제이콥은 이 우리 저 우리 뛰어다니느라 바빴죠. 이 개는 이래서 저 개보다 낫고 어쩌고 하면서 말이에요. 이 녀석은 이런저런 날씨에, 이런저런 장소에서, 이런저런 집

승을 사냥할 때 데리고 가면 딱 좋을 것 같다, 뭐 이런 얘기들 있잖아요."

루실의 얼굴에 다시 환한 미소가 떠올랐다. 마치 무대 위의 배우처럼, 1966년에 뿌리를 둔 자부심으로 가득한 얼굴이었다.

"사방에 햇살이 가득했죠." 루실이 말했다. "하늘은 어찌나 맑고 푸른지, 요즘은 상상도 할 수 없을 정도였어요." 그러면서 그녀는 고개를 절레절레 가로저었다. "요즘은 오염이 너무 심한 것 같아요. 옛날하고 똑같은 게 하나도 남아나지 않은 것 같다니까요."

그러더니 루실이 갑자기 말문을 닫았다.

돌아서서 다시 한 번 문에 달린 창문을 들여다보았다. 그녀의 아들은 여전히 옆방에 있었다. 아직 살아 있었다. 여전히 여덟 살이었다. 여전히 귀여웠다. "세상은 변해요." 한참 후에야 루실이 다시 입을 열었다.

"하지만 당신도 그때 그 시절을 직접 봤어야 해요, 마틴 벨러미. 제이콥과 아이 아빠는 정말이지 너무나 행복했어요. 해럴드는 하루 가운데 반나절은 꼬박 아이를 무등 태우고 다녔어요. 저러다가 쓰러지는 것 아닌가 하는 생각이 들 정도였죠. 그런 날은 하루 종일 걷다시피 했거든요. 걷고, 걷고, 또 걸었죠. 그러는 내내 해럴드는 저 아이를 감자 자루처럼 어깨에 들춰 메고 다녔어요."

"두 사람은 정말 재미있게도 놀았어요. 이런저런 부스를 구경하며 실컷 이야기를 하다가, 느닷없이 제이콥이 뛰기 시작하는 거예요. 그러면 해럴드는 열심히 그 뒤를 쫓아가죠. 사람들 사이를 헤치고 달리느라 어깨를 부딪치기도 했지만 아랑곳하지 않았어요. 그러면 저는 그들을 향해 소리를 지르죠. '당장 서지 못해? 제발 망나니 같은 짓 좀 그만해!'"

루실은 제이콥을 지긋이 바라보았다. 어떤 태도를 취해야 좋을지 확신이 서지 않는 듯, 중립을 유지한 채 기다리는 사람의 얼굴이었다. "정말이지 신의 축복이 아닐 수 없어요, 마틴 벨러미 요원님." 그녀가 천천히 말했다.

"인간이 신의 축복에 담긴 의미와 목적을 충분히 이해하지 못한다 해서 그 축복이 덜 은혜로워지는 건 아니에요… 안 그런가요?"

엘리자베스 핀치

그녀는 그가 올 거라고 믿었다. 그녀가 할 일이라고는 오로지 믿고 기다리는 것뿐이었다. 그는 언제나 사람들이 기대하는 것보다 훨씬 뛰어났고, 절제력이 강했으며, 총명하기까지 했다. 그러면서도 자기 자신을 필요 이상으로 과대 포장하는 경우는 한 번도 없었다.

점점 그 사람과의 거리가 가까워지는 느낌이었다. 사람들에게 붙잡히기 전, 콜로라도까지 그를 찾아갔다. 그러다가 고속도로 휴게소에서 현지 경찰의 눈에 뜨이고 말았다. 귀환자에 대해 불타는 호기심을 가지고 있던 어느 트럭 기사가 그녀를 태워주었는데, 아무리 죽음에 대한 질문을 던져도 속 시원한 대답이 나오지 않자 그녀를 그 휴게소에 내려주고 가 버렸다. 사람들이 뭔가 미심쩍은 눈으로 그녀를 바라본 것도 무리는 아니었다.

텍사스로 넘겨진 다음에는 사무국의 조사관에게 "로버트 피터즈를 찾아주실 수 있나요?"라는 말을 몇 번이나 했는지 모른다. 텍사스에서 잠시 조사를 받은 뒤 그녀가 원래 살던 미시시피로 옮겨졌는데, 거기서는 비슷한 처지의 다른 사람들과 같은 건물에 수용되었다. 총을 든 남자들이 지키는 건물이었다.

"난 로버트 피터즈를 찾아야 해요."

그녀는 기회가 있을 때마다 사람들에게 그렇게 말했다.

"그 사람은 여기 없어요." 그녀가 들은 대답은 그게 전부였다. 그것도 아주 비웃는 표정으로.

하지만 그래도 그는 찾아올 것이다. 그녀는 그것을 알고 있었다.

틀림없이 그는 그녀를 찾을 것이고, 그렇게 되면 언제나 그랬듯이 모든 일이 다 순조롭게 풀릴 것이다.

6

자판을 두드릴수록 피터즈 목사의 한숨도 깊어졌다. 그가 타이핑을 얼마나 싫어하는지는 오로지 하나님만이 아실 것이다.

이제 마흔셋밖에 안 되었으니 아직 젊다면 젊은 나이였지만, 아무리 나이를 먹어도 타이핑만은 절대 익숙해지지가 않았다. 말하자면 그는 컴퓨터 시대가 너무 멀리 떨어져 있어 타이핑을 배울 기회도, 이유도 없었던 반면, 다른 한편으로 멀게만 느껴졌던 컴퓨터 시대가 어느 날 느닷없이 현실로 다가오는 바람에 미처 쿼티 배열의 자판을 익히지 못한 대가를 톡톡히 치러야 하는 불행한 세대에 속한 인물이었던 셈이다. 결국 그는 오늘날까지도 거대한 사마귀처럼 두 개의 손가락만으로 그 많은 글자쇠를 처리해야 하는 신세가 되고 말았다.

탁. 타닥. 탁, 탁, 탁, 타닥, 탁.

편지의 서두를 쓰기 시작한 게 벌써 네 번째였다. 그리고 다섯 번을 지웠다. 힘겹게 쓴 글자들을 모조리 지워 버리고 좌절감에 사로잡혀 아예 컴퓨터를 꺼버린 게 몇 번인지 모른다.

가련한 독수리 타법의 타이피스트에게, 문제는 머릿속에 두 개의 집게손가락만으로는 도저히 따라갈 수 없는 엄청난 속도로 생각이 떠오른다는 점이었다. 만약 그가 조금이라도 덜떨어진 인간이었다면 자판의 글자들이 몇 분마다 서로 자리를 바꾸는 바람에 도저히 외울 수가 없다고 하늘에 대고 맹세했을 것이다. 물론 편지를 미리 손으로 써놓고 천천히 컴퓨터로 옮길 수도 있었지만, 그런다고 해서 타이핑 속도가 빨라지는 기적은 일어나지 않았다.

한 번인가 두 번 그의 아내가 사무실로 들어와 타이핑을 대신해주겠다고 했다. 흔히 있는 일이었다. 하지만 그는 정중히 아내의 호의를 사양했다. 흔히 있는 일이 아니었다.

"맨날 당신이 대신 쳐주면 나는 영원히 늘지가 않잖아."

그가 말했다.

"현명한 사람은 자신의 한계를 아는 법이에요."

딱히 남편을 얕보려 해서가 아니라, 그저 대화를 끌어내려는 의도로 꺼낸 말이었다. 피터즈 목사 자신이 얼마 전에 아카디아 마을 사람들에게 한 이야기이기도 했다. 그는 지난 몇 주 동안 평소와는 사람이 조금 달라 보였고, 최근 며칠 사이에는 그 정도가 훨씬 심해졌다. 아내는 그 이유를 알지 못했다.

"한계라기보다는 '느슨한 경계' 정도로 생각하는 게 낫지 않겠어?" 피터즈 목사가 대답했다. "손가락만 다 쓸 수 있어도… 조금만 두고 보라고. 깜짝 놀라게 해줄 테니까! 나에게도 기적이 일어나지 말라는 법은 없잖아."

아내는 남편이 무엇을 쓰고 있는지 궁금해 조심스럽게 책상 뒤로 다가갔지만, 남편은 그토록 오랜 시간 동안 힘들여 쓴 몇 안 되는 단어들을 재빨리 지워 버렸다. "생각을 좀 정리해보는 중이야." 그가 말했다. "중요한 거 아니야."

"그래서, 나한테도 말하고 싶지 않다는 거예요?"

"아무것도 아니라니까. 정말이야."

"좋아요." 아내는 그렇게 말하며 포기한다는 듯 두 손을 들어 보였다. 그러고는 아직 화가 난 것은 아님을 보여주기 위해 미소를 지었다. "비밀 잘 간직하세요. 난 당신을 믿으니까요." 그녀는 그렇게 말하고 방을 나갔다.

아내가 자신을 믿는다는 말을 남기고 나간 뒤, 목사의 타이핑은 더욱 수렁으로 빠져들었다. 아내의 그 말은 그가 쓰고 있는 편지에 아내의 신뢰와 관련된 어떤 요소가 포함되어 있음을 암시하는 탓이었다.

그녀는 아주 노련한 배우자였다.

담당자님께,

이제 겨우 거기까지였다. 처음부터 새로 시작하는 것이나 다름없었다. 목사는 한숨을 내쉬며 손등으로 이마를 훔친 뒤, 타이핑을 계속했다.

탁. 탁. 탁. 타닥. 탁…

문의드릴 것이 있어서 이렇게

피터즈 목사는 자세를 고쳐 앉으며 생각에 잠겼다. 자신이 무엇을 문의하고 싶은지에 대해서 아는 게 별로 없음을 깨달았기 때문이다.

탁. 타닥. 탁…

제가 문의하고자 하는 것은 엘리자베스 핀치 양의 상태에 대해서입니다. 핀치 양이 저를 찾고 있다는 내용의 편지를 받았습니다.

삭제, 삭제, 삭제. 다시…

제가 문의하고자 하는 것은 엘리자베스 핀치 양의 상태에 대해서입니다.

적어도 거기까지는 크게 틀린 문장은 아니지 싶었다. 여기서 그냥 끝을 맺고 서명을 한 뒤 봉투를 우편함에 넣어 버릴까 하는 생각을 잠시 해보았다. 그 유혹이 너무나 강한 나머지, 인쇄까지 했다. 그러고는 다시 자세를 가다듬고 그 문장을 바라보았다.

제가 문의하고자 하는 것은 엘리자베스 핀치 양의 상태에 대해서입니다.

목사는 인쇄한 종이를 책상 위에 올려놓고 펜을 집어 단어 몇 개를 지웠다.

제가 문의하고자 하는 것은 엘리자베스 핀치 양의 상태에 대해서 입니다.

머릿속으로는 잘 정리가 되지 않아도 손은 그가 하고자 하는 말을 더 정확하게 아는 느낌이었다. 그의 손이 펜을 집어 문장을 정리하기 시작했다. 몇 개의 단어를 뭉개 버리고 나니 진실이 자신을 빤히 쳐다보는 느낌이었다.

저는 엘리자베스에 대해서 쓰고 있습니다.

그러나 다음 순간, 그가 할 수 있는 일이라고는 그 종이를 구겨 쓰레기통에 던져 버리는 것밖에 없었다.

목사는 인터넷에 접속해 검색창에 엘리자베스 핀치라는 이름을 쳐서 넣었다. 엘리자베스 핀치라는 이름을 가진 사람이 열두어 명 나타났지만, 그들 가운데 한때 그의 가슴을 지배했던 미시시피의 열다섯 살 소녀는 없었다.

목사는 이미지 검색을 시도했다.

여자들의 사진이 하나둘 스크린에 나타났다. 웃는 이도 있었고, 카메라를 똑바로 쳐다보는 이도 있었다. 카메라가 자신을 찍고 있다는 사실조차 모르는 이들도 있었다. 더러는 사람을 찍은 사진이 아닌 이미지들도 있었다. 영화나 텔레비전에서 따온 이미지도 있었다. (할리우드에 아주 유명한 텔레비전 범죄 드라마를 쓰는 엘리자베스 핀치라는 작가가 있는 모양이었다. 검색 결과에 그 범죄 드라마의 이미지가 몇 페이지나 이어졌다.)

피터즈 목사는 금빛이던 해가 적갈색으로 변했다가 다시 금빛으로 돌아와 지평선 너머로 사라지기 직전까지 검색을 계속했다. 그 사이에 부탁도 하지 않았는데 아내가 커피를 끓여 왔다. 목사는 고맙다고 인사하고 키스를 한 뒤, 아내가 컴퓨터 화면에 뜬 검색창의 이름을 발견하기 전에 서둘러, 그러나 기분 나쁘지 않게 방에서 내보냈다. 설령 그녀가 검색창을 본다 해도 큰일 날 것은 없었다. 정작 이름을 발견하면 의심을 할 수도 있겠지만, 그렇지 않아도 이미 뭔가 미심쩍다는 생각을 하고 있을 터였다. 이름 자체만 가지고는 아무런 단서도 잡을 수 없겠지만.

목사는 아내에게 한 번도 엘리자베스 이야기를 한 적이 없었다.

그는 잠자리에 들기 직전에야 원하던 것을 발견했다. 그리 오래되지 않은 옛날 피터즈 목사가 자라난 미시시피의 조그만 마을에서 발행되던 〈워터 메인〉이라는 조그만 신문사가 올린 기사 한 토막이었다. 제일 큰 산업이라고는 '가난'밖에 없는 이 눅눅한 미시시피의 조그만 마을까지 그 기사를 날려 보낸 기술이 그저 놀라울 따름이었다. 조악한, 그러나 읽을 수는 있는 기사의 제목은 '현지 소녀, 자동차 사고로 사망'이라고 되어 있었다.

피터즈 목사의 얼굴이 일그러졌다. 목구멍으로 분노가 치밀어 올랐다. 기사 제목에 담긴 무지, 그리고 무능에 대한 분노였다.

목사는 기사를 읽으면서 엘리자베스 핀치가 어떤 상황에서 어떻게 죽었는지 좀 더 자세히 설명되었더라면 하는 아쉬움을 느꼈다. 하지만 언론에서 진실을 구하는 것만큼 어리석은 짓도 없을 것이다. 진실은 고사하고, 정확한 사실이라도 찾아낼 수 있으면 다행이었다.

목사는 비록 짧고 부실한 기사였지만 몇 번이나 되풀이해서 읽었다. 어차피 진실은 이미 그의 가슴 속에 담겨 있었다. 사실들은 그 진실을 예리한 안도감으로 되살려내는 역할을 할 뿐이었다.

오늘 하루 들어 처음으로 단어들이 좀 더 쉽게 튀어나오는 느낌이었다.

나는 엘리자베스에 대해 이 글을 쓴다. 나는 그녀를 사랑했다. 그녀는 죽었다. 지금은 다시 살아났다. 나는 어떻게 해야 하는가?

해럴드와 루실은 각자 자신의 방식대로 꼼지락거리며 말없이 앉아 뉴스를 보고 있었다. 위층의 제이콥은 잠이 들었는지 깨어 있는지 확실하지 않았다. 해럴드는 제일 좋아하는 안락의자에 앉아 입가를 문지르거나 입술을 핥으며 담배 생각을 하고 있었다. 때로는 깊게 들이쉰 숨을 한참 참고 있다가, 담배를 물고 있는 모습을 정확하게 흉내 낸 입술 사이로 길게 뿜어내기도 했다.

루실은 집에서 걸치는 겉옷의 무릎 위에 두 손을 가지런히 내려놓은 채 앉아 있었다. 뉴스가 점점 황당해졌다.

짙은 색 정장에, 얼굴도 말끔하게 잘생긴 은발의 뉴스 앵커는 비극적이고 불행한 사건밖에 보도할 게 없는 모양이었다. "프랑스에서는 세 명의 사망자가 발생한 것으로 알려졌습니다." 앵커가 약간 무덤덤한 말투로 그렇게 말했는데, 루실은 그 말투가 그다지 마음에 들지 않았다. "경찰이 아직 귀환자들을 옹호하는 시위대를 완전히 제압하지 못한 관계로, 사망자 숫자는 앞으로 더 늘어날 전망입니다. 시위대가 초심을 잃어버린 게 아닌지 걱정스럽습니다."

"완전히 선동이로군." 해럴드가 불쑥 내뱉었다.

"초심을 잃었다는 말 말이에요?" 루실이 말했다.

"왜 저런 식으로 표현을 하는 거죠? 저 앵커는 마치 영국인이 되려고 시도하는 것 같아요."

"그게 더 멋있게 들린다고 생각하는 거겠지." 해럴드가 말했다.

"프랑스에서 일어난 사건이라서 저런 식으로 말하는 것 아니에요?"

그때 은발의 앵커가 화면에서 사라지고, 구름 한 점 없는 화창한 하늘 아래 사람들을 향해 폭동 진압용 방패와 곤봉을 마구 휘두르는 제복 차림의 군인들이 나타났다. 시위대의 반응은 마치 물과도 같았다. 군인들이 전진하면 수백 명의 사람들은 썰물이 빠지듯 뒤로 물러났다. 그러다가 군인들이 너무 나간 것 아닌가 하고 물러서면, 시위대는 즉시 그 빈자리를 메꿨다. 달아나는 사람도 있었고, 뒤통수를 얻어맞고 짚단처럼 쓰러지는 사람도 있었다. 반면 무리지어 먹잇감을 사냥하는 맹수처럼, 여럿이 집단을 이루어 한꺼번에 경찰을 공격하는 이들도 보였다. 갑자기 누군가의 팔 끝에 조그만 불꽃이 나타났다. 그 불꽃이 활처럼 뒤로 젖혀지더니 허공으로 튕겨

올라갔고, 이내 바닥에 떨어지면서 커다란 화염이 주위를 삼켰다.

앵커가 다시 나타났다. "끔찍한 장면이 아닐 수 없습니다." 앵커의 목소리에는 흥분과 엄숙함이 뒤섞여 있었다.

"생각을 좀 해봐요!" 루실이 행실 나쁜 고양이를 쫓듯 텔레비전을 향해 손짓을 하며 말했다. "사람들이 가장 기본적인 본분을 망각하고 저렇게 난리를 피워대니, 스스로 부끄러운 줄을 알아야 해요. 저게 프랑스 사람들이라니 더 한심하네요. 교양 있는 프랑스 사람들이 저런 행동을 할 거라고는 미처 상상도 못했어요."

"당신 증조할머니는 프랑스 사람이 아니야, 루실."

해럴드는 이제 뉴스가 지긋지긋하게 느껴져서 말머리를 돌렸다.

"아니긴 왜 아니에요! 우리 증조할머니는 크리올*이었다고요."

"당신 가문에 그걸 입증할 만한 사람이 아무도 없잖아. 내가 보기에 당신은 프랑스 사람들을 워낙 좋아해서 스스로도 그 망할 놈의 프랑스 핏줄을 물려받았다고 믿고 싶은 것뿐이야. 도대체 이유가 뭔지 모르겠어."

뉴스는 이제 파리를 떠나 드넓은 몬태나의 평야로 배경을 옮겼다. 들판에 헛간처럼 보이지만 사실은 헛간이 아닌 커다란 사각형 건물들이 점점이 흩어져 있었다. "미국으로 초점을 옮겨보면…" 은발의 앵커가 말했다. "바로 이곳, 미국 땅에서 반(反)귀환자 운동이 싹트고 있는 것으로 보입니다." 이어서 군인처럼 보이지만 사실은 군인이 아닌 사람들이 화면을 가득 채웠다.

---

* 미국 루이지애나 주에 이주한 프랑스 사람의 자손.

그러나 그들이 미국인인 것만은 분명했다.

"프랑스 사람들은 감수성이 강하고 교양이 높은 사람들이에요."

루실이 반은 텔레비전을, 반은 해럴드를 바라보며 말했다.

"그리고, 욕 좀 하지 말아요. 제이콥이 들으면 어쩌려고 그래요."

"내가 언제 욕을 했다고 그래?"

"방금 '망할 놈'이라고 했잖아요."

해럴드는 내가 졌다는 듯이 두 손을 번쩍 들었다.

텔레비전에는 몬태나 사람들—남자뿐만 아니라 여자들도 있었다—이 군용 소총을 들고 군복을 입은 채 장애물 위로 뛰어넘거나 밑으로 기어서 통과하며 달려가는 모습이 잡혔다. 표정은 다들 진지하기 짝이 없었고 때로는 넘어져서 신음하는 이들도 있었지만 대부분 진짜 군인에 비해 손색이 없는 모습이었다.

"이건 또 뭐죠?" 루실이 물었다.

"미친놈들이지 뭐야."

루실이 발끈했다. "그걸 당신이 어떻게 알죠? 당신도 나도 저 사람들에 대한 이야기는 한 번도 들어본 적이 없잖아요."

"나는 딱 보면 알아. 굳이 설명을 듣고 말고 할 것도 없다고."

"더러는 저들을 미친 사람으로 치부하는 이들도 있습니다."

텔레비전에서 은발의 앵커가 말했다.

해럴드는 의기양양하게 코웃음을 쳤다.

"하지만 정부 관계자들은 절대 저들을 대수롭지 않게 여기면 안 된다고 말합니다."

루실이 같은 코웃음으로 반격했다.

텔레비전에는 가짜 군인 한 명이 소총의 가늠쇠를 노려보더니, 사람 모양으로 만든 표적지를 향해 방아쇠를 당기는 장면이 잡혔다. 표적지 뒤쪽의 땅바닥에서 먼지가 풀썩 일었다.

"군대라면 사족을 못 쓰는 인간들이야." 해럴드가 말했다.

"그걸 당신이 어떻게 알아요?"

"아니면 뭐겠어? 저 사람들을 좀 보라고." 해럴드는 손가락으로 텔레비전을 가리키며 말했다. "저 사람들 꼴을 좀 봐. 며칠 안 있으면 땅에 묻힐 노인네들이잖아. 당신이 가서 성경이라도 좀 읽어줘야 하는 것 아냐?"

그때 앵커가 다시 입을 열었다.

"사방에서 이런 일이 벌어지고 있습니다."

"제이콥!" 루실이 외쳤다. 아이에게 겁을 주고 싶지는 않았지만, 갑자기 아이가 걱정이 되어서 견딜 수가 없었다.

제이콥이 자기 침실에서 낮고 부드러운 목소리로 대답했다.

"괜찮니, 제이콥? 그냥 확인하려고 불러봤어."

"네, 엄마. 괜찮아요."

제이콥의 방에서 장난감 소리가 가볍게 달그락거리더니, 웃음소리가 까르르 들려왔다.

텔레비전 카메라에 잡힌 그 가짜 군인들은 스스로를 '몬태나 참생명 운동'이라는 단체 소속이라고 밝혔다. 미국 정부를 전복하고 전국을 엄청난 소용돌이로 몰아넣을 인종 전쟁을 준비하기 위해 만들어진 일종의 민병대인 셈이었다. 그러나 이 단체의 한 관계자는 이제 그보다 더 시급한 과제가 주어졌다고 주장했다. "우리는 마땅히 해야 할 일을 하는 데 있어 아무런 두려움이 없습니다."

텔레비전 화면이 몬태나에서 다시 스튜디오로 돌아가자, 카메라를 바라보고 있던 은발의 앵커가 황급히 원고를 내려다보는 가운데 화면 하단에는 '귀환자, 우리의 적인가?'라는 자막이 떴다.

앵커는 원고에서 해당 대목을 찾아낸 모양이었다. "로체스터 사건 이후, 이것은 우리 모두가 던지는 질문이 되었습니다."

"미국이 세계를 주도하는 분야가 있다면." 해럴드가 말했다. "그건 빌어먹을 총을 앞세우는 분야뿐이야."

루실은 의도와는 달리 웃음을 터뜨렸다. 그러나 그 웃음은 오래가지 못했다. 텔레비전에 아무도 예상하지 못한, 아주 중요한 장면이 비친 탓이었다. 앵커는 프롬프터가 망가지기라도 한 듯이 불안한 표정이었다.

"이제 미합중국 대통령을 만나 보겠습니다." 앵커가 불쑥 말했다.

"잘 한다." 해럴드가 중얼거렸다.

"조용히 좀 해봐요! 당신은 비관주의자야."

"난 현실주의자일 뿐이야."

"당신 같은 사람을 염세주의자라고 해요!"

"누가 침례교도 아니라고 할까 봐!"

"당신은 대머리야!"

두 사람이 이렇게 티격태격하는 가운데, 이윽고 대통령의 목소리가 흘러나오기 시작했다. "…다른 발표가 있을 때까지 집 바깥으로 나오지 마십시오." 그 한마디에 해럴드와 루실의 말싸움이 뚝 멎었다.

“저건 또 무슨 소리예요?” 루실이 물었다.

화면 하단에 다시 자막이 흘렀다. ‘대통령, 귀환자에게 외출 금지 명령.’

“맙소사.” 루실이 하얗게 질린 얼굴로 중얼거렸다.

그들의 집에서 꽤 멀리 떨어져 있는 고속도로를 트럭들이 달려오고 있었다. 루실과 해럴드의 눈에는 보이지 않지만, 앞으로 다가올 명백한 현실이었다. 그 트럭에는 누구도 되돌릴 수 없는 변화, 그리고 영원히 변하지 않을 결과가 실려 있었다.

트럭들은 그것들을 싣고 아스팔트 위에 굉음을 뿌리며 아카디아를 향해 달려왔다.

고준페이

군인들은 그를 승합차 뒷자리에서 끌어내려 높다란 건물로 데려갔다. 석고처럼 하얀 그 건물에는 사각형 창문이 깊숙이 박혀 있어 전체적으로 진지한 분위기를 자아냈다. 그는 어디로 가는 거냐고 물었지만 아무도 대답을 하지 않자 이내 포기하고 입을 다물었다.

군인들은 그 건물 안의 어느 조그만 방으로 그를 데리고 갔다. 복판에 병원 침상처럼 생긴 조그만 침대가 놓인 방이었다. 여기가 어딘지는 모르지만, 하도 오랫동안 차 안에 가만히 앉아 있은 탓에 굳어 버린 다리를 풀 겸 방 안을 천천히 서성였다.

의사들이 들어왔다.

두 명이었다. 그들은 그를 테이블 앞에 앉힌 뒤, 여기저기를 들여다보거나 쿡쿡 찔러보며 검사를 했다. 혈압을 재기도 하고, 의사들이 흔히 하듯이 눈알을 까뒤집어 보기도 했다. 그 밖에 반사 신경을 검사하고 피를 뽑고 하는 동안에도 “여기가 어딥니까? 당신들은 누굽니까? 왜 내 피를 뽑는 겁니까? 내 아내는 어디 있습니까?”라는 그의 질문에 한마디도 대답을 하지 않았다.

검사가 끝나기까지 몇 시간이 걸렸지만, 그들은 대답은커녕 그의 질문을 들은 척도 하지 않았다. 그는 옷을 모두 벗은 채 추위와 피로와 통증에 떨다 보니, 사람이 아니라 무슨 실험대상이 되어 버린 기분이었다.

“다 됐어요.” 의사 한 명이 말했다. 그러고는 그냥 나가 버렸다.

그는 벌거벗은 몸으로 추위와 두려움에 떨며 문이 닫히는 것을 바라보았다. 결국 그는 자신이 알지 못하는 사람들의 명령에 따라, 자신이 알지 못하는 장소에 갇힌 신세가 되고 말았다.

“내가 무슨 죄를 지었지?” 그는 딱히 누구에게라고 할 것도 없이 중얼거렸다. 혼자 남은 빈 방에 대답이 있을 리 없었다. 무덤 속과 크게 다르지 않은 외로움이 밀려왔다.

7

해럴드와 루실은 여느 때처럼 베란다에 앉아 있었다. 해가 중천에 떠 기온이 꽤 올라갔지만 이따금 서쪽에서 산들바람이 불어와 아주 못 견딜 정도는 아니라서, 해럴드와 루실은 깊은 생각에 잠길 수 있었다.

해럴드는 루실이 사다준 카키색 바지와 파란 작업용 셔츠에 재가 떨어지지 않도록 조심하며 조용히 앉아 담배를 피웠다. 한바탕 아웅다웅 부부싸움을 하고 나면 굳은 표정으로 입을 꾹 다물어 버렸지만, 그때마다 새 바지가 생기는 경우가 많았다.

귀환자에게 외출 금지 명령이 떨어지고 윌슨네 가족이 교회에서 종적을 감추었을 때부터 뭔가 이상한 조짐이 나타나기 시작했다. 목사는 그들이 어떻게 되었는지 자기도 모른다고 했지만, 해럴드는 나름대로 짚이는 데가 있었다. 그렇지 않아도 프레드 그린이 지난 몇 주 동안 윌슨 일가가 교회에 기거하는 문제를 놓고 마을 사람들을 마구 흔들어대던 참이었다.

이따금 해럴드는 과거의 프레드가 어떤 사람이었는지 기억을 더듬어보곤 했다. 한때 일요일이 되면 프레드가 메리와 함께 저녁을 먹으러 오곤 했다. 메리가 거실 한복판에 서서 그 꾀꼬리 같은 목소리로 노래를 부르면, 프레드는 마치 어둡고 외딴 숲에서 뜻하지 않게 축제 행렬을 만난 아이처럼 들뜬 표정으로 가만히 그녀를 바라보곤 했다.

그러던 어느 날, 메리가 그만 유방암에 걸려 세상을 떠나고 말았다. 그런 병을 검사해볼 생각조차 하지 못했을 만큼 젊은 나이였다. 그것은 누구의 잘못도 아니었지만 프레드는 그 모든 것을 자기 탓으로 돌렸다. 그 결과 요즘의 그는 해럴드와 함께 조마조마한 마음으로 덤불을 헤치며 사라진 아이를 찾던 1966년 그날과는 전혀 다른 사람으로 변해 버렸다.

대지를 스치는 바람에 대형 트럭들이 굴러다니는 소리가 실려 왔다. 공사는 아카디아 마을 한복판의 학교에서 이루어지고 있었지만, 소음은 마치 이 부부를 코앞에 두고 호언장담을 하듯 또렷하게 들려왔다.

"뭘 짓고 있는 것 같아요?" 루실이 지난겨울에 헤진 담요를 꿰매느라 가볍게 손을 놀리며 물었다. 지금은 무엇이든 망가진 물건을 손보기에 딱 좋은 계절이었다.

해럴드는 대답 대신 담배 연기만 굴뚝처럼 내뿜으며 참나무 아래 얼룩덜룩한 햇살 밑을 뛰어다니며 노는 제이콥을 물끄러미 바라보았다. 아이는 연신 노래를 불러댔지만, 해럴드는 무슨 노래인지 알지 못했다.

"저 사람들이 뭘 짓고 있는 것 같아요?"

루실이 조금 목소리를 높여 같은 질문을 되풀이했다.

"우리." 해럴드는 잿빛 뭉게구름 같은 담배 연기를 피워 올리며 대답했다.

"우리?"

"죽은 자들을 가둘."

루실의 손길이 뚝 멎었다. 그녀는 담요를 내려놓고 바느질 도구를 깔끔하게 반짇고리에 정리했다. "제이콥? 얘야?"

"네, 엄마?"

"조금 더 나가서 놀아라. 목련나무 옆의 덤불에 블랙베리가 열렸나 살펴보렴. 저녁 먹고 나서 후식으로 먹으면 맛있잖아, 안 그래?"

"네, 엄마."

엄마에게서 새로운 임무를 부여받은 아이의 지팡이는 이제 칼로 변신했다. 아이는 전쟁터에 나가는 병사처럼 함성을 지르며 마당 서쪽 끝자락의 목련을 향해 달려갔다.

"내가 보이는 곳에서 놀아야 한다!" 루실이 소리쳤다.

"내 말 들리지?"

"네, 엄마." 제이콥이 돌아보며 큰소리로 대답했다. 그러고는 벌써 가짜 칼로 목련을 공격하기 시작했다. 루실이 절대 집 밖으로 못 나가게 했기 때문에 마당 가장자리까지 갈 수 있다는 사실만으로도 잔뜩 신이 난 모습이었다.

루실은 일어나서 베란다 난간으로 다가섰다. 그녀는 칼라 주위에 하얀 무늬를 새긴 초록색 드레스를 입고 있었는데, 소맷자락에는 안전핀이 주렁주렁 달려 있었다. 살림을 하다 보면 갑자기 안전핀이 필요한 경우가 종종 생기는 탓이었다. 은빛 머리칼은 뒤로 빗어 넘겨 질끈 묶었다. 머리칼 몇 올이 이마에 나부꼈다.

한자리에 오래 앉아 있거나 조금 무리해서 제이콥과 놀아주다 보면 골반이 아팠다. 루실은 끙 하는 신음과 함께 손으로 엉덩이를 문지르며 나직이 한숨을 내쉬었다. 그러고는 두 손으로 난간을 짚고 땅바닥을 내려다보았다.

"그런 표현은 못 참아요."

해럴드는 담배를 한 모금 깊게 빨아들인 뒤, 자신의 뒤꿈치를 향해 내뿜었다. 그러고는 니코틴이 폐 속으로 구석구석 스며들 때까지 기다렸다. "좋아." 그가 말했다. "그럼 안 할게. 대신 '귀환자'라고 하면 되지? 솔직히 나는 그쪽이 더 낫다고 생각하는 이유를 잘 모르겠어. 당신 같으면 '귀환자'라고 불리고 싶겠어? 꼭 반송된 우편물 같잖아."

"그냥 사람이라고 부르면 되잖아요."

"하지만 그들은 사람이—" 해럴드는 아내의 눈치를 슬쩍 살핀 끝에 지금은 그런 얘기를 꺼내기에 적절한 때가 아님을 깨달았다. "그건… 특정한 집단을 표현하는 말이야. 이를테면 누군가를 공화주의자, 민주주의자라고 부르는 것과 비슷해. 사람을 혈액형으로 부르는 것하고도 비슷하고." 해럴드는 무심코 턱을 문지르다 말고 까칠까칠한 감촉에 깜짝 놀랐다. 어떻게 면도하는 것을 잊어버릴 수가 있지? "적어도," 해럴드는 면도의 수수께끼를 떨쳐 버리려고 애쓰며 말을 이었다. "그들을 뭔가 다른 이름으로 부를 수 있어야 해. 그래야 누구 이야기를 하는 건지 안 잊어버릴 테니까."

"그들은 '죽은 자'들이 아니에요. '귀환자'도 아니고. 그들은 사람이에요. 아주 명쾌하고 간단해요."

"당신도 그들이 특별한 부류의 사람이라는 걸 인정해야 해."

"저 아이는 당신 아들이에요, 해럴드."

해럴드는 아내의 눈을 똑바로 바라보았다. "내 아들은 죽었어."

"천만에, 그렇지 않아요. 바로 저기서 저렇게 뛰어놀고 있잖아요." 루실은 손가락으로 제이콥을 가리켰다.

침묵이 이어졌다. 바람소리, 멀리서 들려오는 공사장의 소음, 그리고 제이콥의 작대기가 목련나무 밑동을 때리는 소리가 간헐적으로 그 침묵을 방해했다.

"저 사람들은 그들을 수용할 우리를 짓고 있어."

해럴드가 말했다.

"저 사람들은 그런 짓은 하지 않아요. 그들을 어떻게 할 것인지는 아무도 몰라요. 숫자가 너무 많잖아요. 어디를 둘러봐도 그 수가 점점 더 늘어나고 있어요. 텔레비전에 나오는 인간들이 다들 제정신이 아닐지도 모르지만, 우리가 그들에 대해 아는 게 없다는 것만은 분명한 사실이에요."

"그건 당신이 전에 한 말이랑 틀리잖아. 그들을 '악마'라고 부른 것, 기억 안 나?"

"그건 그때 얘기죠. 그 뒤에야 깨달았어요. 마음을 꼭꼭 닫고 있으면 어떤 오류를 저지르게 되는지, 주님께서 나에게 보여주신 셈이죠."

해럴드는 코웃음을 쳤다. "맙소사! 당신도 이제 텔레비전에 나오는 미치광이들 같은 소리를 하는군. 그들에게 살아 있는 성인 칭호를 주어야 한다고 지껄이던 얼간이 말이야."

"그들은 기적의 힘을 입은 자들이에요."

"힘을 입은 게 아니라 감염이 된 거야. 뭐에 감염되었는지는 모르지만. 그렇지 않으면 정부가 왜 그들에게 집 밖으로 나오지 말라고 하겠어? 우리가 이런 이야기를 나누는 이 순간에도 마을 한복판에 그들을 격리할 우리를 만들고 있는 이유가 뭐라고 생각해? 내 눈으로 직접 봤다니까, 루실. 어제 물건 사러 시내에 나가 보니, 사방에 총을 든 군인들과 군용 트럭들이 득실거리더라고. 울타리를 도대체 얼마나 둘러치려고 그러는지 모르겠어. 트럭마다 산더미처럼 싣고 오더라니까. 총을 들지 않은 군인들은 죄다 그 울타리를 조립하는 일에 매달리고 있었어. 높이가 3미터야. 튼튼한 철제 울타리를 두르는 것도 모자라 그 위에는 날카로운 철조망을 치고 있어. 벌써 학교는 대부분 에워쌌더라고. 건물 전체를 완전히 둘렀다니까. 대통령이 텔레비전에 나온 뒤로 수업은 전부 취소됐어. 아마 그들도 이 조그만 동네에 아이들이 그리 많지 않다는 사실을 알아차리고 어디 다른 건물을 학교로 대신 쓸 수 있다고 생각했나 보지. 원래 학교 건물은 죽음의 수용소로 바꿔 버리고 말이야."

"지금 그걸 농담이라고 하는 거예요?"

"차라리 익살이라고 하지 그래. 왜, 한 번 더 듣고 싶어?"

"그만둬요!" 루실이 발을 쾅 구르며 소리쳤다. "당신은 늘 최악의 사태만 생각해요. 옛날부터 그랬다고요. 그래서 마음이 그렇게 뒤틀리고 꽁꽁 묶여 있는 거예요. 바로 자기 눈앞에 펼쳐진 기적도 제대로 보지 못하는 거고요."

"1966년 8월 15일."

루실은 베란다를 가로질러 다가오더니 남편을 찰싹 쥐어박았다. 그 소리가 마치 소구경 권총 소리마냥 마당을 가로질러 퍼져 나갔다.

"엄마?"

어느새 제이콥이 그림자처럼 그들 앞에 서 있었다. 루실은 아직도 혈관 속에 아드레날린과 분노와 슬픔이 가득해 몸을 부들부들 떨고 있었다. 손바닥이 찌릿했다. 루실은 그 손이 자기 손인지 아닌지 잘 분간이 가지 않아 한 번 주먹을 쥐었다 펴보았다.

"왜 그래, 제이콥?"

"그릇이 하나 있어야겠어요."

아이는 셔츠 자락을 들어 올려 블랙베리를 잔뜩 안아든 채 베란다 계단 밑에 서 있었다. 푸르죽죽한 블랙베리 즙이 잔뜩 묻은 아이의 입가가 근심스러운 각도로 일그러져 있었다.

"그래, 알았다." 루실이 말했다.

루실은 덧문을 열고 제이콥을 안으로 데려갔다. 두 사람은 블랙베리가 쏟아지지 않도록 천천히 주방으로 들어갔다. 루실이 수납장을 뒤져 평소 좋아하던 양푼을 꺼냈고, 아들과 함께 블랙베리를 씻기 시작했다.

해럴드는 베란다에 혼자 앉아 있었다. 몇 주 만에 처음으로, 담배가 당기지 않았다. 지금까지 루실이 그를 때린 것은 딱 한 번밖에 없었다. 아주 오래전의 일이었다. 너무 오래되어 왜 그런 일이 벌어졌는지 잘 기억도 나지 않았다. 아마 해럴드가 루실의 어머니를 두고 한 말이 화근이 되지 않았나 싶었다. 그때만 해도 둘 다 젊을 때였고, 그런 말 한마디에 예민하게 반응할 때였다.

확실한 것은 그때도 지금과 마찬가지로 해럴드가 뭔가 아주 큰 잘못을 저질렀다는 사실이었다.

해럴드는 의자에 앉아 헛기침을 하며 뭔가 달리 신경 쓸 게 없나 하고 주위를 둘러보았다. 아무것도 없었다. 그래서 그냥 가만히 앉아 귀를 기울였다.

들리는 것은 그의 아들 목소리뿐이었다.

이 세상에 제이콥 말고는 아무것도 없는 느낌이었다. 문득 예전부터 지금까지 늘 이랬던 것은 아닐까 하는 생각이 들었다. 생각이 아니라 꿈이었는지도 모른다. 마음속으로 세월이 휙휙 지나가는 것이 보이는 듯했다. 세월은 1966년을 기점으로 꼬불꼬불 나선을 그리며 흘러갔다. 갑자기 무서워졌다. 그는 제이콥이 죽은 뒤에도 그럭저럭 잘 지내왔다. 그렇지 않은가? 자기 자신이, 자신의 인생이 자랑스러웠다. 후회할 일은 하나도 없었다. 특별히 잘못한 일도 없었다. 그렇지 않은가?

그의 오른손이 주머니로 들어갔다. 오른쪽 주머니 밑바닥, 라이터와 몇 개의 동전 옆에, 몇 주 전 어디선가 난데없이 불쑥 튀어나왔던 은 십자가가 들어 있었다. 오랜 세월에 닳고 닳아 반질반질해진 바로 그 십자가였다.

문득, 어떤 생각이 떠올랐다. 정확하게 말하면 생각이라기보다 너무 날카로워서 생각처럼 느껴지는 어떤 느낌이었다. 그의 기억 속 어두컴컴한 한쪽 구석, 지금은 어두컴컴한 가로등 아래 희미하게 묻혀 있는 빛바랜 사진과도 같은 자신의 아버지 어머니에 대한 기억 바로 옆자리였다.

어쩌면 그의 마음속을 오가는 이 생각 혹은 감정이야말로 그렇게 막연한 것만은 아닐지도 모른다. 이를테면 아버지 노릇을 한다는 것, 그것은 요즘 들어 심심찮게 의식의 수면 위로 떠오르는 주제 가운데 하나였다. 50년이라는 세월이 흐른 지금은 나이가 들어 제대로 감당해낼 자신이 없지만, 이제 와서 뒤늦게 또 한 번 야릇한 운명의 장난에 휩쓸린 느낌이었다. 해럴드는 아직도 하나님과의 관계가 정상화되지 않았다는 이유로 다른 신을 향해 눈길을 돌릴 마음은 조금도 없었다.

해럴드는 부모가 된다는 것이 무엇을 의미하는지 생각해 보았다. 그가 부모 노릇을 한 것은 딱 8년뿐이었지만, 한 번 지나간 그 8년은 쉽사리 그를 놓아주지 않았다. 루실에게는 한 번도 얘기하지 않았지만, 제이콥이 죽은 뒤 처음 10년 동안에는 일이 끝나고 차를 몰아 집으로 돌아올 때 느닷없이 말로는 설명할 수 없는 어떤 감정이 썰물처럼 밀려들어 그를 덮치는 경우가 종종 있었다. 요즘 사람들이 흔히 '공황 장애'라고 부르는 증세와 비슷하지 않을까 싶었다.

해럴드는 자기 자신을 '공황'이라는 단어와 연결시키는 것이 썩 내키지 않았지만, 솔직히 말해서 그가 느끼는 심리 상태는 바로 그 단어와 정확하게 부합했다. 손이 벌벌 떨리고 갈비뼈 속에 한 무리 소떼가 뛰어다니는 것처럼 심장이 두근거려서 갓길에 차를 세우고 담배를 한 대 피워 물어야 했다. 관자놀이 사이에서 사정없이 맥박이 뛰었다. 심지어는 눈알까지 욱신거리는 것 같았다.

한참을 그러고 나서야 제정신이 돌아왔다. 더러는 제이콥에 대한 기억이 번개처럼 스쳐 지나가기도 했다. 마치 환한 보름달을 한참 쳐다보고 있으면 눈을 감아도 캄캄한 어둠만이 있어야 할 자리에 달의 잔상이 남는 증세와도 비슷했다.

바로 지금, 해럴드는 조그만 은 십자가를 만지작거리며 과거의 그 공황 상태가 되살아나는 느낌에 사로잡혔다. 눈물이 샘솟기 시작했다. 생경한 감정의 공포와 마주한 남자가 흔히 그러하듯, 해럴드 역시 아내에게 무릎을 꿇고 애써 서운한 마음을 떨쳐 버렸다.

"좋아." 그가 혼자 중얼거렸다.

두 사람은 나란히 마당을 가로질렀다. 해럴드는 느리고 규칙적으로 걸음을 옮겼고, 제이콥은 그런 그의 주위를 맴돌았다. "아이랑 시간을 좀 가져 봐요." 루실은 결국 또다시 그 얘기를 꺼냈다. "둘이서만 말이에요. 옛날에 하던 것처럼 뭔가를 좀 해보라고요. 아이에게는 그런 시간이 필요해요." 그렇게 해서 지금 해럴드는 돌아온 아들과 함께 대지를 걷고 있었는데, 아무리 생각해도 무엇을 해야 할지 전혀 감이 잡히지 않았다.

그래서 그냥 걷기만 했다.

마당을 가로질러 집의 경계를 벗어나니 흙길이 나왔고, 그 길을 따라 걷다 보니 이윽고 차도가 나왔다. 해럴드는 모든 귀환자의 바깥출입을 금지하는 명령에도 불구하고 군용 트럭들이 지나다니는 큰길로 아들을 데리고 나온 것이다. 햇빛에 달궈진 아스팔트 위로 트럭과 험비가 오가며 안에 탄 군인들이 어린 귀환자 소년과 노인을 쳐다보았다.

지나가던 지프차 한 대가 멈춰 서더니 중앙선을 넘어 다시 그를 향해 다가오는 것을 보았을 때, 해럴드는 자신의 감정이 두려움인지 안도감인지 잘 분간이 가지 않았다. 제이콥에게는 두려움이었을 것이 틀림없었다. 제이콥은 아버지의 손을 꼭 잡고 그의 다리 뒤에 몸을 숨긴 채 고개만 살짝 내밀고 다가오는 험비를 바라보았다.

"안녕하십니까." 40대로 보이는 사각형 두상의 군인이 조수석 창밖으로 인사를 건넸다. 금발에, 턱이 아주 단단해 보이고, 차갑고 냉정한 느낌의 파란색 눈동자를 가진 남자였다.

"안녕하시오." 해럴드가 대답했다.

"별일 없으시지요?"

"우린 살아 있소."

군인은 웃음을 터뜨렸다. 그러고는 몸을 앞으로 숙이며 제이콥을 바라보았다. "너 이름이 뭐냐, 꼬마야?"

"저 말인가요?"

"그래, 꼬마야." 군인이 말했다.

"내 이름은 윌리스 대령이야. 넌 이름이 뭐지?"

그제야 아이는 아버지의 다리 뒤에서 나왔다. "제이콥이에요."

"몇 살이냐, 제이콥?"

"여덟 살이에요, 아저씨."

"와우, 정말 좋은 나이로구나! 내가 여덟 살이었던 때가 언제인지 모르겠다." 군인은 해럴드를 돌아보았다. "선생님도 별일 없으시지요?" 목소리가 조금 전과는 달리 딱딱해졌다.

"별일 없소."

"성함이 어떻게 되십니까?"

"해럴드. 해럴드 하그레이브."

윌리스 대령은 어깨 너머로 운전석에 앉은 젊은 군인을 돌아보았다. 젊은 군인이 뭔가를 적어 넣었다.

"날씨도 좋은데, 두 분은 지금 어디로 가시는 길입니까?"

대령이 물었다. 그러면서 그는 금빛 태양과 파란 하늘, 그리고 그 하늘을 한가로이 가로지르는 조그만 뭉게구름을 쳐다보았다.

"특별히 목적지는 없소." 해럴드는 하늘을 올려다보는 대신 지프차에 시선을 고정한 채 대답했다. "그냥 산책을 나온 거요."

"얼마나 더 산책을 하실 예정이지요? 혹시 우리가 댁으로 태워다 드려도 되겠습니까?"

"여기까지 잘 찾아왔으니 돌아가는 길도 찾아갈 수 있소."

해럴드가 대답했다.

"그냥 도움이 될까 해서 여쭤본 겁니다. 하… 하그레이브 씨, 맞지요? 해럴드 하그레이브?"

해럴드는 제이콥의 손을 잡고 꿈쩍도 하지 않았다. 윌리스 대령은 하는 수 없다는 듯 운전석의 젊은 군인을 돌아보며 뭐라고 말했다. 젊은 군인은 노인과 그의 귀환자 아들을 향해 고개를 끄덕여 보였다.

군인들은 차에 다시 시동을 걸고 굉음과 함께 달려갔다.

"괜찮은 사람 같아요." 제이콥이 말했다. "군인치고는."

해럴드의 본능은 이제 집으로 돌아가야 한다고 말하고 있었지만, 제이콥은 그를 다른 방향으로 이끌었다. 소년은 아버지의 손을 잡은 채 북쪽을 향해 걸음을 옮겼다. 조그만 덤불들이 보이는가 싶더니 이내 울창한 숲이 나왔다. 두 사람은 소나무 사이에 참나무가 군데군데 섞인 숲 속을 걸었다. 이따금 그리 멀지 않은 곳에서 짐승들이 화들짝 달아나는 소리가 들렸다. 나무 꼭대기 위에서는 새들의 노랫소리가 들렸다. 대지와 하늘, 솔잎 냄새를 머금은 바람은 결국 언젠가 비를 몰고 돌아올 것이다.

"어디로 가는 거냐?" 해럴드가 물었다.

"노새가 헛간을 어떻게 빠져나가게요?" 제이콥이 물었다.

"이러다가 길이라도 잃으면 어떡하려고." 해럴드가 말했다.

"열쇠가 있잖아요."*

해럴드는 웃음을 터뜨렸다.

머지않아 강 냄새가 나기 시작했다. 아버지와 아들은 계속 걸음을 옮겼다. 해럴드는 문득 루실과 함께 제이콥을 데리고 와카마우 호수 근처의 다리 위로 낚시를 갔던 때를 떠올렸다. 다리는 그리 높지 않았다. 반 시간가량 낚시를 하다가 지루해진 루실은 해럴드를

* 당나귀 don-key라는 단어에 key가 들어간다는 점에 착안한 우스갯소리.

밀어 물에 빠뜨리면 재미있겠다고 생각한 모양이지만, 살그머니 아내가 다가오는 것을 본 해럴드는 슬쩍 몸을 비틀어 그녀의 공격을 피했다. 결국 오히려 루실이 외마디 비명과 함께 물에 빠지고 말았다.

물에서 나와 둑으로 올라온 루실은 정말 볼만했다. 청바지와 면셔츠는 흠뻑 젖어 몸에 달라붙었고, 나뭇잎이 엉겨 붙은 머리칼에서는 물이 뚝뚝 떨어졌다.

“뭐 좀 잡았어요, 엄마?”

제이콥이 얼굴 가득 미소를 지으며 물었다.

다음 순간, 해럴드와 루실은 각각 제이콥의 팔과 다리를 잡고 그대로 물속으로 던져 버렸다. 부부가 호흡을 맞추는 데는 굳이 말이 필요 없었다.

그게 바로 지난주에 일어난 일처럼 느껴졌다.

갑자기 나무들이 사라지는가 싶더니, 유유히 흘러가는 시커먼 강물이 제이콥과 해럴드의 눈앞에 나타났다. “갈아입을 옷도 안 가져왔잖아.” 해럴드가 강을 바라보며 말했다. “엄마가 뭐라고 하시겠니? 우리가 흠뻑 젖어서 집으로 돌아가면 한바탕 난리가 날 텐데.”

해럴드는 그렇게 말은 하면서도 어느새 신발을 벗고 바짓가랑이를 말아 올려 모처럼 가느다란 종아리를 햇빛에 드러냈다.

이어서 해럴드는 제이콥의 바지를 무릎 위로 걷어주었다. 제이콥은 싱긋 웃으며 셔츠를 벗더니 가파른 강둑을 달려 내려가 허리까지 올라오는 물속으로 뛰어들었다. 잠시 물속에서 자맥질을 하던 제이콥이 웃음을 터뜨리며 물 위로 올라왔다.

해럴드는 고개를 절레절레 가로저으며 셔츠를 벗은 뒤, 늙은 몸이 허락하는 최대한의 속도로 달려 강물 속의 아이에게 합세했다.

두 사람은 기운이 다 빠질 때까지 물놀이를 했다. 그러고 나서 천천히 강가로 나온 뒤 조그만 풀밭에 드러누워 악어처럼 느긋하게 볕을 쪼였다.

해럴드는 몹시 피곤했지만, 행복했다. 몸속에서 무언가가 깨끗하게 정화되는 느낌이었다.

해럴드는 눈을 뜨고 하늘과 나무들을 바라보았다. 세쌍둥이 소나무가 대지에서 각자 뻗어 올라 야트막한 하늘 한쪽 귀퉁이에서 서로 엉긴 채 어느새 내리막으로 접어든 태양을 가려주었다. 소나무들이 꼭대기에서 서로 얽힌 모습이 해럴드의 호기심을 자극했다. 그는 아주 오랫동안 풀밭에 누워 그 소나무들을 바라보았다.

한참 만에 일어나 앉았더니 온몸에 둔탁한 통증이 퍼져 나가기 시작했다. 확실히 그는 이제 예전처럼 젊은 나이가 아니었다. 어린아이처럼 무릎을 가슴으로 끌어 모아 두 팔로 다리를 감쌌다. 그새 까칠하게 수염이 돋은 턱을 긁으며 강을 바라보았다. 세 그루의 소나무가 한데 엉켜 하늘을 가리는 바로 이 자리, 바로 이 강가에 전에도 와본 적이 있었다.

풀밭에 누워 깊이 잠든 제이콥의 몸을 기울어가는 태양이 천천히 말려주었다. 귀환자들은 잠을 잘 못 잔다는 소문에도 불구하고, 한번 잠이 들면 세상모르고 깊은 단잠에 빠져드는 제이콥이었다. 너무나도 평화롭고 만족스러운 모습이 아닐 수 없었다. 느리고 자연스러운 심장 박동을 제외하면, 그의 몸속에서 아무런 생명 활동도 일어나지 않고 있는 것 같았다.

'죽은 듯이 자는군.' 해럴드는 속으로 생각했다. "'죽은 듯이'가 아니라 정말 죽었어." 그는 나직이 소리 내어 중얼거렸다.

제이콥이 번쩍 눈을 떴다. 하늘을 올려다보며 눈을 몇 번 껌뻑거리더니, 용수철이 튕기듯 일어나 앉았다.

"아빠?" 그가 소리쳤다. "아빠?"

"나 여기 있다."

아버지를 발견하자 제이콥의 두려움이 일거에 사라졌다.

"꿈을 꿨어요."

해럴드의 본능은 아이를 끌어다 무릎에 앉히고 무슨 꿈을 꿨는지 얘기해 보라고 꼬드기는 자신의 모습을 상상했다. 옛날 같으면 당연히 그랬을 것이다. 하지만 해럴드는 이 아이가 자신의 아들이 아니라는 사실을 상기했다. 1966년 8월 15일은 제이콥 윌리엄 하그레이브를 그에게서 앗아간 날이었다. 누구도 그 사실을 되돌릴 수 없었다.

지금 그의 옆에 앉아 있는 이 아이는 그의 아들이 아닌 다른 그 무엇이었다. 죽음이 삶을 모방하고 있다. 그것은 제이콥처럼 걷고, 말하고, 웃고, 놀았지만, 사실 그것은 제이콥이 아니었다. 제이콥일 수가 없었다. 그것이 우주의 법칙이지 않은가.

해럴드는 어떤 '기적'이 그런 일을 가능하게 할 수도 있다는 사실을 용납할 수 없었다.

하지만 설령 이 아이가 그의 아들이 아니라 할지라도, 설령 이것이 빛과 시간의 교묘한 속임수에 불과하다 할지라도, 설령 풀밭에 앉아 있는 이 아이가 순전히 그의 상상의 산물일 뿐이라 할지라도, 해럴드는 고통받는 어린아이를 모르는 척 외면할 만큼 무정한 늙은이는 아니었다. "무슨 꿈을 꿨기에 그래?" 그가 물었다.

"잘 기억이 안 나요."

"꿈이란 게 원래 그런 때가 있지." 해럴드는 천천히 일어나 팔다리를 펴며 셔츠를 입기 시작했다. 제이콥도 그를 따라 했다.

"누가 쫓아오더냐?" 해럴드가 물었다. "꿈에서는 그런 경우가 참 많아. 적어도 나는 그런 꿈을 자주 꾸는 편이거든. 누가 쫓아오면 그렇게 겁이 날 수가 없더라."

제이콥은 고개를 끄덕였다.

해럴드는 이 침묵을 빌미로 대화를 조금 더 밀어붙여 보았다.

"음, 적어도 높은 데서 떨어지는 꿈은 아니었군."

"어떻게 아세요?"

"미친 듯이 팔다리를 버둥거리지 않았으니까." 해럴드는 팔을 내젓고 다리를 버둥거리는 시늉을 해보였다. 옷도 제대로 입지 않고 머리칼이 다 마르지도 않은 상태에서 그렇게 발버둥 치는 시늉을 하니, 왕년의 그보다 훨씬 우스꽝스러워 보였다. "어찌나 깊이 잠들었는지 너를 깨우려면 강물 속으로 다시 던져 버렸어야 할 정도였지."

그제야 해럴드는 기억이 났다. 끔찍하리만치 생생한 기억이었다.

세 그루의 나무가 한데 엉켜 하늘을 가리고 있는 바로 이곳은 오래전 그들이 제이콥을 발견한 바로 그 장소였다. 해럴드와 루실이 고통의 참맛을 알게 된 곳, 그들이 믿고 있던 생명의 모든 약속이 산

산이 부서진 곳, 해럴드가 생명을 잃은 채 축 늘어진 제이콥의 시신을 품에 안고 부들부들 떨며 눈물을 흘리던 바로 그곳이었다.

자기가 서 있는 곳—깜짝 놀랄 만큼 자신의 아들과 흡사한 무언가와 함께 서 있는 이 낯익은 나무들 아래—이 어디인지를 깨달은 해럴드가 할 수 있는 일이라고는 그저 소리 내어 웃는 것뿐이었다.

"묘한 일이군." 해럴드가 중얼거렸다.

"뭐가요?" 제이콥이 물었다.

이번에도 해럴드의 대답은 웃음뿐이었다. 제이콥은 영문도 모르고 그를 따라 웃었다. 하지만 머지않아 숲 속에서 들려오는 군인들의 발자국 소리가 그들의 웃음소리에 섞여들었다.

친절하게도, 군인들은 소총을 험비에 두고 올 터였다. 심지어 권총을 뽑아드는 몰상식한 짓도 하지 않을 것이다. 그들의 권총은 총집에 얌전히 들어 있을 것이다. 윌리스 대령이 몇 명의 부하들을 이끌 것이다. 그는 뒷짐을 진 채 불도그처럼 가슴을 앞으로 쑥 내민 채 천천히 걸음을 옮길 것이며, 제이콥은 또다시 아버지의 다리 뒤에 몸을 숨길 것이다.

하지만 지금 당장은, 그저 웃음소리뿐이었다.

니코 수틸,
에리크 벨로프, 티모 하이드펠트

로체스터의 이 조용한 거리에 이토록 팽팽한 긴장감이 감돈 적은 일찍이 없었다. 구호는 모두 영어와 독일어로 쓰여 있었지만, 독일 사람들에게는 영어든 독일어든 아무 의미도 없었을 것이다. 사람들은 벌써 며칠 동안 집을 맴돌며 소리를 지르고 주먹을 흔들어댔다. 때로는 벽돌이나 유리병이 날아와 집의 측면을 때리기도 했다. 그런 일이 종종 벌어졌기 때문에 그 불쾌한 파열음조차 더 이상 그들을 겁먹게 만들지 못했다.

'꺼져라, 나치!' 대부분의 피켓에 그런 문구가 적혀 있었다. '나치, 지옥으로 돌아가라!'라고 적힌 피켓도 있었다.

"겁이 나서 저러는 거야, 니콜라스." 거숀 씨가 굳은 얼굴로 창밖을 바라보며 말했다. "저 사람들도 견디기가 힘들 테지." 그는 작고 가녀린 체구에 흰색과 검은색이 반씩 뒤섞인 수염, 그리고 떨리는 목소리를 가진 남자였다.

"미안해요." 에리크가 말했다. 그는 니코보다 불과 몇 살 더 많을 뿐이었다. 거숀 씨의 기준으로는 아직 어린아이였다.

거숀 씨는 창밖으로 모습을 드러내지 않으려고 잔뜩 몸을 웅크린 채 니코와 에리크가 앉아 있는 곳으로 다가왔다. 그가 니코의 손등을 두드렸다. "무슨 일이 일어나건 그건 네 탓이 아니야. 이 결정을 내린 건 나야. 내 가족과 내가 이 결정을 내렸어."

니코는 고개를 끄덕였다. "나의 입대를 결정한 사람은 우리 어머니였어요." 그가 말했다. "어머니는 총통을 추앙했지요. 나는 그냥 대학에 가서 영어를 가르치고 싶었는데."

"옛날이야기는 그만둬." 티모가 말했다. 그는 니코와 같은 또래였지만, 유순해 보이는 니코와는 전혀 다른 외모를 가지고 있었다. 검은 머리칼, 날카로워 보이는 갸름한 눈과 얼굴의 소유자였다. 행동거지와는 달리, 그의 외모는 누가 봐도 나치를 연상케 했다.

바깥에서는 군인들이 군중을 가로막고 있었다. 지난 며칠 동안 시위대가 집으로 접근하는 것을 막은 사람들이 바로 그 군인들이었다. 그때 시커먼 트럭 몇 대가 거숀 씨의 앞마당으로 들어섰다. 트럭이 멈추자, 총을 든 군인들이 쏟아져 나왔다.

거숀 씨는 한숨을 내쉬었다. "저들과 한 번 더 이야기를 해봐야겠군." 그가 말했다.

"저들이 원하는 것은 우리예요." 에리크는 거숀 씨가 숨겨준 여섯 명의 다른 나치 군인들을 가리키며 말했다. 하나같이 첫 번째 생에서와 마찬가지로 본인들의 능력으로는 도저히 이해할 재간이 없는 끔찍한 사태에 말려든 젊은이들이었다. "그들이 죽이고 싶어 하는 건 우리예요, 그렇지 않아요?"

바깥에서 누군가가 확성기를 들고 거숀 씨의 집을 향해 구호를 외치기 시작했다. 군중의 환호성이 뒤를 이었다.

"지옥으로 돌아가라!"

"가족을 데리고 여기서 나가세요." 니코가 말했다. 다른 군인들도 비장한 표정으로 고개를 끄덕였다. "포기해야겠어요. 너무 오래 끌었어요. 우리는 전쟁에 뛰어들었으니 체포되어도 할 말이 없어요."

'끙' 하는 신음과 함께 쪼그리고 앉은 거숀 씨의 노구가 부들부들 떨렸다. 그는 니코의 팔을 잡으며 말했다.

"너희는 모두 한 번 죽었던 목숨이야. 속죄는 그것으로 충분하지 않나? 우리는 너희를 저 사람들에게 넘겨주지 않을 거야. 전쟁은 사람이 치르는 것이지만 전쟁만 아니면 얼마든지 합리적일 수 있다는 사실을 증명해 보여야 해. 그들은 함께 살 수 있어. 우리처럼 보잘것없는 유대인 가족과 자네들처럼 군복 입은 미치광이 병사가 되어 버린 독일 젊은이들도 얼마든지 함께 살 수 있다고."

그는 자신의 아내를 돌아보았다. "이 세상에는 용서가 존재한다는 사실을 증명해 보여야 해." 그가 말했다. 그녀는 남편만큼이나 굳은 의지가 담긴 얼굴로 그를 마주 보았다.

위층에서 유리창이 깨지는 소리에 이어 뭔가 맹렬하게 김이 새는 듯한 소리가 터져 나왔다. 창문 근처의 집 측면에 뭔가가 쾅 부딪히는 소리도 이어졌다. 김새는 소리와 함께 창가에서 하얀 연기가 피어오르기 시작했다.

"가스다!" 티모가 손으로 입을 가리며 외쳤다.

"괜찮아." 거숀 씨가 부드러운 목소리로 말했다. "얌전히 투항하는 모습을 보여주면 별일 없을 거야." 그는 독일 군인들을 돌아보았다. "얌전히 투항하자고." 그가 말했다. "저들은 우리를 체포하려는 것뿐이니까."

"저들은 우리를 죽일 겁니다!" 티모가 소리쳤다. "싸워야 해요!"

"그래요." 에리크가 몸을 일으키며 대답했다. 그러고는 창가로 다가가 총을 든 군인들의 숫자를 세어 보았다.

"안 돼." 거숀 씨가 말했다. "이런 식으로는 안 돼. 만약 너희가 맞서 싸우다가 죽으면, 모든 사람들은 그것만 기억하게 될 거야. 나치 병사들은 무덤에서 돌아온 다음에도 싸우다 죽는 길을 선택했다고 말이야!"

문이 부서지는 소리가 나기 시작했다.

"고마워요." 니코가 말했다.

다음 순간, 문짝이 거칠게 뜯겨 나갔다.

8

3주 전, 루실의 괴팍한 남편과 한때 고인이었던 아들이 이른바 '부적절한 행위'를 했다는 혐의로 체포되었는데, 루실이 보기에는 그런 혐의 자체가 상당히 황당하고 실제보다 훨씬 부풀려진 것으로 느껴졌다. 두 사람 다 자신에게 주어진 혐의를 인정하기는 했다. 이 세상의 어떤 변호사도 해럴드 하그레이브가 불법으로 규정될 만큼 부적절한 행위를 하지 않았다고 주장할 수는 없을 듯했다. '한때는 죽었으되 지금은 그렇지 않은' 제이콥의 상태 역시 부정할 수 없기는 마찬가지였다.

하지만 루실은 누구도 피할 수 없는 일반적인 옳고 그름의 개념에 의거해, 비난을 받아야 할 대상은 오히려 사무국 자체라는 강한 믿음을 가지고 있었다.

그녀의 가족은 잘못한 게 없었다. 잘못이 있다면 사유지—정부 소유가 아니라 개인이 소유한 땅—를 산책한 것밖에 없는데, 하필이면 사무국 사람들이 차를 몰고 지나다니는 고속도로 주변을 지나간 것이 잘못이라면 잘못이었다. 사무국 사람들은 그들을 뒤따라와 결국 체포하기에 이르렀다.

그들이 체포된 이후 루실은 아무리 애를 써도 밤에 잠을 제대로 이룰 수가 없었다. 그 대신 잠은 마치 법원의 소환장처럼 전혀 예측할 수 없는 시점에 제멋대로 찾아오곤 했다. 지금도 루실은 주일에만 꺼내 입는 제일 좋은 드레스를 차려입은 채 교회에 앉아 낮잠 잘 시간을 놓쳐 버린 어린아이들이 흔히 그러하듯 고개를 낮익은 무의식의 각도로 떨군 채 깊은 잠에 빠져들었다. 그녀는 약간 땀을 흘리고 있었다. 아직 6월인데도 찜통처럼 무더운 하루하루가 이어졌다.

루실은 잠을 자면서 물고기 꿈을 꿨다. 자신이 굶주린 사람들 앞에 서 있는 꿈이었다. 그녀의 발 앞에 놓인 5갤런짜리 플라스틱 들통에는 농어와 송어, 배스와 넙치 같은 물고기가 가득 들어 있었다.

"제가 나눠 드릴게요. 여기 있어요." 그녀가 말했다. "자, 받으세요. 여기요. 미안합니다. 네, 이걸 가져가세요. 여기 있습니다. 미안해요. 여기 있어요. 미안합니다."

사람들은 모두 귀환자였고, 왜 미안하다고 사과를 해야 하는지는 몰라도 왠지 그렇게 하지 않으면 안 될 것 같았다.

"미안합니다. 여기 있어요. 제가 도와 드릴게요. 미안합니다. 아뇨, 걱정 마세요. 제가 도와 드릴게요. 여기 있습니다."

신도석에 앉은 채 축 늘어진 그녀의 입술이 저절로 달싹거렸다.

"미안합니다." 그녀가 소리 내어 중얼거렸다. "제가 도와 드릴게요. 걱정하지 마세요."

사람들은 그녀를 에워싼 채 점점 거리를 좁혀들었고, 루실은 자신을 포함한 이 귀환자들이 모두 커다란 우리 속에 갇혀 있다는 사실을 알아차렸다. 문제는 철조망을 둘러친 이 우리가 점점 안쪽으로 조여들고 있다는 점이었다. "아, 주여." 루실이 큰소리로 중얼거렸다. "괜찮아요. 제가 도와 드릴게요!"

그러다가 루실은 잠에서 깼다. 깨보니 아카디아 침례교회에 모인 거의 모든 신도들이 그녀를 쳐다보고 있었다.

"아멘." 피터즈 목사가 설교단에 선 채 미소를 지으며 말했다. "우리 하그레이브 자매님은 꿈속에서도 사람들을 돕고 계십니다. 그러니 우리도 깨어 있는 동안에 사람들을 도와야 하지 않겠습니까?"

그러면서 그는 설교를 이어갔다. 욥기에 나오는 인내심에 대한 내용이었다.

목사의 설교를 방해했다는 사실은 교회에서 잠이 든 것보다도 훨씬 더 창피한 노릇이 아닐 수 없었다. 그나마 요즘 들어 피터즈 목사가 설교를 하다가 딴 생각에 빠진 것처럼 보일 때가 많다는 사실이 조금은 위안이 되었다. 그의 가슴속에, 아니 마음속에 뭔가가 있었다. 신도들은 그것이 무엇인지 알 수는 없었지만, 그의 마음을 심란하게 만드는 무언가가 있다는 사실을 알아차리기란 그리 어렵지 않았다.

루실은 자세를 바로잡고 이마의 땀을 닦으며 목사의 설교에 동의한다는 뜻으로 뒤늦게 "아멘"을 중얼거렸다. 아직도 눈이 따끔거리고 눈꺼풀은 무겁기만 했다. 별 생각 없이 성경책을 펼쳐 들고 피터즈 목사가 설교하는 구절을 찾기 시작했다. 욥기가 성경에서 제일

길지는 않지만, 그렇다고 원하는 내용을 금방 찾아낼 수 있을 만큼 짧지도 않았다. 한참 동안 성경책을 뒤적거린 끝에야 루실은 겨우 비슷해 보이는 구절을 찾아냈다. 그러고는 성경을 빤히 들여다보다가, 금세 다시 잠들어 버리고 말았다.

그녀가 다시 잠에서 깼을 때, 예배는 이미 끝난 다음이었다. 공기의 움직임이 완전히 정지한 듯했다. 신도석은 텅텅 비어 있었다. 주님이 어딘가 다른 곳으로 자리를 옮기기로 마음먹은 느낌이었다. 목사는 루실이 아직도 이름을 기억하지 못하는 자그만 몸집의 아내와 함께 교회에 남아 있었다. 두 사람은 신도석 앞자리에 앉아 부드러운 미소를 머금은 채 루실을 돌아보고 있었다.

피터즈 목사가 먼저 입을 열었다.

"설교 시간에 불꽃놀이를 좀 도입해 볼까 하는 생각을 몇 번 해봤는데, 소방서장이 못하게 하더라고요. 그래서…"

그는 그렇게 말하며 어깨를 으쓱했다. 그의 어깨가 정장 재킷 밑에서 마치 산처럼 우뚝 솟아올랐다.

그의 이마는 조그만 땀방울로 번들거렸지만, 주의 종은 당연히 그래야 한다는 듯이 검은 정장을 벗지 않은 채 앉아 있었다. 더위쯤은 얼마든지 참을 수 있다는 태도였다.

목사의 아내가 체구만큼이나 작고 쉽게 잊힐 법한 목소리로 말했다. "우리는 부인 걱정을 많이 했어요." 그녀는 옅은 색 드레스에 조그만 꽃무늬 모자를 쓴 모습이었다. 미소조차도 자그마하게 느껴졌다. 언제 어디서나 마음만 먹으면 정신을 잃고 기절할 수 있을 것 같은 여자였다.

“제 걱정은 하지 마세요.” 루실이 말했다. 그러고는 똑바로 허리를 펴며 성경을 덮어 가슴에 끌어안았다. “주님이 함께 계시니까요.”

“하그레이브 자매님, 제가 할 대사를 다 해버리시면 저는 어떡합니까.” 목사는 그렇게 말하며 특유의 환한 미소를 활짝 지어 보였다.

그의 아내가 등받이 뒤로 조그만 손을 뻗어 루실의 팔을 잡았다.

“안색이 좀 안 좋아 보이세요. 마지막으로 잠을 잔 게 언제죠?”

“몇 분 전에 잤잖아요.” 루실이 대답했다. “못 봤어요?” 루실은 무안한 듯 짧은 웃음을 터뜨렸다. “미안해요. 그건 제가 한 말이 아니었어요. 그 못된 우리 남편이 제 입을 통해 한 말이라고요. 악마 같으니라고.” 그녀는 성경을 가슴에 끌어안은 채 씩씩거렸다. “휴식을 취하기에 교회보다 더 좋은 곳이 어디 있어요? 지구상에 이렇게 마음 편한 곳이 또 있어요? 아마 없을 걸요.”

“집은 어때요?” 목사의 아내가 물었다.

루실은 그녀가 모멸감을 주려고 그런 질문을 하는지, 아니면 정말로 궁금해서 그러는지 잘 판단이 서지 않았다. 하지만 그녀가 워낙 몸집이 작다 보니, 루실은 그냥 한 번 넘어가 주기로 마음먹었다.

“요즘 같아서는 집도 집이 아니죠.” 루실이 대답했다.

피터즈 목사가 그녀의 팔에 손을 얹었다. 자기 아내의 손 바로 옆이었다. “벨러미 요원과 얘기를 해봤습니다.” 그가 말했다.

“얘기야 저도 했죠.” 루실이 대답했다. 그녀의 얼굴에 긴장감이 묻어났다. “보나마나 목사님한테도 저한테 한 것과 똑같은 이야기를 늘어놓았겠죠. 자기가 손을 쓸 수 있는 일이 없다고 말이에요.”

루실은 숨을 크게 몰아쉬며 머리를 매만졌다. "정부 요원이라는 사람이 그런 소리를 하다니, 믿기지가 않아요. 손쓸 수 있는 일이 하나도 없으면 우리하고 다를 게 뭐예요?"

"음, 굳이 그 사람을 위해 변명을 하자면 정부라는 조직이 워낙 방대하기 때문에 개인이 할 수 있는 일이 별로 많지 않은 경우도 생깁니다. 벨러미 요원은 어떻게든 도움을 주려고 최선을 다하고 있을 거예요. 꽤 믿을 만한 사람처럼 보여요. 그 사람이 제이콥과 해럴드를 가둬두고 있는 게 아니라, 법이 그렇게 되어 있으니 어쩔 수 없지요. 해럴드는 제이콥과 함께 있는 쪽을 선택했고요."

"그럼 달리 뭘 선택할 수 있었겠어요? 제이콥은 자기 아들이잖아요!"

"저도 알아요. 하지만 실제로는 그렇게 하지 않는 사람들도 있거든요. 벨러미가 전해준 이야기에 따르면 원래는 귀환자들만 그곳에 수용하기로 되어 있었다더군요. 하지만 해럴드 같은 분들이 사랑하는 사람 곁을 떠나지 않으려 해서 지금은…" 목사의 목소리가 잦아드는가 싶더니, 금방 다시 말을 이었다. "하지만 저는 그게 최선이라고 생각해요. 일부에서 주장하는 것처럼 사람들이 완전히 분리되도록 방치해서는 안 되니까 말입니다."

"그이는 남는 쪽을 택했어요."

루실이 뭔가를 떠올리는 표정으로 나직이 중얼거렸다.

"그랬지요." 피터즈 목사가 말했다. "벨러미가 두 분을 잘 보살펴줄 겁니다. 아까도 말씀드렸듯이, 그는 꽤 괜찮은 사람이거든요."

"저도 그렇게 생각했어요. 처음 만났을 때는요. 비록 뉴욕 출신이기는 하지만, 아주 좋은 사람 같아 보이더군요. 그가 흑인이라는 사실도 개의치 않으려고 했어요."

루실은 그 마지막 문장에 한껏 힘을 주었다. 그녀의 부모는 둘 다 상당한 인종 차별주의자였지만, 그녀는 '말씀'을 통해 인간은 누구나 평등하다는 사실을 배웠다. 피부의 색깔이 갖는 의미는 그 사람이 입은 속옷 색깔 정도의 의미밖에 없었다.

"하지만 지금 그 사람을 보면," 하고 루실이 말을 이었다. "그렇게 괜찮은 사람—피부 색깔과 상관없이—이 어떻게 사람을—그것도 어린아이를—납치해 감옥에 가둘 수 있나 하는 생각이 들어요."

루실이 갑자기 사나워진 목소리로 말했다.

"자, 자, 루실." 목사가 그녀를 달랬다.

"자, 자." 그의 아내가 같은 소리를 되풀이했다.

피터즈 목사는 신도석을 빙 돌아 루실이 앉은 자리 옆으로 옮겨 앉더니, 그 커다란 팔로 그녀의 어깨를 감쌌다. "물론 그렇게 느낄 수도 있다는 건 잘 압니다만, 그들은 사람을 납치하는 게 아닙니다. 사무국은… 말하자면 우리를 돕기 위해 나름대로 노력하고 있는 거예요. 요즘 귀환자들이 얼마나 많습니까. 제가 보기에 사무국은 그들의 안전을 최우선으로 생각하는 것 같아요."

"노인과 그 자식에게 총을 겨누어 끌고 가는 게 안전을 최우선으로 생각하는 사람들이 할 일인가요?" 루실이 그렇게 말하며 갑자기 손짓을 하는 바람에 하마터면 성경책이 바닥으로 떨어질 뻔했다. 그녀는 화가 나면 늘 손짓을 해가면서 말하는 버릇이 있었다. "사람을 3주 동안이나 가둬놔요? 거 뭐시냐, 특별한 혐의도 없는 사람을,

관련 법규도 제대로 지키지 않은 채 감옥에 가둬도 되는 거예요?"

루실은 창문 쪽을 바라보았다. 그녀가 지금 앉아 있는 곳에서도 저 멀리 언덕 아래 마을이 내려다보였다. 학교는 물론 그 주위에 새로 지은 건물과 울타리, 오가는 군인들과 귀환자들, 아직 울타리를 두르지 않은 허름한 집들도 한눈에 들어왔다. 왠지 이런 풍경이 앞으로 영원히 지속되지는 않을 거라는 생각이 퍼뜩 스쳐 지나갔다.

여기서는 꽤 멀기도 하고 나무에 가려 보이지 않는 마을 반대편—마을이 끝나고 본격적인 시골 풍경이 시작되는 곳—에 루실의 집이 주인도 없이 어두컴컴하게 웅크리고 있을 터였다. "주여…" 그녀가 중얼거렸다.

"자, 자, 루실." 목사의 아내가 또 한 번 그렇게 말했지만, 아무런 효과도 거두지 못했다.

"마틴 벨러미에게 몇 번이나 말했는지 몰라요." 루실이 말을 이었다. "이건 옳지 않다고, 사무국은 이런 짓을 할 권리가 없다고 말이에요. 하지만 그는 자기가 할 수 있는 일이 없다는 소리만 되풀이할 뿐이에요. 지금은 윌리스 대령이 책임자래요. 모든 게 그 사람이 추진하는 일이라는 거예요. 도대체 자기가 할 수 있는 일이 하나도 없다는 게 무슨 뜻이죠? 그 사람도 인간이잖아요, 안 그래요? 인간이면 뭐든 할 일이 가득해야 정상 아니에요?"

그녀의 이마에 땀방울이 흘러내렸다. 목사와 그의 아내는 마치 루실의 몸이 누군가가 경고도 없이 스위치를 올린 난로라도 되는 듯이 동시에 손을 거두었다.

"루실." 목사가 목소리를 낮추며 느리게 말했다. 원하든 원하지 않든, 그런 말투가 사람들을 진정시키는 데 효과가 있다는 사실을 터득했기 때문이다. 루실은 무릎에 놓인 성경책만 내려다보았다. 커다란 의문 하나가 그녀의 얼굴에 가득 자리를 잡은 느낌이었다.

"설령 벨러미에게 아무런 계획이 없다 하더라도," 하고 피터즈 목사가 말했다. "주님은 그렇지 않을 겁니다."

"하지만 벌써 몇 주가 지났어요." 루실이 대답했다.

"그래도 두 분 다 건강하게 살아 있잖아요, 안 그렇습니까?"

"그야 그렇죠." 루실은 특별히 어디다 할 것도 없이 무작정 성경을 펼쳤다. '말씀'이 아직 거기에 있다는 사실을 확인하고 싶은 눈치였다. "하지만 그들은…" 루실은 머뭇거리며 적당한 표현을 찾았다. 이럴 때 그럴듯한 단어가 생각나면 조금이나마 기분이 나아질 듯했다. "그들은… 감금되어 있어요."

"그들은 이 마을의 거의 모든 아이들이 읽기와 쓰기를 배우던 바로 그 학교에 있습니다." 목사가 말했다. 그의 팔이 다시금 루실의 어깨를 감쌌다. "그래요, 지금은 군인들이 돌아다니니 옛날과는 다르게 보인다는 걸 저도 알지만, 그래도 거기는 우리 학교예요. 오래전에 제이콥이 다녔던 곳이기도 하고요."

"그때만 해도 지은 지 얼마 안 된 새 학교였죠."

루실이 과거의 기억을 더듬는 표정으로 불쑥 말했다.

"아주 아름다웠겠지요."

"아, 정말 그랬어요. 새로 지어서 반짝반짝 윤이 날 정도였죠. 규모는 지금보다 훨씬 작았지만요. 마을이 조금씩 커지면서 학교도 확장과 개보수를 거듭했거든요."

"그러니 그냥 해럴드와 제이콥이 그때 그 시절의 학교에 묵고 있다고 생각하면 어떨까요?"

루실은 아무 말도 하지 않았다.

"추위나 굶주림에 시달리고 있지도 않잖아요."

"그건 제가 먹을 것을 가져다주기 때문이에요!"

"역시 음식 솜씨는 부인이 최고지요!" 목사는 자신의 아내를 슬쩍 돌아보며 덧붙였다. "그래서 이 사람에게 제발 부인한테 가서 몇 주 머물며 복숭아 파이 만드는 비법을 좀 배워 오라고 말하곤 한답니다."

루실은 미소를 지으며 손을 내저었다. "별것도 아닌데 뭘요." 그녀가 말했다. "심지어는 마틴 벨러미한테까지 먹을 것을 가져다줘요."

그녀는 한 박자를 쉬고 덧붙였다. "아까도 말했지만 전 그 사람이 마음에 들어요. 좋은 사람 같아 보이잖아요."

피터즈 목사는 그녀의 등을 토닥였다. "물론 좋은 사람이지요. 그 사람은 물론 해럴드와 제이콥을 포함해서 그 학교에 있는 모든 사람들이 부인에게 커다란 빚을 지고 있는 셈이에요. 부인께서 엄청난 양의 파이를 만들어서 그 사람들에게 나눠 먹인다면서요? 틀림없이 매일같이 부인에게 감사한 마음을 가지고 있을 겁니다."

"갇힌 사람이라고 해서 군인들이 가져다주는 꿀꿀이죽만 먹어야 한다는 법은 없잖아요."

"저는 브라운 부인의 출장 요리 서비스가 음식을 제공하는 것으로 알고 있었는데요. 그 회사 이름이 뭐지요?"

"그게 제가 말한 꿀꿀이죽이에요."

그들은 모두 웃음을 터뜨렸다.

"모든 게 잘 해결될 겁니다." 웃음이 가라앉자 피터즈 목사가 말했다. "해럴드와 제이콥도 아무 일 없을 거고요."

"목사님도 거기 가보셨어요?"

"물론이지요."

"축복받으실 거예요." 루실은 그렇게 말하며 목사의 손을 토닥였다. "그들에게는 목자가 필요해요. 그 건물에 있는 모든 사람들에게 말이에요."

"당연히 해야 할 일을 할 뿐입니다. 벨러미하고 이야기도 나눠 봤어요. 사실 그 사람하고는 꽤 많은 이야기를 나누는 편입니다. 말씀드렸듯이 아주 괜찮은 사람이니까요. 저는 그가 할 수 있는 모든 일을 다 하고 있다고 믿어요. 하지만 돌아가는 상황을 보아하니, 사무국이 처리해야 할 숫자가 워낙—"

"그들은 그 윌리스 대령이라는 인간을 책임자로 내세웠어요."

"저도 그렇게 알고 있습니다."

루실이 격앙된 표정으로 말했다. "누가 무슨 조치를 취해야 해요." 깊은 협곡을 흘러가는 물소리처럼 나직한 목소리였다. "그는 잔인한 사람이에요." 그녀가 말을 이었다. "눈을 보면 알 수 있어요. 쳐다보면 볼수록 점점 더 거리감이 느껴지는 눈이 있잖아요. 제가 해럴드와 제이콥을 데려오려고 찾아갔을 때 그 사람의 표정을 목사님도 보셨어야 해요. 한겨울처럼 찬바람이 쌩쌩 불더군요. 그렇게 냉담한 사람은 처음 봤어요."

"주님께서 방법을 찾아내실 겁니다."

"그래요." 루실은 지난 3주 동안 의구심이 점점 커진 상황이긴 했지만 말은 그렇게 했다. "주님께서 방법을 찾아내시겠죠. 하지만 많이 걱정돼요."

"누구에게나 걱정은 있어요." 목사가 말했다.

프레드 그린은 벌써 강산이 몇 번이나 변할 세월 동안 텅 빈 집에 홀로 돌아오는 삶을 이어오고 있었다. 적막함과는 이제 친구가 되었다. 혼자 먹자고 요리를 하기도 무엇해서 냉동식품으로 끼니를 때우거나 스테이크를 굽다가 태우기도 했다.

예전에 요리는 언제나 메리의 몫이었다.

밭일을 나가지 않을 때는 제재소에서 어슬렁거리며 일거리를 찾는 일상이 이어졌다. 그러다가 거의 날이 저물어서야 집으로 돌아왔고, 하루가 다르게 몸이 점점 무거워지는 것을 느꼈다. 요즘은 젊은이들이 많아서 일거리가 그에게까지 돌아오지 않는 경우가 점점 많아졌다. 젊은이들은 꼭두새벽부터 제재소에 나와 그날 하루 일할 사람을 뽑는 관리자에게 간택되기를 기다리곤 했다.

막노동에는 경험이 중요하다고들 하지만, 아무리 그래도 젊은이들을 당할 수는 없었다. 그러니 자신이 점점 쪼그라들고 있다는 느낌이 드는 것도 무리가 아니었다. 그나마 할 일이 많다는 게 천만다행이었다.

그래서 프레드 그린은 매일 밤 텔레비전 앞에 앉아 혼자 저녁을 먹으며, 온통 귀환자 이야기밖에 없는 뉴스를 보곤 했다.

그는 앵커가 하는 말을 거의 절반밖에 듣지 않았다. 나머지 절반 이상은 앵커를 향해 사고뭉치 멍텅구리라고 욕을 하는 데 시간을 할애했다. 하루가 멀다 하고 홍수철의 강물마냥 불어나는 귀환자 사태를, 장님 코끼리 더듬듯 어설프게밖에 못 다룬다는 것이 그의 불만이었다.

그 모든 것이 그를 불편하게 만들었고 불길한 생각에 집착하도록 만들었다.

하지만 그게 전부는 아니었다. 뭔가 딱 꼬집어 말하기 힘든 불안감이 뇌리를 떠나지 않았다. 지난 몇 주 동안 잠을 자는 데도 아주 애를 먹는 그였다. 밤마다—지난 수십 년간 그랬던 것처럼—무덤 속처럼 조용하기만 한 텅 빈 집의 침실에서 잠을 청하지만, 좀처럼 잠이 오지 않아 뒤척이다 보면 자정을 훌쩍 넘기기가 일쑤였다. 그러다가 겨우 잠이 들어도 숙면을 취하지 못해 피로가 가시지 않았고, 특별히 꿈도 꾸지 않는 것 같은데 깜짝 놀라 벌떡 일어나는 경우가 많았다.

더러는 아침에 일어나 보면 손등에 멍이 들어 있는 경우도 있었는데, 프레드는 그 원인을 나무로 된 침대 머리판 때문으로 돌렸다. 얼마 전에는 높은 데서 떨어지는 기분에 사로잡혀 잠을 깼는데, 그 순간 정말로 그의 몸이 침대 옆의 바닥으로 '쿵!' 하고 떨어졌다. 얼굴에는 눈물이 줄줄 흘렀고, 말로는 설명할 길 없는 깊은 슬픔이 방안을 가득 물들이고 있었다.

프레드는 몸을 일으킬 엄두도 내지 못하고 그대로 바닥에 드러누워 정체불명의 분노에 사로잡힌 채 흐느껴 울었다. 머릿속에는 온통 좌절감과 그리움이 가득했다.

그때 그는 아내의 이름을 불렀다.

그녀의 이름을 마지막으로 불러본 것이 언제인지 기억도 나지 않을 만큼 까마득했다. 혓바닥 위에 철자들을 끌어 모아 조심스럽게 입 밖으로 밀어낸 뒤, 도깨비 소굴 같은 눅눅한 집안에 퍼져나가는 그 소리에 귀를 기울였다.

프레드는 바닥에 앉은 채 기다렸다. 느닷없이 아내가 숨어 있던 곳에서 뛰어나와 그를 끌어안고 입 맞추며 노래를 불러줄 것만 같았다. 눈부시게 빛나는 아내의 축복받은 목소리가 그 오랜 적막을 깨고 그에게 아름다운 음악을 선사해줄 것만 같았다.

하지만 아무리 기다려도 그런 일은 벌어지지 않았다. 프레드는 벽장으로 다가가 오랜 세월 동안 햇빛을 보지 못한 낡은 여행 가방을 꺼냈다. 검정색 가방의 금속 부분에는 온통 파랗게 녹이 슬어 있었다. 지퍼를 열자 마치 가방이 한숨을 내쉬는 것 같았다.

가방 안에는 책과 악보, 장신구나 도자기로 된 골동품 따위가 든 조그만 상자들이 가득했다. 이제 이 집에서 아무도 관심을 기울여 줄 사람이 없는 물건들이었다. 가방 중간쯤에 정교하게 장미꽃을 수놓은 실크 블라우스가 보이고, 그 밑에 사진첩이 한 권 들어 있었다. 프레드는 사진첩을 들고 침대에 앉아 먼지를 털었다. 첫 장을 넘기자 낡은 문을 열 때처럼 삐걱거리는 소리가 났다.

갑자기 그녀가, 그의 아내가 그를 향해 미소를 지으며 나타났다.

그녀의 얼굴이 얼마나 동그란지, 그녀의 머리칼이 얼마나 검은지를 까마득히 잊고 있었다. 언제나 뭔가가 아주 혼란스러운 듯한 표정을 짓던 그녀였는데, 프레드가 제일 좋아한 것이 바로 그 표정이었다. 심지어는 말다툼을 할 때조차 그녀의 혼란스러운 표정은 변하지 않았는데, 마치 이 세상 모든 사람들이 왜 그런 식으로 행동하는지 죽었다 깨어나도 알 수가 없다는 듯한 표정이었다.

프레드는 사진첩을 한 장 한 장 넘기며 그녀의 목소리를, 깊은 밤 잠이 오지 않아 뒤척일 때면 그 아름다운 목소리로 노래를 불러주던 아내의 모습을 떠올리지 않으려고 안간힘을 썼다. 그는 무슨 질문을 던지려는 사람처럼 입을 열었다 닫았지만, 끝내 목소리는 나오지 않았다.

그때 어떤 사진 한 장이 그의 동작을 멈추게 만들었다. 그녀의 미소는 환하지 않았다. 여느 때처럼 혼란스러운 표정 대신, 단호한 결심이 엿보이는 표정이었다. 아기가 유산되고 얼마 지나지 않은 어느 화창한 오후에 찍은 사진이었다.

그 비극은 지금까지도 그들 둘만의 비밀로 남아 있었다. 그들이 의사에게서 임신이라는 진단을 받은 그날부터 모든 게 무너져 내리기 시작했다. 어느 날 밤, 프레드는 욕실에서 소리 죽여 흐느끼는 아내의 울음소리에 잠을 깼다. 일은 이미 벌어졌고, 그녀는 그 무게를 혼자 감당하고 있었던 것이다.

프레드는 원래 한 번 잠이 들면 누가 업어 가도 모르는 사람이었다. 그녀가 언젠가 “당신을 깨우는 것보다 시체를 깨우는 게 쉽겠어요”라고 말한 적이 있을 정도였다. 지금까지도 프레드는 그날 밤 아내가 자신을 깨웠는지, 깨워서 도움을 청했는지가 궁금했다. 만약 그랬다면 그는 아내의 간절한 부탁을 들어주지 못한 셈이다. 그때 깨기만 했어도 어떻게든 조치를 취할 수 있었을 테니까.

남편이라는 사람이 어쩌면 그렇게 깊이 잠을 잘 수가 있었을까. 아이의 생명이 조그만 깜부기불처럼 깜빡거리는 동안 아무것도 모른 채 짐승처럼 꿈나라를 헤매고 있었다니.

두 사람은 당시 한 달이 채 남지 않았던 그녀의 생일파티 때 친구들에게 임신 사실을 발표할 계획이었다. 하지만 이제 그럴 필요가 없어졌다. 그들에게 어떤 일이 벌어졌는지를 아는 사람은 오로지 의사밖에 없었다.

뭔가가 잘못되었다는 표시는 그날 이후 그녀의 미소가 눈에 띄게 엷어졌다는 점밖에 없었다. 프레드는 그녀의 그 엷은 미소를 죽을 때까지 잊지 못할 것이다.

프레드는 끈적거리는 비닐 뒤에서 사진을 떼어냈다. 오래된 접착제 냄새와 곰팡이 냄새가 물씬 풍겼다. 그날 밤, 프레드는 그녀가 죽은 뒤 처음으로, 눈물을 흘렸다.

다음날, 프레드는 아침 일찍 제재소로 나갔지만 관리자는 그를 간택하지 않았다. 집으로 돌아와 밭을 한 바퀴 둘러보았지만 거기에도 그가 할 일은 없었다. 그래서 트럭을 몰고 마빈 파커의 집으로 갔다.

마빈의 집은 귀환자들이 수용되어 있는 학교 정문에서 도로 하나를 사이에 둔 곳이었다. 마빈은 자기 집 앞마당에 앉아 귀환자들이 버스에 실려 오는 것을 지켜볼 수 있었다. 이번 사태가 시작된 이후 그가 아침마다 하는 일이 바로 그것이었다.

무슨 까닭인지 프레드는 오늘 아침 자기도 그렇게 해야 한다고 느꼈다. 세상에 무슨 일이 벌어지고 있는지 자기 눈으로 직접 확인하고 싶었다. 귀환자들의 얼굴을 봐야 했다.

마치 누군가를 찾고 있는 사람 같았다.

해럴드는 한때 존슨 선생님의 미술실이었던 방의 한복판에 놓인 자기 침상 끝에 조용히 앉아 있었다. 불평이라도 할 수 있게 허리가 좀 아팠으면 좋겠다는 생각이 들었다. 그는 원래 뭔가 깊이 생각해야 할 고민이 있거나 골치 아픈 일이 생기면 허리가 아프다고 한바탕 퍼붓고 나서야 집중이 잘되는 버릇이 있었다. 자신이 불평을 일삼는 사람이 아니었다면 지금쯤 어떻게 되었을까 생각하니 소름이 돋았다. 아마 지금쯤 루실은 그를 성인으로 떠받들었을 것이다.

해럴드의 침상 바로 옆이 제이콥의 침상이었다. 머리맡에 베개와 담요가 깔끔하게 정리되어 있었다. 담요는 루실이 손수 만든 것이었다. 핵폭탄이 터져도 끄떡없을 것 같은 견고한 바느질과 현란한 색깔을 자랑하는 담요였다. 담요의 가장자리는 직각으로 접혀 있었고, 베개 역시 평평하고 매끈했다.

해럴드는 제이콥이 참 깔끔한 아이라는 생각을 하며, 옛날에도 그랬는지 기억을 더듬어 보았다.

"찰스?"

해럴드의 입에서 한숨이 새어나왔다. 침실로 변한 미술실 입구에 웬 할머니가 서 있었다. 귀환자들 중 한 명이었다. 창문으로 스며들어 온 오후의 햇살이 할머니의 얼굴을 비췄고, 문틀은 온통 다양한 색깔의 물감 자국이 튀어 이 방의 원래 용도를 상기시켜 주었다. 특히 노란색과 빨간색이 어찌나 생생한지, 이 방의 오랜 연륜을 감안하면 지나치게 선명한 것이 아닌가 하는 생각이 들 정도였다.

그 다양한 색깔들이 할머니를 에워싸 무슨 마술과도 같은 신비로운 느낌을 자아냈다.

"예?" 해럴드가 대답했다.

"찰스, 우리 몇 시에 출발할 거예요?"

"곧." 해럴드가 말했다.

"이러다 늦겠어요, 찰스. 난 늦는 건 못 참아. 무례해 보이잖아요."

"괜찮아요. 그 사람들은 우리를 기다릴 테니까."

해럴드는 일어나서 기지개를 한 번 켠 다음, 스톤 여사라고 불리는 그 할머니를 향해 천천히 다가갔다. 그러고는 한쪽 구석에 놓인 또 하나의 침상으로 할머니를 이끌었다. 여든을 훨씬 넘긴 거구의 흑인 할머니였다. 하지만 그녀는 나이에 상관없이 자기 자신과 자신의 침상 하나는 확실하게 정리할 줄 알았다. 얼굴은 항상 깨끗했고, 머리는 항상 잘 손질되어 있었다. 그녀가 가진 몇 벌 안 되는 옷가지 역시 흠잡을 데 없이 깔끔했다.

"걱정할 것 없어요." 해럴드가 말했다. "우린 안 늦어요."

"하지만 벌써 늦었잖아요."

"시간은 많아요."

"확실해요?"

"확실해요." 해럴드는 미소 띤 얼굴로 침상에 드러눕는 할머니의 손등을 토닥였다. 그가 침상에 걸터앉는 순간, 할머니는 옆으로 누

•

워 몸을 뻗는가 싶더니, 그대로 잠들어 버렸다. 늘 이런 식이었다. 뭔가에 스트레스를 받아 갑자기 흥분했다가, 다음 순간 갑자기 잠이 들어 버렸다.

해럴드는 할머니—성은 스톤, 이름은 퍼트리샤였다—옆에 앉아 그녀가 완전히 잠이 들 때까지 기다렸다. 이어서 뜨거운 6월의 기온에도 불구하고 제이콥의 침대에서 담요를 가져와 그녀를 덮어주었다. 할머니는 사람들을 기다리게 하면 안 된다고 중얼거렸다. 이내 달싹거리던 입술이 움직임을 멈추었고, 호흡도 느려지고 평온해졌다.

해럴드는 자기 침상으로 돌아와 앉았다. 책이라도 한 권 있었으면 싶었다. 루실이 면회를 오면 한 권 가져다 달라고 해볼 참이었다. 성경책이나 뭐 그런 이상한 책만 아니면 뭐든 괜찮을 것 같았다.

해럴드는 턱을 만지며 생각에 잠겼다. 벨러미 요원이 뭔가 손을 쓴 것이 틀림없었다. 사무국이 사람들을 억류하기 시작하면서 상대적으로 그의 권한이 상당히 약해진 것은 사실이지만, 그래도 벨러미 요원은 여전히 이 지역에서 가장 많은 정보를 가지고 있는 인물이었다.

벨러미 요원은 자기 나름의 방식으로 주도권을 쥐고 있었다. 음식과 의류 조달, 방 배정은 물론 세면도구와 기타 잡동사니를 배급하는 일까지도 모두 그가 책임지고 있었다. 한마디로 정상인과 귀환자, 모두를 감시·감독하는 사람이 바로 벨러미 요원이었다.

실제로 발품을 파는 사람들은 따로 있지만, 벨러미 요원은 그 모든 것의 책임자였다. 학교를 순찰하는 군인들이 자기네끼리 주고받는 수작으로 미뤄볼 때, 요즘 들어 발품을 파는 사람들의 숫자가 점점 줄어들고 있다는 사실도 확인할 수 있었다.

이 같은 정책, 그러니까 귀환자들을 마치 식료품을 저장하듯 한자리에 모아두는 방식이 서서히 정책으로 자리를 잡는 분위기였다. 이따금 특별히 가치 있거나 악명 높은 개인이 나타나면 선심을 쓰듯이 고향으로 돌아갈 비행기 표를 끊어주기도 했지만, 대부분의 귀환자들은 처음 나타난 곳에 그냥 뿌리를 내리게 되었다.

해럴드가 보기에 모든 지역에서 이런 정책이 적용되지는 않는다는 것을 알고 있었지만, 머지않아 대세로 굳어질 듯했다. 대체로 귀환자에게 고유 번호와 파일을 부여하고, 컴퓨터 자판을 몇 번 두들긴 다음, 몇 가지 질문을 던지고, 또 자판을 두들기고, 그러고 나서는 그냥 잊어버리는 것이 훨씬 간편하고 비용도 싸게 먹혔다. 그것으로 좀 부족하다 싶으면—그런 경우는 점점 줄고 있었다—해당자의 이름을 인터넷으로 검색하는 정도까지는 해본다. 하지만 그게 다였다. 컴퓨터 자판을 몇 번 두들기는 것—아무것도 하지 않는 것과 별반 차이가 없는—이 전부였던 것이다.

할머니를 재운 해럴드는 방에서 나와 낡고 복잡한 학교 안을 걷기 시작했다. 그들이 귀환자들을 체포하기 시작한 무렵부터 상황은 그리 낙관적이지 못했다. 그 이후 날이 갈수록 사태는 점점 더 악화되었다. 한때는 복도를 중심으로 여기저기 숨을 돌릴 수 있을 만큼 탁 트인 공간들이 있었는데, 지금은 사방에 침상이 빽빽이 들어차 걸음을 옮기기도 쉽지 않았다. 그 침상마다 혹시 신참이 들어오면 자기 자리를 뺏길지도 모른다고 걱정하는 사람들이 달라붙어 있었다. 아직 침상이 부족한 사태까지는 벌어지지 않았지만 일종의 위계질서가 나타나기 시작했다.

제일 꼭대기에 있는 사람들은 모든 것이 정상적으로 작동하고 각종 편의시설이 가까이에 있는 학교 본관 건물에 말끔하게 정리된 침상을 확보하고 있었다. 특별히 나이가 많거나 고급 정보를 가진 부류—그들을 위한 공간은 따로 마련되어 있었다—에 포함되지 않는 신참들은 흔히 천막촌이라 불리는 옥외 주차장이나 학교 인근의 길가에 배정되었다.

천막촌은 우중충한 녹색의 가건물이었다. 해럴드는 낡아빠진 천막으로 만들어진 그 가건물을 볼 때마다 까마득한 어린 시절의 기억 한 조각이 떠오르곤 했다. 너무 오래되어 마음속의 그림판에는 흑백 영상으로 비춰지는 기억이었다.

그나마 지금까지는 날씨가 큰 은혜를 베풀고 있었다. 덥고 습기 찬 날씨가 이어지기는 했지만, 비는 거의 오지 않았던 것이다.

해럴드는 천막촌을 가로질러 제이콥의 친구인 맥스라는 아이가 기거하는 남쪽 울타리 부근으로 걸어갔다. 울타리 너머에는 군인들이 소총을 옆구리에 늘어뜨린 채 한가롭게 돌아다니고 있었다.

"멍청한 놈들."

해럴드는 언제나처럼 그들을 향해 혼자 중얼거렸다.

해럴드는 하늘을 올려다보았다. 해가 아직 하늘에 떠 있는 것은 분명한데, 갑자기 기온이 확 올라간 것처럼 느껴졌다. 그의 이마 한복판에서 땀이 한 방울 흘러 콧날을 타고 내려오다가 바닥으로 떨어졌다.

갑자기 그렇게 더울 수가 없었다. 최소한 10도 정도는 기온이 올라간 것 같았다. 마치 태양이 지상으로 내려와 아주 중요한 할 말이라도 있는 듯이 그의 어깨에 올라앉은 느낌이었다.

해럴드는 손등으로 얼굴의 땀을 훔쳐 바짓가랑이에 닦았다.

“제이콥?” 그가 외쳤다. 척추의 뿌리 근처에서 짜릿한 전율이 이는가 싶더니, 이내 다리를 타고 밑으로 내려가 무릎에 모였다.

“제이콥? 어디 있어?”

그때 갑자기, 땅이 벌떡 솟아나 그를 덮쳤다.

제프 에지슨

벽에 걸린 시계가 제대로 가고 있다면, 대령과의 면담은 이제 거의 막바지에 다다른 게 틀림없었다. 대령은 이제 두 사람 다 뻔히 아는 질문들을 벌써 55분째 되풀이하고 있었다. 제프는 차라리 책이라도 좀 읽었으면 좋겠다는 생각이 들었다. 쓸 만한 사이버펑크 소설이나 첨단 도시를 배경으로 한 판타지도 괜찮을 듯했다. 그는 상상력이 뛰어난 작가들을 좋아했다. 그가 보기에 상상력은 아주 중요한 재능 가운데 하나이기는 하지만, 그것을 제대로 갖춘 이는 그리 많지 않았다.

"우리가 죽으면 어떻게 된다고 생각하나?" 대령이 물었다.

새로운 질문이기는 했지만 썩 상상력이 돋보이는 질문은 아니었다. 제프는 이 사람과 종교 이야기를 나누어야 할지도 모른다는 생각에 약간 불안한 마음으로 대답을 정리했다. 솔직히 제프는 이 대령이 점점 좋아지는 참이었다. 거기에는 그가 아버지를 연상하게 한다는 점도 큰 비중을 차지했다.

"천국 아니면 지옥에 가겠지요." 제프가 대답했다. "그건 얼마나 재미있게 살았느냐에 따라 달라지지 않을까요." 그러면서 그는 살짝 미소 지었다.

"확실한가?"

"아뇨." 제프가 말했다. "저는 오래전부터 무신론자였어요. 확실한 건 그리 많지 않아요."

"지금은?" 대령은 의자에 앉은 채 자세를 바로잡으며 마치 뭔가를 집으려는 듯이 탁자 밑으로 손을 집어넣었다.

"지금도 크게 달라진 건 없어요." 제프가 대답했다. "제 인생이 원래 그런가 봐요."

윌리스 대령은 주머니에서 담배를 꺼내 젊은이에게 건넸다.

"고마워요." 제프는 담배에 불을 붙이며 말했다.

"꼭 마지못해 이런 시간을 보내야 한다고 생각할 필요는 없어." 대령이 말했다. "너희나 우리나, 각자 해야 할 역할이 있으니까."

제프는 고개를 끄덕였다. 의자 등받이에 몸을 기대고 하얀 연기를 길게 내뿜으며, 의자가 너무 불편하다거나 벽이 너무 우중충하다거나 이 윌리스 대령과 그의 부하들은 이 세상 어딘가에 살아 있을 자신의 형을 찾도록 내버려두지 않을 거라는 사실에 너무 신경을 쓰지 않으려고 애썼다.

"난 잔인한 사람이 아니야." 대령이 마치 제프의 생각을 읽기라도 한 듯이 불쑥 말했다. "단지 악역을 맡았을 뿐이지." 그러면서 그는 자리에서 일어섰다. "이제 그만 가봐야겠군. 오늘 저녁에 너 같은 녀석들을 몇 명이나 더 상대해야 할지 모르겠어."

9

해럴드는 일찍이 경험해본 적이 없을 만큼 환하고 견고한 햇살 때문에 정신을 되찾았다. 마치 약을 지나치게 많이 복용했을 때처럼 모든 것이 너무 아득하고 어렴풋하게 느껴졌다. 그의 주위에 사람들이 모여 서 있었다. 하나같이 누가 쭉 잡아 늘여 놓은 것처럼 비정상적으로 키가 커보였다. 해럴드는 눈을 감고 심호흡을 했다. 다시 눈을 떴을 때, 벨러미 요원이 그를 내려다보고 있었다. 해럴드는 무심코, 그가 이렇게 더운 날씨에도 저 망할 놈의 정장을 입고 있다는 생각을 했다.

해럴드는 일어나 앉았다. 머리가 아팠다. 그나마 아스팔트가 아니라 풀밭에 쓰러진 것이 다행이었다. 폐 속에 무언가가 있는 느낌이었다. 아주 묵직하고 축축했다. 그것 때문에 기침이 나왔다.

한 번 기침을 하니 걷잡을 수 없이 밭은기침이 터져 나왔다. 해럴드는 허리를 반으로 꺾다시피 하고 몸을 부들부들 떨며 연신 기침을 해댔다. 눈앞에 조그만 점들이 어지럽게 날아다니다가 사라졌다가 했다.

이윽고 기침이 멎자 해럴드는 풀밭에 축 늘어졌다. 누군가가 그의 머리 밑에 담요를 놔주었다. 눈 속에는 온통 햇빛이 가득했으며, 땀이 온몸을 적셨다.

"어떻게 된 거지?" 해럴드는 목구멍에 뭔가 날카롭고 축축한 통증을 느끼며 물었다.

"어르신이 기절을 했어요." 벨러미 요원이 대답했다.

"좀 어떠세요?"

"더워."

벨러미 요원은 미소를 지었다. "더운 날이에요."

해럴드는 일어나 앉으려 했지만 세상이 눈앞에서 빙글빙글 돌아가기 시작했다. 하는 수 없이 도로 눈을 감고 풀밭에 몸을 기댔다. 열기를 머금은 풀 냄새가 어린 시절을 상기시켰다. 그때는 기절을 해서 소란을 피우지 않고도 무더운 6월의 햇살 아래 누워 있을 수 있었다.

"제이콥은 어디 있지?" 해럴드는 여전히 눈을 감은 채 물었다.

"저 여기 있어요." 제이콥이 사람들 사이에서 불쑥 모습을 드러냈다. 제이콥이 앞으로 나오자, 그의 친구 맥스가 그 뒤를 따랐다. 제이콥은 아버지 옆에 무릎을 꿇고 앉아 그의 손을 잡았다.

"나 때문에 많이 놀랐지?"

"아니에요, 아빠."

해럴드는 한숨을 내쉬었다. "다행이구나."

제이콥의 친구 맥스는 아주 착하고 배려심이 깊은 아이였다. 해럴드의 머리맡에 무릎을 꿇고 앉더니, 자기 셔츠를 벗어 해럴드의 이마를 닦아주었다.

"괜찮으세요, 해럴드 할아버지?" 맥스가 물었다.

맥스는 영국 출신의 귀환자였다. 억양도, 예의범절도 흠잡을 데가 없었다. 몇 주 전에 그 일본인이 나타났던 곳에서 그리 멀지 않은 블래던 카운티에서 발견되었다. 마치 블래던 카운티가 다분히 이국적인 귀환자들의 거점이 된 듯한 느낌이었다.

"그래, 맥스."

"어디가 편찮아 보이세요. 편찮으시면 병원에 가셔야 해요, 해럴드 할아버지."

아이답지 않게 차분하고 성숙한 귀환자였지만, 세련된 영국식 억양에도 불구하고 맥스의 말투는 기관총을 연상케 했다.

"저희 삼촌이 아주 오래전에 병이 나셨어요." 맥스가 말을 이었다. "그래서 병원에 가셔야 했죠. 그랬더니 더 아파져서 할아버지처럼 기침을 많이 했는데, 그러다가 그만 돌아가셨어요, 해럴드 할아버지."

해럴드는 고개를 끄덕이며 알았다는 시늉을 했지만, 사실은 '저희 삼촌이…' 하는 소리밖에 알아듣지 못했다.

"잘됐구나, 맥스." 해럴드가 여전히 눈을 감은 채 말했다.

"아주 잘됐어."

해럴드는 눈을 감고 자신의 몸 위에 스멀거리는 햇빛의 열기를 느끼며 아주 오랫동안 풀밭에 그냥 드러누워 있었다. 이따금 사람들이 뭐라고 이야기를 나누는 소리가 들렸고, 수용소의 울타리 근처를 순찰하는 군인들의 발소리도 들렸다. 해럴드는 발작적인 기침이 처음 터졌을 때 자기가 이렇게 울타리 근처에 바짝 다가와 있었다는 사실을 의식하지 못했지만, 정신을 차리고 보니 거의 가장자리였다.

그의 마음속에 일련의 연상작용이 시작되었다.

먼저 울타리 너머의 풍경이 떠올랐다. 학교 주차장의 아스팔트가 보였다. 메인 스트리트로 들어서서 주유소와 아주 오래전에 생긴 작고 낡은 가게들을 지나갔다. 낯익은 친구들의 모습도 보였는데, 다들 늘 하던 대로 각자의 일상으로 분주했다. 때로는 그에게 미소를 짓거나 손을 흔드는 사람도 있었고, 한 명인가 두 명은 큰소리로 인사를 건네기도 했다.

해럴드는 문득, 자신이 1966년에 타던 낡은 픽업트럭을 운전하고 있다는 사실을 알아차렸다. 벌써 오래전부터 한 번도 그 트럭을 떠올린 적이 없는데, 지금은 아주 생생하게 기억이 살아났다. 좌석이 아주 널찍하고 부드러운 트럭이었다. 하지만 운전을 하기에는 힘이 많이 드는 차여서, 해럴드는 요즘 젊은 세대가 파워 스티어링의 고마움을 얼마나 인식하고 있는지 모르겠다는 생각이 들었다. 자동차에 컴퓨터가 도입되어 마법의 영역이 사라진 것도 마찬가지였다.

해럴드는 상상 속에서 마을 전체를 돌아다니며 어떤 거리, 어떤 골목에도 귀환자가 단 한 명도 보이지 않는다는 사실을 깨달았다. 마을 가장자리를 지나 고속도로를 타고 집으로 돌아오는 길에는 트럭의 엔진 소리가 귀에 들리는 것 같았다.

집에 도착해 트럭을 주차하느라 애를 먹다 보니, 문득 너무나 젊고 아름다운 루실의 모습이 보였다. 은은한 햇살이 비치는 베란다에 허리를 꼿꼿하게 펴고 앉아 있는 루실은 다른 어떤 여자에게서도 찾아보지 못한 우아함과 아름다움을 간직하고 있었다. 칠흑처럼 까맣고 긴 머리칼이 어깨 위에서 따스한 햇살을 받아 반짝거렸다. 정말이지 우아한 모습이 아닐 수 없었다. 해럴드는 그녀의 그런 우아함에 주눅이 들었고, 그것이 그토록 그녀를 사랑하는 이유이기도 했다. 제이콥은 주인공과 악당에 대해 뭐라고 소리치며 베란다 앞의 참나무 주위를 뛰어다니고 있었다.

이것이 원래 정상적인 풍경이었다.

하지만 나무 한편으로 뛰어들어간 아이가 반대편으로 나오지를 않았다. 순식간에 어디론가 사라져 버린 것이다.

벨러미 요원이 해럴드 옆의 풀밭에 무릎을 꿇고 앉았고, 그 뒤에는 진지한 표정의 의무병 두 명이 서서 땀에 젖은 해럴드의 얼굴에 그림자를 드리웠다.

"전에도 이런 적이 있습니까?" 의무병 가운데 한 명이 물었다.

"아니오." 해럴드가 대답했다.

"확실합니까? 선생님 의료 기록을 찾아보지 않아도 될까요?"

"좋을 대로 하시오." 해럴드가 말했다. 기운이 어느 정도 돌아오면서 은근히 부아도 함께 치밀었다. "그게 바로 정부에서 일하는 사람들이 누리는 여러 가지 혜택 가운데 하나잖소. 어딘가에 보관된 파일을 뒤지면 개인 정보를 마음대로 꺼내볼 수 있을 테니까."

"그럴 수도 있겠지요." 벨러미 요원이 말했다. "하지만 이왕이면 되도록 쉬운 쪽으로 처리하는 게 좋지 않을까요." 그는 의무병을 향해 고갯짓을 하며 덧붙였다. "이분은 괜찮은 것 같군. 어쩌면 나보다는 자네들한테 좀 더 협조적일지도 모르겠어."

"그거야 모르는 일이지." 해럴드가 중얼거렸다. 이렇게 땅바닥에 드러누워 이야기를 주고받는 게 영 마음에 들지 않았지만 당장은 달리 대안이 있을 것 같지 않았다. 그가 일어나 앉으려고만 하면 제이콥이 그 조그만 얼굴에 걱정이 가득 담긴 표정으로 그의 어깨를 가볍게 누르곤 했다.

벨러미 요원은 일어나서 무릎에 묻은 풀을 털어냈다. "의료 기록은 내가 찾아보도록 하지. 자네들도 이 일을 일지에 적어두도록 해." 그러고는 누군가를 손짓으로 불렀다.

군인 두 명이 다가왔다.

"지친 늙은이 하나 때문에 이게 무슨 난리람."

해럴드는 그렇게 말하며 힘겹게 몸을 일으켜 앉았다.

"자, 선생님." 의무병이 말했다. 그는 한 손으로 해럴드의 팔을 붙잡았는데, 그 악력이 깜짝 놀랄 정도로 셌다. "가만히 누워 계셔야 우리가 상태를 살펴볼 수 있습니다."

"진정하세요, 아빠." 제이콥이 말했다.

"그래요, 해럴드 할아버지. 가만히 누워 계셔야 해요." 맥스도 끼어들었다. "아까 저희 삼촌 이야기도 들려 드렸잖아요. 병에 걸려 드러누워서도 의사가 자기 몸을 건드리는 걸 싫어해서 옆에 오기만 해도 소리를 지르곤 했어요. 그러다가 결국 돌아가셨다니까요."

"알았어, 알았다니까." 해럴드가 말했다. 맥스의 말이 어찌나 빠른지 거부감을 느낄 겨를도 없었다. 게다가 갑자기 걷잡을 수 없이 피로가 몰려왔다. 하는 수 없이 도로 풀밭에 드러누워 의무병들이 하는 대로 가만히 내버려두었다.

그들이 조금이라도 허튼 수작을 하면 고소를 해버리겠다고 단단히 마음먹었다. 여기는 미국이 아니던가.

이어서 맥스가 또 자기 삼촌 죽은 이야기를 떠벌리기 시작했고, 해럴드는 속사포 같은 아이의 목소리를 들으며 천천히 의식을 잃었다.

"이러다가 늦겠다." 늙은 흑인 할머니의 목소리였다.

해럴드는 자기 침상에서 일어나 앉아 있었지만, 아직도 어떻게 방으로 돌아왔는지 기억이 나지 않았다. 아무튼 방은 평소보다 조금 시원한 느낌이었고, 창밖의 햇살이 완전히 사라진 것을 보면 그 사이에 시간이 꽤 흐른 모양이었다. 팔뚝에 붕대가 감겨 있고 간질거리는 느낌이 있는 것으로 보아 그 아래 어딘가에 주사 바늘이 꽂혀 있는 게 틀림없었다.

"망할 놈의 의사들 같으니."

"그건 나쁜 말이에요." 제이콥이 말했다. 제이콥은 맥스와 함께 바닥에 앉아 게임을 하고 있었다. 아이들이 벌떡 일어나 침대 옆으로 달려왔다. "전에는 아무 말도 안 했지만, 아빠가 그런 말을 하시면 엄마가 안 좋아하실 걸요."

"그래, 나쁜 말 맞다." 해럴드가 말했다.

"엄마한테는 말하지 않는 게 어떨까?"

"좋아요." 제이콥이 미소를 지으며 대답했다.

"수수께끼 하나 내볼까요?"

"아, 그래." 맥스가 끼어들었다. "정말 재미있는 수수께끼예요, 해럴드 할아버지. 그렇게 재미있는 수수께끼는 정말 오랜만에 들어봤어요. 우리 삼촌은—"

해럴드는 손을 들어 아이의 말을 가로막았다.

"무슨 수수께낀데 그래?"

"애벌레가 제일 무서워하는 게 뭐게요?"

"글쎄다." 해럴드는 제이콥이 죽기 얼마 전에 이 수수께끼를 가르쳐준 것을 똑똑히 기억하고 있었지만, 대답은 그렇게 했다.

"개벌레!"*

셋이 동시에 웃음을 터뜨렸다.

"하루 종일 이러고 있을 수는 없어요." 퍼트리샤가 자기 침상에 앉아 말했다. "벌써 늦었잖아. 그것도 아주 많이. 사람들을 기다리게 하는 건 예의바른 행동이 아니에요. 우리를 걱정하기 시작할 테니까!" 그녀는 검은 손을 뻗어 해럴드의 무릎을 잡았다. "제발 부탁이에요." 그녀가 말했다. "난 정말 아무한테도 무례하게 보이고 싶지 않아. 우리 엄마는 나를 이렇게 키우지 않으셨다고요. 지금 출발할 수 있어요? 옷은 다 입었어요."

"곧 출발해요." 해럴드는 이유도 모르면서 그렇게 대답했다.

"이 할머니, 괜찮아요?" 맥스가 물었다.

이 아이의 말이 한 문장으로 끝나는 경우는 거의 없었기 때문에

---

* 애벌레 caterpillar의 cat을 dog으로 바꾼 우스갯소리.

해럴드는 자기도 모르게 다음 문장이 이어지기를 기다렸다. 하지만 맥스는 말을 잇지 않았다. 그 사이, 이미 외출복을 차려입은 퍼트리샤는 좀처럼 움직일 기미를 보이지 않는 그들을 바라보며 초조하게 몸을 꼼지락거렸다. 그들이 아주 못마땅한 기색이 역력했다.

"그냥 좀 혼란스러울 뿐이야."

해럴드가 한참 만에 맥스의 질문에 대답했다.

"난 혼란스럽지 않아!" 퍼트리샤가 해럴드의 무릎에 올려두었던 손을 홱 거둬들이며 쏘아붙였다.

"그럼요."

해럴드는 그렇게 말하며 그녀의 손을 잡고 가볍게 토닥였다.

"그럴 리가 없지요. 늦지 않을 테니까 걱정하지 마세요. 그들한테서 좀 전에 전화가 왔는데, 시간이 바뀌었대요. 조금 늦추기로요."

"취소했다고?"

"아뇨, 그럴 리가 있나요. 그냥 시간을 조금 늦춘 것뿐이에요."

"취소한 게 틀림없어, 그렇지 않아요? 우리가 너무 늦어서 취소해 버린 거라고! 우리한테 화가 난 게 분명해요. 어쩜 이럴 수가!"

"그런 게 아니라니까요." 해럴드는 그렇게 말하며 그녀의 침상으로 다가갔다. 몸이 다시 정상적으로 움직이는 게 그렇게 고마울 수가 없었다. 어쩌면 그 망할 놈의 의사들이 그렇게 형편없는 건 아닌 모양이었다. 해럴드는 퍼트리샤의 넓은 어깨에 겨우 팔을 두르고 등을 토닥였다. "시간이 조금 바뀌었을 뿐이에요. 아마 음식 주문한 게 차질을 빚은 모양이에요. 음식을 준비하던 사람이 주방에서 넘어지는 바람에 모든 게 엉망이 되어 버렸대요. 그래서 시간이 조금

늦춰진 것뿐이에요."

"확실해요?"

"물론이죠." 해럴드가 말했다. "시간은 아직 충분하니까 낮잠을 한숨 자도 될 것 같아요. 피곤하지 않으세요?"

"괜찮아요." 퍼트리샤가 입술을 삐죽 내밀며 말했다. 그러더니 금방 "아니야." 하면서 흐느껴 울기 시작했다. "피곤해 죽겠어요."

"나도 그 느낌 알아요."

"아." 그녀가 말했다. "아, 찰스. 내가 어떻게 된 거죠?"

"아무 일도 없어요." 해럴드가 그녀의 머리칼을 어루만지며 말했다. "그냥 좀 피곤한 것뿐이에요. 그게 다라고요."

퍼트리샤는 두려움이 가득한 얼굴로 그를 바라보았다. 순간적으로 이 사람이 찰스가 아니라는 사실, 지금까지 자기가 생각했던 모든 것이 망상일 뿐이라는 사실을 알아차린 표정이었다. 하지만 그 짧은 순간이 지나자 그녀는 다시 피곤하고 혼란스러운 할머니로 돌아갔고, 해럴드 역시 다시 찰스가 되었다. 퍼트리샤는 그의 어깨에 머리를 기대고 눈물을 흘렸다. 마치 그것만이 유일하게 올바른 일이라는 듯이.

잠시 후 할머니는 잠이 들었다. 해럴드는 그녀를 침상 위에 눕히고 얼굴에 흐트러진 머리칼을 쓸어 올린 뒤, 마치 머릿속에 수수께끼가 가득한 표정으로 그녀를 물끄러미 내려다보았다.

"끔찍한 일이야." 해럴드가 중얼거렸다.

"뭐가요?" 제이콥이 맥 빠진 목소리로 물었다.

해럴드는 자기 침상 끝에 걸터앉아 손을 들여다보았다. 그러고는 니코틴과 발암 물질이 가득 든 조그만 원통을 끼우고 있는 것처럼 검지와 중지를 고정시켰다. 해럴드는 빈 손가락을 입술로 가져갔다. 깊게 빨아들이고, 잠시 숨을 참았다가, 천천히 내뿜었다. 폐가 산소 부족을 느낀 듯 잠시 기침이 나왔다.

"그러시면 안 돼요." 맥스가 말했다.

제이콥도 고개를 끄덕여 동의했다.

"생각을 정리하는 데 도움이 되거든." 해럴드가 말했다.

"무슨 생각을 하시는데요?" 맥스가 물었다.

"마누라."

"엄마는 잘 지내세요." 제이콥이 말했다.

"물론 잘 지내지." 해럴드가 대답했다.

"제이콥 말이 맞아요." 맥스가 거들었다. "엄마들은 언제나 잘 지내요. 왜냐하면 엄마들이 없으면 세상이 제대로 돌아가지 않거든요. 우리 아빠가 돌아가시기 전에 늘 하시던 말씀이에요. 엄마들이 있기 때문에 세상이 제대로 돌아가고, 엄마들이 없으면 모든 사람이 굶주리고 비열해져서 맨날 싸우기만 하고 좋은 일은 하나도 일어나지 않을 거라고 말이에요."

"맞는 말 같구나." 해럴드가 말했다.

"우리 아빠는 우리 엄마가 세상에서 최고라고 말씀하시곤 했어요. 무슨 일이 있어도 누구하고도 바꾸지 않을 거라고 하셨죠. 제가 보기에 모든 아빠들은 그런 말을 할 필요가 있을 것 같아요. 듣기 좋잖아요. 제이콥도 틀림없이 자기 엄마, 그러니까 할아버지의 아내에 대해서 그렇게 생각할 거예요. 할아버지가 그렇게 생각하고 계실 테니까요. 원래 그렇게 해서…"

맥스는 한참 조잘거리다 말고 입을 딱 다물더니, 해럴드와 제이콥을 멍하니 바라보았다. 해럴드는 침묵이 반갑기는 했지만 너무 갑작스러워서 조금 거슬리기도 했다. 맥스는 불과 몇 초 전까지만 해도 머릿속에 가득하던 생각들이 한순간에 어디론가 사라져 버린 것처럼 완전히 넋이 나간 표정이었다.

다음 순간, 마치 무슨 스위치가 꺼진 것처럼 이 귀환자 소년의 눈알이 돌아가면서 흰자위만 남는가 싶더니, 그대로 바닥으로 쓰러져 버렸다. 얼핏 봐서는 잠이 든 것 같았지만, 윗입술에 희미하게 흘러내린 피는 뭔가 심상치 않은 일이 벌어졌음을 암시했다.

타티아나 루세사

그들은 백인이었다. 그러니 그녀를 죽이지 않을 것이다. 더구나 그들은 미국인이었다. 그러니 친절하게 대해줄 것이다. 그녀는 그렇게 믿었다. 그녀를 풀어주지는 않겠지만, 그런 건 상관없었다. 오로지 그들에게 좀 더 도움이 되었으면 좋겠다는 바람뿐이었다.

그들이 그녀를 여기—여기가 어디건 간에—로 데려오기 전에는 다른 곳에 있었다. 거기는 여기만큼 넓지 않았고, 여기 사람들은 그곳에 있던 사람들하고는 다른 사람들이었지만 크게 다르지는 않았다. 그들은 모두 '사무국'이라는 곳에서 일하는 사람들이라고 했다.

그들은 그녀에게 먹을 것을 주었다. 잠을 잘 침상도 마련해주었다. 그녀는 다른 곳에서 어떤 여자가 준 흰색과 파란색이 섞인 드레스를 입고 있었다. 그 여자의 이름이 카라였다는 것이 생각났다. 카라는 영어와 불어를 유창하게 할 줄 알았고 아주 친절하기까지 했지만, 타티아나는 자기가 그들에게 별로 도움이 되지 않는 것 같아서 마음이 무거웠다.

매일 아침 10시에는 그 남자가 와서 그녀를 창문이 없는 방으로 데려갔다. 그러고는 영어를 모르는 사람에게 하듯 아주 느린 어조로 또박또박 말을 건넸다. 하지만 그녀는 학교에서 성적이 아주 좋았고, 영어가 어렵다는 생각은 한 번도 해보지 않았다. 그 남자의 억양이 좀 이상하긴 했지만, 그녀는 자신의 억양 역시 이상하기는 마찬가지일 거라고 생각했다. 그래서 그녀는 상대방과 마찬가지로 최대한 느린 어조로 또박또박 대답했고, 그 남자도 그걸 흡족하게 생각하는 것 같았다.

그녀는 그 남자를 흡족하게 만드는 것이 아주 중요하다고 생각했다. 그를 (혹은 그들을) 흡족하게 만들지 못하면 그녀를 어딘가 다른 데로 보내 버릴지도 모른다. 그래서 매일같이 그 남자가 그녀를 이 방으로 데려와 질문을 던지면, 그녀는 최선을 다해 대답하려고 애썼다. 처음에는 그 남자가 조금 무서웠다. 몸집이 크고 눈동자는 겨울철의 얼어붙은 대지처럼 차갑고 단단해 보였다. 하지만 그는 그녀가 그리 큰 도움이 되지 못함에도 불구하고 늘 친절하게 대해주었다.

이제는 그 남자가 잘생겼다는 생각까지 들기 시작했다. 눈매가 차갑기는 하지만 그 파란색이 아주 마음에 들었다. 머리칼은 석양 무렵의 마른 풀잎 같은 색이었고, 무엇보다도 아주 힘이 세보였다. 그녀는 잘생긴 사람은 힘도 세야 한다고 믿었다.

오늘 그녀를 데리러 온 그 남자는 평소보다 좀 더 표정이 무뚝뚝해 보였다. 어떤 날은 사탕을 가져다주기도 했는데, 그럴 때면 창문이 없는 방으로 걸어가는 동안 함께 그 사탕을 먹곤 했다. 오늘은 사탕을 가져오지 않았다. 전에도 그런 적이 있었지만 오늘은 왠지 느낌이 달랐다. 그 남자는 창문이 없는 방으로 가는 동안 한마디도 말을 하지 않았다. 전에도 그런 적이 있었다. 그녀는 그저 말없이 걸음을 옮기는 그 남자와 보조를 맞추기 위해 열심히 걸어갔는데, 그러다 보니 오늘은 뭔가 평소와 다를 거라는 생각이 들기 시작했다. 어쩌면 평소보다 좀 더 진지한 이야기가 나올지도 모른다.

방 안에 들어서자, 남자는 여느 때처럼 문을 닫았다. 그러고는 잠시 그 자리에 서서 문 위의 한쪽 모서리에 달린 카메라를 올려다보았다. 지금까지 한 번도 하지 않던 행동이었다. 이어서 그는 여느 때처럼 느리고 또박또박한 말투로 질문을 던지기 시작했다.

"미시간에서 발견되기 전에 마지막으로 기억나는 게 뭐지?"

"군인들이요." 그녀가 대답했다. "그리고 고향. 시에라리온."

"군인들이 무엇을 하고 있었지?"

"사람들을 죽였어요."

"그들이 너도 죽였나?"

"아뇨."

"확실해?"

"아뇨."

그 남자가 이런 질문을 던지기 시작한 게 벌써 며칠 전부터였지만, 그녀는 이미 그 답을 알고 있었다. 질문은 물론, 대답까지 다 알고 있었다. 처음에 그는 매일같이 똑같은 질문을 던졌다. 그러다가 하루는 질문을 멈추고 그녀에게 이야기를 해보라고 주문했는데, 새로운 질문에 그녀는 기분이 좋아졌다. 그래서 저녁마다 어머니가 신과 괴물들에 대해 말해준 것을 이야기했다. "기적과 마법의 사람과 사건들은 이 세상의 생혈(生血)이다." 그녀의 어머니는 그렇게 말하곤 했다.

거의 한 시간 동안 그들은 서로 알고 있는 질문들을 묻고 대답했다. 한 시간이 다 되어갈 무렵—대개 그들은 한 시간가량 이야기를 나누었다—그는 새로운 질문을 던졌다.

"우리가 죽으면 어떻게 될 것 같아?" 그가 물었다.

그녀는 잠시 생각을 해보았다. 갑자기 불안감이 밀려왔고, 조금 겁도 났다. 하지만 이 남자는 백인이었고, 미국인이었다. 그녀를 해칠 사람이 아니었다.

"몰라요." 그녀가 대답했다.

"확실해?" 그가 물었다.

"네." 그녀가 대답했다.

그녀는 문득 어머니가 죽음에 대해 이렇게 말한 적이 있다는 것을 떠올렸다. "죽음은 네가 원한다는 것을 알지 못했던 재회의 출발점이다." 어머니는 그렇게 말했었다. 타티아나가 윌리스 대령에게 그 이야기를 하려는 순간, 그가 권총을 꺼내 방아쇠를 당겼다.

그는 제자리에 앉아 그녀를 지켜보며 이제 어떤 일이 벌어지는지를 궁금해했다.

무엇을 기대했는지는 모르겠지만, 그는 갑자기 자신이 혼자라는 사실을 깨달았다. 앞에는 조금 전까지 그를 좋아했고, 그를 좋은 사람이라고 생각했던 어린 소녀가 피를 흘리며 죽어 있을 뿐이었다.

방 안의 공기가 너무 답답하게 느껴졌다. 대령은 자리에서 일어나, 아직도 귓전에 울리는 총성의 여운 너머로 타티아나의 목소리, 그리고 그녀와 나누었던 대화가 들려오는 것을 애써 무시한 채 방을 나섰다.

10

“불쌍한 것.” 루실이 제이콥을 가슴에 꼭 끌어안으며 중얼거렸다.

“불쌍한 것.” 맥스의 죽음을 두고, 루실이 할 수 있는 말은 그것밖에 없었다. 그녀가 평소에도 절절한 심정을 담아 곧잘 입에 담는 소리이기도 했다.

루실은 좀처럼 이해가 가지 않았다. 도대체 세상이 어떻게 돌아가기에 이런 일이 벌어질 수 있단 말인가? 조금 전까지만 해도 멀쩡하게 살아 있던 아이가 순식간에 하늘나라로 가 버리다니!

“불쌍한 것.” 루실은 또 한 번 그 소리를 되풀이했다.

아직 이른 아침이라, 사무국이 아카디아의 학교에 마련해놓은 면회실은 텅 비어 있었다. 경비원이 여기저기 어슬렁거리며 누군가와 별로 중요하지 않은 이야기를 나누거나 건성으로 고개를 끄덕였다. 그들에게는 나이 어린 귀환자 아들과 함께 체포된 뒤 집으로 돌아가기를 거부하고 남아 있는 노인이나 그들을 면회하러 오는 은발의 할머니가 안중에도 없는 듯했다.

그들이 바로 전날 죽은 귀환자 소년에 대해서도 별다른 관심이 없다는 사실이 루실의 마음을 더욱 아프게 했다. 루실은 허무하게 스러져간 한 생명을 기리기 위해 그들이 어떻게 슬픔을 표시해야 할지, 어떻게 애도의 뜻을 전해야 할지에 대해서는 딱히 생각나는 게 없었다. 하다못해 검은 완장 같은 거라도 착용하면 어떨까 싶었다. 하지만 그런 생각이 떠오른 순간, 루실은 그것이 얼마나 어리석은 생각인지를 깨달았다. 사람은 죽기 마련이다. 어린아이라고 해서 예외는 아니다. 세상은 어차피 그렇게 돌아간다.

면회실은 쇠기둥에 골함석을 묶어 만들었는데, 입구와 출구에는 골골거리는 팬을 달아 공기의 습기를 조금이나마 제어하고자 했다. 여기저기 테이블과 긴 의자가 놓여 있었다.

제이콥은 엄마의 눈물을 목격하는 아이들이 흔히 느끼는 죄책감에 사로잡힌 채 루실의 무릎에 조용히 앉아 있었다. 해럴드도 그녀의 어깨를 감싸 안은 채 그 옆에 앉아 있었다. "그만 진정해, 이 웬수야." 해럴드가 말했다. 말은 그렇게 하면서도 그의 부드러운 목소리는 차분하고 진지했다. 그 오랜 세월 동안 괴팍한—물론 이것은 해럴드 본인이 선택한 단어는 아니었다—노인네 소리를 들어온 그가 이제 와서 그런 목소리를 낼 수 있다는 것이 조금은 신기하게 느껴졌다. "그냥 그것들 가운데 하나일 뿐이었어." 그가 말했다. "의사들 말로는 동맥류였다고 하더군."

"아이들은 동맥류에 걸리지 않아요." 루실이 대답했다.

"가끔은 걸릴 때도 있어. 아마 처음에도 그것 때문에 죽었을 거야. 아마 원래 다 그렇게 되나 보지."

"무슨 병이 있었다는 이야기는 들었어요. 믿지는 않지만 아무튼 그 사람들 이야기는 그랬어요."

"멍청한 것보다 더 심각한 병도 없어." 해럴드가 말했다.

루실은 눈가를 닦아내고 드레스의 옷깃을 바로잡았다.

제이콥이 엄마의 품에서 빠져나왔다. 그는 엄마가 가져다준 새 옷을 입고 있었다. 새 옷 특유의 깨끗함과 부드러움이 느껴지는 옷이었다.

"수수께끼 하나 내도 돼요, 엄마?"

루실은 고개를 끄덕였다. "지저분한 건 안 된다, 알지?"

"그건 걱정할 필요도 없어." 해럴드가 말했다.

"내가 늘 크리스천다운 수수께끼만 가르쳐주니까…"

"어련하시겠어요!"

"맥스에 대해서는 걱정할 것 없어." 해럴드는 그렇게 말하며 방 안을 둘러보았다.

"맥스는 이미 오래전에, 그러니까, 모든 사람들이 돌아가는 곳으로 갔던 아이야. 우리 앞에 나타났던 것은 그냥 그림자—"

"그만해요." 루실이 부드러운 목소리로 말했다.

"맥스는 좋은 아이였어요. 당신도 알잖아요."

"그래." 해럴드도 선선히 동의했다. "좋은 아이였지."

"달랐어요?" 제이콥이 혼란스러운 표정으로 불쑥 물었다.

"무슨 뜻이냐?" 해럴드가 되물었다. 말하자면 지금이야말로 지구상의 모든 인간들이 귀환자들에게서 간절히 듣고 싶은 말, 바로 자기 자신에 대한 고백과 가장 근접한 순간이었다.

"맥스가 예전하고 달랐어요?" 제이콥이 다시 물었다.

"나도 모른다, 제이콥." 루실은 그렇게 대답하며 아들의 손을 잡았다. 그런 자신의 모습이 영화에서 흔히 보던 장면 같다는 생각이 자꾸 들었다. 요즘 들어 텔레비전도 거의 보지 않는 그녀였다.

"나는 맥스를 잘 몰라." 그녀가 말했다. "너랑 네 아빠가 나보다 그 아이랑 더 많은 시간을 보냈잖아."

"우리도 그 아이에 대해서는 아는 게 거의 없어."

해럴드의 목소리에서 어쩔 수 없이 약간의 짜증이 배어났다.

제이콥은 고개를 돌려 아버지의 주름진 얼굴을 올려다보았다.

"하지만 그래도 아빠는 걔가 달랐다고 생각해요?"

"뭐랑 다르다는 거지? 언제랑 다르다는 거야?"

해럴드는 그 질문이 안개처럼 그들 사이를 스멀거리도록 방치했다. 제이콥의 생각을 직접 들어보고 싶었다. 맥스가 옛날에 죽었던 아이라는 사실을 제이콥이 인정하는지 확인하고 싶었던 것이다. 제이콥이 세상에는 뭔가 예외적인 일, 뭔가 이상하고 무시무시한 일, 무엇보다도 초자연적인 일이 일어난다고 말하는 것을 듣고 싶었다. 제이콥이 자신은 1966년 8월 15일에 죽은 바로 그 아이가 아니라고 인정하는 것을 듣고 싶었다.

해럴드는 그런 말들을 듣고 싶었다.

"저도 모르겠어요." 제이콥이 말했다.

"그야 당연하지." 루실이 끼어들었다. "왜냐하면 나는 맥스가 전혀 다르지 않았다고 확신하거든. 너도 마찬가지고. 누구나 다 마찬가지야. 단지 어떤 위대하고 아름다운 기적의 한 부분이라는 사실만 빼면 말이다. 그것뿐이야. 그건 일부에서 말하는 신의 분노가 아니라, 오히려 신의 축복에 해당하는 일이야."

루실은 제이콥을 꼭 끌어안고 이마에 입을 맞추었다. "너는 사랑하는 내 아들이야." 그렇게 말하는 그녀의 은발이 얼굴로 흘러내렸다. "주님이 너를 잘 보살피다가 집으로 돌려보내 주실 거야. 주님이 아니라면 나라도 그렇게 할게."

트럭을 몰고 집으로 돌아오는 길, 좌절감이 아지랑이처럼 눈앞을 가려 마치 울고 있을 때처럼 세상이 뿌옇게 보였다. 사실 그녀는 울고 있었다. 트럭이 마당으로 들어서서 요란한 엔진 소리가 멎고, 텅 빈 목조 주택이 그녀를 집어삼킬 듯이 버티고 서 있는 것을 발견할 때까지, 그런 사실을 깨닫지 못했을 뿐이었다. 그녀는 눈물을 닦으며 바보처럼 울기나 한다고 스스로를 책망했다.

그녀는 제이콥과 해럴드, 벨러미 요원에게 음식을 가져다주느라 들고 나갔던 플라스틱 빈 통을 들고 마당을 가로질렀다. 요즘 그녀는 오로지 음식에, 그 세 사람을 잘 먹여야 한다는 생각에 전념하고 있었다. 음식이 사람을 부드럽게 만들기도 하고, 동시에 강하게 만들기도 한다는 생각 때문이었다. '사람들이 조금만 더 요리를 잘해 먹으면 세상이 이렇게 삭막하지는 않을 텐데' 하는 생각이었다.

루실 애비게일 대니얼스 하그레이브는 옛날부터 혼자 있는 것을 좋아하지 않았다. 어렸을 때부터 제일 행복했던 순간은 집안에 사람들이 북적거릴 때였다. 루실은 모두 10명으로 이루어진 대가족의 막내로 자랐다. 노스캐롤라이나 주 룸버턴이라는 조그만 마을의 변두리, 판잣집이라고 해도 지나치지 않을 집에서 그 열 명의 식구가 북적거리며 살았다. 그녀의 아버지는 목재 공장에 다녔고, 어머니는 그들보다 좀 더 잘사는 집의 가정부로 일했다. 틈틈이 삯바느질도 마다하지 않았다.

그녀의 아버지는 절대로 어머니를 나쁘게 말하는 법이 없었고, 어머니 역시 아버지를 나쁘게 말하는 법이 없었다. 루실은 해럴드와의 결혼 생활을 통해 서로에 대해 안 좋은 말을 하지 않는 것이야말로 장기적으로 원만한 관계를 이어가는 첩경임을 터득했다. 남편이 아내의 험담을 하거나 아내가 남편에 대해 뒷말을 하고 다니면, 아무리 열심히 키스를 하고 꽃과 선물을 사다 날라도 소용이 없는 법이었다.

많은 사람들과 마찬가지로 루실 역시 어른이 된 이후 대부분의 시간을 어린 시절의 재현에 바쳤다. 마치 시간은 전능한 그 무엇이 아님을 입증해 보이려고 결심한 사람 같았다. 하지만 제이콥을 임신했을 당시 약간의 문제가 생겨 더 이상 아기를 가질 수 없다는 진단을 받았을 때, 그녀는 울지 않았다. 그저 고개를 끄덕이며—어떻게 알았는지는 모르지만 이미 그녀는 그런 사실을 알고 있었다—이 아이 하나만으로 충분하다고 말했을 뿐이었다.

그로부터 8년 동안, 그녀는 외동아들을 둔 어머니였다. 그리고 이후 50년 동안, 한 남자의 아내이자 말씀을 사랑하는 침례교도이면서 더 이상 어머니는 아닌 인생을 살아왔다. 그 두 인생 사이에 너무

나 많은 세월이 흘러 버렸다.

하지만 지금, 루실은 제이콥 덕분에 그 한 많은 시간에 통쾌한 복수를 하고 있는 느낌이었다. 제이콥 덕분에 시간의 흐름은 엉망이 되어 버렸다. 아니, 어떤 의미로는 더 완벽해졌다고 할 수도 있었다. 제이콥은 그 오랜 세월을 보란 듯이 건너뛰어 예전과 똑같은 아이로 돌아온 것이다. 그때 그녀는 문득, 그것이 모든 귀환자의 사명임을 깨달았다. 그래서 그날 저녁, 그녀는 더 이상 울지도, 마음이 그렇게 무겁지도 않았으며, 모처럼 쉽사리 단잠에 빠져들었다.

그날 밤, 그녀는 아이들 꿈을 꾸었다. 그리고 아침이 되자 어서 음식을 만들어야 한다는 생각에 마음이 바빠졌다.

루실은 흐르는 수돗물에 손을 담갔다. 불 위에서는 베이컨과 달걀이 익어가고 있었고, 또 다른 불에서는 수프 냄비가 끓고 있었다. 그녀는 창문 너머 뒷마당을 바라보며 누군가 자기를 보고 있다는 기분 나쁜 느낌에 사로잡혔다. 물론 마당에는 아무도 없었다. 그녀는 다시 요리에 몰두했다. 아무래도 음식의 양이 너무 많은 듯했다.

해럴드가 집에 없어서 제일 아쉬운 것 중 하나는 그녀가 음식 1인분을 요리하는 데 익숙하지 않다는 사실이었다. 그렇다고 해럴드가 그립지 않다는 것은 아니지만—솔직히 무지하게 그리웠다—요즘 들어 내다 버리는 음식이 너무 많다는 게 부끄러웠다. 학교로 가져갈 음식을 다 싸고 나서도 냉장고는 남은 음식들로 터져나갈 지경이었다. 문제는 그것들이 그녀의 입맛에 맞지 않는다는 것이었다. 그녀는 은근히 식성이 까다로운 편이어서, 냉장고에 너무 오래 들어 있는 음식은 무엇이든 구리 맛이 나서 먹을 수가 없었다.

매일같이 그녀는 이제 수용소라는 이름이 전혀 어색하지 않은 학교 건물로 음식을 가져다 날랐다. 제이콥과 해럴드 하그레이브를 죄수라고 표현해도 되는지 모르겠지만, 설령 그렇다 해도 적어도 먹는 것 하나만큼은 남부러울 것이 없었다. 하지만 루실은 도저히 아침 식사까지 가져갈 수는 없었다. 지난 20년 동안 운전은 늘 해럴드 차지였다. 그래서 루실은 운전대 앞에 앉으면 영 자신이 없었다. 따끈한 음식을 싣고 하루에도 몇 번씩 왔다갔다 하기에는 자신의 운전 실력을 믿을 수가 없었던 것이다. 그래서 그녀는 빈 집에 혼자 앉아 아침을 먹었다. 이야기를 나눌 상대라고는 오로지 자기 자신밖에 없었다.

"세상이 어떻게 돌아가는 거야?"

그녀는 빈 집을 향해 물었다. 그녀의 목소리가 마룻바닥 위로 퍼져 해럴드가 담배를 놔두던 조그만 테이블을 지나고, 음식이 가득한 냉장고와 아무도 앉지 않는 식탁이 놓인 주방으로 흘러들었다. 다른 방들은 물론, 계단을 올라가 아무도 자지 않는 침실에도 그녀의 목소리가 희미하게 스며드는 듯했다.

루실은 누군가의 관심을 끌려는 듯이 헛기침을 했지만, 역시 대답은 어디서도 들려오지 않았다.

문득, '텔레비전이라도 켜볼까' 하는 생각이 들었다. 텔레비전을 켜놓으면 그나마 옆에 누가 있는 착각이라도 들지 않을까 싶었다. 웃음소리와 이야기 소리가 흘러나오면, 그 옛날 제이콥이 강물 속으로 들어가고 그녀와 해럴드가 가진 인생의 모든 것이 차갑게 변해 버리기 전에 바로 이 집에서 벌어지곤 하던 성대한 파티를 떠올릴 수도 있을 테니까.

한편으로는 뉴스를 틀어 장 아무개라는 프랑스 예술가가 실종된 사건에 대해 뭔가 새로운 소식이 있는지 확인해 보고 싶었다. 뉴스에서는 그 조각가가 어떻게 죽었다가 다시 살아났으며, 어떻게 작품 활동을 다시 시작했고, 어떻게 첫 번째 생애에서는 꿈도 꾸지 못했을 만큼 거액의 돈을 벌었는지 따위를 지치지도 않고 시시콜콜 보도했다. 그러다가 그만 그를 '재발견'하는 데 결정적인 역할을 한 50대의 여인과 함께 실종되었다는 이야기였다.

루실은 한 조각가의 실종을 둘러싸고 폭동이 일어날 거라고는 상상도 못했지만, 실제로 폭동이 일어났다. 프랑스 정부가 사태를 진정시키는 데 몇 주나 걸렸다고 한다.

그러나 그 유명한 프랑스의 귀환자 조각가는 아직도 행방이 묘연했다. 어떤 이들은 그가 갑작스러운 유명세를 견디기 힘들었을 거라고 분석했다. 또 어떤 이는 성공한 예술가는 더 이상 예술가가 아니며, 그런 이유로 장이 스스로 종적을 감추었을 것이라는 추측을 내놓았다. 굶주리고 배고프던 시절로 돌아가 자신의 예술을 되찾고 싶었을 것이라는 이야기였다.

루실은 그런 추측에 코웃음을 쳤다. 예술가도 사람인데, 스스로 굶어 죽기를 원한다는 전제 자체가 너무 어리석게 느껴졌다.

"그냥 혼자 있고 싶었던 거겠지."

루실이 무거운 목소리로 중얼거렸다.

루실은 잠시 생각을 해보았지만 집안의 침묵이 묵직한 납덩이처럼 그녀를 짓눌렀다. 결국 그녀는 거실로 들어가 뉴스 프로그램을 켬으로써 빈 집에 세상을 들여놓았다.

"사태는 점점 악화일로를 걷고 있는 듯합니다."

뉴스 캐스터가 말했다. 까무잡잡한 피부와 밝은 색 옷차림의 스페인 남자였다. 루실은 순간적으로 그가 세계 경제나 금융, 유가 같은, 해가 갈수록 좋아지지는 않고 나빠지기만 하는 문제점을 거론하는 거라고 생각했다. 하지만 아니었다. 그는 지금 귀환자 사태를 이야기하는 중이었다.

"도대체 웬 난리래?"

루실은 팔짱을 낀 채 텔레비전 앞에 서서 중얼거렸다.

"지금 막 텔레비전을 켜신 시청자 여러분을 위해 다시 한 번 말씀드리자면," 캐스터의 목소리가 이어졌다.

"오늘도 아직 낯설기만 한—하지만 점점 확대되고 있는—국제 귀환자 사무국의 역할과 권한에 대해 많은 논란이 벌어졌습니다. 마지막 보도에서는 NATO 회원국과 몇몇 비회원국이 사무국의 재정을 지원하기로 결정했다는 소식이 전해졌습니다. 기금의 정확한 성격과 액수는 아직 공개되지 않았습니다."

캐스터의 어깨 바로 위에 조그만 엠블럼이 하나 나타났다. 한복판에 '국제 귀환자 사무국'이라는 글자가 적힌 수수한 금빛 엠블럼이었다. 이어서 로고가 사라지고 트럭을 타고 이동하는 군인들, 교회 한 채가 뾰족탑까지 통째로 들어가고도 남을 만큼 커다란 회색 비행기를 향해 공항 활주로를 달려가는 총 든 남자들의 모습이 화면을 가득 채웠다.

“주여.” 루실은 그렇게 중얼거리며 텔레비전을 끄고 고개를 가로 저었다. “주여, 주여, 주여. 어떻게 이런 일이.”

이어서 그녀는 세상 사람들이 지금 아카디아에서 벌어지고 있는 일들에 대해서 어느 정도나 알고 있을까 하는 궁금증이 일었다. 사무국이 학교를 차지했다는 사실, 그들이 이미 강력하고도 무시무시한 조직으로 군림하고 있다는 사실을 알고 있을까?

루실은 마음속으로 현재 아카디아의 상태를 정리해 보았다. 도처에서 귀환자들이 나타나고 있었다. 마치 이 지역, 이 마을이 그들을 끌어당기기라도 하듯, 이미 그 숫자가 몇백 명에 달했다. 대통령은 그들에게 집 밖으로 나오지 말라는 명령을 내렸지만, 그들 중에는 집이 지구 반대쪽에 있는 사람들도 부지기수였다. 이따금 루실은 군인들이 그들을 체포하는 장면을 목격하기도 했다. 어떤 사람들에게는 인류 역사상 가장 아픈 과거를 회상하게 하는 끔찍한 장면이었을 것이다.

루실은 그들이 숨어 있는 장면을 목격하기도 했다. 그들도 바보는 아니어서 되도록 군인들의 눈에 띄지 않으려고, 울타리 뒤에 수용소로 변해 버린 학교가 버티고 있는 마을 중심부에 접근하지 않으려고 상당한 노력을 기울였다. 그럼에도 불구하고 메인 스트리트를 잠시만 걸어보면 아무도 살지 않는 빈 집이나 입주자가 없는 건물에서 바깥을 살피는 그들의 모습을 쉽게 찾아볼 수 있었다. 루실은 어려서부터 배운 대로 그들을 지나칠 때마다 손을 흔들어 인사를 건넸고, 그들도 본능적으로 그녀가 같은 편임을 알고 있는 듯 같은 손인사로 화답했다. 마치 그녀가 그들을 도와줄 구원자라도 되는 듯이.

하지만 그녀는 세 사람이 살도록 지어진 집에 혼자 사는 늙은 여인일 뿐이었다. 아무래도 지금과 같은 사태를 해결해줄 누군가가 나타나야 하지 않을까 싶었다. 세상은 원래 그렇게 돌아가는 법이다. 이 정도 규모의 사태가 발생하면 언제나 어떤 막강한 지도자가 나타나 분위기를 돌려놓는다. 영화에 나오는 사람들처럼. 젊고, 운동도, 말도 잘하는 사람들. 아무도 들어보지 못한 외딴 마을에 사는 사람 말고.

천만에. 루실은 혼자 고개를 가로저었다. 귀환자들을 돕는 것은 그녀의 운명이 아니었다. 심지어는 제이콥과 해럴드를 돕는 것조차 그녀의 운명이 아닐지도 모른다. 그들을 도울 사람은 따로 있었다. 피터즈 목사 같은 사람, 벨러미 요원 같은 사람이라면 조금 더 가능성이 높을 것이다.

하지만 벨러미 요원은 빈 집을 견뎌야 하는 부모가 아니었다. 벨러미 요원은 귀환자들이 본능적으로 끌리는 사람이 아닌 듯했다. 그런 역할을 하는 사람은 루실 자신이었다. 언제나 그랬다.

"뭔가 조치를 취해야 해." 그녀는 텅 빈 집을 향해 말했다.

텔레비전 소리가 사라지고 집안이 다시 조용해지자, 루실은 마치 의식의 경계 너머에 조그만 변화가 생긴 듯이 현실로 돌아왔다. 주방의 싱크대에서 손을 씻은 다음, 계란을 몇 개 더 깨서 프라이팬에 넣고 가볍게 휘젓기 시작했다. 양이 좀 많다 싶었던 베이컨이 다 익은 것을 확인하자, 주걱으로 떠서 종이 타월 위에 놓고 살짝 두드려서 기름을 뺀 다음—그녀의 의사는 늘 기름기를 조심하라고 경고하곤 했다—한 조각을 입에 넣고 우물우물 씹으며 계란을 구웠고, 이따금 수프도 저어 주었다.

그러는 내내 해럴드와 제이콥 생각이 뇌리를 떠나지 않았다. 그들은 지금 울타리와 철조망으로 에워싸인 학교에 갇혀 군인들의, 아니 정부 관료주의의 감시를 받고 있었다. 그 군인들이 강가에서 그녀의 아들과 남편을 체포한 것을 생각하면 아직도 화가 치밀었다. 그들은 그 강에 어떤 사연이 얽혀 있는지 알기나 하는 것일까.

루실은 주방 식탁에 앉아 아침을 먹으며 생각에 몰두하느라, 베란다 위로 다가오는 발자국 소리를 미처 듣지 못했다.

그녀가 먹고 있는 수프는 아주 부드럽고 따뜻했다. 목구멍으로 넘어가는 느낌이 그렇게 좋을 수가 없었다. 계란과 베이컨 역시 간이 딱 맞아 더욱 맛있었다.

"너희를 위한 교회라도 지어야겠다."

루실은 쟁반에 담긴 음식을 들여다보며 큰소리로 그렇게 말했다.

정작 말해 놓고 보니 죄책감이 느껴져서 괜히 웃음을 터뜨렸다. 불경스러운 소리를 한 것 아닌가 싶기까지 했다. 하지만 하나님은 유머를 아는 분이다. 비록 해럴드에게는 절대 아니라고 잡아뗄 테지만. 그리고 하나님도 그녀가 커다란 텅 빈 집에 혼자 있는 외로운 늙은이라는 것을 이해해주실 것이다.

루실이 그 아이를 발견한 것은 아침을 반쯤 먹었을 때였다. 비쩍 마른 금발의 여자아이가 진흙투성이로 주방의 덧문 바깥에 서 있는 것을 발견한 루실은 하마터면 의자에서 굴러떨어질 뻔했다.

"맙소사, 얘야!" 루실이 손으로 입을 가린 채 소리쳤다.

윌슨네 아이들 중 한 명이었다. 루실의 기억이 정확하다면—대부분은 정확하지만—그 아이의 이름은 해너일 터였다. 꽤 오래전 교회에서 벌어진 마을 회의 이후로 그들을 한 번도 본 적이 없었다.

"죄송해요." 아이가 말했다.

루실은 황급히 입술을 닦았다. "천만에." 그녀가 말했다. "괜찮아. 난 그냥 거기 누가 있을 거라고는 생각하지 못해서 조금 놀랐을 뿐이야." 루실은 덧문을 향해 다가갔다. "어디서 오는 길이니?"

"제 이름은 해너예요. 해너 윌슨."

"나도 안다, 얘야. 짐 윌슨의 딸이잖아. 우리는 일가친척이야."

"아주머니."

"너희 아빠랑 내가 먼 친척 사이거든. 우리 대고모 한 분이 너희 아빠의 조상이랑 혈연 관계였거든… 이름은 잘 기억나지 않지만 말이다."

"네, 아주머니." 해너가 머뭇머뭇 말했다.

루실은 문을 열고 아이에게 안으로 들어오라는 몸짓을 했다.

"배가 많이 고파 보이는구나, 해너. 도대체 언제부터 굶은 거니?"

아이는 말없이 문 앞에 서 있기만 했다. 마치 조금 전에 하늘에서 떨어지거나 땅에서 솟은 듯, 아이에게서는 진흙 냄새와 바깥 공기 냄새가 났다. 루실은 환한 미소를 지어 보였지만, 그래도 아이는 여전히 망설이는 기색이었다.

"내가 너한테 무슨 나쁜 짓이라도 할 것 같아서 그래?" 루실이 말했다. “어서 이리 들어와서 뭘 좀 먹어라. 내가 시키는 대로 하지 않으면 혼을 내줄 테니까.”

그제야 이 귀환자 소녀는 약간 무심한 듯한 특유의 미소를 지었다. “네, 아주머니.” 그녀가 말했다.

아이가 집안으로 들어서자, 마치 루실의 외로움을 잠시나마 달랠 수 있게 된 것을 축하라도 하듯 덧문이 가볍게 덜컹거렸다.

아이는 한 번도 마다하지 않고 루실이 주는 음식을 깨끗이 먹어치웠다. 오늘 아침 루실이 유난히 음식을 많이 만들었다는 점을 감안하면, 아이치고는 상당한 양을 먹은 셈이었다. 아침식사로 준비한 음식이 동이 나자, 루실은 다시 냉장고를 뒤지기 시작했다. “난 원래 냉장고에 먹던 음식 남겨두는 걸 제일 싫어하거든. 바람직한 일이 아니니까.”

“괜찮아요, 루실 아주머니.” 아이가 말했다.

“배불러요. 아주 잘 먹었어요.”

루실은 냉장고 안쪽으로 팔을 쑥 집어넣으며 대답했다. “아니다. 넌 아직 배가 안 찼어. 얼마나 더 먹을 수 있는지 확인을 해봐야겠어. 식료품 가게의 물건이 다 떨어질 때까지 계속 먹을 걸 만들어줄 거야!” 루실이 웃으며 그렇게 말하자, 그녀의 목소리가 집안 전체에 퍼져나갔다. “하지만 공짜는 없다.” 루실은 냉장고 깊숙한 안쪽에서 찾아낸 소시지의 포장을 뜯으며 말했다. “누구나 마찬가지야. 설령 예수님이 오신다 해도 나한테서 밥을 한 끼 얻어 드시려면 밥값을 하셔야 해.” 루실은 한 손으로 허리를 짚으며 ‘끙’ 하는 신음을 냈다.

그 간단한 동작만으로 갑자기 온몸이 삐걱거리는 진짜 할머니가 되어 버린 것 같았다. "내 몸도 이제 예전 같지 않구나."

"우리 엄마는 저더러 절대 구걸을 하지 말라고 했어요."

아이가 말했다.

"그건 네 엄마 말이 맞다. 하지만 넌 구걸을 하는 게 아니야. 내가 너한테 도움을 청하는 것뿐이니까. 그 대가로 먹을 것을 주는 거고. 그럼 공평하잖아, 안 그래?"

해너는 고개를 끄덕였다. 식탁의 의자가 그녀의 몸집에 비해 너무 커서 두 발이 앞뒤로 흔들거렸다.

"엄마 이야기가 나와서 말인데," 루실은 아직도 소시지 껍질과 씨름하며 말했다. "걱정하시겠다. 아빠도 마찬가지고. 네가 어디 있는지 아시니?"

"아마 아실 거예요." 아이가 대답했다.

"그게 무슨 뜻이지?"

아이는 어깨를 슬쩍 들어 보였지만, 돌아서서 소시지 껍질을 벗기느라 분주하던 루실은 그 동작을 보지 못했다. 아이는 잠시 후 그것을 깨닫고 그 동작을 말로 옮겼다. "잘 모르겠어요."

"자, 해너." 루실은 소시지를 구울 프라이팬에 기름을 두르며 말했다. "그런 대답이 어디 있어? 나는 너와 네 가족을 잘 알아. 너희 엄마는… 귀환자잖아. 아빠도, 오빠도 다 마찬가지고. 지금 어디 있니? 군인들이 사람들을 체포하기 시작하면서 너희 가족이 교회에서 사라졌다는 소문을 들었거든." 루실은 소시지를 프라이팬에 올리고 불을 낮췄다.

"말하지 말래요." 아이가 대답했다.

"저런!" 루실이 말했다. "아주 심각한 이야기처럼 들리는구나. 비밀은 언제나 아주 심각한 법이지."

"네, 아주머니."

"원래 나는 비밀 따위에는 신경을 안 쓰는 성격이야. 조심하지 않으면 온갖 골치 아픈 문제들이 생길 수도 있으니까. 나는 결혼을 한 뒤로 한 번도 남편한테 비밀이 없었단다." 루실이 말했다. 이어서 그녀는 아이에게 다가가 조그만 소리로 속삭였다.

"그런데 너 그거 알아?"

"뭐요?" 해너가 역시 속삭이는 목소리로 되물었다.

"솔직히 말하면 그건 사실이 아니야. 하지만 아무한테도 말하면 안 된다. 이건 비밀이니까."

해너는 환한 미소를 지었다. 제이콥의 미소와 아주 흡사한 미소였다.

"내가 우리 아들 제이콥 이야기를 했던가? 그 아이도 너랑 비슷해. 너랑 너희 가족."

"지금 어디 있어요?" 아이가 물었다.

루실은 한숨을 내쉬었다. "학교에. 군인들이 데리고 있어."

해너의 얼굴이 하얗게 질렸다.

"나도 안다." 루실이 말했다. "끔찍한 일이지. 아들과 남편, 둘 다 붙잡혀 있어. 자기네끼리 강가에 갔다가 군인들에게 붙잡혔어."

"강가에요?"

"그래, 해너." 루실이 말했다. 소시지가 벌써 지글지글 익기 시작했다. "군인들은 강을 좋아해." 그녀가 말했다. "사람들이 숨을 곳이 많다는 것을 아니까, 심심하면 강가로 가서 여기저기 쑤시고 다니나 봐. 아, 그 군인들도 나쁜 사람들은 아니야. 적어도 난 그들이 나쁜 사람들은 아니기를 기도하지. 사람들을 붙잡아다가 가족들과 떼어 놓기는 하지만, 그렇다고 사람을 해치지는 않거든. 그래, 그들은 너를 해치지 않아. 그냥 데려갈 뿐이지. 네가 사랑하는 사람들과 만나지 못하도록…"

루실이 고개를 돌렸을 때, 해너는 이미 사라지고 없었다. 뒷문이 살짝 덜컥거렸을 뿐이었다.

"돌아오면 다시 만나자꾸나."

루실은 빈 집을 향해 말했다. 그녀는 이제 이 집이 그리 오랫동안 비어 있지 않을 거라는 생각이 들었다.

전날 밤, 그녀는 아이들 꿈을 꾸었던가?

앨리시어 흄

"그 아이에게 일어난 일은 우연일 뿐이에요. 병 같은 건 없었어요. 실종자들이 생기기는 했지만 말이에요." 젊은 여인은 초조한 마음을 억누르며 책상 반대편에 앉은 고급스런 옷차림의 흑인 남자를 향해 말했다. "도저히 이해가 가지 않아요." 그녀가 덧붙였다. "하지만 왠지 느낌이 좋지 않네요, 안 그래요?"

"괜찮아." 벨러미 요원이 대답했다.

"상황이 좀 이상하긴 하지만 말이다."

"이제 어떻게 되는 거죠? 유타에서도 마찬가지였지만, 난 여기서도 더 이상 오래 있고 싶지 않아요."

"오래 있지 않을 거다." 벨러미 요원이 말했다. "미첼 요원한테 약속했듯이, 그건 내가 보장할 수 있어."

그녀는 미첼 요원을 떠올리며 미소를 지었다. "참 괜찮은 사람이에요." 그녀가 말했다.

벨러미 요원은 일어나서 책상 모서리를 돌아, 그녀 옆에 조그만 의자를 놓고 앉았다. 그러고는 소맷자락에 손을 넣어 봉투를 하나 꺼냈다. "그 사람들 주소야." 그가 봉투를 앨리시어에게 건네며 말했다. "그들은 너를 모르지만, 내가 지금까지 알아본 바에 의하면 틀림없이 너를 알고 싶어질 거야. 그것도 아주 많이."

앨리시어는 떨리는 손으로 봉투를 받았다. 안에서 켄터키 어딘가의 주소가 나왔다.

"아빠가 켄터키 출신이에요." 그녀가 말했다. 갑자기 그녀의 목소리가 떨리기 시작했다. "아빠는 늘 보스턴을 싫어했지만, 엄마가 그곳을 떠나고 싶어 하지 않았어요. 결국은 아빠가 엄마를 설득하는데 성공한 모양이네요." 그녀는 잘 차려입은 검은 피부의 요원을 끌어안고 그의 뺨에 입을 맞추었다.

"고마워요." 그녀가 말했다.

"밖에 해리스라는 이름의 군인이 있어. 이제 겨우 열여덟이나 열아홉쯤 되었을 테니, 너랑 비슷한 또래라고 해야겠지. 일단 내 사무실을 나가면 너는 그 친구랑 같이 있어야 해. 그가 하라는 대로만 하면 된다. 가라고 하는 데만 가면 되고. 그 친구가 너를 여기서 꺼내줄 거야."

그는 그렇게 말하며 앨리시어의 손등을 토닥였다. "그들이 켄터키로 간 건 정말 잘된 일이야. 인구가 많은 지역일수록 사무국도 그만큼 할 일이 많거든. 거기라면 숨을 곳을 얼마든지 찾을 수 있을 거야."

"미첼 요원은 어떡하고요?" 그녀가 물었다. "나를 도로 보내서 다른 메시지를 전달할 것 아니에요?"

"아니." 벨러미 요원이 대답했다. "그건 너에게도, 그녀에게도 안전하지 않아. 넌 그냥 해리스한테 딱 붙어서 그가 하라는 대로만 하면 돼. 그 친구가 너를 부모님께 데려다줄 거야."

"알았어요." 그녀가 자리에서 일어나며 말했다. 하지만 그녀는 문 앞에서 잠시 머뭇거리다가, 결국 호기심을 이기지 못하고 물었다. "실종 사건 말이에요, 그게 무슨 뜻이죠?"

잘 차려입은 요원은 한숨을 내쉬었다.

"솔직히 말해서 나도 그게 시작인지 끝인지 알 수가 없어."

11

프레드 그린은 요즘 들어 매일같이 몇몇 다른 사람들과 함께 마빈 파커의 잔디밭에 모여 귀환자들을 실은 버스가 메인 스트리트를 통해 아카디아로 들어오는 모습을 지켜보며 뜨거운 태양 아래 분통을 터뜨리곤 했다.

처음 며칠 동안은 존 왓킨스가 자기 트럭에서 가져온 조그만 나무 토막에다 귀환자들의 숫자를 기록했다. 다섯 명에 하나씩 눈금을 그려 표시했는데, 처음 한 주 동안에만 그 숫자가 2백을 넘어섰다.

"이러다가 얼마 못 가 연필이 다 닳아 버리겠어."

언젠가 그는 그렇게 말했다.

아무도 대꾸를 하지 않았다.

이따금 프레드는 "더 이상 참을 수가 없어." 하고 말하곤 했다. 그러면서 고개를 절레절레 가로저으며 맥주를 들이켰다. 그의 다리가 주인을 잘못 만난 것처럼 움찔거렸다. "다른 데도 아니고, 바로 우리 마을 한복판에서 이런 일이 벌어지다니."

프레드가 말하는 '이런 일'이라는 게 정확하게 무엇을 뜻하는지는 아무도 알지 못했지만, 그래도 다들 굳이 물어볼 필요는 느끼지 않았다. 지금까지 누구도 상상조차 해보지 못한 일이 바로 그들의 눈앞에서 일어나고 있었으니 말이다.

"화산이 점점 커진다는 소리를 들어본 적이 있나?" 어느 날 오후, 또 한 대의 버스가 막 도착해 귀환자들이 내리는 것을 지켜보던 마빈 파커가 불쑥 말했다. 그는 호리호리한 몸매에 키가 크고 녹슨 쇠붙이 같은 머리칼을 가졌다. "정말로 그런 일이 있었다니까." 그가 말을 이었다. "괜한 헛소리가 아니야. 어떤 여자의 집 뒷마당에서 실제로 그런 일이 벌어졌다는 이야기를 들었어. 처음에는 들쥐가 땅에 구멍을 판 것처럼 잔디밭에 흙무더기가 조금 쌓여 있더래. 그런데 그게 다음날이 되니까 조금 더 커지고, 또 다음날이 되니 조금 더 커지고 하는 거야."

아무도 대꾸를 하지 않았다. 모두들 길 건너편, 버스에서 내려 숫자를 세고 아카디아 수용소로 들어갈 준비를 하는 귀환자들을 바라보며 마음속으로 마빈 파커가 말하는 흙무더기를 그려보았다.

"결국 이 언덕의 높이가 3미터까지 올라가자 집주인은 겁이 나기 시작했어. 일이 그렇게 될 때까지 가만히 보고만 있었다는 게 신기하지 않아? 아무튼 결국은 그렇게 되었어. 무슨 일이든 오랜 시간에 걸쳐서 천천히 일어나면 쉽게 대처를 하지 못하는 법이니까."

"그 여자가 어떻게 대처를 한다는 거야?" 누군가가 물었다.

아무도 그 질문에 대답하지 않았다. 그냥 이야기가 계속 이어졌다. "집안에 온통 유황 냄새가 들끓기 시작해서야 그녀는 사람을 불렀지. 이웃사람들도 들여다보기 시작했고. 그제야 멀쩡한 가정집 마당에 커다란 산이 생겨난 현상을 어떻게 해석해야 하는지 골머리를 싸매기 시작한 거야. 하지만 이미 너무 때가 늦었지, 왜 안 그랬겠어?"

또 누군가가 물었다. "그래서 그걸 어떻게 했지?"

이번에도 질문에 대한 대답은 없었다. 그냥 이야기가 이어졌다.

"급기야 과학자들이 나와서 현장을 살펴보았어. 그런 사람들이 하는 무슨 검사 같은 걸 해봤겠지. 그러고는 그 사람들이 집주인한테 뭐라고 했는지 알아? '아무래도 이사를 가시는 게 좋을 것 같습니다.' 그게 믿어져? 그들이 한 말은 그 말 한마디뿐이었어. 그 여자는 꼼짝없이 집을 잃게 생긴 거야. 사람이라면 누구나 살 집이 있어야 하잖아. 그런데도 그 사람들은 한 바퀴 둘러보더니 '음, 안 됐지만 할 수 없군요.' 하고 말았다는 거야. 그러고 나서 얼마 안 있어 정말로 그 여자는 이사를 갔어. 짐을 다 싸가지고 말이야. 동네 사람들도 하나둘 그녀의 뒤를 따르기 시작했어. 그 여자의 뒷마당에 생겨난 화산이 점점 커지는 것을 가만히 지켜보고 있을 수만은 없었던 거지."

그는 맥주를 마저 마시고 빈 깡통을 우그러뜨린 뒤 마당에다 휙 집어던졌다. "처음부터 뭔가 조치를 취했어야 했어. 뒷마당에 뭔가 수상쩍은 무더기가 생긴 것을 처음 봤을 때부터 누구나 이건 정상이 아니라는 생각들을 했을 것 아냐. 하지만 다들 그냥 망설이고만 있었던 거야. 특히 그 집 주인 여자가 망설이다가 때를 놓치는 바람에 결국 일이 그 지경까지 가고 만 거지."

그날, 그들이 말없이 지켜보는 가운데 버스가 몇 대나 더 마을로 들어와 귀환자들을 내려놓았다. 모두들 이 세상의 무언가가 자기네를 배신하고 있다는 생각, 지금 이 순간뿐만 아니라 이미 오래전부터 그래왔다는 생각에 사로잡혔다. 지금까지 평생 세상이 자기네를 속여 왔다는 생각을 떨칠 수가 없었다.

프레드 그린이 피켓을 만들어 들고 나타난 것이 바로 그 다음날이었다. 사각형 합판에 초록색 페인트를 칠하고, 그 위에 빨간색 글자로 '귀환자는 아카디아를 떠나라'라는 구호를 적었다.

프레드 그린은 그런 자신의 저항이 어떤 효과를 거둘지 짐작할 수 없었다. 어떤 결과가 나타날지 본인 자신도 전혀 예측하지 못하는 상태였다. 하지만 그러고 나니 뭔가 행동을 하고 있다는 느낌이 들었다. 밤마다 잠을 설치게 만들고, 아침마다 녹초가 되어 일어나게 만드는 그 무언가가 비로소 뚜렷한 형태를 갖추는 느낌이었다.

지금으로서는 그것이 그가 할 수 있는 최선의 방법이었다.

벨러미 요원은 정장 재킷의 단추를 풀고 넥타이도 평소보다 좀 더 느슨하게 한 모습으로 다리를 꼬고 책상 앞에 앉아 있었다. 해럴드로서는 그의 그런 느긋한 모습을 보는 게 처음이 아닌가 싶었다. 도대체 이 벨러미라는 사람을 어떻게 판단해야 할지 아직 좀 애매하기는 했지만, 해럴드는 이미 이 사람이 그리 싫지는 않다고 느끼고 있었다. 아니, 어쩌면 그를 아주 좋아하고 있는지도 모른다. 싫지 않다고 느끼면 대개는 아주 좋아한다고 봐도 큰 무리가 없었다.

해럴드는 손가락 사이에 끼운 담배에서 백묵처럼 새하얀 연기가 피어오르는 가운데, 삶은 땅콩을 집어먹고 있었다. 땅콩을 씹으며 바짓가랑이에 손가락을 닦았는데—옆에서 잔소리를 할 루실이 없으므로—요즘 들어 담배를 피울 때마다 기침을 참기가 점점 힘들었지만 그래도 조금씩 익숙해지는 느낌이었다.

아카디아가 지금처럼 본격적으로 귀환자 사태에 휩쓸린 이후로 벨러미 요원과 해럴드가 단 둘이 앉아 이야기를 나눌 기회는 그리 많지 않았다. 해럴드가 좀처럼 제이콥의 곁을 떠나려 하지 않는 탓이었다. "무슨 일이 생기면 루실이 나를 가만두지 않을 거야." 해럴드는 곧잘 그런 소리를 입에 담곤 했다.

하지만 가끔은 벨러미 요원이 제이콥을 다른 방에서 군인들과 함께 기다리게 하고 해럴드에게 몇 가지 질문을 던질 때도 있었다. 그럴 때면 해럴드도 제이콥이 어느 방에서 누구와 같이 있는지만 알면 굳이 거부하지 않았다.

"기분은 좀 어떠세요?" 벨러미 요원이 노트를 준비해놓고 물었다.

"살아 있는 것 같아." 해럴드는 손가락으로 담배를 톡톡 두들겨 조그만 금속 재떨이에 재를 떨어뜨렸다. "요즘 안 그런 사람이 누가 있어?" 그러고는 담배를 한 모금 빨며 덧붙였다. "엘비스는 아직 안 돌아왔나?"

"알아보겠습니다."

해럴드는 웃음을 터뜨렸다.

벨러미 요원은 편안한 자세로 의자에 앉아 체중을 옮기며 호기심 어린 눈으로 이 남부 노인을 바라보았다.

"그래서, 기분은 좀 어떠십니까?"

"말굽 던지기 해봤어, 벨러미?"

"아뇨. 하지만 보치 볼은 해봤어요."

"그건 뭐지?"

"말굽 던지기의 이탈리아 버전이에요."

해럴드는 고개를 끄덕였다. "이러지 말고 언제 말굽 던지기나 한 판 같이 하자고." 해럴드는 두 팔을 벌려 좁고 답답한 방안을 가리켰다.

"알아보지요." 벨러미 요원이 미소를 지으며 말했다.

"기분은 좀 어떠세요?"

"그건 아까도 물어봤잖아."

"대답을 안 하셨잖아요."

"안 하기는 왜 안 해." 해럴드는 다시 한 번 방안을 둘러보았다.

벨러미 요원은 노트를 덮어 탁자 한복판에 내려놓았다. 그 위에 펜을 놓고 손가락으로 톡톡 두들기는 모습이 마치 이렇게 말하는 듯했다. "이 방에는 우리 둘밖에 없어요, 해럴드. 정말입니다. 녹음기도, 카메라도, 도청기도 없어요. 바깥에 경비원 한 명이 있을 뿐인데, 그 친구는 우리 이야기를 들을 수도 없고 설령 들린다 해도 듣고 싶지도 않을 거예요. 윌리스 대령 때문에 그냥 저기 서 있을 뿐이니까요."

해럴드는 맞은편에 앉은 벨러미 요원이 아무 말도 하지 않고 기다리는 동안, 땅콩 한 사발을 다 집어먹고 담배를 비벼 껐다. 하지만 이내 또 한 개비를 피워 물고 길게 빨아들이더니, 폐가 더 이상 견딜 수 없을 때까지 연기를 물고 있었다. 그러다가 갑자기 기침이 터지기 시작해 이마에 땀방울이 맺힐 때까지 숨을 헐떡이며 기침을 해댔다.

이윽고 기침이 그치고 어느 정도 호흡이 돌아오자, 벨러미 요원이 입을 열었다. "기분은 좀 어떠세요?"

"요즘 이런 증세가 점점 심해져."

"하지만 검사를 거부하고 계시잖아요."

"검사는 무슨. 나이가 들어서 그런 것뿐인데. 하지만 난 너무 못돼 먹어서 그 꼬마처럼 동맥류 같은 건 안 걸려. 군인들이 쑥덕거리는 '질병' 어쩌고 하는 것을 곧이곧대로 믿을 만큼 멍청하지도 않고."

"똑똑한 분이시니까요."

해럴드는 또 담배를 한 모금 빨았다.

"기침의 원인에 대해서 조금 의심스러운 데가 있어요."

벨러미 요원이 말했다.

해럴드는 길게 연기를 뿜어냈다.

"우리 마누라 같은 소리를 하는군."

해럴드는 담배를 끄고 땅콩 껍질이 수북이 쌓인 그릇을 옆으로 밀어놓았다. 그러고는 탁자 위에 두 손을 모으고 물끄러미 내려다보다가, 문득 그 손이 아주 늙고 주름투성이라는 사실을 알아차렸다. 마지막으로 봤을 때보다 훨씬 가늘고 약해 보였다.

"얘기 좀 할까, 마틴 벨러미?"

벨러미 요원은 다시 한 번 자세를 고쳐 앉았다. 그러고는 뭔가 중요한 일을 준비하는 사람처럼 허리를 쭉 폈다.

"뭘 알고 싶으세요? 말씀만 하시면 제가 아는 한도 내에서 최선을 다해 대답해 드리지요. 제가 할 수 있는 건 그것뿐이에요. 그 이상을 요구하시면 곤란하고요."

"알았어, 벨러미 요원. 그럼 첫 번째 질문, 귀환자들이 정말 사람인가?"

벨러미 요원은 잠시 뜸을 들였다. 마치 어떤 이미지가 그의 마음속에 떠오른 듯 집중이 잘 안 되는 모양이었다. 한참 만에야 그는 최대한 자신 있는 목소리로 대답했다. "그런 것으로 보입니다. 밥도 먹고—그것도 아주 많이—잠도 잡니다. 수면이 불규칙적이기는 하지만 그렇다고 자지 않는 것은 아니니까요. 그 밖에 걸어 다니고, 말도 하고, 기억도 가지고 있어요. 사람이 하는 것은 뭐든 다 합니다."

"그래도 뭔가 이상하잖아."

"그래요. 조금 이상하기는 하지요."

해럴드는 코웃음을 쳤다. "조금?" 그는 그렇게 되물으며 머리를 까딱거렸다. "우리가 죽었다가 다시 살아나는 걸 조금 이상하다고 표현하기 시작한 지가 얼마나 됐지, 벨러미 요원?"

"몇 달 됐지요." 벨러미 요원이 대답했다.

"두 번째 질문… 아니, 세 번짼가?"

"예, 세 번째인 것 같네요."

해럴드는 마른 웃음을 터뜨렸다. "졸고 있지는 않군. 좋아."

"노력하고 있어요."

"그래, 세 번째 질문… 우리가 기억하는 한도 내에서는 말이야, 사람이 죽었다가 다시 돌아오는 습관을 가진 적이 없어. 지금은 꼭 그렇지도 않은 분위기인데, 그래도 그들을 사람이라고 부를 수 있는 건가?"

"하시고 싶은 말씀이 뭡니까?"

벨러미 요원이 무뚝뚝한 목소리로 물었다.

"누가 북부 출신 아니랄까 봐." 해럴드가 툴툴거렸다. 엉덩이를 꼼지락거리자, 다리가 씰룩거렸다. 그의 몸속에 온갖 종류의 에너지들이 흘러 다니는 것 같았다.

"이 방에는 우리 둘밖에 없습니다." 벨러미 요원이 말했다. 그러고는 마치 해럴드의 손을 덥석 잡기라도 할 것처럼 탁자 앞으로 몸을 숙였다. 꼭 필요하다고 판단했다면 정말로 그런 행동을 했을지도 모른다. 하지만 이제 해럴드는 준비되어 있었다.

"그 아이는 여기 있으면 안 돼." 해럴드가 드디어 본론을 꺼냈다.

"그 아이는 죽었다고. 내 아들은 1966년에 강에 빠져 죽었어. 자네, 혹시 그거 알아?"

"뭘 말입니까?"

"우리는 그 아이를 땅에 묻었어. 시신이 발견되었을 때 내 손으로 그 아이를 강물 속에서 건져냈다고. 한여름이었는데도 아이의 몸은 얼음처럼 차가웠어. 얼린 물고기도 그렇게 차갑지는 않았을 거야. 게다가 온몸이 물에 퉁퉁 불었고, 색깔도 아주 이상했어." 그렇게 말하는 해럴드의 눈빛이 반짝였다. "사람들이 다 울부짖으며 말리는데도 나는 내 손으로 직접 그 아이를 강에서 안고 나왔어. 다들 자기네가 그 일을 대신 하겠다고 나서는데도 말이야. 하지만 그들은 이해를 못해. 아이를 강에서 안고 나오는 사람은 바로 나여야만 했거든. 그 아이가 얼마나 차갑고 비정상적인지 내가 직접 느껴야 했어. 아이가 정말로, 확실하게 죽었다는 사실을, 그래서 두 번 다시 돌아오지 않을 거라는 사실을 내가 직접 확인해야 했으니까. 그렇게 우리는 그 아이를 묻었어. 사람이 죽으면 다들 그렇게 하잖아. 매장을 한다고. 그래서 우리도 땅을 파고 그 아이를 묻었지."

"내세 같은 것은 믿지 않습니까?"

"아니, 아니, 그게 아니야." 해럴드가 말했다. "내 말은 그런 게 아니라고. 그것으로 모든 게 끝이 났다는 이야기야!"

해럴드는 그렇게 말하며 탁자 위로 팔을 뻗어 벨러미 요원의 손을 덥석 움켜쥐었다. 얼마나 힘을 주었던지, 벨러미 요원은 너무 아파서 손을 빼내려 했다. 하지만 뜻밖에도 해럴드는 보기보다 훨씬 힘이 셌다. 아무리 기를 써도 해럴드의 손아귀는 꿈쩍도 하지 않았다.

"이 일은 이제 끝이 나야 해. 두 번 다시 시작되어서도 안 되고."

해럴드가 말했다. 그의 눈동자가 날카롭게 번쩍였다. "이제 그만 끝나야 한다고!" 해럴드가 소리쳤다.

"이해합니다." 벨러미 요원은 간신히 해럴드의 손을 떼어내며 매끈하고 빠른 뉴욕 억양으로 말했다.

"아주 힘들고 혼란스럽겠지요. 저도 압니다."

"모든 게 끝났어." 해럴드가 잠시 숨을 돌린 뒤 말을 이었다. "감정. 기억. 모두 다." 그는 또 호흡을 가다듬었다. "갑자기 옛날 생각이 하나 떠오르는군. 생일과 크리스마스 같은 것." 해럴드는 웃음을 터뜨리더니, 짓궂은 눈빛으로 벨러미 요원을 바라보았다. "자네, 소를 쫓아다녀 본 적이 있나, 벨러미 요원?" 그가 미소를 지으며 물었다.

벨러미 요원도 웃음을 터뜨렸다.

"아뇨, 그런 적은 없는 것 같네요."

"제이콥이 여섯 살 되던 해의 크리스마스였어. 크리스마스를 앞두고 사흘 동안 줄기차게 비가 내렸지. 도로가 엉망이 되어서 사람들은 꼼짝도 하지 못하고 전화로 '메리 크리스마스' 인사를 나누어야 했어." 해럴드는 의자에 몸을 기댄 채 손짓을 섞어가며 말을 이었다. "지금 우리 집이 있는 곳이 그때는 농장이었어. 로빈슨 영감 소유의 땅이었지. 그 영감이 죽고 내가 그 아들한테서 땅을 샀지만, 그해 크리스마스 때만 해도 로빈슨 영감이 그 풀밭에서 소를 키우고 있었어. 소가 그렇게 많지도 않았어. 불과 몇 마리밖에 되지 않았으니까. 2년에 한 마리꼴로 도살장으로 끌고 가곤 했는데, 아무튼 그가 소를 키우는 것은 사실이었지. 특별한 이유가 있었던 것 같지는 않아. 그의 부친이 늘 소를 키웠으니, 내가 들은 바에 의하면 소 키우는 것 말고는 할 줄 아는 게 없었다고 하더군."

벨러미 요원은 고개를 끄덕였다. 해럴드가 무슨 이야기를 하려고 그러는지 감이 잘 잡히지 않았지만, 굳이 이야기를 가로막을 생각은 없었다.

"아무튼 그해 크리스마스는 유난히도 질퍽거렸어." 해럴드가 말을 이었다. "하나님이 잔뜩 화가 난 것처럼 비가 퍼부었으니까. 마치 양동이로 퍼붓는 것 같더라고. 그렇게 모든 게 엉망인 와중에 누가 우리 집 문을 두드리는데, 그게 누구였겠나? 바로 로빈슨 영감이더라, 이 말이야. 아주 덩치가 크고, 완전 대머리에, 벌목공처럼 단단한 체구를 가진 양반이었지. 가슴은 무슨 드럼통 같았어. 그런 사람이 온통 진흙투성이가 된 채 우리 집 문 앞에 서 있는 거야. '무슨 일입니까?' 하고 내가 물었지. '소들이 달아났어.' 그는 그렇게 대답하며 울타리 쪽을 가리키더군. 소들이 울타리를 부수고 목장에서 빠져나간 모양이었어. 내가 뭐라고 대답을 하기도 전에 뭔가가 '휙' 하고 내 앞을 지나가더라고. 번개처럼 현관에서 튀어나가더니, 곧바로 그 억수 같은 비와 진흙 속으로 뛰어나가는 거야."

해럴드의 얼굴에 환한 미소가 떠올랐다.

"제이콥이었어요?" 벨러미 요원이 물었다.

"처음에는 소리를 지르려고 했어. 당장 집으로 돌아오라고 말이야. 그런데 순간적으로 '무슨 일이지?' 하는 생각이 들더라고. 그래서 잠시 머뭇거리고 있는데, 이번에는 루실이 조금 전 제이콥만큼이나 재빠른 동작으로 현관을 뛰쳐나가는 거야. 그것도 제일 아끼던 드레스를 입고. 물론 루실은 열 발자국도 못 가서 온통 진흙투성이가 되어 버렸지. 우리는—로빈슨 영감까지 포함해서—모두 웃음을 터뜨렸어." 이윽고 해럴드의 손이 안정을 찾고 가만히 멈추었다. "아마 다들 집안에 갇혀 있는 게 지겨웠던 모양이야." 해럴드가 말했다.

"그래서요?" 벨러미 요원이 물었다.

"그래서 뭐?"

"소들은 돌아왔나요?"

해럴드는 웃음을 터뜨렸다. "돌아왔지." 그의 미소가 흐려지면서 목소리도 다시 무겁고 진지해졌다. "그러고 나서 모든 게 끝나 버렸어. 결국은 사라지고 말았지. 하지만 지금… 지금 나는 낭떠러지 위에 양다리를 걸치고 있는 느낌이야." 해럴드는 자신의 손을 내려다보았다. 그가 다시 입을 열었을 때, 그 목소리가 왠지 심상치 않게 들렸다.

“나는 어떻게 해야 하지? 내 머리는 그 아이가 내 아들이 아니라고 말하고 있어. 내 마음은 제이콥이 1966년 8월의 그 여름날 물에 빠져 죽었다고 말하고 있다고. 하지만 그 녀석이 말을 하면, 내 귀는 그가 내 아들이라고 말해. 내 눈도 마찬가지고. 그 오래전, 까마득한 옛날에 그랬던 것처럼.” 해럴드는 주먹으로 탁자를 쾅 내리쳤다.

“내가 어떻게 해야 하지? 더러는 밤이 되어 사방이 캄캄하고 조용해지면, 그래서 모든 사람들이 잠자리에 들고 나면, 녀석이 살그머니 일어나서 내 침대로 올라온단 말이야. 올라와서 내 옆에 얌전히 웅크리고 눕는 거야. 옛날에도 악몽을 꾸거나 하면 그런 짓을 했어. 더 힘든 게 뭔지 알아? 때로는 그저 내가 그리워서 그러는 것처럼 보인다고. 녀석이 내 옆에 웅크리고 누우면… 제기랄… 나는 어쩔 수 없이 팔을 뻗어 녀석을 안아줄 수밖에 없어. 옛날에 그랬던 것처럼. 그런 것 알아, 벨러미?”

“무엇 말입니까, 해럴드?”

“이렇게 기분이 좋은 게 정말 몇 년 만인지 모르겠어. 비로소 내가 온전해진 느낌이야. 이제야 내 인생의 모든 것이 제자리로 돌아온 것처럼.” 해럴드는 기침을 했다. “내가 어떻게 해야 하지?”

“더러는 그런 느낌에 집착하는 이들도 있습니다.”

벨러미 요원이 말했다.

해럴드는 그 대답이 정말로 놀라운 기색이었다. “그가 나를 변화시키고 있어.” 해럴드가 한참 만에 덧붙였다.

“빌어먹을, 녀석이 나를 변화시키고 있다고.”

바비 와일즈

바비는 어려서부터 들어가지 말라고 하는 곳에 들어가는 데는 선수였다. 그의 아버지는 마음만 먹으면 언제든 사라져 버릴 수 있는 이 아이의 능력으로 미루어, 자라면 마술사가 될 거라고 예언하기도 했다. 지금 바비는 대령의 사무실에 숨어 있었다. 통풍구에 몸을 숨긴 채 조그만 틈새로 대령을 훔쳐보고 있었다.

여기는 정말 할 일이 없었다. 가만히 앉아서 기다리는 것밖에는. 그렇다고 어디 갈 데가 있는 것도 아니었다. 하지만 여기저기 몰래 숨어들어 훔쳐보면 의외로 재미있는 것들이 있었다. 이 학교에는 꼼꼼히 살펴볼 곳이 많았다. 옛날에 주방으로 사용되던 곳으로 들어가는 길은 이미 찾아냈다. 칼이나 한 자루 찾아서 가지고 놀 생각이었는데, 하나도 없었다. 그래서 건물 바깥과 이어지는 통풍구를 통해 보일러실로 숨어들었다. 모든 게 잔뜩 녹이 슬긴 했지만, 그래도 재미있는 것들이 더러 있었다.

대령은 커다란 컴퓨터 모니터들이 여러 개 놓여 있는 자기 책상에 앉아 있었다. 그는 아카디아가 지겨웠다. 귀환자들도 지겹기는 마찬가지였다. 어느새 전 세계를 강타한 이 낯선 현상이 그에게는 지겹기 짝이 없었다. 사태가 어떻게 흘러가는지, 그는 누구보다도 잘 알고 있었다. 집단 히스테리와 폭동. 사람들은 누군가가 죽으면 무덤 속에 얌전히 누워 있는 정상적인 세상을 그리워하며 힘든 하루하루를 보내고 있었다.

대령은 이 귀환자 사태가 저절로, 평화롭게 해결되는 일은 결코 없을 거라는 사실을 잘 알고 있었다. 그래서 그는 위에서 하라는 대로 했다. 그것이 사람들을 돕는 유일한 방법이었기 때문이다. 그렇게 해야만 사람들이 기대하는 질서와 신뢰를 유지할 수 있었다.

대령은 다른 사람들과는 달리 귀환자들을 두려워하지 않았다. 그보다는 오히려 다른 사람들이 걱정이었다. 사랑하는 사람—정말로 그들이 살아 있는 인간이라고 생각하든 그렇지 않든 간에—이 돌아와 옆에서 같은 공기를 마시고, 자신을 기억해줄 것을 요구하는 사태에 대처하기란 정말이지 쉬운 일이 아니었다.

대령은 운이 좋은 편이었다. 그의 아버지가 돌아왔을 때, 그에게는 아버지를 만날 것인지 말 것인지를 선택할 기회가 주어졌다. 그는 만나지 않는 쪽을 선택했다. 그것이 모두를 위한 최선의 선택이었기 때문이다. 편견을 갖게 되거나, 이미 오래전에 미래가 끝나 버린 누군가의 미래에 대한 갖가지 기억과 가정으로 흔들리는 사태를 예방하기 위해서이기도 했다.

귀환자 사태는 세상이 원래 의도한 바가 아니었다. 사람들은 머지않아 그런 사실을 깨닫게 될 터였다. 그때까지는 대령 같은 사람들이 최선을 다해 고삐를 죄어야 했다.

그래서 그는 사무국에 아버지를 만나고 싶지 않다는 뜻을 통보했다. 대신 아버지가 보다 나은 환경의 수용소로 옮길 수 있도록 손을 썼다. 정말로 자신의 아버지일지도 모르는 사람을 위해, 그런 조그만 배려까지 마다할 수는 없었다.

얼마나 힘이 들건, 어떤 대가를 치르건 간에 그 한 가지만은 외면할 수 없었다. 정말로 자신의 아버지일지도 모르는 노릇이니까.

지금 대령 앞에 놓인 모든 컴퓨터 모니터에는 똑같은 이미지가 비치고 있었다. 거구의 흑인 할머니가 네모난 머리통을 가진 젠킨스라는 이름의 말쑥한 요원의 책상 앞에 앉아 있는 모습이었다. 바비도 젠킨스와 한 번 면담을 한 적이 있었다. 하지만 대령은 젠킨스와는 달랐다.

바비는 한쪽 엉덩이에서 반대쪽 엉덩이로 체중을 옮기며 가능한 한 소리를 내지 않으려고 숨까지 천천히 쉬었다. 먼지가 잔뜩 낀 통풍구 벽이 아주 얇은 탓이었다.

대령은 머그잔에 들어 있는 커피를 한 모금 마시며 젠킨스와 흑인 할머니의 대화를 지켜보고 있었다. 스피커가 켜져 있기는 했지만 바비하고는 거리가 너무 멀어서 그들이 무슨 이야기를 나누는지는 들리지 않았다. 흑인 할머니의 입에서 '찰스'라는 이름이 여러 차례 나왔는데, 그때마다 젠킨스의 얼굴에 좌절감이 스쳐 갔다.

바비는 찰스가 그 할머니의 남편일지도 모르겠다는 생각을 했다.

대령은 계속해서 모니터를 주시하고 있었다. 이따금 모니터들 중 하나에 잘 차려입은 흑인 남자의 모습이 비치기도 했다. 책상에 앉아 일을 하고 있는 장면이었다. 대령은 그 남자를 잠시 바라보다가 다시 흑인 할머니가 나오는 모니터로 눈길을 돌렸다.

잠시 후, 젠킨스 요원이 자리에서 일어나 취조실 문을 두드렸다. 군인이 한 명 들어와 조심스럽게 할머니를 데리고 나갔다. 젠킨스는 대령이 자신을 지켜본다는 것을 알고 있는 듯, 카메라를 바라보며 고개를 절레절레 가로저었다. "아무것도 없습니다." 바비는 젠킨스가 내뱉은 그 말을 알아들었다.

대령은 아무 말도 하지 않았다. 그가 무슨 단추를 누르자, 모든 모니터가 잘 차려입은 흑인 남자의 모습으로 채워졌다. 대령은 딱딱하고 진지한 표정으로 말없이 그 남자의 얼굴을 뚫어져라 지켜보기만 했다. 뭔가 변화가 일어나기를 기다리던 바비는 그만 잠이 들어버렸다.

바비는 군인들이 통풍구에서 그를 끌어내는 바람에 잠을 깼다. 군인들은 뭐라고 고함을 지르며 거칠게 그를 다루었다. 바비가 창문이 없는 방에 갇히는 순간, 어느 젊은 군인을 향해 손가락을 뻗은 대령의 모습이 얼핏 보였다.

"들어가, 이 꼬맹아." 군인 한 명이 말했다.

"미안해요." 바비가 말했다. "다시는 안 그럴게요."

"들어가기나 해." 군인이 말했다. 얼굴이 여드름 자국투성이인 금발의 이 젊은 군인은 대령의 성난 표정에도 불구하고 바비를 방에서 끌어내며 빙그레 웃고 있었다.

"너를 보니 내 동생이 생각나는군."

그는 사무실을 나서며 소리 죽여 그렇게 속삭였다.

"동생 이름이 뭔데요?"

바비가 잠시 후 물었다. 호기심 빼면 시체인 아이다웠다.

"랜디."

젊은 군인은 그렇게 대답한 뒤, 한마디 덧붙였다.

"걱정하지 마. 내가 잘 봐줄 테니까."

바비는 조금 마음이 놓였다.

12

루실은 다음에 다시 태어나면 전문 요리사가 되어도 괜찮을 것 같다는 생각을 했다. 정말로 그렇게 되면 매일같이 활짝 웃는 얼굴로 일을 나갈 수 있을 것 같았다. 저녁이 되어 집으로 돌아오면, 그녀의 몸에서는 기름과 온갖 양념 냄새가 풍길 터였다. 발이 붓고 다리가 저리기도 하겠지만 그래도 행복할 것 같았다. 그만큼 음식 만드는 일이 좋았다.

루실은 난장판이 된—하지만 깨끗한—주방에 서서 마치 날카로운 바위에 파도가 부딪히는 것 같은 소리를 내며 익어가는 닭고기를 두 번째로 튀겨내고 있었다. 거실에서는 윌슨네 가족이 점심을 먹는 동안 텔레비전을 켜지 않으려고 애쓰며 웃음 띤 얼굴로 이야기를 나누고 있었다. 그들은 바닥에 동그랗게 앉아—열 걸음도 떨어지지 않은 곳에 멀쩡한 식탁을 놔두고 왜 바닥에 앉아서 그러는지 이해할 수가 없었다—접시를 무릎에 올려놓고 수북이 쌓인 밥과 국, 옥

수수와 콩, 튀긴 닭고기와 비스킷을 열심히 먹어댔다. 이따금 깔깔거리는 웃음소리가 터졌고, 그다음에는 또 한동안 다들 먹는 데 열중하곤 했다.

이렇게 온 가족이 배불리 먹고 나자, 조그만 접시에 닭고기 몇 점이 남았다. 루실은 조금 있다가 누군가가 또 배고파할지도 모른다는 생각에 남은 닭고기를 오븐에 넣어두고 남은 음식 재료들을 살펴보았다. 남은 재료가 얼마 되지 않는 것을 확인한 루실은 마음이 뿌듯했다.

"제가 뭐 할 일이 없을까요?" 짐 윌슨이 거실에서 주방으로 들어오며 물었다. 그의 아내는 위층에서 아이들을 쫓아다니고 있었다.

"아니, 괜찮아요." 루실은 머리를 찬장 속에 반쯤 집어넣다시피 한 채 대답했다. 그러고는 쇼핑 목록에 뭔가를 열심히 적어 넣었다.

"이 정도는 나 혼자서도 충분히 처리할 수 있으니까."

짐이 다가와 수북이 쌓여 있는 접시들을 바라보더니, 소매를 걷어붙였다.

"뭐하는 거예요?"

루실이 이윽고 찬장에서 머리를 꺼내며 물었다.

"좀 도와 드리려고요." 짐이 말했다.

"그냥 그 자리에 가만히 놔둬요. 그런 건 애들이 할 일이니까."

루실은 그렇게 말하며 짐의 손등을 찰싹 때렸다.

"애들은 지금 놀고 있어요." 짐이 대답했다.

"음, 하루 종일 놀기만 할 수는 없잖아, 안 그래요? 아이들한테도 책임을 가르쳐줘야지."

"그래요, 부인." 짐이 말했다.

루실은 짐이 싱크대 앞에 버티고 선 가운데, 부지런히 주방을 들락거렸다. 짐은 아이들을 제대로 가르쳐야 한다는 루실의 말에 동의를 해놓고서도 열심히 설거지를 했다. 접시를 씻어서 헹군 다음 선반에 얹는 일이었다.

그런데 묘하게도 짐은 한 번에 꼭 접시를 한 개씩만 물에 넣었다.

씻어서, 헹구고, 선반에 얹고.

"짐." 루실이 말했다. "그릇들을 한 번에 다 싱크대에 넣으면 되잖아요. 설거지를 이렇게 하는 사람은 또 보다보다 처음이네."

짐은 아무 말도 하지 않고 하던 일을 계속했다.

한 번에 하나씩.

씻어서, 헹구고, 선반에 얹고.

"좋아요, 짐." 루실이 말했다.

루실은 짐의 그런 이상한 행동이 죽었다가 다시 살아났기 때문이라고는 생각하지 않으려고 노력했다. 그녀와 짐은 친척 사이이긴 했지만—적어도 루실이 아는 한—평소에 그들 가족과 충분히 많은 시간을 함께하지는 못했다. 루실은 두고두고 그 점이 안타까웠다.

그녀가 기억하는 짐은 굉장히 부지런한 사람이라는 것 정도였고, 그것은 그와 그의 가족이 살해되기 전까지 아카디아의 모든 사람들이 다 아는 사실이었다.

그 살인사건은 실로 끔찍한 일이 아닐 수 없었다. 이따금 루실은 그런 사건이 일어났었다는 사실을 거의 잊어버리곤 했다. 하지만 그렇지 않을 때는 그들 가족을 볼 때마다 오로지 그 사건밖에 생각나지 않았다. 그것은 마을 사람들이 그들을 지금처럼 대하는 이유이기도 했다. 자기가 실패한 것, 자기가 잘못한 것, 그래서 바로잡을 수 없는 것을 떠올리고 싶어 하는 사람은 아무도 없다. 마을 사람들에게 윌슨네 가족은 바로 그 점을 상기시키는 존재였다.

루실의 기억이 정확하다면, 때는 1963년 겨울이었다. 비극적인 소식을 접한 사람들이 흔히 그러하듯, 루실의 머릿속에도 그 사건은 다분히 시각적인 형태로 남아 있었다.

그녀는 주방에서 설거지를 하고 있었다. 그날따라 바깥 날씨가 유난히 추웠다. 무심코 창밖을 내다보니 이파리가 다 떨어져 버린 참나무 가지들이 세찬 바람에 사정없이 흔들리고 있었다.

"맙소사." 그녀가 중얼거렸다.

그렇게 추운 날, 해럴드는 해도 다 떨어진 저녁에 장을 보러 간다며 나가고 없었다. 좀처럼 이해가 가지 않는 일이었다. 루실이 그런 생각을 하고 있는데 마치 그걸 알아차리기라도 한 듯이 해럴드의 차 불빛이 덜컹거리며 집 쪽으로 다가오는 것이 보였다.

"어서 좀 앉아 봐."

해럴드는 집으로 들어서자마자 다짜고짜 그렇게 말했다.

"뭐라고요?"

루실은 자기도 모르게 심장이 덜컹 내려앉는 것을 느끼며 되물었다. 해럴드의 목소리가 이미 모든 것을 말해주고 있었다.

"좀 앉아 보라고!" 해럴드가 조급하게 소리쳤다. 그러면서 그는 계속 입술을 문질렀다. 그의 입술이 달싹거리더니, 마치 담배를 문 것처럼 조그만 구멍이 생겼다. 그는 주방 식탁에 주저앉았다. 그러더니 금방 일어섰다. 그러고 나서 다시 앉았다.

"총에 맞았어." 이윽고 해럴드가 조그만 목소리로 중얼거렸다.

"모두 다. 총에 맞아 죽었다고. 짐은 복도에서 발견되었어. 엽총을 가지러 뛰어나가다가 당한 것 같아. 하지만 내가 듣기로 짐의 엽총은 장전되어 있지 않았으니 설령 거기까지 갔다 해도 대응할 시간이 없었을 거야. 집안에 아이들이 있어서 총을 장전해둘 수가 없다고 했다는군." 해럴드는 눈가를 닦으며 덧붙였다. "해너… 해너가 침대 밑에서 발견되었어. 그 아이가 마지막으로 당했나 봐."

"맙소사." 루실은 아직도 비누 거품이 묻은 자신의 손을 내려다보며 중얼거렸다. "아, 주여, 주여, 주여."

해럴드도 안타깝다는 듯 신음을 냈다.

"평소에 더 자주 만났어야 했어." 루실이 울면서 말했다.

"뭐라고?"

"더 자주 만나러 갔어야 했다고요. 그들과 함께 좀 더 많은 시간을 보냈어야 했어. 그들도 우리 가족이잖아요. 짐과 내가 친척 사이니까, 우리 다 가족이나 마찬가지예요."

해럴드는 루실과 짐이 친척 사이라는 소리를 들을 때마다 좀처럼 확신이 서지 않았다. 하지만 사실 여부는 전혀 중요한 문제가 아니었다. 루실이 그렇게 믿으면, 그건 사실인 거니까. 그래서 더욱 그 사건이 충격적이었는지도 모른다.

"범인이 누구래요?" 루실이 물었다.

해럴드는 애써 울음을 참으며 고개를 가로저었다. "아무도 몰라."

그날 밤은 물론, 그 이후로도 오랫동안 아카디아에서는 많은 소문이 떠돌았다. 윌슨 일가의 죽음은 그 자체가 비극적이고 끔찍하기도 했지만, 아카디아라는 마을에 알게 모르게 많은 영향을 미쳤다.

윌슨 일가가 죽은 뒤, 마을 사람들은 이따금 일어나는 좀도둑 사건을 좀 더 눈여겨보기 시작했다. 아무개 부부의 결혼 생활에 문제가 있다거나, 누가 바람을 피운다거나 하는 일에도 더 신경을 쓰기 시작했다. 윌슨 일가의 비극을 겪은 뒤 아카디아에는 폭력의 그림자가 조금씩 피어오르는 느낌이었다. 그 그림자는 마치 곰팡이처럼 해마다 조금씩 조금씩 번져 갔다.

짐 윌슨이 자신만의 독특한 방식으로 설거지를 끝냈을 때, 루실도 막 쇼핑 목록을 완성한 참이었다. 그녀는 위층으로 올라가 손을 씻고 옷을 갈아입은 뒤, 목록과 핸드백을 들고 문 앞에 섰다. 준비가 끝나고 트럭 열쇠까지 손에 들자, 해럴드의 낡은 트럭이 그녀를 빤히 쳐다보는 것 같았다. 루실은 심호흡을 하며 자신이 운전을 얼마나 싫어하는지 새삼 떠올렸다. 게다가 해럴드의 그 빌어먹을 트럭은 세상에서 가장 변덕스럽고 치사한 짐승이었다. 시동은 자기가 걸리고 싶어야 걸리고, 브레이크는 밟을 때마다 비명을 질러댔다. 루실은 해럴드에게 그 트럭이 마치 살아 있는 것 같다는 소리를 최소한 한 번 이상 했다. 그게 사실이라면, 그 트럭은 지독한 여성 차별주의자였다. 어쩌면 그 주인처럼, 인간을 모두 싫어하는지도 모른다.

"이렇게 폐를 끼쳐서 너무 죄송합니다."

불쑥 그렇게 말하는 짐 윌슨의 목소리가 들려와 루실을 깜짝 놀라게 했다. 루실은 거의 소리를 내지 않고 조용히 걸어 다니는 짐에게 좀처럼 적응이 되지 않았다.

루실은 핸드백을 뒤졌다. 쇼핑 목록은 핸드백 안에 있었다. 돈도 들어 있었다. 제이콥의 사진 역시 마찬가지였다. 그럼에도 불구하고 계속해서 소지품을 뒤지며 돌아보지도 않고 윌슨네 온 가족을 향해 말했다. 마치 크리스마스카드에 나오는 그림처럼, 윌슨네 식구들이 그녀 뒤에 옹기종기 모여 있었다. 루실은 그들이 서 있는 것을 느낄 수 있었다.

"누가 그 집 식구 아니라고 할까 봐 또 그런 소리를 하는 거예요?"

루실이 말했다. "이유도 없이 사과부터 하고 보는 그 습관이 어디서 비롯되었는지 안 봐도 뻔하니까요. 이제 그런 말은 하지 마세요."

루실은 그렇게 말하며 핸드백을 닫았지만, 불안한 마음은 완전히 가시지 않았다.

마치 한바탕 태풍이 다가오는 느낌이었다.

"알겠습니다." 짐이 말했다.

"폐를 끼치고 싶지 않아서요. 우리 모두 얼마나 감사하게 생각하고 있는지 부인께서 알아주셨으면 하는 마음뿐입니다. 정말이지 이 은혜를 어떻게 갚아야 할지 모르겠네요."

루실은 빙그레 미소를 지었다. "내가 없는 동안 문을 잘 잠그고 있어요. 코니한테는 내가 돌아와서 만나자고 하고. 파이 굽는 방법을 가르쳐주기로 했거든. 거트루드 대고모님한테 배운 건데…" 루실은 잠시 생각을 한 뒤 한마디 덧붙였다. "아이들은 위층에 있으라고 해요. 올 사람은 없지만 그래도 혹시나…"

"우리 모두 위층에 올라가 있겠습니다."

"그리고 오븐에—"

"닭고기 남은 것도 잊지 않을게요." 짐이 얼른 루실의 대사를 가로채며 깍듯이 인사를 했다.

"좋아요, 좋아." 루실은 그렇게 말하며 해럴드의 낡은 포드 트럭이 서 있는 곳으로 걸어갔다. 갑자기 뭔가 걱정스러운 기분이 들었지만, 내색을 하지 않으려고 뒤도 돌아보지 않고 걸음을 옮겼다.

1974년 아카디아에 재개발 바람이 불어닥친 이후 마지막으로 남은 거점 가운데 하나가 식료품 가게였다. 이 시기는 상당한 액수의 돈이 아카디아로 흘러들어온 마지막 사례로 기록되었다. 마을의 서쪽 가장자리에 위치한 이 낡은 벽돌 건물을 끝으로, 그 너머에는 2차선 도로, 들판과 숲, 그리고 드문드문 집들이 들어선 황량한 풍경이 펼쳐졌다. 메인 스트리트 끝자락에 자리한 이 네모난 건물은 한때 시청으로 사용된 건물답게 나름의 위용을 간직하고 있었다.

사실은 페인트가 벗겨진 곳을 각종 깃발과 광고문이 교묘하게 가리고 있었고, 낡은 벽돌에 부조로 새겨진 '시청'이라는 글자가 아직 희미하게 남아 있었다. 좋았던 시절—군인들이 이 마을에 진을 치기 전—에도 손님 서른 명이면 아주 장사가 잘된 하루로 치부되던 가게였다. 그나마 가게 입구의 안락의자에서 소설책을 서로 바꿔 보며 빈둥거리는 노인네들을 합쳐서 그 정도 숫자였다.

웬 젊은 군인이 계단을 올라가는 루실을 부축해주었다. 다른 젊은이들은 당장이라도 이 가게의 물건들이 모두 동나기라도 할 듯이 서둘러 뛰어다니는데, 이 군인만은 루실을 '부인'이라고 부르며 깍듯한 예의와 인내심을 보여주었다.

가게 안에 모여서 수다를 떠는 남자들은 손님이 들어오거나 말거나 통로를 비워줄 생각이 전혀 없는 듯했다. 프레드 그린과 마빈 파커, 존 왓킨스, 그 밖에 몇 명이 더 보였다. 지난 2주가량 루실은 그들이 마빈 파커의 앞마당에서 시위—그들은 자기네 행동을 그렇게 부르고 싶어 했다—하는 모습을 본 적이 있었다. 사실은 시위라는 표현이 무색할 정도였다. 사람 숫자도 고작 대여섯 명에 불과했고, 아직 번듯한 구호조차 만들지 못한 모양이었다.

하루는 해럴드와 제이콥을 만나러 가는 길에 그들이 "아카디아를 산 사람에게! 주는 사람에게가 아니라!"*라고 외치는 것을 들었다.

아무리 생각을 해봐도 그게 무슨 뜻인지 알 길이 없었는데, 결국은 아무 뜻이 없다는 결론을 내렸다. 아마도 운율이 맞는다는 이유만으로 그런 구호를 외치는 게 분명했다. 시위를 하려면 운율을 맞춰야 한다는 소리는 어디서 주워들은 모양이었다.

젊은 군인의 도움으로 가게 입구에 들어선 루실은 그 사람들 앞에서 잠시 걸음을 멈췄다. "다들 창피한 줄을 좀 아세요." 루실은 그렇게 쏘아붙였다. 그러고는 군인의 손을 토닥여 이제부터는 혼자서도 괜찮다는 뜻을 전했다.

"부끄러운 줄도 모르고." 그녀가 한마디 덧붙였다.

사람들이 저희들끼리 뭐라고 구시렁거리더니, 프레드 그린—그

* 원문은 "Arcadia for the living! Not for the giving!"

잘난 선동가, 프레드 그린!—이 나섰다. "여긴 자유 국갑니다."

루실은 기가 막혀 혀를 끌끌거렸다. "그게 무슨 상관이지요?"

"우린 그냥 여기 앉아서 우리 볼일을 보고 있는 것뿐이에요."

"저기 잔디밭에서 그 멍청한 구호를 외치고 있어야 하는 것 아니에요?"

"쉬는 시간이거든요." 프레드가 대답했다.

루실은 프레드의 말투를 딱 꼬집어 판단하기가 힘들었다. 그냥 비꼬려고 하는 소리인지, 아니면 정말로 휴식 시간인지 잘 분간이 가지 않았다. 그러고 보니 다들 햇볕에 타서 추레해 보이기도 했다.

"연좌 농성이라도 하는 모양이네요? 옛날에 유색 인종들이 평등한 인권을 요구할 때 하던 것처럼?"

사람들은 뭔가 함정이 있는 것 아닌가 하는 표정으로 서로를 돌아보았지만, 선뜻 감이 잡히지 않는 눈치였다.

"그게 무슨 뜻입니까?" 프레드가 조심스럽게 물었다.

"당신네 요구조건이 뭔지 궁금해서 그러는 것뿐이에요. 농성이라고 하면 모름지기 요구조건이 있어야 하거든! 이렇게 조직을 만들려면 뭔가 확실하게 요구하는 게 있어야 할 것 아니에요."

어떤 군인이 지나가다가 실수로 그녀와 부딪혔다. 그는 멈춰 서서 사과를 했지만, 루실은 모르는 척하고 하던 말을 계속했다. "당신들이 분란을 일으키는 데 성공했다는 건 인정해요." 루실이 프레드를 향해 말했다. "그건 확실해요. 하지만 그다음은 뭐죠? 당신네 주장이 뭐예요? 뭐를 지지하는 거죠?"

프레드의 눈빛이 반짝거렸다. 그는 의자에 앉은 채로 크게 숨을 들이쉬며 심호흡을 했다. 다른 사람들도 그를 따라 비장하고 꼿꼿한 자세로 고쳐 앉았다. "우리는 산 사람을 지지합니다." 프레드가 태연한 목소리로 대답했다.

그것은 이른바 '참생명 운동', 루실과 해럴드가 오래전에 텔레비전에서 본 그 얼간이들이 내세우는 구호이기도 했다. 인종 전쟁을 부르짖다가, 귀환자 사태가 벌어진 후에는 전면적인 인종 통합을 외치는 자들이었다. 그들의 구호를 지금 프레드 그린이 따라 하고 있는 것이다.

루실은 이거야말로 말도 안 되는 표절이라고 생각했다. 다른 남자들도 프레드 그린이 했던 것처럼 숨을 크게 들이쉬고는—그럴수록 점점 뚱뚱해지는 것 같았다—입을 모아 소리쳤다.

"우리는 산 사람을 지지합니다."

"산 사람한테 누군가의 지지가 필요한 줄은 미처 몰랐네요." 루실이 말했다. "아무튼 '아카디아를 산 사람에게! 주는 사람에게가 아니라!'라는 정신 나간 구호보다는 차라리 그게 낫겠어요. 도대체 무엇을, 누구한테 준다는 거죠?"

루실은 한심하다는 듯 손을 내저었다.

프레드는 머릿속에서 무슨 톱니바퀴가 돌아가는 표정으로 루실을 빤히 쳐다보았다. "아드님은 어떻게 하고 있어요?" 그가 물었다.

"잘 있어요."

"아직도 학교에 있습니까?"

"감옥 말이에요? 그래요." 루실이 대답했다.

"해럴드는요? 듣자 하니 해럴드도 아직 학교에 있는 모양이던데."

"감옥 말이에요?" 루실이 방금 한 말을 되풀이했다.

"그래요. 아직 거기 있어요."

루실은 생각을 정리하려는 듯 어깨의 핸드백을 고쳐 멨다.

"오늘은 뭘 사러 나오셨나요?" 프레드가 물었다. 다른 사람들은 정말 좋은 질문이라는 듯 고개를 주억거렸다. 그들은 모두 손님이 가게에 완전히 들어서기 전에 잠시 거쳐 가는 출입구의 조그만 공간 안쪽에 앉아 있었다. 가게 주인은 그곳을 월마트처럼 손님을 맞이하는 공간으로 활용할 생각이었지만, 오래지 않아 노인네들이 죽치고 서서 드나드는 손님들을 구경하는 자리가 되어 버렸다. 그러다가 누군가가 출입문 근처에 안락의자를 하나 놔두는 실수를 저지른 끝에, 서 있던 사람들이 다들 앉아서 죽치는 쪽으로 진화되었다.

이제 그것은 전혀 이상할 것이 없는 풍경으로 굳어 버렸다. 이 조그만 가게의 출입구를 수다 떨기 좋아하는 노인네들이 점령해 버린 것이다.

용케 그들과 부딪히지 않고 매장 안으로 들어온 사람들도 살 것이 별로 없었다. 매장의 몇 개 안 되는 통로에는 통조림과 종이 타월, 화장지, 청소 용품 따위가 진열되어 있었다. 창문 쪽의 벽에는 갖가지 철물들이 고리에 걸려 있었는데, 어디선가 창고가 폭발해 장비들이 여기저기 흩어진 것처럼 산만한 모습이었다. 가게 주인—흔히 '감자'라는 별명으로 불리는 뚱보였는데, 루실은 그 별명이 어디에서 유래했는지 알지 못했다—은 한정된 공간 안에 최대한 다양하게 구색을 맞추고 싶은 모양이었다.

그의 시도가 성공을 거두지는 못했지만, 루실은 시도 자체만으로도 고마운 일이라고 생각하는 쪽이었다. 원하는 물건을 찾기란 쉽지 않았지만, 대개의 경우 꼭 필요한 물건은 그럭저럭 찾을 수 있었다.

"필요한 걸 사러 왔지요." 루실이 대답했다.

"그게 무슨 상관이죠?"

프레드는 싱긋 미소를 지었다. "왜 그러세요, 루실." 그는 의자에 몸을 기대며 덧붙였다. "그냥 인사치레로 물어본 것뿐이에요. 어차피 해로울 건 없잖아요."

"정말이에요?"

"정말이고말고요." 그는 의자 팔걸이에 팔꿈치를 대고 주먹으로 턱을 고였다. "부인 같은 분이 그런 간단한 질문에 왜 그렇게 민감한 반응을 보이는지 모르겠네요." 프레드는 웃음을 터뜨리며 말했다.

"집에 누군가를 숨겨두거나 한 것도 아니잖아요. 안 그래요, 루실? 그러니까 내 말은, 윌슨 일가가 얼마 전부터 교회에서 사라졌다고 하더라고요. 소문에 의하면 군인들이 그들을 데리러 왔는데 목사님이 미리 풀어 놓았다고 하더군요."

"풀어 놓았다고?" 루실이 쏘아붙였다.

"그들은 사람이에요. 무슨 짐승이 아니라고요!"

"사람?" 프레드는 갑자기 눈동자의 초점이 잘 맞지 않는 것처럼 눈을 가늘게 떴다. "천만에." 이윽고 그가 다시 입을 열었다. "그렇게 생각하신다면 정말 유감입니다. 그들도 한때는 사람이었지요. 옛날에는 말입니다. 하지만 그건 아주 오래전의 일이에요." 프레드는 고개를 가로저으며 덧붙였다. "아니, 그들은 사람이 아니에요."

"살해당한 다음을 말하는 건가요?"

“아마 윌슨 일가가 어디에 숨어 있는지 단서가 잡히면 군인들이 아주 좋아할 겁니다.”

“물론 그렇겠죠.” 루실은 그렇게 말하며 가게 안쪽으로 들어갈 자세를 취했다. “하지만 난 거기에 대해서 아는 게 전혀 없어요.” 루실은 프레드 그린 같은 사람과 옥신각신하기 싫다는 듯이 걸음을 떼어놓기 시작했지만, 이내 다시 멈춰 섰다.

“어떻게 된 거예요?” 그녀가 물었다.

프레드는 다른 사람들을 돌아보았다. “무슨 뜻입니까?” 그가 되물었다. “뭐가 어떻게 되었냐는 겁니까?”

“당신 말이에요, 프레드. 메리가 죽고 나서 당신에게 무슨 일이 벌어진 거죠? 왜 이렇게 변했어요? 주일마다 메리와 함께 놀러 오곤 했잖아요. 그날 해럴드와 함께 제이콥을 찾아낸 것도 당신이고요. 윌슨네가 죽었을 때는 당신도 메리와 함께 장례식에 참석했잖아요. 그런데 메리가 가고 나니 예전의 당신도 사라져 버렸어요. 도대체 어떻게 된 거죠? 왜 그렇게 그들을 못 잡아먹어서 안달이에요? 그들이 모두 당신의 적인가요? 누구를 비난하는 거죠? 하나님? 아니면 당신 자신?”

프레드가 선뜻 대답을 하지 않자, 루실은 그를 지나쳐 가게 안으로 들어가 이내 자취를 감춰 버렸다. 입구에 앉아 있는 남자들이 자기네끼리 무슨 수다를 떨건, 어떤 계획을 세우건 내 알 바 아니라는 투였다. 그런 그녀의 뒷모습을 프레드 그린이 유심히 지켜보았다. 이윽고 그가 자리에서 일어나 천천히 가게를 나갔다. 뭔가 아주 중요한 할 일이 있는 사람 같았다.

집으로 돌아오는 길, 루실은 사람들이 귀환자들에게 보이는 태도 때문에 자꾸만 마음이 복잡해졌다. 자신에게 이런 난관을 헤쳐 갈 힘과 인내심을 허락한 하나님이 감사할 뿐이었다. 루실은 어려움에 처한 윌슨네 가족을 자신의 집으로 인도해준 하나님께 감사했다. 사실 그것은 그녀에게도 정말 감사한 일이 아닐 수 없었다. 그들 덕분에 적막하기만 했던 빈 집에 활기가 살아났고, 해럴드의 낡은 트럭을 몰고 집으로 돌아가는 그녀의 마음이 그렇게 무겁지만도 않았다. 조수석에는 식료품이 가득했고, 집에는 그녀를 기다리는 사람들이 있었다…. 그게 정상이지 않은가.

마을을 벗어난 루실의 트럭은 2차선 도로를 달려 들판과 숲을 통과했다. 한때 루실과 해럴드도 시내로 이사를 가면 어떨지 고민한 적이 있지만, 제이콥이 태어나기 직전에 그런 계획을 포기했다. 그들 세 식구가 어느 정도 세상과 떨어져 그녀가 그토록 사랑하는 숲과 들판에 숨어 사는 것도 괜찮겠다는 생각에서였다.

집 근처로 접어들자, 잔디밭에 깊이 패인 트럭 바퀴 자국이 선명히 보였다. 군인들의 군화 발자국도 여기저기 찍혀 있었다. 현관문이 활짝 열려 있고, 진흙투성이 발자국이 집안으로 이어져 있었다.

루실은 참나무 밑에 낡은 트럭을 세우고 옆자리에 음식 재료를 잔뜩 쌓아둔 채 운전석에 앉아 시동을 끌 생각도 하지 못하고 눈물을 글썽였다.

"어디에 계셨어요?" 루실은 갈라진 목소리로 오직 하나님만 들을 수 있는 질문을 토해냈다.

새뮤얼 대니얼스

새뮤얼 대니얼스는 이곳 아카디아에서 태어나고 자라며 기도하는 것을 배웠다. 그러다가 세상을 떠났다. 지금은 다시 아카디아로 돌아왔다. 하지만 아카디아는 예전의 아카디아가 아니었다. 더 이상 옛날처럼 작고 눈에 뜨이지 않는 마을이 아니었다. 여행자들이 잠시의 휴식이나 망설임도 없이, 이런 곳에 사는 사람들은 어떤 삶을 살고 있을까 아주 잠깐 생각해 보고는 서둘러 스쳐 지나가는 그런 마을. 아무런 특징도 없고 그저 피곤해 보이기만 하는 집들이 웅크리고 있는 마을. 주유소 두 군데와 신호등 두 개가 전부인 마을. 나무와 대지와 양철 말고는 별다른 특징이 없는 마을. 숲에서 태어난 사람들이 들판과 부대끼며 살아가는 마을.

새뮤얼은 서서히 동쪽으로 뻗어가는 마을을 울타리 너머로 내다보며 지금의 아카디아가 더 이상 스쳐 지나가는 마을이 아니라 목적지가 되었다는 생각을 했다. 저 멀리 하늘 아래 교회가 말없이 웅크리고 있는 것이 보였다. 마을로 이어지는 2차선 도로는 얼마 전까지만 해도 온통 갈라지고 패인 상처투성이였지만, 이제는 매끈하고 고르게 다듬어져 있었다. 그 도로를 통해 매일같이 더 많은 차들이 들어왔다. 나가는 차는 그보다 적었다.

아카디아 사람들은 더 이상 현지인이 아니었다. 여기는 그들의 마을이 아니었다. 그들은 자기네 땅에서 손님, 아니 관광객이 되어 버렸다. 자신이 어디에 있는지도 모르고 그저 하루하루를 살아갈 뿐이었다. 가능하면 서로 무리를 이루려 했고—귀환자들도 그런 습성을 보인다는 이야기가 있었다—지극히 혼란스러운 표정으로 자기네를 둘러싼 세상을 두리번거렸다.

누구보다도 하나님을 잘 알고 누구보다도 든든한 믿음을 가졌다는 그들의 목사조차 예외는 아니었다. 새뮤얼은 이 세상에, 이 마을에 벌어지고 있는 일들을 이해하기 위해, 말씀과 위안을 구하기 위해 목사를 찾아갔다. 하지만 목사는 새뮤얼이 기억하는 과거의 그가 아니었다. 태산처럼 듬직한 체구는 여전했지만, 그렇게 멀게 느껴질 수가 없었다. 목사와 새뮤얼은 교회 문 앞에 서서 하염없이 아카디아로 들어오는 귀환자들에 대해, 학교를 개조해 만든 수용소가 이미 비좁을 정도가 되었다는 이야기를 나누었다. 트럭들이 지나갈 때마다 창문으로 이 낯선 곳을 두리번거리는 귀환자들의 모습이 보이면, 피터즈 목사는 마치 누군가를 찾는 사람처럼 유심히 그들을 살피곤 했다.

"그녀가 살아 있다고 생각해요?" 목사는 조금 전까지 새뮤얼과 함께 주고받던 대화를 깡그리 무시한 채 뜬금없는 질문을 던졌다.

"누구 말입니까?" 새뮤얼이 물었다.

피터즈 목사는 대답하지 않았다. 마치 새뮤얼에게 물은 것이 아니라는 듯이.

아카디아는 변했어. 새뮤얼은 다시 한 번 생각했다. 마을은 울타리와 담장으로 에워싸여, 마치 성곽처럼 바깥세상과 차단되어 있었다. 사방에 군인들이 득실거렸다. 여기는 그가 자라난 곳, 한적한 시골에 초라하게 웅크린 채 사방으로 트인 조그만 마을이 아니었다. 다른 그 어디였다.

새뮤얼은 울타리 앞을 벗어나며 성경을 움켜쥐었다. 아카디아, 그리고 그 울타리 안의 모든 것은 변했다. 절대 예전으로 돌아갈 수는 없을 것이다.

13

예전에 죽었던 프랑스 조각가가 거기서 발견되었다는 보도가 나왔다. 온 세상이 그를 찾기 위해 몇 주 동안 난리를 피운 다음이었다. 그는 어느 50대 여인과 결혼했다. 여인은 그에게 기거할 장소를 제공했을 뿐 아니라 세상에 그의 이름을 알리는 데 결정적인 역할을 한 인물로 알려졌다.

장 리도는 발견된 뒤에도 자신의 잠적 이유를 밝히지 않았지만, 그렇다고 그대로 잠잠해질 언론이 아니었다. 그가 세상을 피해 칩거하던 리우 외곽의 조그만 오두막에 기자들이 몰려들었고, 머지않아 질서 유지를 위해 병력이 투입되기에 이르렀다. 장과 그의 아내는 경찰이 하루가 다르게 불어나는 군중을 차단해준 덕분에 한 주 가까이를 더 그곳에 머물렀다.

그러나 군중의 수가 걷잡을 수 없이 불어나자, 이 유명한 프랑스 조각가와 그의 아내는 더 이상 견디지 못하고 도시를 빠져나갈 수밖에 없었다. 그러자 폭동이 시작되었다. 그날 하루, 거의 귀환자의 수에 맞먹는 정상인들이 목숨을 잃었다. 장 리도라는 인물이 가진 영향력, 그리고 그의 사후 천정부지로 치솟을 작품들의 잠재력이 수많은 사람들을 그곳으로 끌어들인 것이다.

보도에 의하면 리우 외곽에서 발생한 폭동으로 인한 사망자가 수백 명에 달하는 것으로 알려졌다. 대부분의 사망자는 경찰의 발포를 피해 달아나던 군중들에 깔려 변을 당했다. 직접 경찰이 쏜 총에 맞아 죽은 사람들도 있었다.

사태가 어느 정도 진정되고 장 리도와 그의 아내가 리우를 벗어난 뒤—프랑스 정부는 그들이 본국으로 돌아와야 한다고 아우성이었다—혼란스러운 와중에 장의 아내가 누군가에게 머리를 가격당해 혼수상태에 빠졌음이 드러났다. 하지만 세상은 여전히 그들이 뭔가 의미 있는 역할을 비밀리에 수행해야 하며, 작품을 통해 사후 세계의 비밀을 공개해야 한다고 난리를 피웠다.

그러나 장이 원하는 것은 오로지 사랑하는 여인과 함께 있는 것뿐이었다.

목사와 왜소한 체구의 아내는 중간에 어른 한 사람이 더 앉고도 남을 정도로 멀찌감치 거리를 두고 소파에 앉아 텔레비전을 보고 있었다. 목사는 커피를 홀짝였고, 순전히 티스푼이 잔에 닿아 딸랑거리는 소리를 듣기 위해 이따금 커피를 휘휘 저었다.

목사의 아내는 발은 엉덩이 밑에, 손은 무릎 위에 놓은 자세로 허리를 쭉 펴고 꼿꼿이 앉아 있었다. 고양이를 연상시키기는 했지만 나름 품위가 있는 자세였다. 그녀는 가끔씩 특별한 이유도 모르는 채 손을 들어 자신의 머리칼을 쓸어내리곤 했다.

텔레비전에서는 아주 유명한 토크쇼 진행자가 성직자 한 사람, 과학자 한 사람을 상대로 질문을 던지고 있었다. 과학자의 전공 분야는 따로 소개되지 않았지만, 귀환자 사태 초창기에 출간한 저서로 상당한 유명세를 얻은 인물이었다.

"이번 사태가 언제쯤 끝날 것으로 보세요?" 진행자는 딱히 누구에게라고 할 것도 없이 두 사람 모두를 향해 질문을 던졌다. 겸손의 표시인지, 아니면 답을 모른다는 사실이 드러날까 봐 두려워서인지는 모르지만—목사는 아무래도 후자 쪽일 거라고 생각했다—아무튼 성직자는 입을 열지 않았다.

"곧 끝납니다." 과학자가 대답했다. 그의 이름이 화면 하단에 지나갔지만, 피터즈 목사는 눈여겨보지 않았다. 과학자는 그 한마디만으로 대답이 충분하다는 듯 더 이상 말을 잇지 않았다.

"시청자들이 조금 더 구체적인 답변을 원한다고 하면 뭐라고 말씀하시겠어요?" 진행자가 다시 물었다. 그녀는 스튜디오에 나와 있는 방청객들을 한 번 둘러본 다음, 자신이 시청자를 대변한다는 듯이 카메라를 똑바로 쳐다보았다.

"이 사태가 영원히 계속될 수는 없습니다." 과학자가 말했다. "간단히 말하면, 돌아올 수 있는 사람들의 숫자가 한정되어 있다는 말씀입니다."

"어쩜 저렇게 한심한 소리를." 목사의 아내가 텔레비전을 가리키며 조잘거렸다. "돌아올 수 있는 사람들의 숫자를 자기가 어떻게 안

대요?" 그녀는 그렇게 말하고는 무릎 위의 손을 뒤틀었다. "자기가 뭘 안다고 저렇게 나서는지 모르겠네요. 이건 하나님의 역사예요. 하나님은 당신이 하시는 일을 시시콜콜 우리에게 설명하실 필요가 없잖아요!"

목사는 가만히 앉아서 텔레비전만 보고 있었다. 그의 아내가 그를 돌아보았지만 눈길도 주지 않았다.

"정말 꼴불견이야!"

그녀가 또 투덜거렸다.

텔레비전에서는 드디어 성직자가 토론에 끼어들기는 했는데, 여전히 무척 조심스러운 태도를 잃지 않았다. "지금 같은 시기에는 우리 모두 인내심을 잃지 않는 게 가장 중요하다고 봅니다. 섣불리 뭔가를 가정해서는 안 됩니다. 그건 굉장히 위험해요."

"아멘." 목사의 아내가 말했다.

"목사님 말씀은…" 과학자가 넥타이를 만지작거리며 반박했다.

"이번 사태가 종교의 영역을 벗어난다는 의미로군요. 아직도 유령과 환각을 구분하지 못하는 우리는 한때 교회가 이번 사태를 주도적으로 해결해나가야 한다고 생각했습니다. 하지만 이제는 그렇지가 않아요. 이것은 귀환자의 문제가 아닙니다. 살아 있는, 진짜 인간들의 문제라는 겁니다. 그들은 누가 뭐라 해도 물리적인 존재예요. 유령이 아니라는 말입니다. 우리는 그들을 만질 수 있고, 말을 건넬 수도 있습니다. 마찬가지로 그들 역시 우리를 만지고, 말을 걸 수 있어요."

그는 고개를 가로저으며 당당한 모습으로 의자에 몸을 기댔다.

이 모든 것이 어떤 거대한 계획의 일부라는 듯한 태도였다. "이제 이것은 과학의 영역으로 넘어왔어요."

목사의 아내는 더욱 꼿꼿하게 허리를 폈다.

"저건 선동에 지나지 않아." 그녀의 남편이 말했다.

"그러게요, 아주 작정을 한 모양이에요." 목사의 아내가 대답했다. "왜 저런 사람들을 텔레비전에 내보내는지 이해할 수가 없어요."

"여기에 대해서 목사님 생각은 어떠세요?" 진행자가 성직자를 향해 물었다. 그녀는 이제 한 손에 마이크, 또 한 손에는 파란색 메모지를 들고 방청석에 올라가 있었다. 그녀 옆에는 방금 아주 춥고 험한 나라를, 아주 오랫동안 여행하고 막 돌아온 듯한 옷차림의 덩치 큰 남자가 앉아 있었다.

"동의할 수 없습니다." 성직자가 차분한 목소리로 말했다.

"물질세계의 모든 것은 궁극적으로 영적인 세계에 그 뿌리를 두고 있습니다. 하나님이 주관하는 초자연적인 영역에 뿌리를 두고 물질세계가 자라나는 셈이지요. 그 눈부신 과학의 발전에도 불구하고, 그 많은 학문과 이론에도 불구하고, 그 현란한 첨단기술의 도약에도 불구하고 가장 큰 질문—우주는 어떻게 시작되었는가, 인류의 궁극적인 운명과 목적은 무엇인가—에 대해 과학은 여전히 아무런 답도 내놓지 못하고 있습니다."

"그럼 하나님은 이 문제에 대해서 뭐라고 얘기합니까?" 방청석에서 목사의 발언을 지지하는 박수가 터져 나올지 어떨지 확실하지 않았지만, 덩치 큰 남자가 큰 목소리로 선수를 쳤다. 그는 그 크고 두툼한 손으로 진행자의 손과 그 손에 들린 마이크를 한꺼번에 움켜쥐고는 연달아 질문을 퍼부었다. "빌어먹을 과학자들이 아무것도 모른다고 말씀하셨는데, 그럼 목사님이 아는 것은 무엇입니까?"

피터즈 목사는 한숨을 내쉬었다. 그러고는 손을 들어 관자놀이를 문지르며 중얼거렸다.

"아주 제 무덤을 파는군. 둘 다 마찬가지야."

"무슨 뜻이에요?" 그의 아내가 물었다.

그녀는 그리 오랫동안 대답을 기다릴 필요가 없었다.

텔레비전이 갑자기 아주 시끄럽고 소란스러워졌다. 덩치 큰 남자는 아예 진행자의 손에서 마이크를 빼앗아 들고 성직자와 과학자를 싸잡아 비난하고 나섰다. 그들이 부질없는 약속만 되풀이할 뿐 정작 하는 일은 하나도 없다는 요지였다. "정말로 중요한 문제에 봉착하면 두 사람 다 아무 필요도 없다는 말입니다."

청중석에서 요란한 박수와 환호가 터져 나왔다. 이에 힘입은 덩치 큰 남자는 이제 곧 모든 정상인들이 귀환자의 바다에 빠져 죽을 판이 되었음에도 불구하고 과학자도, 교회도, 정부도, 그 누구도 아무런 답을 내놓지 못하고 있다고 장광설을 늘어놓았다. "죽은 자들이 우리를 하나하나 무덤으로 끌고 가는데, 그들은 가만히 앉아서 참을성 있게 기다리라는 소리만 되풀이하고 있습니다!"

"꺼버려." 피터즈 목사가 말했다.

"왜요?" 그의 아내가 물었다.

"그럼 그냥 놔두던지." 목사는 자리에서 일어섰다.

"난 서재로 가야겠어. 설교문 쓸 게 있어서."

"다 썼잖아요."

"써도 써도 끝이 없는 게 설교문이야."

"제가 도와 드릴게요."

목사의 아내는 텔레비전을 끄며 말했다. "이딴 거 보고 있으면 뭐 해요. 차라리 당신을 돕는 게 낫지." 목사는 자신의 커피를 집어 들고 잔을 놓았던 자리를 닦았다. 그러고는 여느 때처럼 아주 느리고 정확한 동작으로 천천히 거구를 움직였다. 그의 아내도 남편을 따라 일어서며 남은 커피를 마저 마셨다.

"저 방송을 보니 사람들에게 거짓 예언자를 따라 방황해서는 안 된다는 내용을 당신 설교문에 넣어야겠다는 생각이 들어요."

목사는 긍정인지 부정인지 모를 신음으로 대답을 대신했다.

"이게 우연히 일어나는 사건이 아니라는 것을 모든 사람들이 알아야 한다고 생각해요. 이게 원대한 계획의 일부라는 것을 알아야죠. 사람들은 우리의 삶에 대한 하나님의 계획이 있다는 것을 알아야 해요."

"사람들이 그 계획이 뭐냐고 물으면 어떻게 하지?"

목사가 아내를 돌아보지도 않고 되물었다. 그러고는 조용히 주방으로 들어갔다. 그의 아내가 그 뒤를 따랐다.

"사실대로 얘기하면 되잖아요. 나도 모른다고. 하지만 그런 계획이 존재하는 것은 분명하잖아요. 그게 중요하죠. 사람들한테 필요한 것도 그거고요."

"사람들은 기다리는 데 지쳤어. 목사든, 성직자든, 주술사든, 뭐라고 부르건 간에 이른바 종교 지도자라는 모든 사람들이 안고 있는 문제가 바로 그거야. 다들 계획이 있다고는 말하지만 그 계획이 뭔지에 대해서는 아무도 말해주는 사람이 없으니 지치는 것도 무리가 아니지."

그제야 목사는 돌아서서 아내를 바라보았다. 갑자기 그녀가 평소보다 더 작아 보였고, 인생 전체가 실패로 가득한 사람처럼 보였다. '이런 모습은 앞으로도 영원히 변하지 않을 거야.' 목사는 문득 그런 생각이 들었다. 그러자 꼬리를 물고 이어지던 연상작용이 뚝 끊어졌고, 갑자기 아무 할 말이 생각나지 않아 그냥 가만히 서 있기만 했다.

그의 아내 역시 말없이 서 있었다. 이번 사태가 시작된 이후로 그녀의 남편은 예전과 달라졌다. 요즘 들어 두 사람 사이를 뭔가가 가로막고 있는 느낌이었다. 그것이 무엇인지에 대해서, 그는 절대 입을 열지 않을 것이다. 설교 때도 절대 그 부분에 대해서는 언급하지 않을 것이다.

"시작해야겠어."

목사는 그렇게 말하며 주방에서 나가려는 자세를 취했다. 아내가 그 앞을 가로막았다. 커다란 산 앞에 꽃 한 송이가 버틴 형국이었다. 산은 언제나 그랬듯이 그녀 앞에서 멈췄다.

"아직도 저를 사랑해요?"

그녀가 물었다.

목사는 아내의 손을 마주 잡았다. 그러고는 허리를 숙여 가볍게 그녀에게 키스했다. 두 손으로 그녀의 얼굴을 감싸더니 엄지로 그녀의 입술을 한 번 문지른 다음, 또 키스를 했다. 길고 짙은 키스였다.

"물론이지."

목사가 부드러운 목소리로 말했다. 그것은 사실이었다.

이어서 목사는 조심스럽게, 그리고 다정하게, 아내를 번쩍 안아 옆으로 내려놓았다.

오늘따라 해럴드는 유난히 기분이 좋지 않았다. 너무 더워서 죽는 것 말고는 할 수 있는 일이 없을 듯했다. 요즘 죽음의 가치가 어떤지는 모르겠지만.

그는 두 발을 몸통으로 바짝 끌어당긴 채 침상에 앉아 불을 붙이지 않은 담배를 입에 물고 있었다. 그의 이마에 고르게 땀방울이 맺혀 있었다. 복도에서 환풍기가 돌아가고 있기는 했지만 이따금 종잇조각이 바스락거릴 정도의 공기가 간신히 통하고 있을 뿐이었다.

이제 곧 제이콥이 화장실에서 돌아올 것이고, 그러면 해럴드도 화장실에 갈 수 있을 것이다. 요즘은 잠시도 침상을 비울 수가 없었다. 잘 곳이 없는 사람들이 너무 많다 보니 누군가가 잠시라도 침상을 비우면 그날로 바깥에서 별을 보며 잠을 청하는 신세가 되기 일쑤였다.

개인 소지품은 몸에 지닐 수 있는 물건들밖에 남아나지 않았다. 해럴드는 그나마 면회를 오고, 갈아입을 옷을 가져다주고, 배가 고프면 먹을 음식을 가져다줄 아내가 있으니 운이 좋은 편이었지만, 그나마 최근 들어서는 시들해졌다. 군인들이 예전처럼 쉽게 면회를 허락하지 않기 때문이었다. “사람들이 너무 많아서.” 그게 그들이 내세우는 이유였다.

귀환자든 정상인이든, 숫자를 세기가 버거울 판국이었다. 무엇보다도 그들은 엉뚱한 사람들이 학교 안으로 들어와 폭동을 일으킬까 봐 걱정했다. 실제로 유타에서 이미 그런 사건이 벌어진 적이 있었다. 지금도 그들은 사막에 구덩이를 파고 총을 든 채 요구조건을 내세우고 있었다.

하지만 정부는 아직도 그 사람들을 어떻게 처리해야 할지 갈피를 잡지 못했다. 그래서 소규모 저항 세력이 거사를 일으킬 엄두를 내지 못하도록 군인들의 수를 보강한 채 사람들을 가둬두고 있었다. 그런 대치 상태가 일주일째로 접어들었지만, 언론의 감시와 로체스터 사건의 교훈이 군인들의 행동을 제어하고 있었다.

그래서 총을 가진 사람들이 먹을 것을 가져다주었고, 반란군—그 지도자들은 하나같이 정상인이었다—은 귀환자에게 자유와 인권을 보장하라는 구호를 외치며 은신처에서 나와 군인들이 가져다주는 음식을 받아갔다. 그다음에는 또다시 바리케이드 뒤에서 그들 자신, 그리고 상황이 만들어낸 일상으로 돌아가는 식이었다.

하지만 로체스터 사건, 그리고 독일 군인들과 그 유대인 가족의 죽음을 고려하면 아카디아는 모든 것이 순조롭게 흘러가고 있는 편임에도 불구하고, 사무국은 조금의 허점도 용납하지 않으려 들었다. 그래서 보안 등급은 점점 높아지고, 통제는 점점 심해졌으며, 덕분에 루실도 이제 일주일에 한 번밖에 남편과 아들을 보러 오지 못했다. 이렇게 많은 인원을 수용하도록 설계되지 않은 공간에 지나치게 많은 사람이 쑤셔 넣다 보니, 모든 사람들에게 보다 넓은 공간을 할당하기 위한 계획이 수립되고 있다는 소문이 돌았다. 그것은 곧 많은 사람이 어딘가 다른 곳으로 옮겨 가야 한다는 의미였는데, 해럴드에게는 너무나 심란한 소문이 아닐 수 없었다.

아카디아에 물이 부족해지기 시작했다. 아직 완전히 고갈된 것은 아니지만, 그래도 부족한 것은 사실이었다. 물뿐만 아니라 모든 것이 배급제로 바뀌었다. 음식을 배급제로 분배하는 것도 딱하지만, 물을 배급한다는 것은 실로 가혹한 일이었다.

설마 목이 말라서 죽는 사람은 아직 없겠지만, 사나흘에 한 번 샤워를 할 수 있으면 정말 운이 좋은 축에 들었다. 덕분에 사람들은 옷을 최대한 깨끗하게 입어야 한다는 교훈을 터득했다.

처음에는 그 모든 것이 사소한 문제로 보였고, 심지어 조금은 재미있게 느껴지기까지 했다. 다들 미소 띤 얼굴로 새끼손가락을 치켜들고 종이 냅킨을 무릎에 깔거나 셔츠 옷깃에 끼운 채 음식을 먹었다. 뭔가를 엎지르기라도 하면 무슨 큰일이라도 났다는 듯이 너스레를 떨며 재빨리 닦아내곤 했다. 모두들 상황이 더 악화될까 봐 걱정했고, 그것이 자신의 본질이나 정체성까지 바꿔 놓지나 않을까 걱정스러워했다.

처음에는 다들 최소한의 존엄성을 지켰다. 힘든 상황은 어느 날 갑자기 거짓말처럼 끝날 것이고, 그러면 그들은 그날 당장 집으로 돌아가 편안하게 소파에 앉은 채 좋아하는 텔레비전 프로그램을 볼 수 있을 것이라고 생각했다.

하지만 한 주가 한 달로 바뀌어도—지금은 그보다 더 오랜 시간이 흘렀지만—아직 집으로 돌아가 소파에서 텔레비전을 보는 사람은 아무도 없었다. 그렇게 첫 달이 지날 무렵, 먼저 들어온 고참들은 조만간 집으로 돌아가기가 어렵다는 사실, 상황은 오히려 하루가 다르게 악화되고 있다는 사실을 깨달았으며, 그럴수록 외모나 다른 사람의 시선 따위에는 점점 신경을 덜 쓰는 쪽으로 변해갔다.

사무국은 그 많은 사람들에게 음식과 식수를 공급하는 것도 버거운 나머지, 청소 따위에는 눈을 돌릴 여유가 없었다. 서관의 화장실이 지나치게 많은 사용자를 감당하다 못해 고장이 났지만, 그렇다고 화장실을 써야 하는 사람들의 욕구가 줄어드는 것은 아니었다. 고장 난 화장실이라도 쓸 수 있는 데까지는 최대한 써야 하는 형편이었다.

그렇지 않은 사람들도 있었다. 잠깐만 사람들의 눈을 피할 수 있으면 아무 데서나 소변과 대변을 해결하는 사람들이 나타났다. 더러는 굳이 사람들의 눈을 의식하지 않는 이들까지 있었다.

이런 상황이 이어지자 사람들은 점점 좌절의 늪으로 빠져들었다. 귀환자들은 본인의 의지와 무관하게 억류 생활을 해야 하는 것 자체는 별로 개의치 않았다. 그들의 삶은 사랑하는 사람의 곁으로 돌아가고 싶은 갈망, 세상으로 돌아가고 싶은 그리움으로 채워졌다. 그들 중에는 자신이 무엇을 원하는지, 어디로 가고 싶은지를 확실하게 알지 못하는 이들도 있었지만, 한 가지 분명한 것은 아카디아에서의 억류 생활이 그들의 소망과 전혀 무관하다는 사실이었다.

사방에서 귀환자들의 불만이 터져 나오기 시작했다. 인내심이 바닥을 드러내기 시작한 것이다. 누군가 주도면밀한 관찰자가 있다면, 그들의 눈에는 결국 사태가 어떻게 전개될지 뻔히 보였을 것이다.

지난 몇 주 동안 매일 아침 다섯 시만 조금 지나면 어김없이 아카디아 사람 대여섯 명에게 프레드 그린의 전화가 걸려오곤 했다. 인사치레도, 시시껄렁한 잡담도, 이른 아침부터 전화를 해서 미안하다는 사과도 없이, 다짜고짜 프레드의 쉰 목소리가 수화기에서 흘러나왔다. "한 시간 안으로 모여! 하루 종일 먹을 것을 가져와! 아카디아는 우리를 필요로 하고 있어!"

시위가 시작되고 처음 며칠 동안만 해도 프레드 일행은 군인들, 그리고 귀환자들을 실은 버스가 들어오는 정문에서 일정한 거리를 유지했다. 처음에는 누구를 상대로 화를 내야 할지조차 분명하지 않았다. 정부? 아니면 귀환자?

물론 귀환자가 끔찍하고 부자연스러운 존재인 것은 틀림없지만, 그것은 정부도 마찬가지 아닌가? 엄밀히 말해서 아카디아를 점령한 것은 정부였다. 군인들, 정장 차림의 요원들, 건축업자들, 그 밖의 모든 사람들을 아카디아로 끌어들인 것은 정부였다.

시위는 쉬운 일이 아니었다. 생각보다 훨씬 힘들었다. 에너지는 고갈되고 하루 종일 목이 아팠다. 하지만 귀환자를 실은 버스가 덜컹거리며 학교를 향해 다가오기만 하면 없던 기운도 새로 솟아났다. 불끈 쥔 주먹과 함께 구호가 적힌 종이를 힘껏 흔들어대면, 피곤한 목청이 언제 그랬느냐는 듯 높아졌다.

버스가 다가오면 구호를 외치기 시작했다. 하나같이 대단한 반체제 인사라도 된 것 같았다. "돌아가라!" 그들은 한 목소리로 외쳤다. "누구도 당신들을 환영하지 않는다! 아카디아를 떠나라!"

날이 갈수록 프레드 일행은 멀리서 소리만 지르기가 지겨워졌다.

그래서 버스가 들어오는 통로로 접근했다. 하지만 그래도 최대한 신중을 기해야 한다는 것은 잊지 않았다. 그들이 하고자 하는 것은 표현의 자유를 실행에 옮기고, 사태가 걷잡을 수 없이 악화되는 와중에도 여전히 자기네처럼 좋은 사람들이 있다는 사실을 세상에 알리는 일이었다. 결코 달려오는 버스에 받혀 순교자가 되는 것이 아니었다.

그래서 그들은 버스가 수용소 안으로 들어가기 위한 절차를 밟느라 정문 앞에 멈출 때까지 나름대로 자제력을 발휘했다. 버스가 완전히 멈춘 다음에야 빠른 걸음으로 다가가며 성난 목소리로 구호를 외치고 주먹을 흔들었다. 심지어 누군가는 돌멩이를 집어 버스를 향해 던지기까지 했지만, 그때도 돌에 맞아 다치는 사람이 생기지 않도록 주의를 기울였다.

하지만 날이 갈수록 그들은 조금씩 대담해졌다.

둘째 주가 되자 초소에서 프레드 일행을 감시하던 군인의 숫자가 한 명에서 네 명으로 불어났다. 그들은 무기를 등 뒤에 숨긴 채 표정 없는 얼굴로 시위자들을 바라보기만 할 뿐, 그들을 도발할 만한 어떤 행동도 하지 않았다.

귀환자를 태운 버스가 도착하면 군인들은 초소에서 나와 시위자들 앞을 한 줄로 막아섰다.

프레드 그린을 포함한 시위자들은 군인들의 권위를 존중했다. 그래서 군인들 뒤에서 구호를 외치고 욕을 퍼부을지언정 어떤 형태로든 그들을 위협하는 행동은 하지 않았다. 말하자면 잘 절제된 시민 불복종 운동인 셈이었다.

프레드 그린이 마빈의 집에 도착한 것은 여섯 시—돌아보면 그날은 상당히 의미 있는 하루로 기록될 것이다—가 조금 지났을 무렵, 해가 다 뜨기도 전이었다. "또 시작해 보자고." 존 왓킨스가 말했다. 그는 자신의 트럭에 앉아 열어 놓은 문 사이로 한쪽 다리를 내민 자세였다. 트럭의 라디오에서 음질이 그리 좋지 못한 노랫소리가 흘러나왔다. 좋은 전처는 없다는 내용의 노래였다.

"몇 대나 들어왔어?" 프레드가 딱딱하고 날카로운 목소리로 물었다. 막 피켓을 들고 트럭에서 내리는 참이었다. 그는 하루를 시작하는 심기가 그리 편치 않았다. 간밤에 잠을 제대로 자지 못했다. 그는 정체가 분명하지 않은 이 불편한 심기를 다스리는 데는 매사에 성난 모습을 유지하는 것이 최선이라고 생각하는 부류의 남자였다.

"무슨 일 있어?" 존이 물었다. "기분이 별로 좋지 않아 보여."

"난 괜찮아." 프레드가 말했다. 그러고는 굳은 얼굴로 이마의 땀을 닦았다. 언제부터 땀이 나기 시작했는지 기억이 나지 않았다. "지금까지 버스가 몇 대나 들어왔지?"

"아직 한 대도 안 들어왔어." 마빈 파커가 프레드 뒤로 다가오며 대답했다. 프레드가 상기된 얼굴로 재빨리 그를 돌아보았다.

"프레드, 왜 그래?" 마빈이 물었다.

"난 괜찮아." 프레드가 내뱉었다.

"나도 물어봤어." 존이 말했다. "안색이 좀 이상하지 않아?"

"빌어먹을!" 프레드가 소리쳤다. "어서 나가 보기나 하자고."

그들은 여느 때처럼 거리로 나섰다. 그들은 지금 나름의 시민 불복종 운동을 전개하는 중이었다. 프레드의 밭에는 잡초가 무성했고, 옥수수는 줄기가 썩어 들어가기 시작했다. 이미 몇 주째 밭일에 손을 대지 못한 탓이었다.

그런 것들은 이제 아무래도 상관없었다. 오랜 세월 동안 이어져온 그의 정상적인 삶은 흔적도 없이 사라졌고, 그는 그 모든 것을 불면의 밤들, 그리고 귀환자 탓으로 돌렸다.

이윽고 버스가 도착하기 시작했다. 버스가 한 대씩 지나갈 때마다 프레드는 "괴물들은 지옥으로 돌아가라!"라고 외쳤다. 다른 사람들은 모두 프레드의 지시에 따라 행동했다. 그는 오늘따라 평소보다 좀 더 과격했고, 따라서 전체적인 분위기도 조금씩 과열되기 시작했다. 그들은 더 큰소리로 고함을 지르며 과격하게 피켓을 흔들었고, 그들 가운데 상당수가 돌을 집어 던졌다.

결국 군인들은 왠지 분위기가 심상치 않다는 판단을 내리고 지원을 요청하기에 이르렀다. 군인들 중 한 명이 프레드를 비롯한 시위대를 향해 자제해줄 것을 요청했다.

"귀환자들을 지옥으로!" 프레드는 대답 대신 그렇게 외쳤다.

군인이 조금 더 엄한 목소리로 경고를 되풀이했다.

"사무국은 지옥으로!" 프레드가 외쳤다.

"마지막으로 경고합니다." 군인이 최루탄을 치켜들며 말했다.

"너도 지옥이나 가라!"

프레드는 그렇게 외치며 군인의 얼굴에 침을 뱉었고, 그것이 분위기를 더욱 악화시키는 데 결정타 역할을 했다.

마빈 파커가 수용소를 향해 다가오던 버스를 향해 돌진했다. 그것은 아마도 그가 지금까지 살아오면서 한 행동 가운데 가장 어리석은 짓이었겠지만, 그래도 그는 도로 한복판을 가로막고 서서 고함을 지르며 피켓을 흔들었다. 두 명의 군인이 마빈에게 달려들었다. 그러나 마빈은 나이에 비해 깜짝 놀랄 만큼 민첩하게 몸을 피했다. 혼란스러운 와중에 귀환자들을 태운 버스가 요란하게 멈춰 섰다.

프레드는 나머지 사람들—열 명이 넘었다—과 함께 버스로 달려가 주먹으로 차체를 두들기며 구호와 욕설을 외쳐댔다. 군인들은 그들을 떼어내기 위해 사력을 다했지만, 아직 차마 최루탄을 발사하거나 본격적으로 주먹다짐을 벌일 엄두는 내지 못했다. 프레드 일행이 몇 주 동안 보여준 행동이 특별히 폭력적이지는 않았던 탓이었다. 군인들은 이 사람들이 오늘따라 왜 이렇게 과격해졌는지 의아해하는 눈치였다.

다음 순간, 마빈 파커의 강력한 오른손 주먹이 한 군인의 턱에 명중하면서 군인은 그대로 의식을 잃고 쓰러졌다. 마빈은 체구가 호리호리한 편이었지만 젊었을 때 권투 선수로 활약한 적이 있어서 주먹의 강도가 보통 사람과 달랐다.

그다음부터 사태는 걷잡을 수 없는 국면으로 접어들었다.

누군가의 억센 팔이 프레드의 허리를 감싸는가 싶더니, 그의 두 발이 번쩍 들렸다. 프레드는 상대방을 떼어내려고 사력을 다했지만 역부족이었다. 미친 듯이 몸부림치던 그의 발이 누군가의 머리를 강타했다. 그제야 허리에 감겼던 팔이 풀리자, 프레드는 그를 공격했던 군인의 다리 위로 쓰러졌다.

누군가가 "파시스트!"라고 거듭 외쳐댔고, 소란은 더욱 악화되었다. 버스에 탄 귀환자들은 차창 밖으로 이 광경을 바라보며 상황을 어떻게 판단해야 좋을지 혼란스러워했다. 대부분의 귀환자들에게 이런 시위는 그리 생소한 광경이 아니었지만, 그렇다고 해서 마냥 마음이 편할 리는 없었다.

"걱정하지 말아요." 버스 기사가 귀환자들을 향해 말했다. "저 양반들이 몇 주 전부터 저 난리를 피우는데, 그렇게 위험한 정도는 아니니까."

어느 젊은 군인과 몸싸움을 벌이던 프레드의 허리를 또 다른 누군가가 낚아챘다. 마빈 파커의 다급한 목소리가 들려왔다. "프레드, 서둘러! 그만 여기서 빠져나가야 해!" 프레드 일행의 열정은 높이 살 만했지만 힘으로는 잘 훈련된—그리고 젊은—군인들의 상대가 되지 않았다.

프레드는 간신히 균형을 되찾고 달리기 시작했다. 온몸에 아드레날린이 샘솟는 느낌이었지만, 동시에 극심한 피로감이 밀려왔다. 역시 나이는 속일 수 없었고, 이런 종류의 몸싸움을 미리 계획했던 것도 아니었다. 결정된 것은 아무것도 없었다. 합의된 것도 없었다.

아무런 계획도 없이 눈 깜빡할 사이에 이런 일이 벌어지다 보니, 결말이 너무 싱거운 것 아닌가 하는 느낌마저 들었다.

마빈은 달아나면서 계속 웃음을 터뜨렸다. 확실히 그는 프레드만큼 피로나 좌절감에 사로잡히지는 않은 모습이었다. 그의 관자놀이에 땀이 비 오듯 흘러내렸지만, 그의 길고 여윈 얼굴에는 흥분이 가득했다. "와우!" 그가 소리쳤다. "빌어먹을, 제법 짜릿한데!"

프레드는 군인들이 쫓아오지 않나 하고 뒤를 돌아보았다. 쫓아오는 사람은 아무도 없었다. 프레드의 동료 두 명이 군인들에게 붙잡혀 아스팔트 위를 뒹굴며 몸싸움을 벌이고 있었다. 나머지는 모두 프레드와 함께 현장을 빠져나왔다. 그들 중 몇몇은 벌써 얼굴에 시퍼런 멍이 올라오기 시작했지만 심한 부상을 입은 사람은 없었다.

트럭을 세워놓은 곳으로 돌아온 그들은 각자 차에 올라타고 시동을 걸었다. 마빈은 프레드의 트럭에 올라탔다. 두 사람은 요란한 바퀴 소리와 함께 마빈의 집을 빠져나왔다.

"저 녀석들은 아마 우리에게 따끔한 맛을 보여주었다고 생각할 거야." 프레드가 후면경을 쳐다보며 말했다. 뒤를 쫓는 사람은 아무도 없었다.

마빈이 웃음을 터뜨렸다. "음, 그렇다면 우리를 잘못 안 거지, 안 그래? 우린 내일 또 올 거니까!"

"두고 보자고." 그렇게 중얼거리는 프레드의 머릿속이 분주하게 돌아가기 시작했다. "더 좋은 생각이 떠올랐어." 그가 말했다. "아마 자네도 마음에 들 거야. 우리 중에서는 자네가 제일 생생하니까."

"와우!" 마빈이 소리쳤다.

"울타리를 뚫고 들어가는 건 어때?" 프레드가 물었다.

해럴드는 발이 아팠다. 침상에 걸터앉은 채 신발과 양말을 벗고 발가락을 들여다보았다. 뭔가 평소와 달라 보였다. 특히 발가락 사이가 가렵고 냄새도 심했다. 아무래도 무좀이 아닌가 싶었다. 발가락을 문지르던 그는 손가락 하나를 발가락 사이에 집어넣고 벅벅 긁어대기 시작했다. 얼마나 긁었던지 살갗이 벗겨진 것처럼 화끈거리기 시작했다.

무좀이 틀림없었다.

"찰스?" 막 꿈에서 깨어난 옆 침상의 퍼트리샤가 그를 불렀다.

"예?" 해럴드가 대답했다. 양말을 도로 신기는 했지만, 신발은 신을 엄두가 나지 않았다.

"찰스, 당신이에요?"

"그래요." 해럴드는 그렇게 말하며 허리를 굽혀 그녀의 어깨를 두들겼다. "일어나세요." 그가 말했다. "꿈을 꿨나 보네요."

"아, 찰스." 그제야 몸을 일으키는 퍼트리샤의 얼굴에 한 줄기 눈물이 흘렀다. "너무 끔찍해요. 어떻게 이럴 수가. 모두 다 죽었어요."

"자, 자." 해럴드가 말했다. 그는 침상에서 일어나 그녀 옆에 앉았다. 꾀죄죄한 몰골의 꼬마 하나가 우연히 복도를 지나가다가 해럴드의 침상이 빈 것을 보고 슬그머니 다가왔다. "거긴 내 자리야." 해럴드가 말했다. "그 옆도 내 자리고."

"혼자서 두 개나 차지할 수는 없어요." 꼬마가 말했다.

"혼자가 아니야." 해럴드가 대답했다. "이 침상 세 개는 우리 가족 거니까. 그건 내 거고, 그 옆은 내 아들 거야."

소년은 미심쩍은 눈길로 해럴드와 흑인 할머니를 번갈아 쳐다보았다. "그럼 그 할머니가 부인이에요?"

"그래." 해럴드가 말했다.

소년은 쉽게 물러설 기미가 아니었다.

"찰스, 찰스, 찰스." 퍼트리샤가 해럴드의 허벅지를 두드리며 말했다. "내가 당신을 얼마나 사랑하는지 알죠? 물론 알 거예요. 마틴은 어디 갔어요?" 그녀는 문 앞에 서 있는 소년을 바라보았다.

"마틴, 어디 갔다 왔어? 이리 오너라, 아가. 한 번 안아 보자꾸나. 그렇게 오래 나가 있으면 어떡해. 와서 엄마한테 키스 한 번 해줘."

퍼트리샤의 느린 말투에는 억양이 전혀 들어가지 않아 더욱 이상하게 들렸다.

해럴드는 미소를 지으며 퍼트리샤의 손을 잡았다. 그녀가 지금 제정신인지 아닌지는 알 길이 없지만, 그것은 상관없었다.

"나 여기 있어, 여보." 해럴드는 그렇게 말하며 그녀의 손에 가볍게 입을 맞추었다. 그러고는 소년을 돌아보며 말했다. "이제 그만 가 봐. 이렇게 짐승처럼 갇혀 있다고 해서 짐승처럼 행동해야 하는 것은 아니잖아."

소년은 복도로 나가더니, 빈 침상을 찾아 또다시 좌우를 번갈아 살피며 걸음을 옮기기 시작했다.

해럴드가 혀를 끌끌 찼다.

"나 어땠어요?" 퍼트리샤가 웃으며 물었다.

해럴드는 그녀의 손을 꼭 쥐었다. "잘했어요."

그는 자기 침상으로 돌아왔다. 혹시 누가 몰래 들어와 제이콥의 침상을 차지하지 않나 하고 이따금 뒤를 돌아보았다.

"나한테 고마워할 필요는 없어요, 찰스."

해럴드는 미소를 지어 보이려고 애썼다.

"사탕 하나 줄까?" 퍼트리샤는 그렇게 물으며 갑자기 자신의 주머니를 두드렸다. "여기 뭐가 있나 좀 봐야겠어."

"신경 쓰지 마세요." 해럴드가 말했다. "없는 거 다 아니까."

"있을지도 몰라." 그녀는 그렇게 말했지만, 자기 생각이 틀렸다는 게 확인되자 실망감을 감추지 못했다. 주머니 속에는 먼지밖에 없었다.

해럴드는 침상에 앉은 채 기지개를 켜고 얼굴의 땀을 닦았다. 이렇게 지독한 8월은 정말 오랜만이었다. "있었던 적이 없잖아요."

퍼트리샤가 다가와 '끙' 하는 신음과 함께 해럴드 옆에 걸터앉았다.

"난 이제 또 마티가 되어야겠군." 해럴드가 중얼거렸다.

"삐지지 마. 시내에 나가면 꼭 사탕 사올 테니까. 하지만 그렇다고 이렇게 버릇없이 굴면 못쓴다. 네 아빠랑 내가 너를 이렇게 가르치진 않았잖아. 자꾸 이러면 가만 안 있을 거야."

해럴드는 요즘 들어 퍼트리샤가 새롭게 선보이기 시작한 치매 증세에 이미 익숙해져 있었다. 대개의 경우에는 제이콥이 마티 역할을 했다. 하지만 이따금 예고도 없이 그녀의 머릿속이 평소보다 좀 더 복잡하게 꼬이는 경우가 있었다. 그럴 때면 어쩔 수 없이 해럴드가 그녀의 아들 배역을 떠맡을 수밖에 없었는데, 짐작컨대 그 아이의 나이는 일곱 살 정도가 아닐까 싶었다.

특별히 해로울 것도 없고, 달리 선택의 여지도 없었다. 그래서 해럴드는 눈을 질끈 감고 퍼트리샤의 예절 강의를 그냥 내버려두었다.

사실 그는 조금 전부터 자꾸만 제이콥 생각이 나서 마음을 편하게 먹으려고 노력하는 중이었다. 화장실에 간다고 나간 제이콥이 벌써 한참이 지났는데 아직도 돌아오지 않은 탓이었다. 해럴드는 걱정할 일이 아니라고 스스로를 타일렀다. 걱정하지 않아도 되는 이유를 벌써 몇 가지나 떠올려 보았는지 모른다.

이를테면 제이콥이 화장실에 간 시간이 그의 생각만큼 오래되지 않았을 수도 있었다. 요즘 들어 시간을 가늠하기가 점점 더 어려워졌고, 손목시계를 차본 지도 워낙 오래되어서—굳이 손목시계가 필요한 경우가 별로 없었다—얼마나 시간이 지나야 지나치게 오래된 것인지는 순전히 자신의 본능에 판단을 맡길 수밖에 없었다.

그 사이에도 한계점은 빠른 속도로 다가왔다.

해럴드는 침상에 일어나 앉아 출입문을 노려보았다. 마치 그 문을 열심히 노려보면 볼수록 제이콥이 돌아오는 시간이 빨라지기라도 할 듯이. 한참 동안 정신을 집중해 문을 노려보았지만, 아이가 돌아올 기미는 보이지 않았다.

아버지 노릇을 접은 지 50년이 되었지만 그래도 아버지는 아버지였다. 이내 아버지가 생각할 수 있는 오만 가지 불길한 공상이 그를 괴롭히기 시작했다. 공상은 제이콥이 화장실—대부분 망가지기는 했지만 그래도 정 급하면 꼭 가야 하는 곳이기도 했다—에 갔다가 우연히 누군가와 이야기를 나누게 된 상황부터 시작되었다. 다음에는 제이콥이 화장실에서 나오다가 어느 군인의 눈에 뜨이는 시나리오로 이어졌다. 군인은 제이콥에게 자기를 따라오라고 지시했다. 제이콥은 반항했고, 군인은 아이의 허리를 안아 어깨에 둘러멨다. 아빠를 부르는 제이콥의 다급한 비명소리가 울려 퍼졌다.

"아니야." 해럴드는 혼자 중얼거렸다. 이어서 고개를 가로저으며 그럴 리가 없다고 스스로를 타일렀다. 어떻게 그럴 수가 있겠는가.

해럴드는 복도로 나가 좌우를 번갈아 보며 오가는 사람들을 살펴보았다. 어제보다 사람들이 더 늘어난 것 같았다. 방안에서는 스톤 부인이 깊이 잠들어 있었다. 해럴드는 빈 침상 두 개를 한 번 더 바라보았다.

만약 그가 잠깐이라도 나갔다 오면 언제 그 침상들이 사라질지 모르는 노릇이었다.

하지만 마음속에 자꾸만 제이콥이 군인들에게 끌려가는 모습이 어른거렸고, 결국 침상을 잃는 위험을 감수하기로 마음먹었다.

해럴드는 재빨리 복도로 나섰다. 그가 어느 방에서 나왔는지 사람들이 알아차리지 못했으면 좋겠다는 생각이었다. 그는 연신 사람들과 부딪혀 가며 부지런히 걸음을 옮겼다. 인종의 다양성이 새삼 놀랍게 느껴졌다. 대부분은 미국인이었지만 출신 지역은 모두 제각각인 것 같았다. 그렇게 짧은 거리를 이동하면서 그처럼 많은 억양을 접한 적도 없지 싶었다.

해럴드는 화장실 근처에서 어떤 군인이 걸어가는 것을 발견했다. 군인은 허리를 꼿꼿하게 세운 채 뭔가 아주 심각한 일이라도 있는 사람처럼 똑바로 전방을 주시하며 걷고 있었다.

"이봐요!" 해럴드가 소리쳤다. "이봐요!"

군인—여드름투성이에, 빨강머리를 한 젊은이였다—은 해럴드의 목소리를 듣지 못했다. 해럴드는 얼른 다가가서 군인의 팔을 움켜잡았다.

"무슨 일입니까?" 군인이 조급한 목소리로 물었다. 군복의 이름표에 '스미스'라는 이름이 적혀 있었다.

"안녕하시오, 스미스." 해럴드는 밝으면서도 걱정스러운 목소리를 내려고 애쓰며 말했다. 지나치게 공격적인 태도를 취할 필요는 없다는 생각이었다. "미안합니다." 그가 말했다. "이렇게 붙잡으려고 한 건 아닌데 말이에요."

"제가 지금 회의가 있어서 좀 바쁩니다." 스미스가 말했다. "무엇을 도와 드릴까요?"

"내 아들을 찾고 있어요."

"지금 그런 분들이 한둘이 아닙니다." 스미스는 성가신 기색이 노골적으로 드러나는 목소리로 말했다. "헌병한테 얘기해 보세요. 도와줄 겁니다."

"빌어먹을, 자네가 좀 도와주면 안 되나?" 해럴드는 자세를 바로잡으며 쏘아붙였다. 스미스는 키가 크고 체구도 아주 당당했다. 모든 게 한창 좋을 나이였다.

스미스는 눈을 가늘게 뜨고 노인을 아래위로 훑어보았다.

"아들을 찾는 데 도움이 필요해서 그래." 해럴드가 말했다. "화장실에 간다고 나간 지가 한참 지났는데 아직도—"

"화장실에 없습니까?"

"음." 해럴드는 잠시 생각을 해보았다. 이렇게 멍청한 짓을 해본 것도 참 오랜만이다 싶었다.

"아직 거기까지 안 가봤어." 이윽고 해럴드가 대답했다.

스미스는 한심하다는 듯이 한숨을 내쉬었다.

"가서 자네 볼일 보게." 해럴드가 말했다. "아들은 내가 찾아볼 테니."

스미스는 행여 해럴드의 마음이 바뀔 틈을 주지 않겠다는 듯 재빨리 돌아서서 사람들 사이를 헤치고 모습을 감추었다.

"나쁜 자식."

해럴드는 혼자 중얼거렸다. 스미스가 잘못한 게 없다는 건 알지만, 욕이라도 한마디 내뱉어야 기분이 나아질 것 같았다.

해럴드가 막 화장실 앞에 도착했을 때, 제이콥이 안에서 걸어 나왔다. 옷과 머리칼이 약간 헝클어졌고, 얼굴은 빨갛게 상기된 모습이었다. "제이콥, 무슨 일이야?" 해럴드가 물었다.

제이콥의 눈이 휘둥그레졌다. 그러고는 재빨리 셔츠 자락을 바지 속에 넣고 머리칼을 매만졌다.

"아무 일도 아니에요." 제이콥이 대답했다.

해럴드는 쪼그리고 앉아 제이콥의 턱을 치켜들고는 얼굴을 자세히 들여다보았다.

"싸웠구나." 해럴드가 말했다.

"걔들이 먼저 시작했어요."

"누가?"

제이콥은 어깨를 슬쩍 들었다 놓았다.

"아직 안에 있어?" 해럴드가 화장실 쪽을 바라보며 물었다.

"아뇨." 제이콥이 대답했다. "갔어요."

해럴드는 한숨을 내쉬었다. "어떻게 된 건데?"

"우리가 독방을 차지하고 있어서 그래요."

해럴드는 일어나서 주위를 둘러보았다. 어떤 녀석들인지 눈에 뜨이기만 해봐라 하는 심정이었다. 제이콥을 지켜주지 못한 자기 자신에게 화가 났지만, 다른 한편으로 제이콥이 싸움을 했다는 사실 자체가 왠지 뿌듯하게 느껴지기도 했다. (제이콥이 막 일곱 살이 되었을 무렵에 애덤스네 아들과 주먹다짐을 벌인 적이 있었다. 그때는 해럴드가 현장에 있었다. 싸움을 뜯어말린 것도 그였다. 지금까지도 그는 그때 제이콥이 싸움에서 이긴 것 때문에 약간의 죄책감을 가지고 있었다.)

"제가 이겼어요." 제이콥이 싱긋 웃으며 말했다.

해럴드는 제이콥에게 미소를 들키지 않으려고 얼른 돌아섰다.

"가자." 해럴드가 말했다. "오늘 모험은 이 정도로 충분해."

그들이 미술실로 돌아왔을 때, 다행히 침상은 그대로 있었다. 할머니는 여전히 자기 침상에서 잠들어 있었다.

"오늘 엄마 오세요?"

"아니." 해럴드가 대답했다.

"내일은요?"

"아마 안 오실 걸."

"그럼 모레는요?"

"모레는 오시겠지."

"이틀 남았네요?"

"그래."

"좋아요." 제이콥은 그렇게 말하며 침상 위에 일어서서는 주머니에서 조그만 몽당연필을 하나 꺼내더니 벽에다 눈금을 두 개 그려 넣었다.

"엄마한테 가져오라고 부탁할 거라도 있어?"

"먹을 거 말씀이세요?"

"뭐든."

아이는 잠시 생각을 해보았다.

"연필이 한 자루 더 있으면 좋겠어요. 종이도요."

"좋아, 그 정도는 가져올 수 있겠지. 그림 그리려고?"

"수수께끼를 좀 만들어 보려고요."

"뭐?"

"내가 아는 건 딴 사람들도 다 안대요."

"아, 저런—" 해럴드는 가볍게 한숨을 내쉬었다.

"—그건 누구나 다 그래."

"뭐 새로 가르쳐줄 거 없으세요?"

해럴드는 고개를 가로저었다. 제이콥은 벌써 여덟 번째 똑같은 질문을 했고, 해럴드는 여덟 번째로 고개를 가로저었다.

"마티?" 퍼트리샤 할머니가 또 꿈을 꾸는 모양이었다.

"저 할머니는 왜 자꾸 저러세요?"

제이콥이 퍼트리샤를 쳐다보며 물었다.

"정신이 좀 혼란스러운 거야. 나이 들면 가끔 그럴 때가 있단다."

제이콥은 퍼트리샤에 이어 해럴드를, 다시 퍼트리샤를 번갈아 쳐다보았다.

"나는 저렇게 안 될 테니 걱정하지 않아도 돼."

제이콥이 듣고 싶은 이야기가 바로 그거였다. 그는 침상 가장자리로 내려가 다리를 밑으로 늘어뜨렸다. 발이 바닥에 닿을락 말락 했다. 그러고는 허리를 쭉 펴고 사람들이 분주하게 오가는 복도 쪽을 물끄러미 바라보았다.

요즘 들어 벨러미 요원은 자신이 처한 상황에 대해 자꾸만 회의가 일었다. 그 상황이라는 게 정확히 어떤 것인지도 잘 판단이 서지 않았다. 냉방 장치도, 산들바람도 없이 너무 좁은 공간에 너무 많은 사람들이 들어차 악취만 가득한 찜통 같은 학교 건물 안에서 해럴드와 인터뷰를 하는 경우도 점점 줄어들었다.

그래서 요즘 그들은 8월의 찌는 듯한 열기에도 불구하고 말굽 던지기를 하며 인터뷰를 진행했다. 어차피 냉방 장치도, 산들바람도 없기는 마찬가지였다. 습기가 마치 주먹으로 폐를 움켜쥐는 듯한 기분이었다.

진전.

하지만 벨러미 요원은 변하고 있었다. 해럴드도 그것을 느끼고 있었다. 벨러미 요원의 얼굴에는 수염이 거뭇거뭇 자라기 시작했고, 충혈된 눈동자는 조금 전까지 어디서 울다가 온 사람처럼, 아니 적어도 아주 오랫동안 잠을 자지 못한 사람처럼 피곤해 보였다. 그러나 해럴드는 상대가 누구든 그런 것에 대해 대놓고 질문을 던지는 성격이 아니었다.

"요즘 제이콥하고는 어떻게 지내십니까?" 벨러미 요원이 물었다. 질문의 물음표 부근에 '끙' 하는 신음이 매달리며 그의 팔이 원을 그리듯 말굽을 던졌다. 허공을 날아간 말굽은 '쿵' 소리와 함께 땅바닥에 떨어졌고, 표적을 한참 빗나가 점수를 얻지 못했다.

그곳은 말굽 던지기를 하기에 그리 불편한 장소는 아니었다. 사무국이 학교 건물 뒤쪽에 새로 들어오는 귀환자들을 위해 만들어놓은 통로 사이의 공터였다.

수용소가 학교 울타리를 벗어나 마을 전체를 향해 뻗어가고 있음에도 불구하고 인구 밀도는 오히려 더 높아졌다. 사람들이 겨우 생활의 리듬을 찾을 만하면, 혹은 시내의 새로운 장소—잔디밭에 친 천막일 수도 있었고, 운이 좋으면 사무국이 징발한 시내의 일반 주택일 수도 있었다—에 어느 정도 적응을 할 만하면 더 많은 사람들이 밀려들었다. 공간은 점점 더 좁아졌다. 상황은 더욱더 복잡해졌다.

한 주 전만 해도 어느 군인이 귀환자를 상대로 싸움을 벌인 사건이 터졌다. 그것이 무엇 때문에 벌어진 싸움인지 정확하게 아는 사람은 아무도 없었지만—대체로 뭔가 아주 사소한 일 때문이라는 의견이 지배적이었다—그 결과 군인은 코피가 터지고 귀환자는 한쪽 눈두덩에 퍼렇게 멍이 들었다. 더러는 이 사건이야말로 전초전에 불과하다고 확신하는 사람들도 있었다.

그러나 해럴드와 벨러미 요원은 그런 분위기에 휩쓸리지 않았다. 그저 주위에서 일어나는 사건들을 바라보기만 할 뿐 직접 끼어들지 않으려고 노력했다. 말굽 던지기가 이에 도움이 되었다.

그들은 종종 단 둘이서 그 게임에 몰두했다. 그런 그들 옆을, 짜증과 두려움이 뒤섞인 표정의 귀환자와 정상인들이 줄지어 지나가는 경우도 많았다.

"우린 잘 지내고 있어." 해럴드가 대답했다. 그러고는 담배를 한 모금 피우며 두 발을 고정시키고 목표물을 겨냥했다. 말굽은 '딸까닥' 소리를 내며 정확하게 쇠말뚝에 걸렸다.

그들의 머리 위로, 맑고 푸른 하늘에 눈부신 햇살이 작렬했다. 풍경 자체는 더없이 아름다워서, 해럴드는 이따금 자신과 벨러미 요원이 한가롭게 여름날 오후를 즐기는 친구 사이일 뿐이라는 착각을 굳이 뿌리치지 않았다. 그러다가 바람의 방향이 바뀌어 수용소의 악취가 밀려오면, 그제야 자신이 처한 상황이, 아니 이 세상이 처한 상황이 얼마나 암울한지 새삼 실감이 나곤 했다.

벨러미 요원이 말굽을 던질 차례였다. 그의 시도는 또 빗나갔고, 이번에도 점수를 얻지 못했다. 그가 넥타이를 풀어헤칠 무렵, 접수처에서 학교 본관으로 이동하는 귀환자 한 무리가 그들 옆을 지나갔다. 행렬이 지나가자, 벨러미 요원이 말했다. "저기서 벌어지는 일들 중에는 아마 좀처럼 믿기지 않는 일들도 있을 겁니다."

"난 여기서 벌어지는 일들이 하나도 믿어지지 않아." 해럴드가 말했다. "텔레비전이라도 보게 해주면 바깥에서 무슨 일들이 벌어지고 있는지 이해하는 데 조금은 도움이 될 텐데." 해럴드는 담배 연기를 길게 내뿜었다. "뜬소문을 귀동냥이나 하면서 인생을 허비하면 세상 물정을 알 수가 없는 법이거든." 해럴드가 그렇게 말하며 던진 말굽은 이번에도 정확하게 말뚝에 걸렸다.

"저한테는 그런 권한이 없어요." 벨러미 요원이 특유의 뉴욕 말투로 대답했다. 두 사람은 함께 말뚝으로 걸어가 말굽을 주웠다. 해럴드가 7점을 앞선 상태였다. "그런 건 대령 소관이니까요." 벨러미 요원이 말했다. "솔직히 말씀드려서 그게 정말로 그의 소관이라고 장담하지도 못하겠어요. 수용소에 텔레비전이나 신문을 넣어줄 것인지 말 것인지는 워싱턴의 공직자들이 결정하는 문제일 테니까요. 아무튼 저하고는 아무런 상관도 없는 문젭니다. 저 정도의 월급을 받는 사람이 결정할 일이 아니지요."

"음, 그것 참." 해럴드가 중얼거렸다. 말굽을 주워 원래 자리로 돌아온 그가 또 한 번 말굽을 던졌다. 이번에도 명중이었다.

"그것 참 편리하지 않나? 다음에는 틀림없이 그건 정치인들 잘못도 아니라는 소리가 나올 거야. 다 미국 국민들 탓이지. 결국 공직자들을 그 자리에 앉힌 게 국민들이니까. 그런 결정을 내리라고 공직자를 그 자리에 앉힌 사람이 국민들 아닌가. 물론 자네하고는 아무런 상관도 없는 일이고, 안 그래? 자네는 훨씬 더 큰 기계의 일개 부품일 뿐이야."

"맞습니다." 벨러미 요원이 건성으로 대답했다. "뭐 그런 거지요."

그의 말굽이 이번에는 제대로 떨어졌다. 그는 짧은 기합 소리로 자신의 성공을 자축했다.

해럴드는 고개를 가로저었다.

"이래 가지고는 문제가 더 커질 뿐이야." 그가 말했다.

벨러미 요원은 대꾸를 하지 않았다.

"그 대령이라는 양반은 어떻게 지내나?"

"잘 지냅니다. 아주 잘 지내지요."

"정말 한심한 일이야. 그러니까 내 말은, 하마터면 정말로 한심한 일이 벌어질 뻔했다는 뜻일세." 해럴드가 말굽을 던졌다. 명중. 그의 점수가 또 올라갔다.

"그러게요." 벨러미 요원이 말했다. "그 뱀이 어떻게 그의 방으로 들어갔는지 아직도 모르겠어요." 그의 이번 시도는 실패했지만, 이번에는 웃음 때문에 빗나갔다고 위안해도 될 만했다.

한동안 두 사람은 말없이 게임에 몰두했다. 온 세상에 내리쬐는 햇볕이 그들만 피해갈 리는 없었다. 지금 아카디아에는 정상인보다 훨씬 많은 사람들이 북적거렸고, 따라서 벨러미 요원이 면담 혹은 상담을 해야 할 사람들도 차고 넘칠 지경이었다. 그럼에도 불구하고 벨러미 요원은 해럴드와의 만남을 한 번도 거르지 않았다. 제이콥과의 인터뷰는 이미 포기한 상태였다.

"그 여자 이야기나 좀 해봐."

한참 만에야 해럴드가 먼저 입을 열었다. 이번에 그가 던진 말굽은 많이 빗나가지는 않았지만 완벽하지도 않았다.

"좀 더 구체적으로 말씀을 하셔야 하지 않을까 싶습니다만."

"늙은 여자 말일세."

"그래도 조금 부족한데요." 벨러미 요원은 그렇게 말하며 말굽을 던졌지만, 이번에는 아주 얼토당토않게 빗나갔다. "세상에는 늙은 여자들이 아주 많거든요. 여기에 대해서 아주 놀라운 이론이 하나 나왔는데, 충분한 시간만 보장되면 모든 여자들은 늙은 여자가 된다는 내용이더군요. 정말 혁신적인 이론 아닙니까?"

해럴드는 미소를 지었다.

벨러미 요원은 다시 던진 말굽이 먼저보다 더 터무니없이 빗나가자 얕은 신음을 토해냈다. 그러고는 상대가 게임을 마무리할 기회도 주지 않고 말뚝으로 걸어가 말굽을 모으기 시작했다. 이윽고 그가 소매를 걷어붙였다. 그 뜨거운 열기와 습기에도 불구하고, 아직 그는 땀 한 방울 흘리지 않고 있었다.

잠시 그를 지켜보던 해럴드도 하는 수 없이 말굽을 주웠다.

"좋아요." 벨러미 요원이 말했다. "뭘 알고 싶으세요?"

"음, 자네한테도 한때 어머니가 있었다고 했잖아. 어머니 이야기를 좀 해봐."

"아주 좋은 여자였어요. 저는 어머니를 사랑했고요. 더 이상 무슨 이야기가 필요하지요?"

"아직 돌아오지 않았다고 했나?"

"맞습니다. 제 어머니는 아직 죽어 계세요."

벨러미 요원은 자신의 다리를 내려다보았다. 바지에 묻은 먼지를 털며 손에 쥔 묵직한 말굽들을 바라보았다. 말굽은 아주 더러웠다. 그의 손도 마찬가지였다. 그제야 그는 자신의 바지 한 군데만 먼지가 묻은 것이 아니라는 사실을 알아차렸다. 그의 바짓가랑이는 온통 먼지투성이였다. '왜 이걸 여태 모르고 있었지?'

"어머니는 아주 천천히 돌아가셨어요."

한참 후에 벨러미 요원이 덧붙였다.

해럴드는 말없이 담배를 피웠다. 또 한 무리의 귀환자들이 말굽 던지기를 하고 있는 두 남자 옆을 지나갔다. 귀환자들은 노인과 요원을 물끄러미 바라보았다.

"더 물어보실 게 있습니까?" 벨러미 요원이 말했다. 그러고는 허리를 꼿꼿하게 펴고—비록 옷은 엉망이 되었지만—잔뜩 팔에 힘을 준 채 말굽을 던졌다. 말굽은 또 한 번 터무니없이 빗나갔다.

존 해밀턴

존은 수갑이 채워진 채 위압적인 분위기의 두 군인 사이에 앉아 있었다. 사무실의 두 남자는 시종일관 논쟁을 벌였다.

고급스러운 정장 차림의 흑인—존은 그의 이름이 '벨러미'였다는 사실을 문득 기억해냈다—과 막 면담을 끝내는 찰라, 윌리스 대령이 방으로 들어와 함께 온 두 명의 건장한 군인들을 향해 즉시 존에게 수갑을 채우라고 명령했다. 이어서 그들은 마치 누군가가 수학 시험 시간에 부정행위를 하다가 붙잡힌 것처럼 무리 지어 대령의 사무실로 향했다.

"무슨 일입니까?" 존이 군인들 중 한 명을 향해 물었다. 그들은 정중하게 그의 질문을 외면했다.

대령의 사무실에서 나온 벨러미 요원이 가슴을 앞으로 쑥 내민 채 빠른 속도로 걸음을 옮겼다. "풀어줘." 그가 군인들을 향해 내뱉었다. 군인들은 서로를 마주 보았다. "어서." 벨러미 요원이 재촉했다.

"시키는 대로 해." 대령이 거들었다.

군인들이 존의 손목에 채워진 수갑을 풀자, 벨러미 요원은 그를 부축해 일으켜 세운 뒤 대령의 사무실에서 데리고 나왔다.

"우리가 서로의 입장을 이해해야 한다는 사실을 명심하시오."

그들이 모퉁이를 돌기 직전 대령이 던진 말이었다.

벨러미 요원은 소리 죽여 뭐라고 혼자 중얼거렸다.

"내가 뭘 잘못했습니까?" 존이 물었다.

"아닙니다. 그냥 따라오세요."

그들은 건물을 벗어나 햇볕 속으로 나왔다. 구름과 바람 아래 사람들이 개미처럼 분주히 오가고 있었다. "도대체 무슨 일입니까? 내가 뭘 잘못한 거지요?" 존이 다시 물었다.

이내 그들은 빨강머리와 주근깨투성이의 얼굴을 한, 키가 크고 호리호리한 군인 앞에 다다랐다. "안 됩니다!" 벨러미 요원과 존이 다가오는 것을 본 군인이 낮고 험악한 목소리로 쏘아붙였다.

"마지막이야." 벨러미 요원이 말했다.

"약속은 지킬 테니까 걱정할 것 없어, 해리스."

"약속이고 뭐고 필요 없어요." 해리스가 대답했다.

"언제까지 이럴 겁니까? 꼬리가 길면 밟힌다니까요."

"이미 밟혔어."

"뭐라고요?"

"이미 꼬리를 밟혔지만 증거가 없잖아. 그러니 이번이 진짜 마지막이야." 벨러미 요원은 존을 가리키며 말했다.

"도대체 무슨 소린지 물어봐도 되겠습니까?" 존이 끼어들었다.

"그냥 이 친구를 따라가세요." 벨러미 요원이 대답했다. "해리스가 당신을 여기서 내보내줄 겁니다." 벨러미 요원은 주머니에 손을 넣더니 두툼한 지폐뭉치를 꺼냈다. "이제 이것밖에 안 남았어, 해리스." 그가 말했다. "더 하고 싶어도 못한다고."

"젠장." 해리스가 투덜거렸다. 벨러미 요원의 부탁을 들어주고 싶지는 않지만 그렇다고 두툼한 돈다발의 유혹을 뿌리치고 싶지도 않은 표정이 역력했다. 그는 존을 슬쩍 돌아보았다. "정말 마지막입니까?"

"그렇다니까." 벨러미 요원은 그렇게 대답하며 돈다발을 해리스의 손에 쥐어 주었다. 그러고는 존의 어깨를 토닥이며 덧붙였다. "그냥 따라가세요." 그가 말했다. "시간만 좀 더 있었으면 어떻게든 해봤을 텐데 말입니다. 지금 내가 할 수 있는 일은 당신을 여기서 내보내는 것뿐이에요. 가능하면 켄터키로 가려고 노력해 보세요. 거기가 제일 안전하니까." 벨러미 요원은 그 말을 남기고 돌아섰고, 그의 어깨 위로 여름의 햇살이 저물기 시작했다.

"뭐가 어떻게 돌아가는 겁니까?" 존은 해리스를 향해 물었다.

"저 사람이 방금 당신의 생명을 구한 거겠지요." 해리스가 대답했다. "대령은 조만간 당신에게 제안이 들어올 거라고 생각하고 있습니다."

"제안이라니, 누가 무슨 제안을 한다는 말입니까?"

"적어도 이렇게 하면…" 해리스가 돈다발을 세며 말했다.

"아직 살아 있기는 하잖아요."

14

해럴드는 침상에 앉아 자신의 발을 내려다보며 울적한 기분에 사로잡혔다.

'망할 놈의 8월.'

'망할 놈의 기침.'

제이콥과 퍼트리샤는 각자 자신의 침상에서 잠들어 있었다. 제이콥의 이마는 땀방울이 맺혀 반들거리는 반면, 퍼트리샤는 그렇지 않았다. 그녀는 젖은 수건처럼 습기가 모든 것을 집어삼키는 와중에도 늘 춥다고 투덜거렸다.

침상 위의 창문으로 사람들이 뭐라고 떠들며 지나가는 소리가 들려왔다. 그중에는 군인들도 있었지만 대부분은 민간인이었다. 수용소는 이미 오래전부터 갇힌 사람들의 수가 지키는 사람들의 수를 훨씬 넘어섰다. 그가 보기에 지금 이 학교에는 수천 명에 달하는 사람들이 수용되어 있었다. 숫자를 파악하기조차 버거울 정도였다.

해럴드의 창문 바깥에서 두 사람이 낮은 목소리로 뭐라고 수군대는 소리가 들렸다. 해럴드는 숨을 멈추고 귀를 기울이다가 침상 위로 올라가 서면 좀 더 잘 들리지 않을까 하는 생각을 했다. 하지만 이내 그 생각을 포기했다. 침상이 그렇게까지 튼튼하지 않다는 것을 잘 아는 탓이었다. 그래서 그냥 앉은 채 더욱 귀를 곤두세웠지만, 그들의 소곤거리는 목소리에 커다란 좌절감이 배어 있다는 것 외에는 별 소득이 없었다.

해럴드는 침상 위에서 몸을 뒤척였다. 발을 바닥에 대고 가만히 뻗어 보았다. 그러고는 일어서서 창문을 올려다보며 말소리를 알아들어 보려고 기를 썼다. 하지만 복도에는 망할 놈의 환풍기가 말벌 떼처럼 윙윙거리며 돌아가고 있었다. 해럴드는 간질거리는 발을 신발 속에 밀어 넣고 방을 나서려 했다.

"무슨 일이에요?"

등 뒤에서 희미한 목소리가 들려왔다. 제이콥이었다.

"산책이나 좀 할까 하고." 해럴드가 부드러운 목소리로 말했다.

"넌 그냥 누워서 쉬어."

"저도 가면 안 돼요?"

"금방 돌아올 거야." 해럴드가 대답했다. "게다가 넌 저 할머니를 지켜 드려야지." 그는 고갯짓으로 퍼트리샤를 가리켰다.

"혼자 놔두면 안 돼. 너도 마찬가지고."

"어차피 아무것도 모르고 주무시잖아요." 제이콥이 말했다.

"그러다가 깨기라도 하면 어떡하려고?"

"저도 가면 안 돼요?" 제이콥이 떼를 썼다.

"안 돼." 해럴드가 대답했다. "넌 여기 있어."

"하지만 왜요?"

학교 바깥에서 육중한 차량이 달리는 소리, 군인들이 뭐라고 외치는 소리, 그들의 총이 달그락거리는 소리가 들렸다.

"마티?" 퍼트리샤가 허공에 손을 내저으며 잠에서 깨어났다.

"마티, 어디 있니? 마티?" 그녀가 소리쳤다.

제이콥은 그녀를 돌아보았다. 그러고는 다시 아버지를 바라보았다. 해럴드는 손으로 얼굴을 문지르며 입술을 핥았다. 주머니를 더듬어 보았지만 담배는 없었다. "좋아." 그가 잔기침을 하며 말했다.

"우리가 이 방에서 잠을 자는 것도 오늘이 마지막이겠군. 우리가 돌아올 무렵이면 노숙자 신세가 되어 있을 테니까."

"아, 찰스." 할머니가 말했다. 그녀는 벌써 일어나 앉아 얇은 재킷을 껴입고 있었다.

그들이 첫 번째 모퉁이를 돌기도 전에 한 무리의 사람들이 미술실로 들어와 그들의 침상을 차지했다.

해럴드와 제이콥, 그리고 스톤 부인이 남들처럼 좁은 천막에서 복닥거리는 대신 그나마 번듯한 미술실을 차지할 수 있었던 것은 벨러미 요원이 그들에게 베푼 최고의 특혜 가운데 하나였다. 벨러미 요원과 해럴드는 한 번도 그런 이야기를 나누지 않았지만, 해럴드는 그게 누구 덕분인지 모를 만큼 멍청하지는 않았다.

이제 그 편안한 미술실을 뒤로하고 미지의 세계로 들어서는 해럴드는 자꾸만 자신이 일종의 배신을 감행하고 있는 것 아닌가 하는 생각이 들었다.

하지만 이제는 어쩔 수 없는 노릇이었다.

바깥 공기도 습하고 탁하기는 마찬가지였다. 동쪽 하늘에 먼동이 트기 시작했다. 해럴드는 손목시계를 확인하고서야 벌써 아침이 되었다는 사실을 깨달았다. 뜬눈으로 밤을 지새운 셈이었다.

트럭 앞에서 군인들이 뭐라고 외치고 있었다. 제이콥이 얼른 다가와서 아버지의 손을 잡았다. 늙은 여인도 그를 향해 바짝 다가섰다.

"무슨 일이냐, 마티?"

"저도 몰라요." 해럴드가 말했다. 퍼트리샤는 해럴드의 허리를 붙잡았다. 그녀의 손이 가볍게 떨리고 있었다. "걱정하지 마세요." 해럴드가 말했다. "제가 잘 보살펴 드릴 테니까."

군인 한 명이 다가왔다. 첫새벽의 어슴푸레한 빛 속에서도 그가 얼마나 어린지 또렷이 보였다. 열여덟 살이 채 안 되어 보였다.

"이쪽으로 오십시오." 소년 군인이 말했다.

"왜? 무슨 일인데?"

해럴드는 폭동이 일어난 것은 아닌지 걱정스러웠다. 아카디아에는 지난 몇 주 전부터 심상치 않은 분위기가 감돌기 시작했다. 너무 많은 사람들을 본인의 의사와는 관계없이 너무 좁은 공간에 몰아넣은 결과였다. 귀환자들은 원래의 삶으로 돌아가고 싶어 했다. 정상인들은 귀환자들이 사람이 아니라 무슨 짐승 같은 대우를 받는 게 거슬렸다. 군인들에게는 지나치게 감당하기 벅찬 임무가 강요되었다. 해럴드가 보기에 이런 상황이 어느 순간 갑작스런 파국을 맞는다 해도 전혀 이상할 게 없을 듯했다.

모든 사람에게는 감당할 수 있는 한계가 있는 법이다.

"그냥 따라 오십시오." 군인이 말했다. "우리는 모든 사람을 이동시키고 있습니다."

"어디로 이동시킨다는 말인가?"

"더 푸른 초원으로요." 군인이 대답했다.

바로 그때, 학교로 이어지는 정문 쪽에서 누군가의 고함소리가 들려왔다. 해럴드는 그 목소리의 주인을 알 것 같다고 생각했다. 다들 소리 나는 쪽을 돌아보았다. 거리가 꽤 멀고 아직 주위가 어두컴컴함에도 불구하고, 해럴드는 정문 앞의 경비원 한 명과 가슴을 맞대다시피 한 채 옥신각신하는 사람이 프레드 그린이라는 사실을 알아챘다. 프레드는 미친 사람처럼 고함을 지르고 삿대질을 하며 모든 이들의 관심을 끌려는 듯이 보였다.

"저건 또 뭐야?" 해럴드와 함께 서 있던 군인이 말했다.

해럴드는 한숨을 내쉬었다. "프레드 그린이로군." 그가 말했다.

"무슨 문제가 생긴 것 같은데."

그의 말이 채 끝나기도 전에 학교 안쪽에서 한 무리의 사람들이 쏟아져 나오는 소리가 들렸다. 대략 스물다섯에서 서른 명 정도 되어 보이는 사람들이 고함을 지르며 달려 나왔고, 그중 일부는 앞을 가로막는 군인들을 거칠게 밀치기도 했다. 다들 기침을 해대며 비명을 지르고 있었다. 그러고 보니 짙은 흰색 연기가 문과 창문에서 뿜어 나오기 시작했다.

그들 뒤쪽, 그러니까 수많은 사람들이 한꺼번에 몰려 난장판이 된 건물 입구 쪽에서 자욱한 연기와 비명소리를 뚫고 누군가의 목소리가 들려왔다. “우리는 산 사람을 지지한다!”

“맙소사.” 해럴드가 중얼거렸다. 그는 얼른 정문 쪽을 돌아보았다. 군인들이 사태를 파악하기 위해 이리저리 뛰며 허둥거리는 모습이 보였다.

프레드 그린의 모습은 보이지 않았다.

아무리 생각해도 처음부터 그가 꾸민 일인 게 분명해 보였다.

갑자기 마빈 파커가 연기 속에서 뛰쳐나왔다. 작업용 부츠와 방독면, 그리고 ‘아카디아를 떠나라’라는 문구가 적힌 티셔츠를 입고 있었다. 매직 마커로 쓴 글씨가 아닐까 싶었다. 그는 학교의 출입문을 향해 조그만 초록색 깡통 같은 것을 집어던졌다. 잠시 후 깡통에서 ‘펑’ 소리가 나더니 하얀 연기가 뭉실뭉실 피어오르기 시작했다.

“우리는 산 사람을 지지한다!” 그는 다시 한 번 그렇게 외쳤는데, 방독면 때문에 목소리가 제대로 들리지 않았다.

“무슨 일이지?” 스톤 부인이 물었다.

“이쪽으로 오세요.”

해럴드는 그렇게 대답하며 그녀를 사람들 틈에서 끌어냈다.

좀 전에 그와 이야기를 나누던 젊은 군인은 이미 총을 치켜든 채 사람들을 향해 달려가며 다들 물러서라고 소리를 지르고 있었다.

군인 두 명이 마빈 파커를 덮쳤다. 노인에 대한 최소한의 존경심을 보여주던 평소의 태도는 찾아볼 수 없었다. 마빈은 있는 힘을 다해 저항하며 군인 한 명에게 주먹을 날리기도 했지만, 거기까지였다. 군인들이 다리를 공격하자 보기 좋게 땅바닥에 쓰러지며 고통스러운 신음을 토해냈다.

그러나 사태를 무마하기에는 이미 늦어 버렸다. 모든 사람들이 이성을 잃은 모습이었다. 그동안 귀환자들은 이 학교에서 너무 오래 억압을 받았다. 사랑하는 사람의 곁을 떠나 이렇게 갇혀 있는 것 자체가 견디기 힘든 고역이었다. 정상적인 인간이 아니라 귀환자로 대접받는 것 역시 그들의 불만을 고조시켰다.

돌멩이와 유리병처럼 생긴 것들이 날아다니기 시작했다. 해럴드는 교실에서 들고 나온 의자 하나가 새벽하늘에 반원을 그리며 날아가 한 군인의 머리에 명중하는 것을 멍하니 지켜보았다. 군인은 철모를 움켜쥐고 땅바닥으로 쓰러졌다.

"하나님 맙소사!" 스톤 부인이 비명을 질렀다.

그들 세 사람은 간신히 마당 반대편에 세워진 트럭 뒤에 몸을 숨겼다. 달려가는 동안 등 뒤에서는 고함소리와 욕하는 소리밖에 들리지 않았다. 해럴드는 당장이라도 총소리와 비명소리가 터져 나올 것만 같아 귀를 틀어막고 싶었다.

해럴드는 제이콥을 한쪽 팔로 번쩍 안아 들었다. 이어서 반대편 팔로는 스톤 부인을 바짝 끌어당겼다. 그녀는 "하나님 맙소사." 하는 소리만 되풀이하며 눈물을 흘렸다.

"어떻게 된 거예요?" 제이콥이 물었다.

아이의 뜨거운 숨결이 해럴드의 목덜미를 달궜다. 제이콥의 목소리는 잔뜩 겁에 질려 있었다.

"괜찮다." 해럴드가 말했다. "금방 끝날 거야. 사람들이 겁을 먹어서 그래. 두려움과 좌절감에 사로잡혀서." 눈알이 따끔거리고 목구멍도 간질거리기 시작했다.

"눈을 감고 숨을 참아." 해럴드가 말했다.

"왜요?" 제이콥이 물었다.

"그냥 하라는 대로 해라, 제이콥." 해럴드는 두려움을 숨기기 위해 잔뜩 화가 난 목소리로 대답했다. 어디 좀 더 안전한 데가 없을까 하고 주위를 둘러보았지만, 섣불리 움직이다가 군인들이 그들을 폭도로 오인할까 봐 걱정스러웠다. 그랬다, 이것은 폭동이었다. 여기서 이런 일이 벌어질 거라고는 상상도 못했다. 지나치게 많은 사람들이 부당한 처우에 시달리는 대도시에서나 이런 일이 벌어지는 줄 알았다.

최루탄 냄새는 점점 심해졌다. 그렇게 독한 냄새는 평생 처음이었다. 콧물이 줄줄 흐르고 잠시도 기침이 멎지 않았다. "아빠?" 제이콥이 더욱 겁먹은 목소리로 중얼거렸다.

"괜찮다." 해럴드가 말했다. "무서워할 것 없어. 다 괜찮아질 테니까." 그는 숨어 있던 트럭 옆으로 살짝 고개를 내밀어 보았다. 학교 건물 앞에서 하얀 연기가 자욱하게 피어올라 아침 하늘로 치솟았다. 그나마 사람들이 싸우는 소리는 조금씩 잦아들기 시작했다. 그 대신 사람들의 기침소리는 점점 요란해졌다. 이따금 연기 속에서 누군가가 흐느껴 우는 소리도 들렸다.

연기 속에서 앞이 보이지 않는 사람들이 팔을 휘저으며 비틀비틀 걸어 나왔다. 군인들은 연기가 닿지 않는 곳에 진을 치고 서서 소요 사태가 제풀에 가라앉는 모습을 지켜보았다.

"거의 끝나 간다." 해럴드가 말했다.

마빈 파커가 그의 시야에 들어왔다. 그는 방독면이 벗겨진 채 배를 땅바닥에 대고 엎드려 있었다.

그는 해럴드의 기억 속에 남아 있는 마빈 파커와는 전혀 다른 사람 같았다. 키가 크고 호리호리한 몸매, 눈 주위의 깊은 주름, 타는 듯이 붉은 머리칼은 여전했지만, 예전보다 훨씬 더 강인하고 냉혹해 보였다. "아직 끝나지 않았다!" 마빈 파커가 최루 가스 때문에 눈물을 줄줄 흘리면서도 굳은 표정으로 외치는 소리가 들렸다.

"하나님 맙소사." 스톤 부인이 또 한 번 그 소리를 되풀이하며 해럴드의 팔을 꽉 움켜잡았다. "사람들이 왜 저래?" 그녀가 물었다.

"괜찮아질 겁니다." 해럴드가 대답했다. "저만 믿으세요." 해럴드는 기억을 더듬어 자기가 알고 있는—혹은 안다고 생각했던—마빈 파커의 모습을 떠올렸다. 아무리 생각해도—마빈이 한때 권투 선수로 활동한 적이 있다는 사실을 제외하면—지금 그가 보여준 모습과는 거리가 너무 멀었다.

"프레드 그린은 어디로 간 거야?" 해럴드는 눈으로 주위를 훑으며 중얼거렸다. 어디서도 그의 모습은 보이지 않았다.

피터즈 목사의 아내는 일단 그가 서재에 틀어박히고 나면 좀처럼 그를 방해하는 일이 없었다. 그가 먼저 도움을 청하기 전에는 항상 멀찍이 거리를 두고 그가 설교문을 집필하는 데 전념할 수 있도록 충분한 시간을 주었다. 하지만 지금은 거의 초주검이 된 할머니가 찾아와 목사를 만나야 한다고 통사정을 하는 바람에 도저히 어쩔 수가 없었다.

목사의 아내는 루실의 손을 잡고 천천히 집안으로 안내했다. 루실도 그 조그만 체구의 여인에게 몸을 의지했다. "정말 친절하시네요." 루실은 이렇게까지 천천히 걸을 필요는 없다고 생각하면서도 겉으로는 그렇게 말했다. 그녀는 나머지 한 손으로 닳아빠진 가죽 성경을 들고 있었다. 책장은 너덜너덜했고, 책등도 망가졌다. 표지 역시 심하게 닳아 온통 얼룩투성이였다. 성경책 역시 그 주인만큼이나 피곤해 보였다.

"기도가 필요해요, 목사님."

루실이 말문을 열었다. 그녀가 이름을 기억하지 못하는 목사의 아내가 그녀를 서재에 안내하고 나간 다음이었다.

루실은 손수건으로 이마를 훔치며 성경책을 만지작거렸다. 마치 그것이 행운을 가져다주기라도 할 듯이.

"길을 잃은 기분이에요." 루실이 말했다. "의문만이 가득한 황무지에서 길을 잃고 헤매는 느낌이에요."

목사는 미소를 지었다. "아주 우아한 표현이로군요." 그는 그렇게 말하며 자신의 말투가 너무 가식적으로 들리지 않았으면 좋겠다는 생각을 했다.

"사실이 그런 걸 어떡해요." 루실이 말했다. 그러고는 손수건으로 눈꼬리를 닦아내고 코를 훌쩍거렸다. 금방이라도 눈물이 쏟아질 것 같은 표정이었다.

"무슨 일인데 그래요, 루실?"

"한두 가지가 아니에요." 루실이 대답했다. 목이 메어 목소리가 잘 나오지 않았다. 헛기침을 해야 했다.

"온 세상이 미쳐 돌아가는 것 같아요. 군인들이 들이닥쳐서 가만히 집에 있던 사람들을 죄수처럼 잡아 가요. 심지어는 문짝까지 망가뜨려 놓고 말이에요. 그걸 고치느라 한 시간이 걸렸어요, 목사님. 어떻게 그런 짓을 할 수가 있죠? 정말 말세예요, 목사님! 주님이 우리를 도우셔야 할 텐데."

"자, 루실 부인. 저는 한 번도 부인께서 말세를 들먹이는 것을 들어보지 못한 것 같은데요."

"저도 처음이에요. 하지만 주위를 한 번 둘러보세요. 어떤 일들이 벌어지고 있는지 살펴보세요. 정말 끔찍해요. 아무리 생각해도 지금 상황은 사탄을 비난한다고 해결될 일이 아닌 것 같아요. 사탄은 애당초 낙원에 들어오지 않았는지도 몰라요. 어쩌면 아담과 이브가 스스로 선악과를 따먹고는 사탄에게 비난의 화살을 돌렸을지도 모르죠. 지금까지 한 번도 그런 생각은 해볼 엄두조차 내지 못했어요. 하지만 지금 돌아가는 상황을 봐서는…"

루실은 말을 미처 끝내지 못했다.

"마실 것 좀 가져다 드릴까요, 루실 부인?"

"지금 같은 판국에 마실 게 대수예요?" 루실이 대답했다.

"음, 그래도 홍차 한 잔 정도는 괜찮을 것 같네요."

피터즈 목사는 큰소리로 손뼉을 쳤다.

"정말 듣고 싶었던 말씀입니다."

그가 차를 가지고 돌아왔을 때, 루실은 그 사이에 훨씬 차분해진 모습이었다. 이윽고 성경책을 의자 옆의 탁자에 내려놓았다. 두 손은 무릎 위에 내려놓았고, 눈의 붓기도 아까보다 많이 빠진 듯했다.

"여기 있습니다." 피터즈 목사가 말했다.

"고마워요." 루실은 차를 한 모금 마셨다.

"사모님은 좀 어떠세요? 상당히 피곤해 보이시던데."

"그냥 이래저래 걱정이 좀 많아서 그런 것뿐입니다."

"하긴 걱정거리가 많긴 하죠."

"말세라서요?" 피터즈 목사가 웃으며 물었다.

루실은 한숨을 내쉬었다.

"그 사람들은 지금 몇 주째 거기 갇혀 있어요."

목사는 고개를 끄덕였다. "면회는 할 수 있지요?"

"처음에는 매일 면회를 했죠. 먹을 것도 가져다주고, 빨래도 해다주고, 아들에게 엄마가 얼마나 사랑하는지, 얼마나 걱정하는지를 보여주었죠. 그때도 참 힘들었지만, 지금 돌아보면 그래도 견딜 만했던 것 같아요. 하지만 지금은… 도저히 말이 안 되는 상황이 이어지고 있어요."

"요새는 아예 면회가 허용되지 않는다는 이야기를 들었습니다."

피터즈 목사가 말했다.

"맞아요. 그들이 시내를 장악하기 전부터 그랬어요. 그들이 온 마을을 이렇게 집어삼킬 줄은 상상도 못했어요. 하지만 제가 상상하지 못한 일이라고 해서 반드시 진짜로 일어나지 말라는 법은 없는 모양이에요. 그런 게 바로 유아론자의 한계인가 봐요. 진실은 바깥에 있어요. 우리가 할 일은 문을 여는 것뿐이죠. 문만 열면 제가 상상도 하지 못했던 진실이 기다리고 있어요. 손을 내밀면 잡을 수 있도록 말이에요." 그녀의 목소리가 갈라졌다.

목사는 의자에 앉은 채 몸을 앞으로 내밀었다. "꼭 모든 게 부인 잘못인 것처럼 말씀하시는군요, 루실 부인."

"그게 어떻게 제 잘못일 수 있겠어요?" 루실이 말했다.

"저에게 이런 일이 일어나도록 할 능력이 있을 리 없잖아요? 제가 세상을 이렇게 만들었나요? 제가 사람들을 이렇게 작고 초라하게 만들었나요? 제가 사람들을 이렇게 질투심 많고 과격하게 만들었나요? 저에게 그런 능력이 있을까요?" 그녀의 손이 다시 떨리기 시작했다. "그럴까요?"

피터즈 목사는 루실의 손을 잡고 토닥였다. "물론 그렇지 않습니다. 자, 해럴드와 제이콥을 마지막으로 만난 게 언제지요? 지금 어떻게 지내고 있습니까?"

"어떻게 지내냐고요? 그들은 죄수예요. 어떨 것 같아요?"

루실은 눈두덩을 문지르고 성경책을 바닥에 팽개친 뒤 일어나서 목사 앞을 서성이기 시작했다. "여기에는 일정한 패턴이 있어요. 뭔가 계획이 있을 것 아니에요. 그렇지 않아요, 목사님?"

"그랬으면 좋겠습니다." 목사가 조심스럽게 대답했다.

루실은 더욱 열을 올렸다.

"목사님은 아직 젊어요. 누군가가 목사님은 모든 대답을 알고 있다는 환상을 신도들에게 심어주라고 가르치지 않았어요?"

피터즈 목사는 웃음을 터뜨렸다.

"저는 요즘 환상은 포기했습니다."

"뭘 어떻게 해야 좋을지 도무지 모르겠어요."

"세상은 변합니다." 피터즈 목사가 말했다. "제가 정말로 확신하는 것은 그것뿐이에요. 하지만 그 변화가 어떤 것인지, 어떻게 올 것인지까지 알지는 못해요."

루실은 자신의 성경책을 집어 들었다.

"그럼 우리는 어떻게 해야 하죠?" 그녀가 물었다.

"우리가 할 수 있는 일을 해야지요."

루실은 한참 동안 아무 말도 하지 않고 앉아 있었다. 그저 성경책을 물끄러미 내려다보며 피터즈 목사가 한 말, '할 수 있는 일을 해야 한다'는 말이 무슨 의미인지를 곰곰이 생각했다. 루실은 원래 누가 하라고 하는 대로 잘 따라 하는 성격이었다. 하지만 지금까지 살아오면서 여러 가지 상황과 맞닥뜨릴 때마다 최고의 조언자는 역시 성경이었음을 부정할 수 없었다. 성경은 그녀가 어렸을 때 어떻게 행동해야 하는지를 가르쳐주었다. 그녀가 사춘기로 접어들었을 때 역시 마찬가지였다. 솔직히 말하면 성경 말씀을 그대로 따르기가 어려울 때도 있었고, 성경에 노골적으로 금지되어 있지는 않지만 많은 사람들이 눈살을 찌푸릴 만한 행동을 한 적도 아주 없지는 않았다. 하지만 그때는 모든 것이 좋았던 시절이었고, 그녀의 그런 행동이 본인 자신을 포함해 그 누구에게도 지속적인 해를 끼치지는 않았다.

결혼을 한 뒤에도 성경은 소중한 해답이 가득한 보물 창고였다. 비록 약간의 취사선택이 필요하기는 했지만, 성경에는 어떻게 하면 좋은 아내가 될 수 있느냐는 질문의 해답이 들어 있었다. 물론 성경에 나오는 아내의 역할 중에는 요즘 시대와 맞지 않는 것들도 있었다. 솔직한 심정으로, 그런 것들은 아마 성경이 쓰인 시대하고도 그다지 잘 맞아떨어지지는 않았을 거라고 생각했다. 만약 그녀가 성경에 나오는 여인들과 똑같이 행동했다면… 글쎄, 세상은 지금과는 사뭇 다른 곳이 되었을 것이다. 그리고 아마도 해럴드는 술과 담배에 절어 일찌감치 무덤 속에 드러누웠을 테니, 자신의 아들이 죽었다가 다시 돌아오는 기적을 목격하지 못했을 가능성이 농후했다.

제이콥. 역시 핵심은 제이콥이었다. 그녀가 흘리는 모든 눈물은 제이콥 때문이라 해도 과언이 아니었다. 그들은 지금 귀환자들을 죽이고 있었다. 귀환자들을 제거하기로 결론이 내려진 분위기였다.

아직 모든 곳이 다 그런 것은 아니지만, 아무튼 그런 일들이 벌어지기 시작했다.

벌써 일주일 전부터 텔레비전에 그런 보도가 나오고 있었다. 어떤 나라들—특히 잔혹하기로 악명 높은 나라들—은 눈에 뜨이는 모든 귀환자들을 살해하기 시작했다. 무슨 치명적인 전염병이 발생하기라도 한 것처럼 닥치는 대로 죽이고 시신을 불태웠다. 저녁마다 점점 더 끔찍한 사진과 동영상들이 텔레비전과 인터넷 방송에 올라왔다.

오늘 아침, 루실은 캄캄한 빈 집의 아래층으로 내려갔다가 거실의 텔레비전이 저 혼자 켜져 있는 것을 발견했다. 텔레비전이 왜 켜져 있는지 이해가 가지 않았다. 어젯밤 잠자리에 들기 전에 분명히 껐다고 생각했다. 하지만 결국 자신이 잘못 생각했다는 결론을 내릴 수밖에 없었다. 이제 그녀도 일흔세 살의 할머니가 되었으니, 분명히 껐다고 생각한 텔레비전을 실제로는 끄지 않았을 가능성을 완전히 무시할 수는 없었다.

텔레비전에서는 이른 아침부터 대머리에 완벽하게 가다듬은 콧수염을 기른 흑인 남자가 낮은 목소리로 중얼거리고 있었다. 그의 어깨 너머로 보이는 스튜디오에 사람들이 분주히 오가고 있었다. 다들 젊어 보이고 하얀 셔츠에 보수적인 색깔의 넥타이를 맨 사람들이었다. 아마도 경력이 얼마 되지 않은 직원들이 아닐까 싶었다. 지금은 저렇게 주변에서 왔다 갔다 하고 있지만, 언젠가 저 대머리 남자의 자리를 차지할 날을 꿈꾸는 젊은이들일 터였다.

루실은 별로 구미가 당기지 않았지만, 그래도 볼륨을 높이고 소파에 앉아 그 남자가 뭐라고 떠드는지 들어보기로 했다.

"안녕하십니까." 텔레비전의 남자가 말했다. 인사부터 시작하는 걸 보니 같은 내용의 보도를 반복해서 틀어 놓은 것 같았다.

"오늘의 주요 뉴스는 루마니아에서 시작하도록 하겠습니다. 루마니아 정부는 귀환자들이 천부적인 인권을 가지고 있지 않으며, 정상인들과는 다른 '독특한' 존재인 만큼 그들의 인권을 보호할 필요가 없다는 결정을 내렸습니다."

루실은 한숨을 내쉬었다. 달리 어떤 반응을 보여야 좋을지 알 수가 없었다.

텔레비전 화면은 대머리 흑인 앵커가 사라지고 루마니아 현지가 아닐까 싶은 장면으로 바뀌었다. 두 명의 군인이 창백하고 굳은 표정의 남자 귀환자를 그의 집에서 끌어내는 장면이었다. 군인들은 말끔하게 면도를 했지만 체구가 왜소하고 동작도 어딘가 어설퍼 보여서 자기네 신체의 작동 원리를 온전히 이해하기에는 아직 너무 어린 나이가 아닐까 싶었다.

“아이들의 운명은…” 루실은 텅 빈 집에서 혼자 중얼거렸다. 가슴이 답답해지면서 윌슨네 식구들, 제이콥과 해럴드의 모습이 텅 빈 집안으로 밀려들었다. 손이 벌벌 떨리고 텔레비전 화면이 뿌옇게 흐려졌다. 갑자기 텔레비전이 왜 저럴까 했는데, 뒤늦게 자신의 눈에서 눈물이 흘러 입가에 맺혀 있는 것을 알아차렸다.

언젠가—정확하게 언제였는지는 기억나지 않았지만—루실은 적어도 이번 일로 인해 눈물을 흘리는 일은 절대 없도록 하겠다고 마음먹었다. 눈물을 흘리기에는 이제 너무 늙어 버린 느낌이었다. 살다 보면 눈물조차 말라 버리는 시점이 오기 마련이었다. 아직 마음은 그렇지 않지만 눈물은 좀처럼 나오지 않았다. 어쩌면 해럴드와 너무 오랜 세월을 같이 살아서 그런지도 모른다. 루실은 지금까지 해럴드가 우는 모습을 한 번도 보지 못했다. 단 한 번도.

하지만 이제 너무 늦었다. 그녀는 이미 울고 있었고, 자신이 할 수 있는 일이 하나도 없었다. 그렇게 눈물을 흘리다 보니 정말 오랜만에 자신이 살아 있다는 느낌이 들었다.

방금 자기 집에서 끌려나온 귀환자가 수갑이 채워진 채 다른 사람들과 함께 커다란 군용 트럭 짐칸에 오르는 장면과 함께, 앵커의 목소리가 이어졌다.

“NATO나 UN, 국제 귀환자 사무국에서는 루마니아 정부의 행동에 대해 아직 아무런 입장도 내놓지 않고 있습니다. 그런 가운데, 다른 국가들의 공식 논평은 루마니아 정부의 입장에 찬성한다는 견해와 그것이 인간의 기본적인 인권에 대한 심각한 침해라는 견해가 팽팽히 대립하고 있는 것으로 알려졌습니다.”

루실은 눈물이 가득한 얼굴로 고개를 가로저었다. “아이들의 운명은…” 그녀가 다시 한 번 중얼거렸다.

이것은 결코 ‘다른 국가들’에만 국한되는 문제가 아니었다. 그럴 리가 없었다. 이곳 미국 땅에서도 그런 일이 벌어지고 있었다. 그 멍청한 참생명 운동인가 뭔가가 사방으로 확산되어 전국 각지에서 그 효과가 나타나기 시작했다. 대부분의 경우에는 아직 입을 굳게 다물고 있지만, 여기저기에서 시신이 발견되는가 하면 ‘산 사람을 지지한다’고 주장하는 단체가 노골적으로 자신의 활동을 선전하는 사례도 있었다.

아무도 직접적으로 말하지는 않지만, 아카디아에서도 그런 일이 벌어지고 있었다. 고속도로 옆의 도랑에서 어느 외국인 귀환자의 시체가 발견된 것도 같은 맥락이었다. 30-06 라이플에 맞아 숨진 시신이었다.

날이 갈수록 모든 것이 무너져 내리는 느낌이었다. 그런 상황 속에서 루실은 제이콥을 생각하지 않을 수 없었다.

아, 불쌍한 제이콥.

루실이 가고 아내도 잠자리에 든 다음, 피터즈 목사는 서재에 혼자 앉아 국제 귀환자 사무국에서 보내온 편지를 다시 한 번 읽어 보았다.

편지는 현재 엘리자베스 핀치가 미시시피 지역의 다른 귀환자들과 마찬가지로 대중의 안전을 위해 메리디언에 마련된 시설에 수용되어 있다는 내용을 담고 있었다. 그것 말고는 별 내용이 없었다. 귀환자들은 상황에 맞는 대우를 받고 있으며, 사무국은 최대한 그들의 인권을 보호하기 위해 최선을 다하고 있다는, 다분히 형식적이고 관료적인 내용의 편지였다.

목사의 서재를 포함해 온 집안이 쥐 죽은 듯이 조용했다. 거실 한쪽 구석에 놓인 커다란 괘종시계가 기계적으로 째깍거리고 있을 뿐이었다. 그 시계는 목사 아내의 부친이 암으로 세상을 떠나기 불과 몇 달 전에 남긴 선물이었다.

목사의 아내는 밤마다 낡은 괘종시계가 째깍거리는 소리를 들으며 어린 시절을 보냈다. 그러다가 결혼을 하고 나니 더 이상 그 시계 소리를 들을 수 없었고, 그래서 밤에도 잠이 오지 않는다며 궁여지책으로 메트로놈을 사다가 켜놓기도 했다.

피터즈 목사는 거실로 나가 그 낡은 시계 앞에 섰다. 높이가 1.8미터에 달했고, 장식도 꽤 화려했다. 시계추는 어지간한 어른의 주먹보다도 더 컸다. 이 시계는 만들어진 지 백 년이 넘었음에도 불구하고 마치 어제 만든 시계처럼 그 커다란 시계추를 부드럽게 좌우로 흔들어대고 있었다.

목사의 아내가 물려받은 유산 가운데 그 시계만 한 것이 없었다. 부친이 세상을 떠나자 그녀는 다른 유족들과 치열한 다툼을 벌였다. 장례식 비용이나 부친이 남긴 집, 땅, 얼마 되지 않는 예금을 서로 차지하기 위한 다툼이 아니었다. 그녀가 원한 것은 오로지 그 시계밖에 없었다. 덕분에 지금까지도 그녀는 형제들과 그리 사이가 좋지 못했다.

그나저나 그녀의 부친은 지금 어디에 있을까? 피터즈 목사는 문득 그런 궁금증이 일었다.

목사는 귀환자들이 나타나기 시작한 다음부터 아내가 그 괘종시계에 부쩍 더 신경을 쓴다는 사실을 알고 있었다. 시계에서는 늘 기름 냄새가 났고, 항상 반들반들 윤이 났다.

목사는 시계 앞을 물러나 하릴없이 집안을 서성였다. 거실에 놓인 물건들을 하나하나 살펴보며 기억 속에서 목록을 만들었다.

거실 한복판에 놓인 탁자는 그들이 미시시피에서 이사를 올 때 장만했다. 소파는 어느 교회에 볼 일이 있어 윌밍턴에 갔다가 산 것이었다. 테네시만큼 먼 곳은 아니지만 그래도 이 소파는 두 사람이 합의를 해서 구입한 몇 안 되는 물건들 중 하나였다. 파란색과 흰색 무늬—판매원은 그 색상을 '캐롤라이나 블루!'라고 자랑스럽게 떠벌였다—가 있고, 방석에도 같은 파란색과 흰색이 교차되었다. 팔걸이는 바깥쪽으로 살짝 휘었고, 등받이도 아주 넓고 푹신했다.

말하자면 아내가 테네시에서 고른 테이블과는 정반대의 경우인 셈이었다. 목사는 그 테이블을 처음 본 순간부터 영 마음에 들지 않았다. 다리가 너무 가늘고, 나무는 색깔이 너무 칙칙했으며, 가장자리는 너무 평평했다. 아무리 봐도 별로 가치가 없는 물건이었다.

피터즈 목사는 거실을 오가며 원래 있던 자리가 아닌 곳에 놓인 책들을 하나하나 집어 들었다. 그의 동작은 유난히 느리고 조심스러웠다. 책마다 꼼꼼하게 먼지를 털고 서가의 제자리에 꽂았다. 이따금 책을 펼쳐 손가락으로 가만히 종이를 어루만지며 고유의 냄새와 질감을 느껴 보기도 했다. 마치 세월의 무게 앞에 무릎을 꿇고 두 번 다시 책이라는 물건을 만나지 못하게 된 사람 같았다.

이런 과정은 아주 오랜 시간을 두고 천천히 진행되었다. 목사가 문득 정신을 차렸을 때는 이미 많은 시간이 훌쩍 흘러간 다음이었다. 집 밖에서 밤새 울어대던 귀뚜라미의 노랫소리가 멎고, 대신 저 멀리 어디선가 동트는 해를 향해 개 짖는 소리가 들려왔다.

너무 시간을 지체한 모양이었다.

하지만 목사는 이런 실수—그리고 두려움—에도 불구하고 여전히 조용하고 느리게 움직였다.

그는 먼저 서재로 들어가 국제 귀환자 사무국에서 온 편지를 챙겼다. 이어서 노트와 성경책도 꺼냈다. 이것들을 지난 크리스마스 때 아내가 사준 서류 가방에 가지런히 넣었다.

목사는 컴퓨터 책상 뒤에 숨겨두었던 옷가방을 꺼냈다. 그는 불과 하루 전에 그 가방을 꾸렸다. 빨래는 늘 아내의 몫이니, 너무 빨리 가방을 싸면 아내가 없어진 옷이 있다는 것을 알아차릴지도 몰랐다. 목사는 최대한 문제를 남기지 않고, 다시 말하면 최대한 비겁하게 집을 나설 생각이었다.

살그머니 현관을 나온 피터즈 목사는 옷가방과 서류 가방을 자신의 자동차 뒷자리에 실었다. 해가 부지런히 떠오르고 있었다. 지금은 나무 뒤에 가려 있지만 시시각각 그 환한 자태를 드러낼 것이다.

목사는 다시 집안으로 들어가 천천히 침실을 향했다. 침대 한복판에 그의 아내가 조그만 공처럼 웅크린 채 자고 있었다.

'상처를 많이 받겠지.' 목사는 속으로 중얼거렸다.

이제 머지않아 아내는 잠을 깰 것이다. 평소에도 늘 일찍 일어나는 편이었다. 목사는 침대 머리맡의 테이블에 쪽지를 놓고, 아내에게 키스를 할까 잠깐 고민했다.

하지 않기로 마음을 정했다. 목사는 침실을 나섰다.

그녀가 깼을 때, 집안은 텅 비어 있었다. 거실의 괘종시계는 여전히 째깍거렸다. 블라인드 사이로 햇빛이 스며들었다. 아침부터 기온이 꽤 올라간 느낌이었다. 오늘도 무더운 하루가 될 모양이었다.

그녀는 남편을 불러 보았지만 대답이 없었다.

또 서재에서 잠이 든 모양이라고 생각했다. 요즘 들어 그런 경우가 종종 있어서 은근히 신경이 쓰였다. 한 번 더 남편을 불러 보려던 순간, 그녀는 침대 옆의 테이블에서 쪽지를 발견했다. 남편 특유의 거친 필체로 그녀의 이름이 적혀 있었다.

그는 좀처럼 쪽지를 남기는 사람이 아니었다.

그 쪽지를 읽었을 때, 그녀는 울지 않았다. 마치 종이에 대고 뭐라고 대답을 하려는 듯이 헛기침을 한 번 했을 뿐이었다. 그러고는 그 자리에 주저앉아 자신의 숨소리, 그리고 거실에서 들려오는 낡은 괘종시계 소리에 가만히 귀를 기울였다. 문득 아버지가 생각났다. 그제야 그녀의 눈에 눈물이 맺혔지만, 아직 그녀는 울지 않았다.

글자들이 자욱한 안개 속에서 천천히 떠오르는 것처럼 흐릿하고 멀게 느껴졌다. 그래도 그녀는 다시 한 번 그 글자들을 읽었다.

"사랑해." 쪽지에는 그렇게 적혀 있었다. 그리고 그 밑에, 한마디가 더 있었다. "하지만 꼭 알아야 할 것이 있어."

짐 윌슨

짐은 도무지 이해가 가지 않았다. 군인들은 물론, 프레드 그린이 맡은 역할도 마찬가지였다. 짐이 기억하는 프레드 그린은 상당히 호감이 가는 사람이었다. 두 사람이 친구 사이로 지낸 적은 없지만, 그것은 같이 일한 적이 없고 이른바 노는 물이 달랐기 때문일 뿐이었다. 친구가 될 만한 시간이 없었다. 하지만 그렇다고 해서 이런 일이 벌어질 수도 있는 것일까?

짐은 지금 죄수 신세였다. 군인들이 들이닥쳐 총을 겨눈 채 그와 그의 가족을 연행했는데, 어떻게 된 노릇인지 프레드 그린이 그 모습을 지켜보고 있었다. 자신의 낡은 픽업트럭을 타고 군인들을 따라온 그는 짐과 코니와 아이들이 수갑을 차고 집에서 끌려나올 때 운전석에 앉아 그 장면을 지켜보았다.

'무엇이 프레드를 바꿔 놓은 것일까?' 짐은 그 생각을 하면 밤에도 잠이 오지 않았다. 만약 그가 진작 이 질문을 충분히 고민해 보았더라면 지금처럼 철창신세를 지는 일은 없었을지도 모른다.

짐은 사람들이 넘쳐나는 학교에서 가족과 함께 줄을 서서 점심식사 배급을 기다리고 있었다. 식사는 부실하기 짝이 없었지만 그렇다고 아예 외면할 수도 없었다. "그 양반, 어떻게 된 거지?" 짐은 아내를 향해 물었다. 전에도 아내에게 같은 질문을 던진 적이 있지만, 그녀가 내놓은 대답만으로는 도저히 그 수수께끼가 풀리지 않았다. 차라리 이런 수수께끼에 몰두하는 게 지금 자신의 가족에게 닥친 시련으로부터 잠시나마 생각을 돌리는 데 도움이 되었다.

"옛날에는 이렇지 않았잖아."

"누구 말이에요?" 코니는 체포, 아니 구금—뭐든 간에—된 이후 틈만 나면 뭔가를 씹고 있는 해너의 입을 닦아주며 되물었다. 두려움은 아주 이상한 방식으로 자신을 드러낸다는 것을 코니 자신도 잘 알고 있었다.

"너 나이가 몇 살인데 이렇게 아기 같은 짓을 해?"

그녀가 해너를 꾸짖었다.

다행히도 토미는 그렇게 말썽을 피우지 않았다. 하그레이브의 집에서 끌려나올 때의 충격이 아직 가시지 않은 듯, 말썽을 피울 기운조차 남아 있지 않은 모양이었다. 말도 별로 하지 않고 그저 멍하니 앉아서 먼 산만 바라볼 뿐이었다.

"옛날에는 이렇지 않았어." 짐이 다시 한 번 말했다.

"뭐가 변한 거지? 사람이 변했나? 아니면 우리가 변한 건가? 아주 위험한 사람처럼 보여."

"누구 얘기를 하는 거예요?" 코니가 짜증 섞인 목소리로 물었다.

"프레드 말이야. 프레드 그린."

"그 사람 아내가 죽었다는 소문을 들었어요." 코니가 시큰둥하게 대답했다. "그다음부터 사람이 달라졌다고 하더라고요."

짐은 생각에 잠겼다. 열심히 과거를 더듬어 보면 프레드의 아내와 관련된 몇 가지 기억을 끄집어낼 수 있었다. 그녀는 노래를 아주 잘 불렀다. 우아하고 아름다운 새처럼, 늘씬한 키와 몸매를 가진 여자였다.

짐은 자신의 가족을 돌아보았다. 그들을 하나하나 둘러보며 없어진 사람은 없는지, 그들 각자가 서로에게 어떤 의미를 가지고 있는지를 생각해 보았다. "그럴 수도 있겠지." 짐이 말했다. 그러고는 고개를 숙여 아내에게 키스를 했다. 마치 그렇게 하면 이 순간을 영원히 간직할 수 있다는 듯, 이 한 번의 키스가 자신의 아내와 자식들, 그가 사랑하는 모든 것을 영원히 지켜줄 수 있다는 듯, 그리하여 두 번 다시 자기만 혼자 남는 외로움을 피할 수 있다는 듯, 숨을 멈추고 진한 키스를 퍼부었다.

"갑자기 왜 이래요?" 이윽고 입술이 떨어지자 코니가 물었다. 얼굴이 달아오르고 약간의 현기증이 느껴졌다. 그들은 아직도 키스할 때마다 느끼던 젊은 시절의 감정을 그대로 간직하고 있었다.

"말로는 표현할 수 없는 그 모든 것을 위해서."

15

해럴드는 그 젊은 군인을 좋아하게 되었다고 말할 만큼 대담하지는 못했지만, 적어도 그 젊은이에게서 어떤 매력을 발견했다는 말은 기꺼이 할 수 있을 것 같았다. 굳이 매력이 아니라고 한다면, 그저 친숙함이라고 해도 좋았다. 죽은 사람들이 더 이상 죽어 있지 않은 이 세상에서, 친숙함은 어떤 형태로든 축복이 아닐 수 없었다.

폭동이 일어났던 날—어느새 그로부터 일주일 정도가 지났다—아침에 마주쳤던 바로 그 젊은이와 해럴드 사이에 일종의 유대감 같은 것이 생겨났다. 그날 사태가 진정되고 나서 보니 심각한 부상을 입은 사람은 아무도 없었다. 군인들과 폭도들 사이에 몸싸움이 벌어지면서 약간 긁히고 멍이 든 사람은 더러 있었다. 한 사람은 최루 가스에 알레르기가 있는 게 확인되어 병원에 가야 한다는 소문도 들렸다. 그래도 그 정도면 양호한 편이었다.

그 모든 것이 아주 오래전의 일처럼 까마득하게 느껴졌다. 하지만 남부에서 일어나는 일들의 상당수가 그러하듯, 해럴드는 상처가 정말로 치유된 것은 아니라는 사실을 알고 있었다. 뜨거운 여름의 열기, 그리고 현지 사람들의 예의범절 덕분에 잠시 잠복하고 있는 것에 지나지 않았다.

사람들은 여전히 팽팽한 긴장감을 떨쳐 버리지 못했다.

해럴드는 흔히 '바리케이드'라 불리는 가시철조망 울타리 옆의 나무 의자에 앉아 있었다.

바리케이드는 끔찍한, 아니 무시무시한 속도로 그 경계를 넓혀 가고 있었다. 마을 남단의 낡고 쇠락한 주유소 겸 총포상 가게를 휘어 돌아 수많은 집과 마당들을 집어삼킨 뒤, 더 이상 집들이 없고 군인들의 초소만 덩그러니 서 있는 곳까지 뻗어 나갔다. 폐허가 되어 악취를 풍기는 학교, 수많은 주택과 상점들, 간판은 둘이지만 실제로는 한 몸과 다름없는 소방서와 보안관 사무실이 있는 건물에 이르기까지, 마을 전체가 바리케이드로 에워싸였다. 군인들과 그들의 총이 떠받치는 이 바리케이드가 모든 것을 집어삼킨 형국이었다.

마을 경계선 바깥에 위치한 집들—농부들, 해럴드와 루실처럼 도회지 생활을 좋아하지 않는 사람들, 목사, 그 밖의 몇 명—만이 간신히 그 손아귀를 벗어났다. 마을 안쪽에 사는 주민들은 기숙사 같은 건물에서 기거해야 했다. 학교가 일찌감치 포화 상태에 달한 뒤, 주민들은 자기 집에서 쫓겨나 화이트빌의 호텔 신세를 지고 있었다. 그들이 비운 집에 군인들이 들어가 침상을 설치하고 귀환자들을 몰아넣었다. 보금자리를 잃은 주민들의 원성이 하늘을 찔렀다. 이런 일이 벌어지는 도시와 국가는 아카디아와 미국만이 아니었다. 갑자기 이 세상에 사람들이 너무 많아진 탓이었다. 살기 위해서는 양보가 필요했다.

이렇게 해서 아카디아의 마을과 집들은 완전히 귀환자 사태의 제물이 되어 울타리로 에워싸였고, 그로 인해 필연적으로 복잡다단한 온갖 갈등이 줄을 이었다.

그러나 아카디아는 애초부터 그토록 많은 사람들을 보듬을 수 있는 마을이 아니었다. 수용소가 겨우 학교 울타리를 벗어나 영역을 조금 확대시켜 놓으면, 언제 그랬냐 싶게 또다시 과밀 현상이 나타났다. 마을 전체가 수용소로 변한 뒤에도 좀처럼 평화는 정착되지 않았다.

사정이 이러니, 해럴드는 이미 오래전에 마을의 경계선 바깥쪽에서 살기로 마음을 정한 자신과 루실의 결단이 그저 다행스러울 뿐이었다. 자신의 집이 수용소로 변해 낯선 사람들의 잠자리로 변한다면, 설령 그것이 올바른 일이라 해도 견디기가 힘들었을 것이다.

아카디아를 둘러싼 바리케이드 너머에는 6미터 너비의 완충 지대가 기다란 띠 모양으로 이어지고, 그 바깥쪽에 또 울타리가 설치되었다. 그 울타리를 따라 약 100미터 간격으로 군인들이 배치되었다. 군인들은 이따금 바리케이드와 아카디아를 동시에 순찰했다. 마을로 들어오면 한때 아이들이 뛰어놀던 거리를 무장한 군인들이 무리 지어 순찰하는 모습을 볼 수 있었다. 주민들은 그 군인들을 붙잡고 전체적인 상황—아카디아뿐만 아니라 세상 전체의—이 어떻게 돌아가는지, 언제쯤 변화가 생길 것인지를 따져 묻곤 했다.

군인들이 이런 질문에 대답하는 경우는 거의 없었다.

하지만 대부분의 군인들은 아주 무심한, 혹은 아주 지루한 표정으로 바리케이드 위에 버티고 서 있을—때로는 앉아 있을—뿐이었는데, 둘 가운데 어느 쪽인지는 그 당시의 조명에 의해 좌우되었다.

해럴드의 관심을 사로잡은 젊은 군인은 '주니어'라고 불렸다. 이름치고는 상당히 야릇한 이름이 아닐 수 없었다. 본인이 직접 해럴드에게 털어놓은 바에 의하면 아버지를 한 번도 만난 적이 없기 때문에 '아무개 주니어'라는 이름을 쓸 수가 없다고 했다. 진짜 이름은 퀸턴이지만, 워낙 어려서부터 다들 그를 주니어라고 불렀기 때문에 이제는 오히려 그게 진짜 이름처럼 느껴질 지경이라는 이야기였다.

주니어는 굉장히 깔끔하고 순종적인 성격이라 신병을 모집하는 장교의 마음에 쏙 들 만한 젊은이였다. 그는 귀를 뚫거나 문신을 새기는 등 뭔가 특별히 사춘기의 반항을 경험할 겨를도 없이 10대 시절을 마감하고 군복을 입었다. 사실 그의 입대는 어머니의 간곡한 부탁에 의한 것이라 해도 과언이 아니었다. 어머니는 군대야말로 진짜 사나이들이 가는 곳이라고 아들을 설득했다. 그래서 주니어가 열일곱 살 반이 되어 고등학교 정문을 나서자마자 그의 어머니는 아들을 모병 사무실로 데려가 지원서를 작성하게 했다.

테스트 점수는 그리 인상적이지 못했다. 하지만 서 있을 수 있고, 총을 들 수 있고, 시키는 대로 할 수도 있었다. 그래서 그가 요즘 매일같이 하는 일이 귀환자들로 넘쳐나는 마을에서 총을 들고 경계근무를 서는 일이었다. 그러다 보니 어느 성질 고약한 남부 할아버지, 그리고 옛날에 죽었다가 돌아온 그의 아들과 함께하는 시간이 점점 많아졌다. 주니어는 이 남부 할아버지는 그래도 견딜 만했다. 주니어가 견디기 힘든 것은 언제나 이 할아버지를 졸졸 쫓아다니는 꼬마였다.

"자네는 얼마나 더 여기서 썩을 것 같아?" 해럴드가 바리케이드 안쪽의 나무 의자에 앉은 채 물었다. 그는 주니어의 등에 대고 말을 건네는 형국이었는데, 두 사람의 대화는 대개 그런 식으로 이루어졌다. 해럴드 뒤에는 조그만 이야기 소리가 들리지 않을 정도의 거리에 제이콥이 앉아서 아버지와 군인의 모습을 바라보고 있었다.

"저도 몰라요." 주니어가 대답했다.

"여기에 귀환자들이 있는 동안은 저도 있어야겠지요."

"음." 해럴드가 피곤한 목소리로 말했다. "그 기간이 좀 짧아지지 않을까 싶은데. 지금 같은 상황이 지속되는 데도 한계가 있을 테니까. 누군가가 계획을 세우겠지, 수탉의 영광을 위해서라도."

해럴드는 벌써 며칠째 주니어를 위해 다양한 표현을 개발하는 중이었는데, 듣기에 괴상할수록 효과는 더 좋은 듯했다. 비결은 아주 간단해서, 말하고자 하는 비유를 동물이나 날씨, 풍경 따위에 빗대 일종의 수수께끼처럼 만들면 그만이었다. 주니어가 그 이상한 표현의 의미를 물어오면 즉석에서 의미를 만들어내면 되었다. 해럴드가 주의할 점은 한 번 써먹은 표현과 그 의미를 잘 기억해서 중복되지 않도록 하는 것뿐이었다.

"그건 또 무슨 소리예요?"

"저런, 하나님 맙소사! 설마 '수탉의 영광'이라는 말을 한 번도 못

들어본 건 아니겠지?"

주니어는 그제야 해럴드를 돌아보았다. "못 들어봤는데요."

"저런, 믿어지지가 않는군! 내 발바닥에서 감자 뿌리가 자랄 때까지 산다 해도 그 말은 믿어지지가 않아!"

"그러시겠지요." 주니어가 중얼거렸다.

해럴드는 뒤꿈치로 담배를 비벼 끄고 반쯤 빈 담뱃갑에서 또 한 개비를 꺼냈다. 주니어가 그런 그를 물끄러미 쳐다보고 있었다.

"담배 피워?"

"근무 중엔 안 피워요."

"그럼 한 개비 남겨둬야겠군." 해럴드가 조그만 목소리로 말했다. 그러고는 담배에 불을 붙여 길고 느리게 한 모금을 빨아들였다. 통증에도 불구하고 겉모습은 아주 편안해 보였다.

주니어는 태양을 올려다보았다. 여기는 처음 발령을 받았을 때 생각했던 것보다 훨씬 더 더웠다. 남부 이야기를 한두 번 들은 것도 아니고, 실제로 토페카에서도 더워서 죽는 줄 알았다. 하지만 여기, 이 마을, 이 특정한 장소는 더위가 아예 뿌리를 내린 곳 같았다. 한 증막이 따로 없었다.

"뭐 하나 물어봐도 돼?" 해럴드가 말했다.

주니어는 이곳이 싫었다. 그것 하나만은 분명했다. 하지만 그래도 이 할아버지에게는 흥미로운 구석이 있었다.

"좋으실 대로 하세요." 주니어가 대답했다.

"거기, 바깥쪽은 어때?"

"더워요. 안쪽하고 똑같아요."

해럴드는 미소를 지었다. “그게 아니라,” 그가 말했다. “여기는 텔레비전도, 컴퓨터도 없잖아. 바깥쪽은 어떠냐고?”

“그건 우리 잘못이 아니에요.” 주니어는 누가 자기 잘못이라고 비난하기라도 한 것처럼 선수를 쳤다. “위에서 시킨 거라고요.”

소규모 순찰대가 다가왔다. 캘리포니아 출신의 군인 두 명은 늘 같은 시간에 순찰을 도는 모양이었다. 여느 때처럼 태평스러운 걸음걸이로 다가오더니, 주니어와 해럴드를 보는 둥 마는 둥 고개만 살짝 까딱하고는 그냥 지나갔다.

“이상하네.” 주니어가 중얼거렸다.

“뭐가?”

“그냥.”

해럴드는 또 미소를 지었다. “단어 공부 좀 해야겠어, 주니어.”

“그냥… 그냥 모든 사람들이 혼란에 빠진 것처럼 보여요.”

해럴드는 고개를 끄덕였다.

“혼란스럽고 잔뜩 겁을 먹은 것 같아요.”

“그러니 이 안쪽은 어떻겠나?”

“그건 이야기가 다르죠.” 주니어가 말했다. “거긴 모든 게 훨씬 잘 통제되고 있어요. 먹을 것도 주고, 깨끗한 물도 주잖아요.”

“경사 났군.” 해럴드가 중얼거렸다.

“좋아요.” 주니어가 말했다. “시간이 좀 걸리는 건 인정하지만, 그래도 배급이 끊어지는 일은 없잖아요. 그러니 여기 바깥보다는 거기 안쪽의 사정이 훨씬 나아요. 어차피 안쪽 사람들은 스스로 원해서 거기 있는 거잖아요.”

"난 아니야."

"할아버지도 마찬가지예요."

주니어가 턱짓으로 제이콥을 가리키며 말했다. 제이콥은 해럴드가 시킨 대로 그들과 상당한 거리를 두고 얌전히 앉아 있었다. 그러고 보니 제이콥은 루실이 몇 주 전에 가져다준 줄무늬 면 셔츠와 청바지 차림이었다. 여전히 그 옷차림으로 자신의 아버지에게 시선을 고정한 채 이따금 햇빛에 반짝거리는 철제 바리케이드를 돌아보곤 했다. 그의 눈길에서 어떻게 이런 바리케이드가 마을 전체를 에워싸게 되었는지, 그 의미는 또 무엇인지 납득이 가지 않는다는 표정이 느껴졌다.

주니어는 제이콥을 바라보았다. "그들은 저 아이를 데려가 주겠다고 했어요." 그가 중얼거렸다.

"하지만 할아버지는 저 아이와 함께 있는 쪽을 선택했죠. 여기 남은 다른 정상인들도 모두 마찬가지고요. 그건 할아버지 스스로 내린 결정이니 겁을 먹거나 초조해하거나 혼란스러워할 필요가 없잖아요. 그냥 편안하게 계시면 되니까요."

"자네가 여기 화장실을 못 봐서 그런 소리를 하는 거야."

"그 안에는 마을 전체가 통째로 들어 있잖아요." 주니어는 다시 해럴드를 바라보며 말을 이었다. "음식과 물도 충분하고, 필요한 건 뭐든지 구할 수 있어요. 심지어 야구장도 있으니까요."

"야구장에도 사람들이 가득 들어차 있어. 천막을 치고 말이야. 천막촌이 되어 버렸다니까."

"게다가 간이 화장실도 있잖아요." 그는 해럴드의 등 뒤로 늘어선 몇 칸의 이동식 간이 화장실을 가리키며 말했다.

해럴드는 한숨을 내쉬었다.

"할아버지는 여기가 아주 형편없다고 생각하겠지만," 주니어가 말했다. "다른 곳과 비교하면 여긴 아무것도 아니에요. 제 친구 하나는 한국으로 발령이 났어요. 조그만 나라일수록 상황이 더 안 좋아요. 땅이 넓은 나라들은 어쨌건 그들을 몰아넣을 데라도 있잖아요. 하지만 한국—한국과 일본—은 그럴 수가 없죠. 사람들을 몰아넣을 땅이 워낙 부족하니까요. 그런 데는 커다란 컨테이너 박스 같은 게 있어요."

주니어가 목소리를 낮추며 두 팔을 옆으로 쫙 벌리고 하얀 손바닥을 세워 어마어마한 크기를 강조했다. "거의 유조선과 맞먹는 크기죠. 거기에 사람들이 가득해요." 주니어는 눈길을 돌리며 덧붙였다. "너무 많아요."

해럴드는 조금씩 타들어가는 담배를 물끄러미 바라보았다.

"그들의 숫자가 너무 많아서 다들 엄청난 고통을 받고 있어요." 주니어가 말했다. "도저히 감당이 안 되니까요. 아무도 그들을 원하지 않아요. 새로운 귀환자가 발견되었다고 신고를 하는 사람도 없어요. 그냥 그들이 길거리를 방황하도록 내버려둔다니까요."

주니어는 지금 울타리를 사이에 두고 해럴드를 향해 말하고 있었다. 굉장히 심각한 이야기를 하면서도 표정만은 태평스러웠다.

"우리는 그걸 '유령선'이라고 불러요. 기자들은 뭔가 다른 표현으로 부르는 것 같은데, 사실 유령선과 똑같아요. 죽은 사람들이 잔뜩 실려 있으니까요."

주니어의 수다는 계속 이어졌지만 해럴드는 더 이상 듣고 있지 않았다. 그의 마음속에는 등대도 없는 망망대해를 떠다니는 커다랗고 시커먼 배 한 척이 나타났다. 액체처럼 흐느적거리는 선체가 물속에서 점점 올라왔다. 공포 영화에 나오는 유령선과 비슷한 배가 이 저주받은 바다를 떠다니고 있었다. 배 위에는 화물 컨테이너가 차곡차곡 쌓여 있었는데, 위로 올라갈수록 더 크고 무거운 컨테이너들이 아래를 짓누르고 있었다. 그 컨테이너 속에 귀환자들이 빼곡히 들어차 있었다. 배는 이따금 보이지 않는 파도에 휩쓸려 앞뒤로 흔들렸다. 그래도 귀환자들은 무표정한 얼굴로 꼼짝도 하지 않았다. 그런 귀환자들이 수천 명이었다. 아니, 수만 명이었다. 그들은 캄캄하고 단단한 컨테이너에 갇혀 점점 육지에서 멀어지고 있었다.

해럴드는 그들과 아주 멀리 떨어져 있음에도 불구하고 그들의 얼굴을 하나하나 똑똑히 알아볼 수 있었다. 꿈의 세계에서나 가능한 일이었다. 그가 아는 모든 사람들이 이 유령선 안 어딘가에 갇혀 있었고, 거기에는 그의 아들도 포함되어 있었다.

오싹한 한기가 밀려왔다.

"할아버지도 그걸 보셨어야 하는데." 주니어가 말했다.

해럴드가 뭐라고 대답을 하기 전에, 기침이 먼저 터지기 시작했다. 그 후에는 별로 기억나는 것이 없었다. 엄청난 고통이 몰려드는가 싶더니, 갑자기—먼젓번처럼—태양이 얼굴 위로 내려오고 땅바닥이 불쑥 올라와 그의 등을 덮쳤다.

해럴드는 지난번과 마찬가지로 정체불명의 아득한 불안감과 함께 의식을 되찾았다. 가슴에 타는 듯한 통증이 남아 있었다. 폐 안쪽에 뭔가 축축하고 묵직한 것이 들어앉은 느낌이었다. 숨을 들이쉬려 했지만 폐가 정상적으로 작동하지 않았다. 제이콥이 그 옆에서 있었다. 주니어도 보였다.

"해럴드 할아버지?"

주니어가 무릎을 꿇으며 그의 이름을 불렀다.

"난 괜찮아." 해럴드가 말했다. "금방 괜찮아질 거야." 자신이 얼마나 오랫동안 정신을 잃고 있었는지 궁금했다. 최소한 주니어가 게이트로 달려가 울타리 안쪽으로 들어올 정도의 시간이 흐른 것은 분명했다. 그의 어깨에는 여전히 소총이 매달려 있었다.

"아빠?" 제이콥이 불안한 표정으로 그를 불렀다.

"응?" 해럴드는 갈라진 목소리로 간신히 대답했다.

"죽지 마세요, 아빠." 제이콥이 말했다.

요즘 같아서는 악몽에 시달릴 여지가 얼마든지 있었다. 그러나 루실은 아예 잠자는 것을 포기한 상태였다. 정상적인 밤을 보낸 지가 워낙 까마득해서 그립다는 생각조차 들지 않았다. 잠을 잔다는 것이 아주 애매하고 흐릿한 기억으로 남아 있을 뿐이어서, 마치 사람들이 어렸을 때 타본 자동차 소리를 그리워하는 심정이 이렇지 않을까 싶었다. 이따금 멀리 고속도로에서 희미한 음색으로 그 소리가 들려오곤 했다.

물론 순전히 우연히 잠드는 경우가 없지는 않았다. 그럴 때면 자세가 너무 불편하다는 느낌에 벌떡 잠에서 깨어나곤 했다. 대부분의 경우에는 무릎에 놓인 책이 끈질기게 자기 자리를 지키며 그녀를 빤히 올려다보고 있었다. 마치 그녀가 돌아오기를 손꼽아 기다리는 것처럼. 때로는 그녀의 코끝에서 안경이 미끄러져 책 위에 나뒹굴고 있기도 했다.

어떤 날 밤에는 주방으로 들어가 그냥 멍하니 서서 주위의 적막에 귀를 기울였다. 마음속에서 수많은 기억들이 연기처럼 어둠 속으로 스며들었다. 제이콥과 해럴드가 이 집안을 돌아다니던 때가 언제였던가 싶었다. 문득 10월의 어느 날 밤이 떠올랐다. 제이콥이 아주 어렸을 때였다. 특별히 기억에 남을 만한 일은 없었음에도 불구하고 이렇게 기억이 나는 걸로 미루어, 그녀에게는 아주 특별한 날이었음에 분명했다.

요즘처럼 마법 같은 일들이 가득한 세상에서는 지극히 정상적인 순간일수록 더 큰 의미를 갖게 되는 것 아닐까 싶었다.

루실의 기억 속에서 해럴드가 거실에 앉아 서툰 솜씨로 기타 줄을 퉁기고 있었다. 그는 음악적인 재능이 전혀 없는 사람이었지만—적어도 그가 아버지였던 시절에는—음악에 대한 열정과 에너지가 대단해서 일을 하러 나가거나 집안일을 하거나 제이콥과 놀아줄 때 말고는 늘 기타를 연습했다.

루실은 자기 방에서 장난감을 가지고 놀던 제이콥의 모습을 기억했다. 상자에서 꺼낸 장난감을 마룻바닥에 너무 세게 내려놓아 '쿵' 하는 소리가 집안에 울려 퍼지곤 했다. 아무리 못하게 해도 자기 방의 가구들을 이리저리 밀고 다니기도 했다. 그녀와 해럴드가 왜 그랬냐고 물어보면 제이콥의 대답은 늘 한결같았다.

"가끔 장난감들이 그렇게 시킬 때가 있어요."

해럴드가 기타를 뚱땅거리고 제이콥은 장난감에 정신이 팔린 이 풍경 속에서, 루실은 명절 음식을 준비하느라 분주하게 주방을 오가고 있었다. 오븐 속에서는 햄이 지글거리고, 스토브 위에서는 각종 야채와 닭고기가 익어 갔다. 그레이비와 으깬 감자, 사향초로 양념한 흰쌀밥, 옥수수와 고추, 강낭콩과 푸른콩, 초콜릿 케이크와 파운드케이크, 생강 쿠키와 구운 칠면조….

"방 어지럽히지 마라, 제이콥!" 루실이 주방에서 소리쳤다.

"곧 저녁 먹을 시간이야."

"네, 엄마." 아이가 큰소리로 대답했다.

"만들고 싶은 게 있어요." 제이콥이 다시 소리쳤다.

"뭘 만들 건데?" 루실도 큰소리로 되물었다.

해럴드는 거실에서 기타를 퉁기며 벌써 몇 주째 연습한 행크 윌리엄스의 명곡을 형편없이 망가뜨리고 있었다.

"저도 몰라요." 제이콥이 대답했다.

"그것부터 먼저 결정을 해야 뭘 만들든 말든 하지."

루실은 문득 창밖으로 눈길을 돌리다가, 창백한 보름달 밑을 유유히 지나가는 구름을 발견했다. "집을 만들면 어때?"

"집이요?" 제이콥이 생각에 잠긴 목소리로 되물었다.

"천장이 둥글고 방이 열두 개쯤 있는 크고 멋진 집."

"하지만 우리 식구는 달랑 셋이잖아요. 게다가 엄마랑 아빠는 같은 침대에서 주무시니 방은 두 개밖에 필요 없어요."

"손님이 오면 어쩌고?"

"그럼 제 침대를 같이 쓰면 돼요."

제이콥의 방에서 뭔가가 떨어져 바닥에 부딪히는 소리가 났다.

"무슨 소리냐?"

"아무것도 아니에요."

해럴드가 기타를 못살게 굴면서 듣기 거북한 불협화음이 울려 퍼졌다.

"아무것도 아닌 게 아닌 것 같은데."

"괜찮아요." 제이콥이 대답했다.

루실은 음식을 확인했다. 모든 음식이 잘 요리되어 가고 있었다. 맛있는 냄새가 온 집안에 진동했다. 냄새는 벽 사이를 뚫고 세상으로 퍼져 나갔다.

흡족해진 루실은 주방을 나와 제이콥이 무얼 하고 있는지 확인하러 올라갔다.

역시나 제이콥의 방은 루실의 예상을 빗나가지 않았다. 침대를 옆으로 세워 반대쪽 벽까지 밀어붙인 바람에 매트리스가 침대의 머리판과 발판을 버팀목처럼 거느린 채 바리케이드처럼 방 한복판에 버티고 있었다. 이 임시 장애물 뒤에는 장난감 통나무들이 어지럽게 흩어져 있었다.

루실은 제이콥의 방문 앞에 서서 행주에 손을 닦았다. 제이콥은 요새 무슨 건축 프로젝트에 몰두하고 있는 듯, 가끔 손을 뻗어 자기가 원하는 통나무를 집어 갔다.

루실은 한숨을 내쉬었지만, 그것은 좌절의 한숨이 아니었다.

"건축가가 될 모양이야." 루실은 그렇게 중얼거리며 거실로 나와 피곤한 듯 소파에 털썩 주저앉았다. 행주로 이마를 훔치는 동작도 잊지 않았다.

해럴드가 기타를 쾅 내리쳤다. "그럴지도 모르지." 그는 말을 하느라 집중력이 깨진 듯, 손가락이 더 제멋대로 움직이며 듣기 괴로운 소음을 만들어냈다. 그러고는 손가락에 더욱 힘을 주며 다시 노래까지 불러대기 시작했다.

루실은 길게 기지개를 켰다. 이어서 다리를 몸통 쪽으로 끌어당기고 두 손은 턱 밑에 받친 자세로 옆으로 비스듬히 누워, 부족한 실력으로 음악과 사투를 벌이는 남편을 졸린 눈으로 바라보았다.

루실은 그런 그가 참 아름답다고 생각했다. 특히 실패할 때가 제일 아름다웠다.

해럴드의 손은 비록 기타를 잘 다루지 못해도 튼튼하고 민첩했다. 손가락 역시 미끈하고 포동포동했다. 해럴드는 올해 들어 첫 서리가 내렸을 무렵 루실이 사다준 플란넬 셔츠를 입고 있었다. 빨강과 파랑이 섞인 셔츠였는데, 처음에는 너무 꽉 끼어서 못 입겠다고 투덜거렸다. 그러더니 바로 그 다음날로 그 옷을 입고 나갔다 와서는 정말 마음에 든다며 거품을 물었다. "생각보다 아주 편하더라고." 사소한 일이었지만, 사소한 일이 중요한 법이었다.

해럴드는 또 루실이 좋아하는 청바지—낡기는 했지만 깨끗한—를 입고 있었다. 루실은 생애의 대부분을 듣는 사람도 별로 없는 설교에 바친 아버지 밑에서 자랐다. 그는 늘 주머니 형편을 생각하면 엄두도 내지 못할 최고급 정장을 즐겨 입었는데, 그게 다 아무리 돈이 들더라도 제대로 된 구세군처럼 하고 다녀야 한다고 믿는 루실의 어머니 덕분이었다.

그래서 청바지에 얼룩진 셔츠 차림의 해럴드가 특유의 냉소적인 미소를 머금은 채 처음 그녀 앞에 나타났을 때, 루실은 먼저 그의 옷차림에 반했고, 그다음에 그 옷차림의 주인공에게 반했다.

"당신 때문에 헷갈리잖아."

해럴드는 그렇게 투덜거리며 기타의 6번 줄을 새로 조율했다.

루실은 망치처럼 덮쳐오는 졸음에 연신 하품을 했다.

"그러려고 한 게 아닌데." 그녀가 중얼거렸다.

"어때, 많이 좋아졌지?" 해럴드가 말했다.

루실은 가벼운 웃음을 터뜨렸다. "연습이나 부지런히 하세요. 당신은 손가락이 너무 두꺼워서 남들보다 연습을 더 많이 해야 돼."

"그래서 그런가? 내 손가락이 그렇게 두꺼워?"

"그렇다니까요." 그렇게 대답하는 루실은 너무너무 졸려 보였다.

"하지만 난 손가락 두꺼운 사람이 좋아요."

해럴드가 한쪽 눈썹을 추켜세웠다.

"아빠?" 제이콥이 자기 방에서 아빠를 불렀다.

"다리는 뭘로 만들죠?"

"쟤는 진짜 건축가가 되려나 봐요." 루실이 소곤거렸다.

"재료로 만들지 뭐로 만들어!" 해럴드가 소리쳤다.

"어떤 재료요?"

"그야 네가 어떤 재료를 가지고 있느냐에 달렸지."

"아, 해럴드." 루실이 눈을 흘겼다.

두 사람은 다음 질문이 이어지기를 기다렸지만 뜻밖에도 그것으로 끝이었다. 기존의 건축 계획이 취소되고 새로운 계획이 시작된 듯, 통나무 몇 개가 마룻바닥에 쿵쾅거리는 소리가 들렸다.

"저 아이가 언젠가 집을 지을 거예요." 루실이 말했다.

"일주일도 안 되어 마음이 바뀔 걸."

"아니에요." 그녀가 말했다.

"당신이 어떻게 알아?"

"엄마들은 알아요."

해럴드는 기타를 바닥에 내려놓았다. 그 사이에 루실은 잠이 들어 버렸다. 해럴드는 거실 벽장에서 조그만 담요를 꺼내 아내를 덮어주었다. "음식 중에 내가 들여다볼 건 없어?" 해럴드가 물었다.

루실이 잠결에 중얼거렸다. "저 아이는 건축가가 될 거야."

루실은 그 말과 함께 기억 속에서, 그리고 텅 빈 현실의 집안에서도 잠이 들었다.

루실은 거실 소파에서 두 손을 머리 밑에 받치고 다리는 몸통 쪽으로 잔뜩 끌어당긴 채 옆으로 누운 자세로 잠에서 깨어났다. 해럴드가 앉아서 기타를 뜯고 있어야 할 의자는 주인을 잃은 채 텅 비어 있었다. 혹시 제이콥이 자기 방에서 장난감 통나무를 가지고 노는 소리가 들리지 않나 하고 귀를 곤두세워 보았다.

역시 침묵뿐이었다.

루실은 소파 위에 일어나 앉았다. 아직 졸음이 가시지 않았고, 너무 피곤해서 눈알이 따끔거렸다. 소파에 누운 기억도, 잠이 든 기억도 나지 않았다. 마지막으로 기억나는 것은 주방 싱크대 앞에 서서 창밖을 내다보며 설거지할 준비를 하던 자신의 모습이었다.

아주 늦은 시간인지, 아니면 아주 이른 시간인지 분간이 가지 않았다. 계절이 가을로 접어들 무렵의 서늘한 기운이 느껴졌다. 집 바깥에서 귀뚜라미가 울어댔다. 그중 한 마리가 용케 집안으로 들어온 듯, 이층의 먼지 낀 한쪽 구석에서 구슬픈 노래를 불러댔다.

루실은 평소보다 몸이 더 쑤시는 것 같아서 덜컥 겁이 났다.

그녀를 겁먹게 한 것은 꿈이 너무 생생해서가 아니었다. 몇 주 만에 처음으로 꿈을 꾸었다는 사실, 혹은 그 꿈에 어딘지 건강하지 못한 요소가 포함되어 있다는 직감 때문도 아니었다. 그녀를 정말로 겁먹게 한 것은 그녀가 느닷없이 자신의 늙고 지친 육신 속으로 내팽개쳐졌다는 사실이었다.

꿈속에서 그녀의 다리는 아주 튼튼했다. 지금은 무릎이 쑤시고 발목은 부어오른 상태였다. 꿈속에서 그녀는 기운이 넘쳤고, 어떤 일이든 주어진 시간 안에 해치울 자신이 있었다. 꿈속에서 느꼈던 불길한 예감을 견딜 수 있었던 이유도 바로 그것 때문이었다. 심지어 그 꿈이 어느 순간 갑자기 끔찍한 악몽으로 변해 버린다 해도, 꿈속에서처럼 100% 보장되는 젊음만 있다면 어떻게든 견뎌낼 수 있을 것 같았다.

그러나 이제 그녀는 다시 늙은 여인으로 되돌아왔다. 더욱 한심한 것은, 혼자 남은 늙은 여인이라는 점이었다. 외로움이 그녀를 겁먹게 했다. 지금까지 언제나 그래 왔고, 앞으로도 마찬가지일 가능성이 높았다.

"그 아이는 건축가가 될 거야." 루실은 그렇게 중얼거렸지만 아무도 들어줄 사람이 없었다. 그녀는 울기 시작했다.

얼마 후 울음이 그쳤다. 마치 어딘가의 밸브가 열려 보이지 않는 압력이 빠져나간 듯, 기분이 한결 나아졌다. 무심코 몸을 일으키려 하던 루실은 관절염의 기습 공격을 당했다. 하는 수 없이 날카롭게 숨을 몰아쉬며 도로 소파에 쓰러졌다.

"하나님 맙소사." 그녀가 중얼거렸다.

다음번에는 좀 더 쉽게 일어날 수 있었다. 통증은 여전했지만 마음의 준비가 되어 있으니 한결 견디기가 수월했다. 걸음을 옮기니 발이 질질 끌려 와삭거리는 소리가 났다. 그렇게 와삭거리는 소리를 내며 그녀는 주방으로 들어갔다.

커피를 한 잔 만들어 베란다로 통하는 문 앞에 서서 귀뚜라미 울음소리에 귀를 기울였다. 이내 그 울음소리가 잦아든 탓에, 지금이 아주 늦은 시간인지 아주 이른 시간인지 모르겠다던 그녀의 궁금증이 풀렸다. 동쪽 하늘이 희뿌옇게 밝아오는 것을 보니 머지않아 동이 틀 모양이었다. "주님을 찬양하라." 그녀가 중얼거렸다.

해야 할 일이 있었다. 정말로 그 일을 하려면 계획을 세워야 했다. 정신을 집중해서 계획을 세우려면 더 이상 집이 적막강산 같다는 생각을 할 필요가 없었다. 그러니 텔레비전을 켜놓으면 쓸데없이 떠들어대는 소리가 나와도 좋은 동무가 될 것 같았다.

"괜찮아질 거야." 루실은 자리에 앉아 조그만 노트를 펼쳐 들고 중얼거렸다.

처음에는 아주 간단한 것들, 그러니까 그녀가 알고 있고 의문의 여지가 없는 것들만 적을 생각이었다. "세상은 참 이상한 곳이다." 일단 그렇게 썼다. 그 문장이 목록의 첫머리를 차지했다. 조금 웃음이 나왔다. "당신과 결혼한 지도 참 오래되었네요." 그녀는 곁에 없는 남편을 향해 속삭였다. 텔레비전이 네 시간 이상 지속되는 발기는 위험하다는 경고로 그녀의 속삭임에 화답했다.

그녀는 다시 쓰기 시작했다. "의인들이 부당하게 갇혀 있다."

다음 문장은 "내 남편과 아들이 갇혀 있다"로 이어졌다.

루실은 노트를 내려다보았다. 아주 단순하면서도 당당해 보였다. 진실은 누구나 갈구하는 그 무엇이지만, 그 자체가 구원으로 가는 길을 알려주지는 않는다. 진실은 가만히 웅크리고 앉아 가능성이라는 어둠을 응시하며 누군가의 영혼이 자신을 발견하면 어떤 반응을 보일지 지켜본다.

"내가 꼭 이렇게 해야 하는가?" 루실은 계속 써내려갔다. "이 세상에 정말로 사람들을 구하기 위해 노력하는 이가 있는가? 정말로 그런 일이 벌어질 것인가? 내가 노망난 할망구 취급을 당하며 체포되거나, 혹은 그보다 더 험한 꼴을 당하게 되는 것은 아닌가? 내가 살해되지는 않을까? 해럴드는? 제이콥은?"

"아, 하나님." 루실이 중얼거렸다.

텔레비전이 그녀를 향해 웃음을 터뜨렸다. 그래도 그녀는 포기하지 않았다.

그녀의 글은 마을이 공포에 사로잡혔고, 시민 의식은 완전히 무너졌다는 내용으로 이어졌다. 나아가 사무국이 사악한 전횡을 일삼는다고 썼다가, 그 대목을 지우고 모든 잘못은 정부에서 비롯되었다고 고쳐 썼다. 폭동은 그녀에게 생소한 단어였다. 너무나 생소하고 뜨거워서 그냥 놔두면 치명적인 화상을 입을 듯했다. 최대한 서서히 다가가야 했다.

그녀는 다윗과 골리앗의 이야기를 비롯해, 강력한 압제자에 맞서 싸우는 성경의 모든 영웅들을 떠올렸다. 유대인과 애굽, 파라오 이야기도 스쳐 지나갔다.

"내 백성들을 가게 하라." 루실은 그렇게 말해 놓고 텔레비전에서 어린아이의 목소리로 "알았어"라는 말이 흘러나오자 가볍게 웃음을 터뜨렸다.

"이건 일종의 신호야." 그녀가 말했다. "안 그래?"

그녀는 오랜 시간에 걸쳐 목록을 작성했다. 급기야 목록은 한 페이지를 넘어갔고, 손에 쥐가 나기 시작했다. 해는 이미 지평선 위로 덩실 떠올랐으며, 텔레비전에서는 이제 오늘의 주요 뉴스가 흘러나왔다.

루실은 계속해서 글을 쓰며 건성으로 텔레비전 소리를 들었다. 별로 새로운 뉴스는 없었다. 더 많은 귀환자들이 돌아오고 있었다. 그들이 어떻게, 무엇 때문에 돌아오는지 아는 사람은 아무도 없었다. 수용소는 날이 갈수록 확장되어 수많은 마을들을 통째로 집어삼켰다. 이제는 아카디아 같은 시골뿐만 아니라 대도시에서도 똑같은 일이 벌어지고 있었다. 그로 인해 정상인들이 심각한 위기에 직면했다고 어느 앵커가 말했다.

루실은 그 앵커가 사태를 과대 포장한다고 생각했다.

인터뷰에 응한 로스앤젤레스의 한 여인은 루실과 정반대로 생각하는 것이 분명했다.

이윽고 더 이상 쓸 것이 없어진 루실은 가만히 앉아 자신이 쓴 글을 들여다보았다. 검토 결과 대부분은 별 문제가 되지 않지만 제일 처음에 쓴 항목들, 목록 제일 위에 쓴 내용들은 여전히 중요하다고 느껴졌다. 그것들에 대해서는 뭔가 대책이 필요했지만, 아무리 기도를 해도 아무런 대책도 나오지 않고 있다는 사실을 인정할 수밖에 없었다.

"아, 하나님." 그녀가 중얼거렸다.

루실은 일어나서 침실로 들어갔다. 이제는 걸을 때도 발이 바닥에 끌리지 않았다. 제법 당당한 걸음걸이였다. 침실 벽장 제일 안쪽 구석, 즉 해럴드도 그녀도 더 이상 신지 않는 오래된 구두 상자 밑에, 세금 서류와 읽지 않은 책들과 먼지와 곰팡이와 거미줄 밑에, 해럴드의 권총이 들어 있었다.

그녀가 마지막으로 그 권총을 본 것은 50년 전의 일이었다. 그날 해럴드는 고속도로에서 차를 몰다가 개를 한 마리 치었는데, 그 개를 집까지 데려왔다가 결국은 땅에 묻어야 했다. 그 기억이 갑자기 벼락처럼 떠올랐다가 사라졌다. 마치 그녀의 무의식이 지금은 그런 기억을 시시콜콜 떠올리지 않기로 결정한 것처럼.

권총은 루실이 기억하던 것보다 훨씬 무거웠다. 그녀는 지금까지 딱 한 번 그 총을 손에 쥐어보았다. 해럴드가 그것을 집으로 가져온 날이었다. 무슨 까닭인지 해럴드는 그 총을 무척이나 자랑스러워했다. 당시의 루실은 총을 가지고 있다는 사실에 자랑스러움을 느껴야 하는 이유가 도무지 납득이 가지 않았다.

총신은 매끈했고, 검푸른 사각 형태가 금속과 나무가 어우러진 손잡이와 완벽한 조화를 이루는 듯했다. 손잡이의 한복판은 단단한 쇠붙이였지만—무게와 질감으로 미루어 짐작할 수 있었다—양쪽에 나무로 된 부분이 붙어 있어 손에 편안한 느낌을 주었다. 꼭 영화에 나오는 권총 같았다.

루실은 지금까지 자기가 본 영화에서 권총이라는 물건이 어떤 역할을 했는지 떠올려 보았다. 죽이고, 무언가를 폭발시키고, 위협하고, 죽이고, 구하고, 자신감과 든든함을 가져다주고, 죽이고…

결국 그 느낌은 죽음이었다. 차갑다. 단단하다. 피할 수 없다.

결국은 이렇게 되고 마는 것인가? 그녀는 생각에 잠겼다.

이제 프레드 그린에게 남은 것이라고는 참생명 운동밖에 없었다.

밭은 말 그대로 쑥대밭이 되었다. 집안 청소도 하지 않았다. 목재 공장에 나가 일거리를 찾아본 지도 몇 주나 지났다.

마빈 파커는 학교에서 폭력 사태를 일으킨 중죄인으로 체포되어 보석조차 허용되지 않았다. 그는 현장에서 어깨가 탈구되고 갈비뼈가 부러지는 부상을 입었다. 본인은 물론 프레드도 그 정도 위험을 각오하기는 했지만 정작 일이 그렇게 되고 보니 죄의식을 떨칠 수 없었다. 돌아보면 정말 어리석은 생각이었다. 당시 프레드는 마빈을 이렇게 설득했다. "그들에게 따끔한 교훈을 가르쳐주어야 해. 귀환자들을 다른 곳으로 옮겨야겠다는 생각이 들도록 만들어주자고. 다른 마을로 꺼지라고 말이야." 마빈도 그의 생각에 진심으로 동의했다. 하지만 이제 마빈이 부상을 입은 몸으로 철창 뒤에 갇히는 신세가 되었으니, 프레드의 양심이 흔들리는 것도 무리가 아니었다.

지금 당장은 마빈을 위해 할 수 있는 일이 아무것도 없었다. 그보다 더욱 중요한 것은—비록 이런 결과를 초래했음에도 불구하고—그들의 행동이 충분히 강력하지 못했다는 점이다.

어쩌면 그들이 너무 쉽게 생각한 것인지도 모른다. 아직 할 일은 얼마든지 남아 있었다.

그날 밤 이후로 다른 사람들이 여럿 프레드를 찾아왔다. 프레드와 마빈이 무엇을 하고자 했는지 아는 사람들, 그들을 도우려면 무엇을 해야 하는지를 알고 싶어 하는 사람들이었다. 숫자가 그리 많지는 않았지만—그나마 대부분은 말만 앞서는 이들이었다—그중 두세 명은 적당한 때가 왔다고 판단될 때 믿고 일을 맡길 수 있을 듯했다.

그 적당한 때는 빠르게 다가왔다. 이제 마을 전체가 점령당한 판이었다. 모든 주민들이 자기 집에서 쫓겨나거나 귀환자들과 함께 생활해야 하는 처지가 되었다. 제기랄, 심지어 마빈 파커의 집조차 빼앗기지 않았는가! 사무국과 망할 놈의 귀환자들이 그 집까지 집어삼켰다.

프레드는 다른 지역에서도 비슷한 사태가 벌어지고 있다는 것을 알고 있었다. 사무국과 귀환자들에 의해 사람들이 한없이 밀려나고 있었다. 누군가는 이런 사태를 끝장내야 했다. 누군가는 아카디아를 위해, 산 사람을 위해 뚜렷한 입장을 밝혀야 했다. 아카디아 사람들이 진작부터 귀환자들이 들어오는 것을 반대한다고 들고 일어났더라면 일이 이 지경이 되지는 않았을 것이다. 따지고 보면 마빈

말처럼 뒷마당에 화산이 생긴 어느 여인의 이야기와 비슷한 경우였다. 너무 많은 사람들이 그냥 가만히 앉아서 지켜보고만 있었다. 프레드는 더 이상 두고 볼 수 없다고 마음먹었다. 보다 적극적인 대응이 필요한 시점이었다.

그날 밤, 프레드 그린은 이제부터 무엇을 해야 할지 나름대로 계획을 세운 뒤 잠자리에 들었다가 정말이지 몇 달 만에 처음으로 꿈을 꾸었다. 깨어 보니 아직도 한밤중이었고, 목이 아파서 목소리가 잘 나오지 않았다. 왜 그렇게 되었는지 알 수가 없었다. 무슨 꿈을 꾸었는지 잘 기억도 나지 않았다. 기억나는 거라고는 캄캄한 집에 혼자 앉아 있던 장면이 고작이었다. 음악소리, 어떤 여인의 노랫소리가 들렸던 것 같기도 했다.

프레드는 손을 뻗어 아무도 자고 있지 않은 침대 옆자리를 더듬었다. "메리?" 나직이 아내의 이름을 불러보았다.

집은 대답을 하지 않았다.

침대에서 일어나 욕실로 들어갔다. 불을 켜고 잠시 어슬렁거리며 메리가 뱃속의 아기를 잃고 혼자 쪼그리고 앉아 울던 욕실 바닥의 타일을 바라보았다. 문득 지금 그녀가 여기 있었더라면 그에게 무슨 말을 할지 궁금했다.

한참 만에야 그는 불을 끄고 욕실을 나왔다. 이어서 언제부터인가 그가 '작업실'이라고 부르는 방으로 들어갔다. 곰팡이와 먼지 냄새가 자욱한 이 널따란 방에는 각종 공구와 한참 작업을 하다 만 물건들이 가득했다. 프레드는 이 방의 문 앞에 서서 시작은 했으되 마무리를 하지 못한 작품들을 지긋이 바라보았다. 삼나무로 만든 체스 말들(그는 체스를 둘 줄 몰랐지만 섬세한 말들을 좋아했다), 썩은 참나무를 이용한 연단(그는 태어나서 지금까지 한 번도 연설을 해본 적이 없지만 잘 만든 연단에 선 연사들이 부러웠다), 반쯤 만들다 만 조그만 흔들목마.

왜 이런 목마를 만들기 시작했는지, 왜 만들다가 그만두었는지 기억이 나지 않았다. 하지만 그의 작업실 한쪽 구석, 허접한 상자들과 누비이불 밑에 깔린 것은 분명 목마가 틀림없었다.

왜 그는 이렇게 멍청한 짓을 시작했던 것일까?

그는 먼지 낀 잡동사니들을 헤치고 그 목마 앞으로 다가갔다. 손으로 거친 표면을 한 번 쓱 훑었다. 사포질을 하지 않아 거칠었지만, 촉감은 아주 마음에 들었다. 오랫동안 방치해둔 탓에 날카롭던 모서리가 저절로 부드러워진 모양이었다.

그것은 분명 그가 시작한 작업 중에서 가장 뛰어난 작품은 아니었지만 그래도 끔찍하다는 생각은 들지 않았다. 아마추어 냄새가 나긴 했다. 말의 이빨 크기를 감안하면 입은 구도부터가 완전히 잘못되었다. 하지만 귀는 아주 마음에 들었다. 문득 이 목마를 만들 때 귀 부분에 얼마나 많은 신경을 썼는지가 생각났다. 끝까지 마무리를 했더라면 유일하게 제대로 표현된 부분이 바로 그 귀였을 것이다. 작업이 워낙 힘들어서 며칠 동안 손을 제대로 움직일 수 없을 만큼 고생한 기억이 떠올랐다. 하지만 이제 와서 다시 보니 그렇게 고생한 보람이 있다 싶었다.

바로 그 귀 뒤, 갈기가 시작되는 곳, 말을 탄 사람—목마의 크기를 생각하면 그 위에 탈 수 있는 사람도 몸집이 아주 작아야 했다—만이 볼 수 있는 곳에, 조그만 글자들이 새겨져 있었다.

히-더.

그것이 그와 메리가 곧 태어날 아기에게 지어준 이름이었던가?

“메리.” 프레드는 마지막으로 다시 한 번 아내의 이름을 불렀다.

대답이 없었다. 마치 우주가 최종적으로 그의 계획을, 앞으로 일어날 모든 일들을 확인해주는 느낌이었다. 그는 우주에게 자신의 마음을 돌려놓을 마지막 기회를 주었다. 대답은 텅 빈 집에 가득한 침묵뿐이었다.

너새니얼 슈마허

그가 돌아온 지 두 달이 지났다. 그의 가족은 아주 오래전, 그의 삶이 찬란하게 빛나던 시절과 다름없이 그를 사랑해주었다. 아내는 이제 나이가 많이 들기는 했지만 두 팔을 벌려 힘껏 그를 끌어안으며 기쁨의 눈물을 흘렸다. 아이들—비록 더 이상 아이들이 아니기는 했지만—역시 예전처럼 잠시도 그의 곁을 떠나지 않으려 했다. 그들은 아버지가 세상을 떠난 20년 전이나 귀환자가 되어 돌아온 지금이나, 여전히 변함없이 부모의 관심을 독차지하려고 서로 아웅다웅하는 남매였다.

장남인 빌은 이제 자신도 한 가정의 가장이 되었음에도 불구하고 아직 아버지를 쫓아다니며 어린 시절 내내 그랬던 것처럼 여동생 헬렌을 멍청하다느니, 가망이 없다느니 하면서 놀려댔다.

빌과 헬렌은 시간의 덧없음을 뼈저리게 실감한 듯 둘 다 부모의 집으로 들어와 하루 종일 아버지와 함께 시간을 보내려 했다. 마치 아버지의 중력을 벗어나지 못하는 위성들 같았다. 때로는 밤늦게까지 자지 않고 아버지가 떠난 이후 닥쳤던 삶의 위기를 시시콜콜 설명하기도 했다. 미소를 지으며 귀를 기울이던 그는 이따금 마음에 들지 않는 대목에서 논쟁을 벌이기도 했지만, 그마저도 그의 원래 모습을 상기시켜 주는 것 같아 오히려 기쁨으로 다가왔다.

그는 누가 뭐라 해도 그들의 아버지였고, 귀환자였다.

그러던 어느 날, 그가 또 갑자기 사라져 버렸다.

아무도 그가 정확히 언제 사라졌는지 알지 못했지만, 분명한 것은 그들 곁에 없다는 점이었다. 남은 사람들은 백방으로 그를 찾아다니면서도 마음 한구석으로는 그가 무덤에서 돌아온 것이 지극히 불확실하고 아무도 예상하지 못한 일이었던 만큼, 사라지는 것 역시 마찬가지가 아닐까 하는 생각을 떨치지 못했다.

잠시 동안 그들은 커다란 슬픔에 사로잡혔다. 많은 눈물을 흘리며 안타까운 시간을 보냈다. 빌과 헬렌은 아버지가 갑자기 떠나 버린 이유를 두고 논쟁을 벌이기도 했으며, 어머니는 그런 그들을 말리느라 제대로 슬퍼할 겨를도 없었다. 그러다가 별 의미도 없는 사과를 서로 하며 이제부터 어떻게 해야 할 것인지를 논의하기 시작했다. 일단은 실종 신고를 했다. 사무국 소속의 군인들을 찾아가 아버지가 사라졌다는 사실을 알렸다. "아버지가 갑자기 사라졌어요." 그들은 그렇게 말했다.

군인들은 그리 놀란 기색도 없이 그들의 신고를 접수했다.

결국 그들이 할 수 있는 일은 아무것도 없었다. 아버지가 더 이상 이곳에 존재하지 않는다는 사실을 받아들여야 했다. 심지어는 그의 무덤을 찾아가 관을 꺼내보면 모든 것이 확실해지지 않을까 하는 생각까지 해보았다.

그러나 어머니는 그 생각에 동의하지 않았다. "그만하면 됐다."

16

그녀는 이전보다 좀 더 여위었다. 그것 말고는 하나도 변한 게 없었다. "어떻게 지내?" 그가 물었다. 그녀는 그의 손을 어루만지며 그의 어깨에 얼굴을 묻었다.

"잘 지내."

"밥은 먹었어? 먹을 것은 잘 나와?"

그녀는 고개를 끄덕이며 손톱으로 가볍게 그의 팔뚝을 긁었다.

"보고 싶었어."

미시시피 주 메리디언의 수용소는 정상인과 귀환자의 접촉에 상당히 관대한 편이었다. 이곳 역시 환경이 열악하기는 마찬가지였지만, 적어도 아카디아만큼은 아니었다. 정상인이 무기를 비롯해 불순한 의도의 물품을 반입해오지 않는지 확인하는 보안 검색실과 숙소 사이의 안뜰에 울타리를 쳐 면회실로 이용하고 있었다.

"나도 보고 싶었어." 이윽고 그가 대답했다.

"너를 찾으려고 얼마나 애썼는지 몰라." 그녀가 말했다.

"그들이 편지를 보내 왔더라고."

"무슨 편지?"

"그냥 네가 나를 찾고 있다는 내용이었어."

그녀는 고개를 끄덕였다.

"본격적으로 귀환자들을 감금하기 전의 이야기야." 그가 말했다.

"어머니는 어때?"

"돌아가셨어." 그는 그렇게 대답해놓고 생각보다 자신의 말투가 조금 무심했던 것 같다고 느꼈다. "혹은 돌아오셨는지도 모르고. 요즘은 표현을 어떻게 해야 할지 애매하잖아."

그녀는 연인들이 하듯 천천히 그의 손을 어루만졌다. 이토록 가까이 그녀와 함께 앉아 그녀의 체취를 느끼고, 손길을 느끼며, 그녀의 숨소리를 들으니, 로버트 피터즈 목사는 그동안의 오랜 세월과 그 모든 잘못들, 그 모든 실패들, 그 모든 슬픔과 외로움을 잠시나마 잊을 수 있을 듯했다.

그녀가 테이블 너머로 몸을 기댔다.

"같이 떠나자." 그녀가 조용히 말했다.

"안 돼, 그럴 수 없어."

"할 수 있어. 지난번에 그랬던 것처럼 이번에도 그냥 우리 둘이서 떠나면 되잖아."

그는 다정한 아버지처럼 그녀의 손등을 토닥였다.

"그건 실수였어." 그가 말했다. "우리는 좀 더 기다렸어야 해."

"뭘 기다려?"

"나도 몰라. 그냥 기다렸어야 했어. 시간이 모든 걸 해결해주니까. 나는 이제 그걸 터득했어. 나도 이제 늙었나 봐." 그는 잠시 생각을 해본 다음, 자신의 말을 수정했다. "글쎄, 늙었다고 하기는 좀 그럴지도 모르지만 더 이상 젊은이가 아닌 것만은 분명해. 그동안 나는 시간이 흐르면 견디지 못할 일은 없다는 사실을 배웠고."

하지만 그것은 그의 가장 큰 거짓말 가운데 하나가 아닐까? 그녀 없는 하루하루가 그만큼 견디기 힘들었기 때문에 지금 여기까지 달려온 것이 아닐까? 그는 단 한 번도 그녀를 잊은 적이 없었고, 자신이 그녀에게 한 짓을 용서한 적이 없었다. 결혼을 하고, 하나님께 인생을 바치고, 사람이 해야 할 모든 도리를 따르며 지금까지 살아왔지만, 그래도 그는 아직 그녀를 극복하지 못했다. 아버지보다, 어머니보다, 심지어는 하나님보다도 더 사랑하던 그녀였다. 그럼에도 불구하고 그는 그녀를 떠났다. 아니, 실제로 떠난 것은 그녀였는지도 모른다. 그녀는 약속을 지켰다. 혼자 남게 되자, 스스로 자신의 목숨을 거둔 것이다.

그는 단 하루도 그것을 잊은 적이 없었다.

지금 아내와의 결혼은 그의 영혼을 살리기 위한 일종의 타협일 뿐이었다. 왠지 그래야 논리적일 것 같았다. 그래서 최대한의 열정과 분별심을 발휘해 집을 사고 연금을 부었다. 시간이 흐르고, 그와 아내 사이에 아기가 생기지 않는다는 사실조차도 차라리 잘된 일로 느껴졌다.

진실을 말하자면, 그는 단 한 번도 아내와의 사이에 아기를 가질 상상조차 해보지 않았다. 진실을 말하자면, 결혼이라는 제도의 장

점을 충분히 인정함에도 불구하고, 오랜 세월에 걸쳐 그가 늘어놓은 그 모든 설교에도 불구하고, 파탄 지경에 이른 부부들에게 어떻게든 견뎌보라고 수없이 설득했음에도 불구하고, 눈이 퉁퉁 부은 채 그를 찾아온 어느 부부에게 "하나님과 이혼은 어울리지 않는다"고 단언했음에도 불구하고, 그 모든 설교와 설득과 단언에도 불구하고, 그는 언제나 본인 자신의 결혼으로부터 달아날 궁리를 했다.

그러던 차에 죽었던 사람들이 무덤에서 돌아오기 시작했으니, 그에게 꼭 필요한 동기는 마련된 셈이었다.

이제 이렇게 그녀와 함께 있으니 비록 모든 것이 완벽해 보이지는 않아도 실로 오랜만에 한결 기분이 나아지는 것을 느꼈다. 지금 그는 그녀의 손을 맞잡고 있었다. 그녀를 느낄 수 있었다. 그녀를 만질 수 있었다. 그녀의 그 익숙한 체취를 맡을 수 있었다. 그녀 특유의 체취는 오랜 세월이 흘렀어도 변하지 않았다. 그렇다. 원래부터 이렇게 되었어야 했다.

면회실 여기저기에서 경비원들이 죽은 자와 산 자를 갈라놓고 있었다. 면회 시간이 끝난 것이다.

"저들이 당신을 이렇게 가둬둘 수는 없어. 이건 비인간적이야."

그는 힘주어 그녀의 손을 잡았다.

"난 괜찮아." 그녀가 말했다.

"아냐, 그렇지 않아."

그녀를 끌어안고 깊은 숨을 들이쉬자, 그녀의 체취가 그의 몸속에 가득 퍼졌다. "그분들은 왔었어?" 그가 물었다.

"아니."

"미안해."

"미안해할 필요는 없어."

"그분들은 당신을 사랑해."

"나도 알아."

"당신은 아직 그분들의 딸이야. 그분들도 그걸 알아. 반드시 알아야 하고."

그녀는 고개를 끄덕였다.

경비원들이 돌아다니기 시작했다. 그들은 말로 해서 통하지 않으면 강제로 사람들을 떼어놓기도 했다.

"끝났소." 그들은 그렇게 윽박질렀다.

"당신을 여기서 꺼내줄게." 그가 말했다.

"좋아." 그녀가 말했다.

"하지만 그러지 않아도 괜찮아. 다 이해하니까."

드디어 경비원들이 그들에게까지 다가왔고, 그들이 함께하던 시간을 떼어놓았다.

그날 밤, 목사는 잠이 들었다가 깨기를 반복하며 같은 꿈을 몇 번이고 되풀이해서 꾸었다.

열여섯 살의 그가 자신의 침실에 혼자 앉아 있었다. 집안 어딘가에는 그의 아버지와 어머니가 잠들어 있었다. 집안에는 온통 무거운 침묵이 가득했다. 그들의 논쟁이 남긴 열기는 소리 없이 내린 눈처럼 처마 끝에 매달려 있었다.

그는 일어나서 최대한 조용히, 소리 나지 않게 옷을 입었다. 그러고는 맨발로 마룻바닥 위를 살금살금 걸었다. 계절은 여름이었고, 습기 찬 밤공기 속에는 귀뚜라미 울음소리가 가득했다.

그는 뭔가 굉장히 극적인 탈출을 기대했다. 그가 집을 빠져나올 때 아버지나 어머니가 잠을 깨어 앞을 막아설 줄 알았는데, 예상과는 달리 그런 일은 벌어지지 않았다. 어쩌면 그가 싸구려 소설이나 영화를 너무 많이 본 것인지도 모른다. 영화에서는 이럴 때 늘 한바탕 소란이 벌어지곤 했다. 누군가 고함을 지르고, 때로는 폭력이 동반되는 경우도 많았다. 등장인물들의 운명을 결정하는 마지막 한마디—"두 번 다시 꼴도 보기 싫다!" 등등—가 대미를 장식해야 정상이었다.

하지만 현실 속의 그는 모두가 잠든 사이에 집을 빠져나오는 데 성공하고, 잠에서 깨어난 그의 부모는 이미 그가 사라진 다음이라는 사실을 발견하는 것으로 끝이 날 모양이었다. 부모는 그가 어디로, 무엇 때문에 갔는지 짐작할 것이다. 그러나 그를 쫓아오지는 않을 텐데, 이는 그것이 아버지의 성격과 맞지 않기 때문이었다. 아버지의 사랑은 열린 문과도 같았다. 열린 문은 나가는 사람도, 들어오는 사람도 막지 않는 법이었다.

그는 거의 한 시간을 걸어 그녀를 만났다. 달빛 때문인지 그녀의 얼굴이 유난히 창백하고 수척해 보였다. 원래부터 깡마른 체구였지만, 지금은 금방이라도 쓰러질 것 같았다.

"그가 죽어 버렸으면 좋겠어." 그녀가 말했다.

목사—물론 그때는 아직 목사가 아니라 평범한 소년에 불과했지만—는 그녀의 얼굴을 멍하니 바라보았다. 그녀의 눈은 퉁퉁 부었고, 입술과 코 사이에 피가 검게 말라붙어 있었다. 피가 입술에서 났는지 코에서 났는지 잘 분간이 가지 않았다.

로버트 피터즈가 상상했던 극적인 탈출은 오히려 그녀 쪽에서 이루어진 모양이었다.

"그런 말 하지 마." 그가 말했다.

"더러운 새끼! 버스에 확 받혀 버려라! 아니, 사나운 개한테 목이 물어 뜯겼으면 좋겠다! 더러운 병에 걸려서 하루하루 더 심해지는 고통에 시달리다 확 뒈져 버렸으면 좋겠어!"

그녀는 이를 악물고 그렇게 내뱉었고, 그녀의 손은 팔 끝에 매달려 허공을 가르는 주먹이 되었다.

"리즈." 그가 말했다.

그녀는 비명을 질렀다. 분노, 아픔, 그리고 두려움.

"리즈, 제발 그만해!"

그래도 그녀의 비명은 그치지 않았다.

엘리자베스 핀치의 원래 모습, 그리고 그의 기억 속에 남아 있는 모습 사이의 괴리는 오랜 세월에 걸쳐 서서히 잊힌 모양이었다.

로버트 피터즈 목사는 바깥의 고속도로에서 들려오는 대형 트럭들의 엔진 소리에 잠을 깼다. 모텔의 벽은 얇았고, 수용소를 드나드는 트럭들의 행렬은 끝이 없었다. 커다랗고 시커먼 트럭들은 한껏 과장된 원시 시대의 투구벌레를 연상케 했다. 때로는 차 안에 자리가 모자라 군인들이 트럭 옆구리에 매달려 다니기도 했다.

목사는 트럭이 고속도로를 달리는 내내 그 군인들이 그렇게 매달려 왔을까 하는 생각을 했다. 굉장히 위험한 이동 방법이었다. 하기야 죽음의 의미가 이토록 애매모호해진 세상이라면, 그런 행동도 옛날처럼 위험하기만 한 것이 아닐지도 모른다.

수용소에서 돌아올 때, 라디오에서 한 무리의 귀환자들이 살해된 뉴스가 흘러나왔다. 그들은 애틀랜타 외곽의 조그만 마을—안 좋은 일은 늘 조그만 마을에서 먼저 터지는 모양이었다—의 어느 주택에 숨어 있었는데, 참생명 운동에 관여한 사람들이 그들을 발견하고 얌전히 투항하라고 설득했다.

그 와중에 귀환자들을 숨겨준 몇몇 동조자들이 체포되었다. 이제 로체스터 사건의 재발도 그리 멀지 않아 보였다.

아무튼 참생명 운동의 몇몇 과격분자들이 그 집 앞에 나타나면서 사태는 빠른 속도로 악화되었다. 급기야 그들은 집에 불을 질렀고, 정상인과 귀환자를 가리지 않고 집안에 있던 모든 사람이 목숨을 잃었다.

라디오에서는 방화범을 체포하기는 했지만 아직 공식적인 혐의 사실은 발표되지 않고 있다고 덧붙였다.

로버트 피터즈 목사는 한참 동안 모텔 창문 앞에 서서 주위에서 일어나는 일들을 바라보며 엘리자베스를 생각했다. 마음속에서 그는 그녀를 '엘리자베스'라고 부르고 있었다.

한때 그는 그녀를 '리즈'라고 불렀다.

내일 그는 군인들에게 절대 말썽을 일으키지 않겠다고 다짐하고 한 번 더 그녀를 만나러 갈 생각이었다. 누구든 책임자를 붙잡고 그녀를 풀어주면 자기가 책임지고 보호하겠다고 설득할 터였다. 필요하다면 영혼의 무게를 과감히 벗어던질 수도 있었다. 성직에 몸담은 사람들은 누구나 약간의 감정적 죄의식을 유도하는 방법을 배우기 마련이었다.

쉬운 일은 아니겠지만, 결국은 뜻대로 될 것이다. 드디어 그는 그녀를 되찾게 되는 것이다.

하나님의 은총으로, 결국은 다 잘될 것이다. 로버트 피터즈 목사가 할 일은 그런 생각을 실행에 옮기는 것뿐이었다.

"하나님의 은총으로," 로버트가 말했다. "결국은 다 잘될 거야. 우리가 할 일은 실행에 옮기는 것뿐이야."

그녀는 미소를 지었다.

"언제부터 그렇게 믿음이 좋아졌어, 버티?"

그는 그녀의 손을 꼭 잡았다. 이미 오래전부터 그를 그렇게 부르는 사람은 아무도 없었다. 그를 '버티'라고 부르는 사람은 오로지 그녀뿐이었다.

그녀가 다시 그의 어깨에 얼굴을 기댔다. 마치 여기가 메리디언 수용소의 면회실이 아니라, 오래전 그녀 아버지의 농장에 있던 늙은 참나무 밑에 앉아 있는 기분이었다. 그는 그녀의 머리칼을 어루만졌다. 그녀의 머리칼이 그토록 밝은 벌꿀 색깔이었던 것을, 그 머릿결이 마치 물처럼 그의 손가락 사이로 미끄러져 내리던 것을 그동안 까맣게 잊고 있었다. 그녀와 함께하는 하루하루는 재발견의 나날이었다.

"조금만 더 확신을 심어주면 돼." 그가 말했다.

"네가 최선을 다하겠지."

"물론."

"다 잘될 거야." 그녀가 말했다.

그는 그녀의 이마에 입을 맞추었다. 주위의 몇몇 사람들이 그런 그를 못마땅한 눈으로 돌아보았다. 그도 그럴 것이, 그녀는 고작 열여섯 살이었다. 열여섯 살에, 나이에 비해서도 체구가 작았다. 반면 그는 엄청난 거구였고, 열여섯 살보다는 훨씬 나이 들어 보였다. 그녀는 귀환자지만, 아직도 어린아이였다.

"언제부터 그렇게 인내심이 생겼지?" 그가 물었다.

"무슨 뜻이야?"

"성질이 많이 죽었네."

그녀는 어깨를 슬쩍 들었다 놓았다.

"성질부리면 뭐해? 그런다고 세상이 바뀔 것도 아닌데."

그는 눈을 동그랗게 뜨고 그녀를 바라보았다.

"아주 심오한데." 그가 말했다.

그녀는 웃었다.

"뭐가 우스워?"

"너! 너무 진지해 보여서."

"사실 진지해." 그가 말했다. "나이를 먹다 보니까."

그녀는 다시 그의 어깨에 머리를 기댔다. "우리, 어디로 갈 거야?" 그녀가 물었다. "그러니까 여기서 나가면 말이야."

"나이를 먹다 보니까." 그가 방금 한 말을 되풀이했다.

"뉴욕으로 가는 건 어때?" 그녀가 말했다.

"브로드웨이. 옛날부터 꼭 가보고 싶었어."

그는 고개를 끄덕이며 자기가 잡고 있는 젊고 작은 손을 내려다보았다. 시간은 그 손에 아무런 변화도 가져다주지 못했다. 예전과 조금도 다름없이, 여전히 작고 매끈한 손이었다. 이는 로버트 피터즈를 놀라게 할 일은 아니었다. 귀환자들은 원래 그렇지 않던가. 그들에게는 자연의 법칙이 적용되지 않았다. 그런데도 왜 그녀의 깨끗하고 매끈한 손이 그를 이렇게 심란하게 만드는 것일까?

"내가 늙었다고 생각해?" 그가 물었다.

"뉴올리언스로 가는 것도 괜찮겠다." 그녀가 말했다. 생각만 해도 마음이 설레는 듯, 그녀는 자세를 고쳐 앉았다.

"아, 그래! 뉴올리언스!"

"그래도 되겠지." 그가 말했다.

그녀는 일어서서 그를 내려다보았다. 그녀의 눈꼬리가 행복하게 치켜 올라갔다. "상상을 해봐!" 그녀가 말했다. "너랑 내가 버번 스트리트를 걷는 거야. 사방에 재즈가 넘쳐나. 음식도! 그러다가 정말 본격적으로 먹기 시작하면 곤란한데."

"근사하겠군." 그가 말했다.

그녀는 그의 손을 잡고 그 거구를 일으켜 세웠다.

"우리, 춤추자." 그녀가 말했다.

그는 주위 사람들의 따가운 눈총과 수군거림에도 불구하고 그녀의 제안을 거부하지 않았다. 두 사람은 천천히 스텝을 밟았다. 그녀의 머리는 간신히 그의 가슴에 닿을락 말락 했다. 그녀는 너무 작았다. 거의 목사의 아내만큼이나 작았다.

"하지만 저들이 너를 안 보내주면 어떡하지?"

"다 잘될 거야." 그녀가 되풀이했다.

두 사람은 말없이 몸을 흔들었다. 군인들이 그들을 바라보았다.

'앞으로 계속 이런 식일 거야.' 그는 속으로 생각했다.

"내가 너를 떠난 거, 기억나?" 그가 물었다.

"네 심장이 뛰는 소리가 들려." 그녀가 대답했다.

"그래." 그가 말했다. 잠시 후, 그가 덧붙였다. "그래."

이것은 그가 상상한 그녀와의 대화가 아니었다. 그의 기억 속에 남아 있는 엘리자베스 핀치—그 오랜 세월 동안 그의 결혼이라는 제단 위에 매달려 있던—는 논점을 피해 가는 성격이 아니었다. 천만에, 그녀는 전사였다. 때와 장소를 가리지 않았고, 싸움도 두려워하지 않았다. 욕을 퍼붓고, 악다구니를 쓰고, 닥치는 대로 물건을 집어던졌다. 자기 아버지를 쏙 빼닮은, 분노의 화신이었다. 그것이 그가 그녀를 그토록 사랑한 이유이기도 했다.

"어떻게든 너를 여기서 빼낼 거야." 그가 말했다. 그러나 마음속으로 그는 이미 이 수용소에서 혼자 춤추는 그녀를 떠났다.

로버트 피터즈는 자신이 어떻게 할 것인지를 알고 있었다. 예전에 그랬던 것처럼, 이번에도 그녀를 떠날 것이고, 돌아오지 않을 것이다. 그녀는 그의 엘리자베스가 아니었다. 그러니 이번에는 전보다 좀 더 쉬울 것이다.

하지만 설령 그녀가 정말로 그의 '리즈'가 맞다 할지라도 달라지는 일은 없었을 것이다. 그는 예전에도 그녀가 떠나리라는 것을 알았기 때문에 자기가 먼저 그녀를 떠났다. 그녀는 그가, 그의 종교가, 그의 크고 굼뜬 체구가, 지극히 정상적인 그의 사고가 지겨워질 것이다.

리즈는 음악이 없이도 춤을 추는 사람이었고, 그는 누가 떠밀지 않으면 절대 춤을 추지 않는 사람이었다. 오래전, 만약 그가 그녀를 떠나 집으로 돌아가지 않았더라면 그녀가 그를 떠나 뉴올리언스로 갔을 것이다. 방금 이 리즈의 유령이 말한 것처럼.

적어도 그만큼은 이 귀환자 소녀에게 남아 있었다. 로버트에게 자신의 숭고함과 끔찍함을 상기시켜 주기에 충분한, 딱 그만큼. 그로 인해 그는 진실을 직시할 수 있었다. 그가 아무리 그녀를 사랑하고 아무리 그녀를 원한다 한들, 그들의 사랑은 결코 이루어지지 않을 것이다. 설령 오래전 그가 그녀 곁을 떠나는 대신 그녀와 함께 어디론가 달아났다 해도, 그래서 그녀의 죽음을 막을 수 있었다 해도, 달라지는 것은 없었을 것이다. 두 사람이 함께하는 시간이 길어지면 질수록 그가 사랑한 그녀는 죽어갔을 것이고, 결국 그녀는 견디다 못해 그를 떠났을 것이다. 어쩌면 육체적으로 떠나지는 않을지라도, 그가 사랑한 그녀의 모든 것은 사라져 버렸을 것이다.

그리고 두 사람 모두, 그런 현실을 애달파했을 것이다.

그래서 로버트 피터즈 목사는 이곳 메리디언 수용소의 면회실에서 한때 그가 사랑했던 열여섯 살 소녀와 춤을 추며 어떻게든 그녀를 여기서 데리고 나가겠노라고 거짓말을 했다. 그리고 그녀는 언제까지나 그를 기다릴 거라고, 두 번 다시 그를 떠나지 않겠노라고 거짓말로 화답했다. 두 사람은 마지막으로 함께 춤을 추며 서로에게 이런 말들을 했다. 또다시 이런 일이 벌어지고 있었다.

코니 윌슨

모든 것이 공포를 향해 움직이고 있었다. 그녀는 그런 공포를 느꼈다. 마치 대지가 바짝 말랐을 때 나무들이 잿빛으로 말라가고 풀들은 갈색으로 죽어가듯, 그것은 피할 수 없는 그 무엇이었다. 변화가 필요했다. 아카디아 내의 사람들 모두 그것을 느낄 수 있었지만 그 느낌의 정체가 무엇인지는 아무도 정확히 알지 못했다. 그녀는 그 공포를 무시하려고, 남편을 돌보고 아이들을 보살피는 하루하루의 일상 속에 묻어 버리려고 노력했지만, 정작 걱정되는 사람은 루실 부인이었다. 그들이 이 수용소로 들어온 뒤, 그녀의 남편인 해럴드를 한 번 마주친 적이 있었다. 그녀는 루실 부인을 위해서라도 그와 제이콥을 유심히 지켜볼 생각이었다.

하지만 상황은 그녀의 생각대로 돌아가 주지 않았고, 지금 그녀는 그 두 사람이 어디에 있는지조차 알지 못했다.

"괜찮을 거야."

그녀는 종종 그렇게 중얼거리곤 했다.

귀환자들은 이 조그만 마을에, 아니 사무국과 불확실한 세상에 갇힌 죄수나 다름없었다. 아카디아의 정상인들 역시 마을을 통째로 빼앗기고 정체성마저 잃어버렸으니 또 다른 의미의 희생자가 되어 버렸다.

"절대 괜찮지 않아."

코니는 눈앞에 펼쳐지는 상황을 바라보며 중얼거렸다.

두려운 마음에 아이들을 끌어안아 보았지만, 두려움은 그녀의 어깨를 놓아주지 않았다.

17

해럴드와 벨러미는 아카디아를 구워삶을 듯이 내려쬐는 폭염 아래 마지막 면담을 치르고 있었다. 해럴드는 마지막이라는 사실이 특별히 섭섭하지는 않았다. 그 사이에 이 뉴욕 출신의 흑인은 말굽 던지기 실력이 부쩍 좋아졌다. 지나칠 만큼.

벨러미는 여러 차례 반대 의사를 표명했음에도 불구하고 결국 다른 곳으로 발령이 났다. 윌리스 대령은 이미 오래전에 포화 상태에 다다른 아카디아 수용소의 그 많은 사람을 벨러미가 일일이 면담하기에는 턱없이 시간이 부족하다는 점을 이유로 내세웠다. 사무국 소속의 요원들은 그 밖에도 더 시급히 처리해야 할 업무들이 많았지만, 벨러미는 그런 일에 관여하고 싶어 하지 않았다. 결국 윌리스 대령은 그를 다른 곳으로 보내기로 결정했다.

벨러미는 거기에 대해서는 생각을 하지 않으려고 노력했다. 신상의 변동이 어머니에게 어떤 의미로 다가갈 것인지도 생각하지 않으려 했다. 그저 말굽을 던지며 최선의 결과를 기대할 뿐이었다. 말굽은 정확하게 날아갔다.

땡그랑.

"제가 떠나게 되었다는 건 알고 계시지요?"

벨러미가 부드러우면서도 직접적인 말투로 운을 뗐다.

"소문은 들었어." 해럴드가 대답했다. "직접 듣지 않아도 그 정도는 알 수 있으니까." 이번에는 그가 던질 차례였다.

땡그랑.

두 사람 모두 더 이상 점수를 기록하지 않았다.

그들은 마치 다른 곳에는 적당한 장소가 없다는 듯 여전히 학교 한복판의 좁은 풀밭에서 말굽 던지기를 하고 있었다. 하지만 이곳은 이제 두 사람 모두에게 익숙해진, 나름대로 각별한 의미를 지닌 장소였다. 수용소가 마을 전체로 퍼져 나감에 따라 이제 이곳은 그나마 사람들의 눈에 덜 뜨이는 곳이 되었다. 사람들은 끊임없이 바깥으로 눈을 돌렸고, 학교를 비롯해 사무국이 마련한 몇몇 가건물들을 벗어나기에 바빴다. 이제 아카디아는 마을 전체가 말 그대로 포화 상태였다. 사람들이 떠나고 오랫동안 비어 있던 건물들이 다시 사람들이 살 수 있는 곳으로 변신했다. 심지어는 아카디아 전체에 몇 되지 않던 도로들조차 천막이 들어서거나 사무국의 보급품을 나눠주는 곳으로 활용되었다. 아카디아는 완전히 장악되었다.

하지만 설령 그렇지 않더라도 이 좁은 풀밭은 지난 몇 주 동안 그들 두 사람이 만나는 곳으로 고정되다시피 한 상태였다.

벨러미는 미소를 지었다. "물론 그러시겠지요." 그는 주위를 둘러보았다. 눈이 시리도록 파란 하늘에는 비를 머금지 않은 흰 구름 몇 조각이 여기저기 떠 있을 뿐이었다. 멀리 숲속의 나무들 사이를 헤집고 불어온 바람이 마을의 건물들을 어루만졌다.

해럴드와 벨러미에게 불어오는 바람은 오히려 뜨거운 열기와 습기를 내뿜는 입김에 지나지 않았다. 그 속에는 열악한 조건 속에 너무 긴 시간을 갇혀 있었던 사람들의 땀 냄새와 오줌 냄새가 섞여 있었다. 요즘 아카디아의 거의 모든 것은 그런 냄새를 풍겼다. 아니, 그 냄새가 모든 것에 배어 있다고 하는 것이 맞는 표현이었다. 이제는 아예 만성이 되어 벨러미를 포함한 사람들 모두가 더 이상 그 냄새를 의식하지 못할 정도였다.

"물어볼 거야, 말 거야?" 해럴드가 물었다. 그는 그 뜨거운 열기 속에서 벨러미와 함께 말굽을 주우러 나란히 걸음을 옮겼다. 제이콥은 그리 멀지 않은 학교 건물 안에 스톤 부인과 함께 있었다. 해럴드는 아까부터 자꾸만 그녀가 머릿속을 맴돌았다.

"게임—반드시 말굽 던지기만을 말하는 것은 아니지만—이 더 진행되기 전에, 쓸데없이 변죽을 울리느라 시간을 낭비하지는 말자고 합의하는 게 어때? 자네가 동의한다면 말이야. 자네도, 나도 그녀가 누구인지 알고 있으니까."

"언제 아셨습니까?"

"그녀가 여기 도착하고 얼마 지나지 않아서. 그녀가 우리 방에 배치된 게 우연이라고는 한 번도 생각해 보지 않았거든."

"제가 제 생각만큼 똑똑하지는 않은 모양이네요, 그렇죠?"

"그런 이야기가 아니야. 자네의 판단력이 흐려진 것뿐이니까. 그게 자네 책임이라고 우길 마음은 조금도 없어."

두 사람은 다시 말굽을 던졌다. 땡그랑. 땡그랑. 또 한 번 바람이 불어왔고, 이번에는 마치 어떤 변화가 서서히 다가오는 듯 웬일로 공기가 선선하게 느껴졌다. 하지만 그것도 잠시, 바람이 멎자 공기는 다시 뜨거워졌고 태양은 느릿느릿 하늘을 가로질렀다.

"그녀는 어때요?" 벨러미가 물었다.

땡그랑.

"잘 지내. 자네도 알잖아."

"저에 대해서 물어보던가요?"

"입만 열면."

땡그랑.

벨러미는 잠시 생각을 정리해 보았지만, 해럴드의 말은 아직 끝난 게 아니었다. "그녀는 자네가 코앞에 앉아서 자기 이마에 입을 맞춘다 해도 자네를 알아보지 못할 거야. 깨어 있는 시간의 절반 정도는 내가 자네인 줄 알거든. 나머지 절반은 내가 자네 부친인 줄 알고."

"죄송합니다." 벨러미가 말했다.

"뭐가?"

"어르신을 이런 일에 끌어들여서."

해럴드는 허리를 펴고 두 발을 고정시킨 채 조준을 했다. 자세는 좋았지만 말굽은 말뚝을 한참 벗어났다. 그는 미소를 지었다.

"나라도 그렇게 했을 거야." 그러면서 그는 한마디 더 덧붙였다.

"실은 나도 계획을 세우고 있지."

"대가가 따르는 거군요."

"그냥 '눈에는 눈'이라고 해."

"뭐든 간에."

"루실은 어떤가?"

벨러미는 한숨을 내쉬며 정수리를 긁적였다. "제가 듣기로는 잘 지내신답니다. 집 밖으로 나오는 일이 그리 많지는 않지만, 솔직히 요즘은 나와도 할 일이 별로 없잖아요."

"그들이 우리한테 못할 짓을 많이 했어." 해럴드가 말했다.

벨러미 차례였다. 말굽은 완벽하게 착지했다.

"부인께서 총을 가지고 다니기 시작하셨다더군요." 그가 말했다.

"뭐라고?"

그의 낡은 권총이 마음속에 휙 스쳐 지나가더니, 이어서 제이콥이 죽기 전날 밤과 그가 땅에 묻어야 했던 개 생각이 떠올랐다.

"제가 들은 바로는 그렇습니다. 부인께서 고속도로를 지나가다가 검문을 당했는데, 트럭 시트에 권총이 있더랍니다. 웬 총이냐고 물었더니 '안전을 지킬 권리'가 어쩌고 하면서 한바탕 연설을 늘어놓으시더래요. 그러면서 급기야는 자꾸 귀찮게 하면 쏘겠다고 위협하기까지 했답니다. 물론 저는 그게 과연 얼마나 진심에 가까웠을지 의문스럽지만 말입니다."

벨러미가 반대편으로 걸어가느라 그의 발밑에 먼지가 이는 동안, 해럴드는 그 자리에 서서 하늘을 올려다보며 얼굴의 땀을 닦았다.

"내 마누라답지 않은 짓을 했군." 해럴드가 말했다. "내 마누라는 먼저 쏘고 나서 연설은 그다음에 하는 여잔데 말이야."

"저는 처음부터 부인께서 '하나님이 알아서 처리하실 거야'라고 믿는 분이라는 인상을 받았습니다.” 벨러미가 말했다.

“그건 나중에 그렇게 된 거고.” 해럴드가 말했다. “처음에는 진짜 말썽꾸러기였어. 아마 우리가 젊었을 때 어떤 일들을 겪었는지 얘기해도 자네는 믿지 않을 거야.”

“기록에는 별다른 게 없던데요. 제가 두 분의 기록을 한 번 훑어봤거든요.”

“체포되지 않았다고 해서 불법을 저지르지 않은 것은 아니잖아.”

벨러미는 미소를 지었다.

땡그랑.

“전에 우리 어머니에 대해서 물어보신 적이 있지요.”

벨러미가 말했다.

“그랬지.” 해럴드가 대답했다.

“어머니는 결국 폐렴으로 돌아가셨어요. 하지만 그건 마지막 가실 때의 이야기고, 실제로 어머니를 조금씩 갉아먹은 것은 치매였습니다.”

“그 상태로 돌아오신 거로군.”

벨러미는 고개를 끄덕였다.

“그런 어머니를 지금 자네는 떠나려 하는 거고.”

“그 사람은 제 어머니가 아니에요.” 벨러미가 고개를 가로저으며 말했다. “누군가의 복사본일 뿐이지요. 어르신도 이게 무슨 뜻인지 잘 아실 겁니다.”

“아.” 해럴드가 차가운 목소리로 내뱉었다.

“우리 아이 이야기로군.”

"어르신과 저는 그 점에서 한 배를 탄 셈이지요." 벨러미가 말했다. "어르신도 저도, 죽은 사람은 죽은 거고 그것으로 끝이라는 걸 알지 않습니까."

"그런데 왜 그녀를 나에게 데려왔나? 왜 그런 수고를 사서 한 거지?"

"어르신이 아드님 곁에 남은 것과 같은 이유지요."

그날은 하루가 끝날 때까지 공기 속의 열기가 가시지 않았고, 하늘은 바늘로 찔러도 피 한 방울 나지 않을 듯이 푸르렀다. 두 사람은 점수도 계산하지 않고, 몇 판을 했는지도 헤아리지 않고, 그래서 무엇을 하자는 것인지도 따지지 않고 계속해서 말굽을 던졌다. 그저 예전과는 전혀 동떨어진 곳이 되어 버린 마을 한복판과 세상에서, 그들이 내뱉은 말들이 말벌처럼 공기 속을 윙윙거리며 떠도는 가운데, 끝없이 서로를 맴돌았다.

저녁이 되었을 때, 루실은 책상 앞에 웅크리고 있었고 하그레이브네 집안에는 윤활유 냄새가 진동했다. 쇠로 만든 솔이 금속을 문지르는 소리가 온 집안에 퍼져 나갔다.

총 밑에 그동안 거의 사용한 적이 없는 조그만 청소 키트가 들어 있었다. 그 안에는 친절한 설명서까지 동봉되어 있었다. 문제는 총을 분해하는 작업이 만만치 않다는 점이었다.

솔질을 하기 위해서는 총구가 반드시 한쪽 방향을 가리키도록 잡아야 했는데, 그 각도가 못내 불안하게 느껴졌다. 스프링에도 신경을 써야 했고, 콩알만 한 조그만 부품 하나라도 어디로 달아나 버리면 조립할 때 문제가 생길 게 틀림없었다. 루실은 이 총에 총알이 장전되어 있지 않으며, 따라서 가끔 정신 나간 얼간이들이 일으키는 멍청한 사고는 일어나려야 일어날 수 없다는 사실을 몇 번이나 자신에게 상기시켰다.

그녀가 빼놓은 총알은 책상 반대편에 한 줄로 나란히 세워져 있었다. 솔로 그 총알까지 하나하나 닦았는데, 행여 그녀가 알지 못하는 어떤 화학 반응으로 솔벤트가 총알 내부의 화약과 섞이는 사태를 우려해 세제는 사용하지 않았다.

어쩌면 지나치게 주의를 기울이는 것이 아닐까 싶었지만, 조심한다고 해로울 것은 없었다.

루실은 총알을 꺼낼 때, 날씬한 탄창에서 총알이 하나하나 튀어나오는 소리가 묘한 화음을 이룬다는 생각을 했다.

딸깍.

딸깍.

딸깍.

딸깍.

딸깍.

딸깍.

딸깍.

그녀는 지금 일곱 명의 생명을 손아귀에 틀어쥐고 있었다. 문득 자신과 해럴드와 제이콥, 그리고 윌슨네 네 식구가 죽어 있는 모습이 떠올랐다. 일곱 구의 시체.

조그맣고 묵직한 발사체를 손바닥 안에서 굴려 보았다. 주먹을 쥐고 그 총알이 손바닥에 전달하는 감촉에 정신을 집중했다. 매끈하고 둥그스름한 탄두가 그녀의 손바닥을 지그시 눌렀다. 점점 더 힘을 주니 이러다가 손바닥에 구멍이라도 뚫리는 것 아닌가 하는 생각이 들었다.

이어서 그녀는 조심스럽고 부드럽게 그 총알들을 책상 위에 한 줄로 세웠다. 그러고는 총을 무릎에 내려놓고 설명서를 읽었다.

설명서에는 총의 윗부분이 뒤로 미끄러지면서 총구 안쪽이 드러나는 그림이 그려져 있었다. 루실은 총을 집어 들고 자세히 살펴보았다. 그러고는 그림에 나온 것처럼 슬라이드 뒤쪽을 잡고 힘을 주었다. 아무 일도 일어나지 않았다. 좀 더 힘을 주었다. 그래도 마찬가지였다. 루실은 다시 한 번 그림을 살펴보았다. 아무리 봐도 제대로 하고 있는 것 같았다.

마지막으로 다시 한 번 시도해 보았다. 너무 힘을 주었더니 온몸의 핏줄이 불끈 곤두서는 것이 느껴졌다. 이를 악물고 조그맣게 기합을 넣는 순간, 갑자기 슬라이드가 뒤로 휙 튕겨나가며 총알 하나가 튀어나와 바닥으로 땡그랑 떨어졌다.

“주여.” 자신도 모르게 그 소리가 튀어나왔고, 손이 벌벌 떨리기 시작했다. 루실은 한참 동안 바닥에 떨어진 총알을 집을 엄두조차 내지 못하고 멍하니 쳐다보기만 했다. 어떻게 된 것일까?

“이런 경우까지 각오를 했어야 했나?” 그녀는 혼자 중얼거렸다.

그제야 총알을 집어 책상 위에 놓은 그녀는 묵묵히 권총 청소를 계속하며 오늘 밤에 일어날 일들을 생각했다.

집을 나서야 할 시간이 되자, 루실은 현관을 나와 해럴드의 낡은 트럭 옆에 서서 한참 동안 입을 굳게 다문 채 집을 돌아보았다. 충분한 거리를 두고 바라보면 그녀가 결혼을 하고, 사랑을 하고, 아들을 키운 이 풍파에 찌든 낡은 집안에서 정해진 궤도를 맴도는 자신의 모습이 보일 것만 같았다. 물론 그 모습에는 남편과의 실랑이도 빠뜨릴 수 없을 텐데, 정작 남편과 떨어져서 지내다 보니 그는 그녀가 종종 생각했던 것처럼 한심하고 고집만 센 늙은이가 아니라는 사실을 깨달을 수 있었다. 그는 그녀를 사랑했다. 그는 50년이 넘는 세월 동안 한결같이 그녀를 사랑한 사람이었다. 이제 어둠이 내려앉는 이 집을, 그녀는 떠나려 하고 있었다.

루실은 숨을 크게 들이쉰 다음, 이 집의 모습, 그것이 이 우주에서 그녀에게 부여하는 모든 의미를 허파 속에 되새기기라도 하듯 정신이 아득해질 때까지 숨을 멈추었다. 이 순간, 이 풍경, 이 생명, 이 한 번의 호흡에 처절하게 매달리며 숨을 참고 또 참았다. 비록 언젠가는 도로 내쉬어야 하겠지만.

그날 밤 경계 근무에 투입된 군인은 캔자스 출신의 그 혈기 왕성한 젊은이였다. 주니어라는 이름의 이 젊은 군인은 어느새 친구가 되어 버린 변덕스럽고 재미있는 할아버지 때문에라도 이 마을에서 경계 근무를 서는 것이 그리 싫지 않았다.

비극의 주인공들이 흔히 그러하듯, 주니어 역시 별 뚜렷한 이유도 없이 오늘 밤에는 뭔가 끔찍한 일이 벌어질 것 같은 불길한 예감에 사로잡혔다. 그래서 저녁 내내 혹시 누구에게 아주 중요한 할 말이 있지 않았나 하는 생각을 하며 몇 번이나 휴대전화를 열어 보았다.

주니어는 초소 안에서 낡은 포드 트럭이 덜컹거리며 다가오는 소리에 귀를 기울이며 헛기침을 했다. 때때로 마을을 둘러싼 울타리가 이렇게 불쑥 끝나버리고 좁은 2차선 도로 한 가닥만 한적한 시골로 뻗어나가는 것이 무척 낯설게 느껴질 때가 있었다. 마치 울타리 안에서, 그러니까 바리케이드 안에서 벌어지는 그 모든 일들 역시 이렇게 느닷없이 끝나 버릴지 모른다는 의미인 것 같았다.

엔진 소리가 고르지 않고 전조등 불빛이 도로 위에서 살짝 흔들리는 것을 보니, 누군지는 모르지만 운전대를 잡은 사람에게 뭔가 문제가 있는 것 아닌가 하는 생각이 들었다. 어느 꼬맹이가 재미 삼아 차를 몰고 나온 것 아닐까 싶을 정도였다. 주니어 자신도 어렸을 때 아버지의 낡은 트럭을 몰래 끌고 나간 적이 있었다. 남자라면 마땅히 그런 짓을 해봐야 한다고 느낄 나이 때의 일이었다.

캔자스와 노스캐롤라이나는 그리 많이 다르지 않다는 생각이 들었다. 적어도 이 지역은 그랬다. 평지, 농장, 규칙적이고 부지런한 주민들. 마치 유령처럼 공기 속을 떠도는 이 망할 놈의 습기만 아니라면, 아예 이곳에 정착하는 것도 한 번쯤 고려해 볼 만했다. 토네이도도 잘 오지 않고, 성격 좋기로 유명한 남부 사람들답게 다들 친절한 편이었다.

주니어는 트럭의 브레이크 소리에 문득 현실로 돌아왔다. 파란 픽업트럭이 잠시 덜컹거리더니 이윽고 시동이 꺼졌다. 전조등은 여전히 환하게 밝혀진 상태였다. 주니어는 훈련병 시절, 이런 상황에 대해 배운 것이 기억났다. 전조등을 켜놓으면 맞은편에 서 있는 사람은 앞이 보이지 않는다. 따라서 차 안에 있던 사람은 몰래 차에서 내려 눈에 뜨이지 않게 총을 쏠 수 있다.

주니어는 총을 별로 좋아하지 않았다. 그의 사격 솜씨가 형편없다는 것도 어느 정도 영향을 미쳤을 것이다. 다행히 그때 상향등이 꺼지는 바람에 주니어는 운전대에 앉은 사람이 적어도 70대는 된 할머니라는 사실을 알아볼 수 있었다. 무엇 때문인지는 몰라도 잔뜩 화가 난 얼굴이었지만, 주니어는 이런 상황이라면 굳이 총을 찾을 필요는 없겠다는 생각이 들었다. 하지만 그래도 그는 보초를 서고 있는 중이었으니 당연히 총을 가지고 있었다. 루실이 차에서 내리자, 주니어는 그 할머니의 손에도 권총이 들려 있는 것을 알아차렸다.

"할머니!" 주니어가 재빨리 초소에서 뛰어나오며 외쳤다.

"할머니, 그 총부터 좀 내려놓으세요!"

"신경 쓰지 마세요, 당신을 쏘려는 게 아니니까." 루실이 말했다.

그녀는 트럭 앞에 버티고 섰고, 아직 전조등을 끄지 않아 그녀의 등 뒤가 환하게 빛났다. 루실은 파란색 면 드레스 차림이었는데, 별다른 장식이나 무늬도 없는 치맛자락이 거의 그녀의 발목까지 내려왔다. 주로 의사와 약속이 있을 때, 마음에 들지 않는 이야기는 아예 꺼내지도 말라는 무언의 경고를 보내기 위해 입고 가는 드레스였다.

트럭의 조수석과 짐칸에서 한 무리의 귀환자들이 꾸역꾸역 몰려나오기 시작했다. 그 숫자가 어찌나 많은지, 주니어는 해마다 가을이면 그의 마을을 찾아오던 서커스단이 떠오를 지경이었다.

귀환자들은 조용히 트럭에서 내려 루실의 등 뒤에 버티고 섰다.

"중요한 건 인간의 도리, 그리고 예의에 어긋나지 않는 행동이니까요." 루실은 그렇게 말했지만 딱히 이 젊은 군인에게 하는 말은 아닌 것 같았다. "가장 기본적인 인간의 도리 말이에요."

"여보세요!" 주니어는 누군가에게 도움을 청해야겠다는 생각에 무작정 그렇게 외쳤다. 이런 상황에 말려들고 싶은 마음은 조금도 없었다. "여보세요! 여기 문제가 좀 생겼습니다!"

대번에 저벅저벅 군홧발 소리가 다가왔다.

"주의 지팡이와 막대기가 나를 위로하시나이다."

루실이 중얼거렸다.

"할머니." 주니어가 말했다. "일단 그 총부터 좀 내려놓으세요."

"나는 당신과 실랑이를 하려고 여기 온 게 아니에요." 루실은 그렇게 말하며 자신의 총구가 땅바닥을 향하고 있는 것을 가리켰다.

"그래요, 할머니." 주니어가 말했다. "무슨 말을 하려고 오셨는지는 모르지만 일단 그 총을 내려놓으셔야 이야기를 나누든 말든 할 것 아닙니까."

그 사이에 야간 경계 임무에 투입되었던 다른 군인들이 도착했다. 다들 손에 총을 들고 있었지만, 어려서부터 교육을 잘 받은 덕분인지 총구가 정면으로 루실을 향하고 있지는 않았다.

"무슨 일이야, 주니어?"

군인 한 명이 소곤거리는 목소리로 물었다.

"나도 몰라." 주니어가 역시 조그만 목소리로 대답했다. "갑자기 저 할머니가 귀환자들을 데리고 손에 총을 든 채 불쑥 나타났어. 처음에는 저 할머니가 트럭에 태워온 귀환자들밖에 없었는데…"

지금은 상황이 달라졌다. 그 사이에 귀환자들의 숫자가 크게 불어나 있었다. 모두 몇 명이나 되는지는 알 길이 없지만, 적어도 군인들의 숫자를 완전히 압도하고도 남을 정도라는 것은 분명했다.

"내가 온 건 거기 갇혀 있는 사람들을 모두 해방시키기 위해서예요." 루실이 소리쳤다. "당신들한테는 아무런 불만이 없어요. 그냥 명령받은 대로 하는 것뿐일 테니까요. 줄곧 그렇게 훈련도 받았을 테고요. 그런 이유로 당신들한테는 아무런 불만도, 적의도 없어요. 하지만 아무리 명령대로 움직여야 한다고는 하지만, 당신들도 옳은 일을 하고 정의로운 사람이 되어야 한다는 도덕적 책임은 명심해야 한다는 점을 분명히 말해두고 싶네요."

루실은 목사가 생각을 정리할 때 흔히 하던 것처럼 천천히 앞뒤로 걸음을 옮겨보고 싶었다. 트럭을 몰고 여기로 올 때만 해도 그런 계획을 세웠지만, 막상 이 자리에 서서 지금 하고 있는 행동을 하다 보니—그것도 총 앞에서—죽도록 겁이 나는 것을 어쩔 수 없었다.

하지만 지금은 겁을 먹고 있을 때가 아니었다.

"당신들하고는 이야기를 나눌 필요도 없어요." 루실이 큰소리로 말을 이었다. "당신들이 이런 일을 초래한 게 아니니까요. 당신들은 그저 겉으로 드러나는 현상 가운데 하나일 뿐이에요. 나에게 필요한 것은 현상이 아니라 원인이에요. 윌리스 대령을 만나고 싶어요."

"할머니." 주니어가 말했다. "제발 총 좀 내려놓으세요. 대령님을 만나고 싶으시면 만나게 해드릴게요. 하지만 먼저 그 총부터 내려놓으셔야 합니다."

주니어 옆에 있던 군인이 덧붙였다. "총을 내려놓고 그 귀환자들을 이쪽으로 보내세요. 수속을 밟아야 하니까."

"어림도 없는 소리!" 루실이 소리쳤다. 총을 쥔 그녀의 손에 더 힘이 들어갔다. "수속을 밟는다고?" 군인들은 차마 루실에게 총을 겨눌 수가 없어서 총구를 그녀와 함께 온 귀환자들에게 향하고 있었다. 루실 뒤에 모여선 귀환자들은 꿈쩍도 하지 않았다. 단지 그 자리에 버티고 서서 루실과 그녀의 권총이 자기네의 입장을 대변해주기를 고대할 뿐이었다. "나는 대령을 만나야겠어요." 루실이 말했다.

자신의 행동에 대해 갑자기 죄책감이 밀려들었지만, 그럼에도 불구하고 루실은 여기서 무릎을 꿇을 생각은 조금도 없었다. 사탄은 아주 교활한 유혹자여서, 조그만 타협에 무릎을 꿇게 만들어 결국은 인간을 더 큰 죄악으로 이끌어가는 법이었다. 루실은 이제 더 이상 방관자로 남아 있을 수가 없었다.

"윌리스 대령!" 루실이 소리쳤다. 마치 그가 세상에서 제일가는 악당이라도 되는 듯한 말투였다. "윌리스 대령을 데려오세요!"

주니어는 이토록 팽팽한 긴장감에 익숙하지 않았다. "누구든 좀 불러와 봐." 그가 옆에 있던 동료에게 낮은 목소리로 속삭였다.

"뭐라고? 그냥 할머니일 뿐이잖아. 아무 짓도 못할 거야."

루실은 그들이 속삭이는 소리를 들었다. 그들의 상황 판단이 잘못되었다는 사실을 입증이라도 하듯, 그녀는 총을 치켜들고 허공을 향해 방아쇠를 당겼다. 다들 기겁을 해서 펄쩍 뛰었다.

"지금 당장 불러오세요." 귀가 약간 먹먹했지만, 루실은 그렇게 소리쳤다.

"누구든 불러와!" 주니어가 옆에 있던 군인에게 말했다.

"누구든 불러와."

옆에 있던 군인이 또 옆에 있던 군인에게 말했다.

"누구든 불러와."

메시지는 신속하게 전달되었다.

이윽고 누군가가 오기는 왔다. 그러나 루실이 예상한 대로, 온 사람은 윌리스 대령이 아니라 마틴 벨러미였다. 그는 걷는 것도 아니고 뛰는 것도 아닌 어정쩡한 자세로 게이트를 넘어왔다. 언제나처럼 정장 차림이었지만 넥타이는 보이지 않았다. 루실은 그것이 상황의 심각성을 보여주는 상징적인 표시라고 생각했다.

"드라이브하기 좋은 밤이로군요." 벨러미는 군인들 앞으로 성큼 나서며 말했다. 첫째는 루실의 관심을 자신에게 집중시키기 위해, 둘째는 조만간 루실을 겨누게 될지도 모르는 총구를 조금이라도 가리기 위해 의도된 행동이었다.

"당신을 오라고 한 게 아니에요, 마틴 벨러미 요원."

"그래요, 부인. 아마 그건 아니었을 겁니다. 하지만 사람들이 저더러 가보라고 하더군요. 그래서 이렇게 왔습니다. 그나저나 무슨 일입니까?"

"무슨 일인지는 당신도 이미 잘 알고 있잖아요. 누구나 다 알고 있어요." 총을 든 그녀의 손이 가볍게 떨렸다. "화가 나서 참을 수가 없어요." 그녀가 담담한 목소리로 말을 이었다. "더 이상 두고 볼 수가 없다고요."

“그래요, 부인.” 벨러미가 말했다. “화가 날 만도 하지요. 누군가에게 화를 낼 권리가 있다면, 그건 바로 부인일 겁니다.”

“쓸데없는 수작 벌이지 말아요, 마틴 벨러미 요원. 이 일의 원인을 나에게 돌리려 하는 것 같은데, 그건 사실이 아니잖아요. 나는 그저 윌리스 대령을 만나고 싶을 뿐이에요. 그러니 가서 그 사람을 불러와요. 아니면 다른 사람을 보내서 불러오라고 하든지. 어느 쪽이든 상관없어요.”

“분명히 장담하건대, 그는 지금 부지런히 여기로 달려오고 있을 겁니다.” 벨러미가 말했다. “솔직히 말해서 저는 그게 좀 두렵게 느껴지기도 하고요.”

“나는 두렵지 않아요.” 루실이 말했다.

“그 총 때문에 문제가 더 복잡해질 수도 있어요.”

“총? 내가 이 총 때문에 두렵지 않다고 말하는 줄 아세요?” 루실은 한숨을 내쉬었다. “이건 총하고는 아무 상관도 없는 일이에요. 내가 두려움을 느끼지 않는 이유는 이미 마음을 확고하게 굳혔기 때문이에요.” 그녀는 마치 단단한 땅에 뿌리를 내린 한 송이 꽃처럼 허리를 쭉 폈다.

“이 세상의 많은 사람이 무언가를 두려워하고 있어요. 나도 마찬가지고요. 나는 지금도 여러 가지 두려움을 안고 있어요. 텔레비전에서 본 끔찍한 장면들이 떠오르기도 하고요. 심지어 이번 사태가 시작되기 전에도, 끝나고 난 뒤에도 내 두려움은 사라지지 않을 거예요. 하지만 이건 두렵지 않아요. 지금 이 자리에서 벌어지고 있는, 혹은 앞으로 벌어질지도 모르는 일들은 하나도 두렵지 않다고요.

그 이유는 이게 옳은 일이기 때문이에요. 선한 사람들은 옳은 일을 할 때 더 이상 두려움을 느끼지 말아야 해요."

"하지만 모든 행동에는 결과가 따르는 법입니다." 벨러미는 협박조로 들리지 않게 하려고 조심스러운 목소리로 말했다.

"세상이 그렇게 돌아가니까요. 모든 일에는 결과가 따르고, 항상 우리가 예상한 결과가 나오지도 않습니다. 때로는 상상도 못한 결과가 나오기도 하지요. 오늘 이 일이 어떻게 끝나건 간에—그 누구보다도 이 일이 평화적으로 끝나기를 간절히 바라고 있습니다만—반드시 그에 따른 결과가 뒤따를 겁니다."

벨러미는 루실을 향해 더 가까이 다가섰다. 그의 머리 위로 마치 아무 일도 없다는 듯이 별들이 반짝이며 말없이 각자의 복잡한 궤도를 따라 이동하고 있었다.

벨러미는 멈춰 서서 말을 이었다.

"부인이 무엇을 하려는지는 저도 압니다. 입장을 분명히 하고 싶은 거겠지요. 지금 돌아가는 사태가 영 마음에 들지 않을 거고. 그건 저도 충분히 이해합니다. 저 역시 현재 상황이 별로 마음에 들지 않으니까요. 설마 제가 이 마을을 장악해서 무슨 짐짝을 들여오듯 사람들로 가득 차게 만들었다고 생각하지는 않으시겠지요?"

"바로 그렇기 때문에 당신과 이야기를 나눌 필요가 없다고 생각하는 거예요, 마틴 벨러미 요원. 당신에게는 권한이 없어요. 이건 당신 문제가 아니라고요. 그래서 윌리스 대령을 만나려는 거고요."

"그래요, 부인." 벨러미가 말했다. "하지만 윌리스 대령이라고 해서 모든 권한을 가지고 있는 것은 아닙니다. 그 사람 역시 위에서 내려온 명령에 따라 움직이고 있을 뿐이에요. 이 젊은 군인들과 마찬가지로, 그 사람 위에는 더 높은 사람이 있어요."

"집어치워요." 루실이 말했다.

"부인께서 정말로 만족할 만한 결과를 얻으려면 윌리스 대령보다 더 높은 사람을 만나야 합니다, 루실 부인. 더 높은 사다리로 올라가셔야 한다는 뜻입니다."

"나를 바보 취급하지 마세요, 마틴 벨러미 요원."

"대령 위에는 장군이 있겠지요. 지휘 계통에 대해서는 저도 100% 확실하게 알지 못합니다. 군대를 가보지 않아서 제가 아는 대부분은 텔레비전에서 본 것뿐이지요. 하지만 세상의 모든 군인은 명령에 따라 움직일 수밖에 없다는 것 정도는 압니다. 그렇게 계단을 밟아 올라가다 보면 결국은 대통령에게까지 가겠지요. 하지만 루실 부인, 부인께서도 대통령이 모든 것을 다스리지는 않는다는 것을 잘 아실 겁니다. 유권자들, 각계의 로비스트들, 그렇게 따지면 끝이 없습니다."

벨러미는 또 한 발 앞으로 나섰다. 이제 거의 손을 뻗으면 루실에게 닿을 정도의 거리였다. 불과 몇 미터밖에 되지 않았다.

"거기 멈추세요." 루실이 말했다.

"과연 윌리스 대령이 이 모든 사태의 책임을 질 수 있는 사람일까요?" 벨러미는 그렇게 말하며 '이 모든'이라는 단어에서 몸을 슬쩍 돌려 이제는 마을 전체가 거대한 수용소로 변해 버린 시내 쪽을 바라보았다. "아닙니다, 부인. 이렇게 중요하고 민감한 사안을 어떻게 순전히 그의 책임으로 돌릴 수 있겠습니까."

그러면서 벨러미는 또 한 걸음 다가섰다.

"마틴 벨러미."

"하지만 여기, 부인과 저, 윌리스 대령, 해럴드, 제이콥은…"

다음 순간, 한 발의 총성이 울렸다.

이어서 또 한 발의 총탄이 루실의 손에 들린 묵직한 권총에서 허공으로 발사되었다. 루실은 총구를 내려 정면으로 벨러미를 겨냥했다. "당신에게는 아무런 감정도 없어요, 마틴 벨러미 요원." 그녀가 말했다. "당신도 알 거예요. 하지만 자꾸 그런 식으로 본질을 호도하지 말아요. 내가 원하는 건 내 아들이에요."

"그렇지 않소, 부인." 주춤거리며 뒤로 물러서는 벨러미의 등 뒤에서 누군가의 목소리가 들려왔다. 윌리스 대령이었다. 그 옆에는 해럴드와 제이콥의 모습도 보였다. "우리도 본질을 호도하려는 것은 아니니까." 윌리스 대령이 말했다. "모든 것을 정상으로 돌려놓기 위해 최선을 다한다는 말씀을 드리고 싶군요."

해럴드와 제이콥이 대령 옆에 서 있는 것을 본 루실은 온몸이 얼어붙는 기분이었다. 하지만 일이 이렇게 되고 보니 진작 이런 사태를 예상하고 있었어야 했다는 생각이 들었다. 루실은 얼른 총구를 대령에게로 돌렸다. 군인들이 기겁을 했지만 대령은 손짓으로 다들 가만히 있으라고 명령했다.

제이콥의 눈이 휘둥그레졌다. 총을 든 어머니의 모습을 한 번도 본 적이 없었기 때문이다.

"루실." 해럴드가 입을 열었다.

"그런 말투로 내 이름을 부르지 말아요, 해럴드 하그레이브."

"지금 뭘 하는 거야, 이 여편네야?"

"해야 할 일을 하는 거예요. 그것뿐이라고요."

"루실!"

"조용히 해요! 입장이 바뀌었으면 당신도 당연히 이렇게 했을 테니까. 그렇지 않다고 말할 수 있어요?"

해럴드는 루실이 들고 있는 총을 바라보았다.

"그럴지도 모르지." 그가 말했다. "하지만 당신 말대로 입장이 바뀌었더라면, 당신이 지금의 내 입장이라면 어떻게 할 것 같아? 게다가 당신은 그 망할 놈의 총까지 들고 있잖아!"

"욕하지 말라고 했잖아요!"

"남편 말을 들으세요, 하그레이브 부인." 윌리스 대령은 루실의 권총이 자신을 겨누고 있는데도 굉장히 차분하고 편안한 모습이었다. "이 일이 평화롭게 마무리되지 않으면 어떤 불상사가 생길지 모릅니다."

"닥쳐요." 루실이 쏘아붙였다.

"이 사람 말을 들어, 루실." 해럴드가 말했다. "군인들이 다들 총을 들고 있는 게 안 보여?"

그 사이에 군인들의 수는 최소 스무 명 이상으로 불어나 있었다. 그 정도 숫자는 루실도 예상했던 바였다. 다들 끔찍한 일이 생길지도 모른다고 생각하는 듯 잔뜩 긴장한 표정이었다. 이 모든 일이 겁을 먹지 않으려고 안간힘을 쓰는, 낡은 드레스 차림의 할머니 때문에 벌어진 일이었다.

루실은 문득, 자신은 혼자가 아니라는 사실을 상기했다. 어깨 너머를 돌아보았다. 수많은 귀환자들이 나란히 서서 그녀를 바라보며 그녀가 자기네의 운명을 결정해주기를 기다리고 있었다.

사실 이것은 그녀가 계획한 일이 아니었다. 전혀 그럴 마음이 없었다. 게이트로 와서 윌리스 대령에게 입장을 설명하면 어떻게든 그가 모든 사람을 풀어줄 거라고 생각했다.

하지만 트럭을 몰고 오다 보니 마을 외곽 여기저기서 그들의 모습이 눈에 띄었다. 두려움과 분노가 가득한 얼굴로 반쯤 몸을 숨기고 있는 이들도 있었고, 한데 모여 서서 그녀를 빤히 쳐다보는 이들도 있었다. 어쩌면 그들은 이제 더 이상 사무국을 두려워하지 않는 것인지도 모른다. 아니면 이미 모든 것을 체념해 사무국에 체포되어도 상관없다고 생각하는지도 모른다. 혹은, 그들은 정말로 하나님이 보낸 사람들인지도 모른다.

루실은 트럭을 세우고 그들에게 같이 가서 도와 달라고 부탁했다. 그렇게 해서 그들은 그녀의 트럭에 올랐다. 하지만 그 숫자는 기껏해야 픽업트럭 한 대에 탈 수 있을 정도밖에 되지 않았다. 그랬던 것이 지금은 무려 수십 명으로 불어나 있었다. 그들 사이에 어떤 은밀한 연락 체계가 마련되어 있는 것 아닌가 하는 생각까지 들 지경이었다.

'어딘가에 숨어 있던 사람들이겠지.' 루실은 속으로 생각했다. 어쩌면 정말로 기적이 일어난 것인지도 모른다.

"루실."

해럴드의 목소리였다.

루실은 퍼뜩 현실로 돌아와 남편을 바라보았다.

"당신도 1958년의 그날을 기억할 거야. 제이콥의 생일 하루 전, 그러니까 이 아이가 사고를 당하기 하루 전에 샬럿에서 돌아오는 길이었잖아. 한밤중이었고. 비가 억수같이 퍼부어서 잠깐 차를 세우고 비가 좀 멎을 때까지 기다렸다 가면 어떻겠냐는 이야기까지 나올 정도였지. 생각나?"

"그럼요." 루실이 대답했다. "생각나지요."

"그때 그 망할 놈의 개가 번개처럼 트럭 앞으로 뛰어들었어."

해럴드가 말을 이었다.

"그것도 기억나지? 핸들을 꺾을 틈조차 없었어. 그냥 쿵! 그 망할 놈의 개가 트럭과 부딪히는 소리는 정말 끔찍했어."

"갑자기 왜 그 이야기는 꺼내고 그래요?" 루실이 말했다.

"그 일이 벌어지자 내가 도대체 무슨 일이 벌어진 것인지 제대로 분간하기도 전에 당신은 눈물을 쏟기 시작했지. 내 옆에 앉아서, 우리가 친 것이 개가 아니라 어린아이라도 되는 듯이 연신 '주여, 주여.' 하고 부르짖으며 펑펑 울었잖아. 그때 내가 얼마나 겁이 났는지 모를 거야. 나도 진짜로 어린아이를 치었다고 생각했거든. 물론 그런 한밤중, 그것도 그런 날씨에 어린아이가 도로를 돌아다니는 것은 상상조차 할 수 없는 일이었지만 말이야. 하지만 나는 자꾸만 내 트럭에 치여 죽은 것이 제이콥인 것만 같았어."

"그만하세요." 루실이 흔들리는 목소리로 말했다.

"그런데 알고 보니까 그 망할 놈의 개더라고. 어느 집 개인지는 모르지만. 어쩌면 비가 워낙 퍼부으니 냄새를 잘못 맡고 뛰쳐나왔을 수도 있지. 아무튼 그 망할 놈의 빗속에 차에서 내려보니, 벌써 엉망이 되어 있더군. 하는 수 없이 트럭에 싣고 집으로 데리고 갔잖아."

"해럴드."

"집안으로 안고 들어가기는 했는데 어떻게 손을 써볼 수가 없더군. 이미 숨이 끊어지기 직전이었으니까. 그래서 나는 지금 당신이 들고 있는 그 총을 꺼냈지. 당신더러 집안에 있으라고 했는데, 무슨 까닭인지 기를 쓰고 쫓아 나오더라고." 해럴드는 말을 멈추고 목에 걸린 무언가를 뱉어내려는 듯 헛기침을 했다. "그게 내가 그 총을 사용한 마지막이었어." 해럴드가 말했다. "그러고 나서 내가 어떤 모습이었는지 당신도 기억할 거야, 루실. 그런 건 쉽게 잊히지 않으니까."

해럴드는 각자 총을 들고 서 있는 군인들을 돌아보았다.

이어서 그가 제이콥을 안아 들었다. 루실은 손에 쥔 총이 새삼 무겁게 느껴지기 시작했다. 어깨가 떨리기 시작하더니, 팔꿈치와 팔목을 통해 손까지 떨림이 전해졌다. 하는 수 없이 총구를 내릴 수밖에 없었다.

"좋습니다." 윌리스 대령이 말했다. "아주 잘하셨습니다."

"당신하고 할 이야기가 있어요." 루실은 갑자기 극심한 피로가 몰려오는 것을 느끼며 그렇게 말했다.

"무슨 이야기든 할 수 있지요."

"변화가 필요해요." 루실이 말했다. "지금 이 상태로 계속 갈 수는 없어요. 절대 그렇게는 되지 않을 거예요." 총구를 내리기는 했지만 총은 여전히 그녀의 손에 들려 있었다.

"부인 이야기가 옳을지도 모릅니다." 윌리스 대령이 말했다. 그는 어깨 너머로 군인들을 돌아보며 그중에서 토페카 출신의 젊은 병사에게 루실을 향해 턱짓을 했다. 그러고는 다시 그녀를 바라보며 말했다. "나도 이렇게 서서 지금까지 모든 일이 순조롭게 진행되고 있다고 말할 마음은 없습니다. 조화가 깨진 것은 사실이니까요."

"조화가 깨졌다." 루실이 그의 말을 되풀이했다. 그녀는 평소에도 이 '조화'라는 단어를 유난히 좋아했다. 그녀는 뒤를 돌아보았다. 그들이, 수많은 귀환자들이 여전히 자리를 지키고 있었다. 하나같이 군인들과 자신들 사이의 유일한 보호막이라 할 수 있는 루실을 바라보는 중이었다.

"저 사람들은 어떻게 되는 거죠?"

루실이 그렇게 물으며 고개를 돌리는 순간, 어느 틈에 주니어가 살그머니 다가와 자신의 권총을 빼앗을 만큼 가까운 거리까지 접근해 있는 것을 발견했다. 시선이 마주친 주니어는 그 자리에 얼어붙었다. 그의 권총은 아직 총집에 꽂혀 있었다. 그는 누구보다도 폭력을 싫어하는 청년이었다. 그가 원하는 것은 다른 사람들과 마찬가지로 안전하게 집으로 돌아가는 것뿐이었다.

"뭐라고 하셨지요, 하그레이브 부인?" 윌리스 대령이 물었다. 그의 등 뒤로 남쪽 게이트에 설치된 탐조등이 환하게 밝혀져 있었다.

"저 사람들이 어떻게 될 건지 물었어요." 권총의 방아쇠에 걸린 루실의 손가락에 좀 더 힘이 들어갔다. "퇴임을 가정하면…"

"맙소사." 해럴드의 입에서 탄성이 터졌다. 그는 제이콥을 땅바닥에 내려놓고 그의 손을 잡았다.

루실의 목소리는 여전히 차분했지만 그 속에 단호한 의지가 깃들어 있었다. "저 사람들은 어떻게 되는 거죠?" 그녀가 다시 한 번 귀환자들을 가리키며 물었다.

주니어는 지금까지 한 번도 퇴임이라는 단어를 들어본 적이 없었다. 그러나 왠지 그 단어에서 뭔가 좋지 않은 일이 일어날 것만 같은 불길한 예감을 느낀 그는 총을 들고 있는 할머니에게서 한 발 뒤로 물러섰다.

"움직이지 마!" 윌리스 대령이 내뱉었다.

주니어는 그 명령에 복종했다.

"대답을 안 하는군요." 루실은 단어 하나하나를 또박또박 발음했다. 그러고는 자신의 권총을 빼앗으려고 다가선 젊은 병사의 등 뒤를 좀 더 자세히 살피기 위해 왼쪽으로 조금 위치를 옮겼다.

"그들은 수속을 밟을 겁니다." 윌리스 대령이 말했다. 그는 허리를 쭉 펴고 전형적인 군인 자세로 뒷짐을 지었다.

"용납 불가."

루실이 조금 전보다 훨씬 더 단호한 목소리로 소리쳤다.

"빌어먹을." 해럴드는 나직이 욕설을 내뱉었다. 제이콥이 겁먹은 눈으로 그를 올려다보았다. 그도 아버지가 무슨 생각을 하는지 알아차린 것이다. 해럴드는 벨러미를 돌아보았다. 어떻게 해서든 그의 시선을 자기 쪽으로 유도하고 싶었다. 그에게 루실이 평정심을 유지할 수 있는 한계를 넘어서고 있다는 사실을 알려야 했다.

하지만 벨러미는 다른 모든 사람과 마찬가지로 눈앞에서 전개되는 사태에 정신을 팔고 있을 뿐이었다.

"언어도단." 루실이 말했다. "해결 불가."

해럴드는 온몸에 전율이 일었다. 전에도 그녀의 입에서 바로 그

'해결 불가'라는 단어가 나온 뒤, 두 사람은 사상 최악의 부부싸움에 돌입한 바 있었다. 해럴드는 열려 있는 게이트를 향해 뒷걸음질을 쳤다. 일이 잘못되면—이미 그럴 가능성이 최고조에 달한 상태였다—총알이 날아다니기 시작할 것이고, 그런 사태가 빚어지기 전에 조금이라도 그 궤적에서 벗어나고 싶었다.

"우리는 떠날 거예요." 루실이 단호하고 진지한 목소리로 말했다. "내 가족, 그리고 윌슨네 가족도 우리와 함께 갈 거예요."

윌리스 대령의 표정은 조금도 변화가 없었다. 루실만큼이나 단호하고 진지한 표정이었다.

"그렇게는 되지 않을 것 같습니다." 그가 말했다.

"윌슨네 가족을 데려가겠어요." 루실이 다시 말했다. "그들을 돌려주세요."

"하그레이브 부인."

"당신도 체면을 유지해야 한다는 건 이해해요. 부하들에게 존경을 받아야 할 대장의 입장일 텐데, 일흔세 살 먹은 할머니가 권총 한 자루 달랑 들고 어중이떠중이를 데리고 와서 저 울타리 안에 갇힌 모든 사람을 데리고 가겠다고 하면, 굳이 군사 전문가가 아니더라도 당신의 입장이 난처해진다는 것 정도는 충분히 짐작할 수 있는 일이죠."

"하그레이브 부인." 윌리스 대령이 또 한 번 되풀이했다.

"내 요구사항은 지극히 당연하고 상식적인 수준이에요. 내 가족, 그리고 내가 데리고 있던 사람들을 풀어 달라는 것뿐이니까요. 나에게는 하나님이 주신 사명이 있어요."

"하나님의 사명?"

해럴드는 제이콥을 좀 더 끌어당겼다. 이제 아카디아의 모든 수감자가 울타리 앞으로 모여든 것 같았다. 해럴드는 군중을 훑어보며 윌슨네 가족을 찾았다. 일이 루실의 계획대로 진행되면 그들을 돌보는 일은 자신의 임무가 될 것 같았다.

"하나님의 사명." 루실이 되풀이했다. "나의 하나님은 모세를 위해 바다를 가르고 파라오의 군사들을 박살낸 구약의 하나님이 아니에요. 천만에, 더 이상 그런 하나님이 아니죠. 어쩌면 우리가 그런 하나님을 쫓아 버린 것인지도 몰라요."

주니어는 한 발 더 뒤로 물러섰다.

"위치를 지켜라, 이등병!" 윌리스 대령이 소리쳤다.

"해럴드, 제이콥을 안전한 곳으로 데리고 가세요." 루실이 말했다. 이어서 그녀는 윌리스 대령을 바라보았다. "이제 끝내야 해요. 언제까지 우리를 도울 누군가를 기다릴 수만은 없어요. 설령 그 누군가가 하나님이라 해도 마찬가지예요. 이제 우리는 스스로를 돕는 수밖에 없으니까요."

"움직이지 마라, 이등병!" 윌리스 대령이 또다시 외쳤다. "자네가 하그레이브 부인의 총을 건네받아야 우리 모두 오늘밤을 평화롭게 보낼 수 있다."

주니어는 온몸을 부들부들 떨고 있었다. 그가 어떻게 해야 좋을지를 묻는 눈빛으로 루실을 바라보았다.

"달아나세요, 젊은이."

루실은 평소에 제이콥에게 자주 써먹던 말투로 조용히 말했다.

"이등병!"

주니어가 총을 향해 손을 뻗었다.

다음 순간, 루실의 권총이 불을 뿜었다.

루실의 등 뒤에 버티고 있던 만만치 않은 숫자의 귀환자들은 총소리가 울려 퍼져도 군인들이 생각했던 것만큼 크게 동요하지 않았다. 그들 대부분이 이미 한 번은 죽음을 경험해 본 사람들이라, 죽음이 영원히 그들을 가둬두지 못한다는 사실을 알기 때문이 아닐까 싶었다.

물론 그것은 확률이 별로 높지 않은 하나의 가능성에 지나지 않았다. 어쨌거나 지금은 그들도 살아 있는 인간이니까.

주니어가 고통에 울부짖으며 다리를 붙잡고 쓰러졌을 때, 평소의 루실이었다면 얼른 그 앞에 무릎을 꿇고 상처를 살폈을 것이다. 하지만 루실은 주니어를 그냥 지나쳐 똑바로 윌리스 대령을 향해 걸음을 옮기기 시작했다. 윌리스 대령은 병사들에게 발포 명령을 내렸다. 본인도 허리에 찬 권총을 향해 손을 뻗었지만, 주니어와 마찬가지로 선뜻 그 총을 뽑아 나이 든 여인을 겨누지는 못했다. 그녀는 귀환자가 아니었다. 살아 있는 사람이었다.

군인들 쪽에서 총성이 터졌다. 몇 발의 총알은 사람의 살을 뚫고 들어갔지만, 대부분은 허공을 가르거나 아직도 한여름의 열기가 남아 있는 땅바닥에 박혔다. 루실은 총을 똑바로 치켜든 채 윌리스 대령을 향해 다가섰다.

주니어가 총을 맞기 직전, 해럴드는 제이콥을 품에 안고 냅다 달리기 시작했다. 벨러미가 멀지 않은 곳에서 그를 쫓아왔다. 이내 그들을 따라잡은 벨러미는 묻지도 않고 해럴드의 품에서 제이콥을 받아 들었다.

"어머니한테 가보자고." 해럴드가 말했다.

"네, 아빠." 제이콥이 대답했다.

"너한테 한 이야기가 아니다, 얘야."

"예, 알겠습니다." 벨러미가 대답했다.

세 사람은 폐쇄된 마을을 향해 달리기 시작했다.

귀환자들에게 무기는 없었지만 그 대신 압도적인 숫자의 우위가 있었다. 루실을 돕기 위해 그녀와 함께 온 귀환자들을 제외하더라도 아카디아의 남쪽 울타리 안쪽에는 수천 명의 귀환자들이 갇혀 있었다. 지금도 숫자를 헤아리기조차 힘들 만큼 많은 귀환자들이 이 사태의 전개를 지켜보고 있었다.

그에 비해 군인들의 수는 너무 적었다.

귀환자들은 마치 이것이 자신의 궁극적인 목표가 아니라 그저 잠시 스쳐 가는 연기에 불과하다는 듯 말없이 군인들을 향해 다가섰다. 군인들도 자신이 가진 총으로는 이 정도 규모의 군중들 중 극히 일부분밖에 쓰러뜨릴 수 없다는 사실을 잘 알고 있었다. 그러니 총성이 그렇게 오래 지속될 리가 없었다. 귀환자들은 성난 파도처럼 군인들을 집어삼켰다.

진격을 시작한 귀환자들은 순식간에 루실이 대령을 향해 총을 겨누고 서 있는 지점을 지나쳤다. 사방에 고함소리, 사람들이 뒤엉켜 싸우는 소리가 가득했다. 그야말로 혼란의 도가니였고, 경계선 안팎에서 삶을 향한 뜨거운 열정이 불을 뿜었다.

건물의 유리창들이 부서져 나갔다. 군인들이 몇몇씩 무리 지어 퇴각하기 시작하자 앞마당에서, 현관 앞에서 치열한 싸움이 벌어졌다. 더러는 귀환자들이 군사 훈련을 받지 않은 민간인이라는 점에서 약간의 우위를 점하는 군인들도 있었다. 민간인들은 총을 든 군인들을 마주하면 겁을 먹기 마련이었다.

하지만 삶에 대한 열정이 그들에게 동기를 부여했다. 귀환자들은 거침없이 진격을 거듭했다.

"하마터면 부인이 저 젊은 친구를 죽일 뻔했습니다." 윌리스 대령이 주니어를 바라보며 말했다. 주니어는 비록 총을 맞기는 했지만 아직 살아 있다는 사실이 다행스러운 듯 비명을 그치고 고통스러운 신음과 함께 다리를 움켜쥐고 있었다.

"괜찮을 거예요." 루실이 말했다. "우리 아버지는 나에게 걸음마를 가르치기 전부터 총 쏘는 법을 가르쳤죠. 어떻게 해야 내가 겨눈 곳을 맞출 수 있는지 정도는 나도 알아요."

"이런 방법은 성공하지 못합니다."

"이미 성공했는데요."

"더 많은 군인이 몰려올 겁니다."

"그런다고 해서 오늘 이루어진 정의를 되돌리지는 못해요." 루실은 이윽고 총구를 내렸다. "그들은 당신 때문에 오는 거예요." 그녀가 말했다. "그들도 사람이에요. 당신이 한 짓을 알고 있겠죠. 그래서 당신을 잡으러 오는 거예요."

윌리스 대령은 손바닥의 땀을 닦았다. 그러고는 돌아서서 아무 말도 하지 않고 마을을 향해 걸어가기 시작했다. 아직도 이따금 총성이 울렸고, 군인들은 어떻게든 분위기를 바꿔보려고 사력을 다하며 퇴각을 거듭하고 있었다. 이제 귀환자들이 자유의 몸이 되기란 시간문제였다. 윌리스 대령은 아무 말도 하지 않았다.

얼마 지나지 않아 윌슨네 가족이 도착했다. 누가 가족 아니라고 할까 봐, 짐과 코니가 양쪽 가장자리에 버티고 서서 아이들을 보호했다. 짐이 루실을 향해 고개를 끄덕여 보이며 말했다.

"이 모든 소란이 우리 때문에 벌어진 게 아니었으면 좋겠네요."

루실은 그를 힘껏 끌어안았다. 그의 몸에서 곰팡이 냄새가 났다. 당장 샤워부터 해야겠지만, 루실은 그런 냄새가 나는 것도 당연하다고 생각했다. 그와 그의 가족이 어떤 대우를 받았는지 굳이 물어볼 필요조차 없었다.

"이게 옳은 일이에요." 그녀가 혼잣말처럼 중얼거렸다.

짐 윌슨은 그게 무슨 뜻이냐고 물어볼 참이었다. 그러면 루실은 손을 내저으며 어서 집으로 돌아가 설거지나 하라고 농담을 던졌을 것이다. 어쩌면 자녀 교육에 대해 짧은 설교를 늘어놓았을지도 모른다. 물론 그것은 아무런 악의 없는 농담에 지나지 않았을 것이다.

그러나 바로 그때 멀리서 한 발의 총성이 울렸고, 동시에 짐 윌슨의 몸이 갑자기 경련을 일으키기 시작했다.

눈 깜빡할 사이, 그는 그대로 쓰러져 숨을 거두었다.

크리스 데이비스

그들은 자신의 사무실에서 벽에 설치된 여러 개의 모니터를 바라보고 있는 그를 발견했다. 그는 입을 열지 않았다. 크리스의 예상과는 달리, 달아나지도 않았다. 그들이 방으로 들어섰을 때, 그는 허리를 꼿꼿이 펴고 그들을 바라보며 이렇게 말했다. "나는 내 역할을 했을 뿐이야." 크리스는 그가 용서를 구하는 것인지, 아니면 나름의 변명을 하려는 것인지 잘 분간이 가지 않았다. 대령은 변명을 일삼는 사람처럼 보이지 않았다.

"나는 당신들의 정체를, 당신들보다 더 잘 알지 못해." 대령이 말했다. "어쩌면 당신들도 로체스터의 그 사람들처럼 두 번째로 죽을 때까지 사력을 다해 싸울 준비가 되어 있을지도 모르지. 하지만 난 그렇게 생각하지 않아." 대령은 고개를 가로저으며 말을 이었다. "당신들은 달라. 이런 상황은 오래 지속될 수 없어. 절대로." 그러고는 또 한 번 "나는 내 역할을 했을 뿐이야"라는 말을 덧붙였다.

순간적으로 크리스는 윌리스 대령이 자살을 하려는 것 아닌가 하는 생각을 했다. 그렇게 되면 그보다 극적인 장면도 없을 것 같았다. 하지만 그들이 그 방으로 들이닥쳤을 때, 그들은 그의 빈 총이 책상 위에 얌전히 놓여 있는 것을 발견했다. 벽에 걸린 모니터—그는 오랫동안 그 모니터를 통해 귀환자들의 삶과 죽음을 지켜보았다—에는 침상 위에 혼자 앉아 있는 흑인 할머니의 모습이 비치고 있었다.

대령은 사람들에 의해 복도로 끌려 나오며 짧게 숨을 들이쉬었다. 크리스는 그가 어떤 상상을 하고 있는지 궁금했다.

문이 열리자, 꾀죄죄한 차림의 소년이 떨리는 손을 들어 갑자기 쏟아져 들어오는 불빛을 가렸다.

"배고파요." 아이가 기운 없는 목소리로 중얼거렸다.

두 사람이 안으로 들어가 소년을 밖으로 데리고 나왔다. 이어서 소년이 며칠째 갇혀 있던 방에 윌리스 대령을 집어넣었다. 문을 닫고 잠그기 직전, 크리스는 대령이 귀환자들을 물끄러미 바라보는 모습을 발견했다. 마치 귀환자들이 자신의 눈앞에서 죽은 다음에조차 온 세상을 뒤덮고 빈 공간을 남김없이 채우며 이 세상에 뿌리를 내리는 것처럼, 대령의 눈이 휘둥그레지며 얼굴 가득 당혹감이 번졌다.

"좋아."

크리스는 대령이 누구를 향해서인지 분명하지 않은 목소리로 중얼거리는 소리를 들었다.

그들은 문을 닫고 자물쇠를 채웠다.

18

"멈춰." 해럴드가 가쁜 숨을 몰아쉬며 소리쳤다. 허파가 타들어가는 느낌이었다.

벨러미의 본능은 계속 달려야 한다고 아우성쳤지만—그의 어머니가 이 광란의 한복판 어딘가에 있었다—어쩔 수가 없었다. 해럴드를 한 번 돌아보는 것만으로도 그의 상태가 어떤지 충분히 짐작할 수 있었다. 벨러미는 제이콥을 내려놓았다. 아이는 재빨리 아버지에게 달려갔다.

"괜찮아요?" 제이콥이 물었다.

해럴드는 연신 기침을 해대며 가쁜 숨을 몰아쉬었다.

"앉으세요." 벨러미가 노인을 부축하며 말했다. 3번가의 조그만 집 근처였다. 위험 지역을 벗어나려면 아직 한참을 더 가야 했다. 다행히 많은 사람이 사건의 진앙지 부근에 몰려 있는 탓에 이 부근은 비교적 조용한 편이었다. 아마도 지금쯤 아카디아를 빠져나갈 수 있는 사람들은 모두 탈출을 시도하고 있을 터였다. '결국 이곳은 텅 빌 것이다.' 벨러미는 속으로 생각했다.

그의 기억이 정확하다면, 여기는 대니얼스네 집일 것이다. 벨러미는 평소에도 되도록이면 이 마을에 대해 많은 것을 기억에 담아두려고 노력했다. 그것은 이런 일이 벌어질 것을 예상했기 때문이 아니라 늘 어머니에게서 주도면밀한 사람이 되라는 가르침을 받았기 때문이었다.

게이트 쪽에서 한 발의 총성이 터졌다.

"거기서 빠져나오도록 도와줘서 고맙네." 해럴드는 그렇게 말하며 자신의 손을 내려다보았다. "내가 너무 느려서 말이야."

"루실을 놔두고 오는 게 아니었어요." 벨러미가 대답했다.

"아니면, 어떻게? 거기서 얼씬거리다가 제이콥이 총에 맞으면 어떡하라고?" 해럴드는 신음을 토해내며 헛기침을 했다.

벨러미는 고개를 끄덕였다. "예리한 지적이군요. 하긴, 어차피 곧 끝날 겁니다." 그는 해럴드의 어깨에 한쪽 손을 얹었다.

"괜찮으세요?" 제이콥이 연신 기침과 신음을 번갈아 토해내는 아버지의 이마를 닦아주며 물었다.

"아빠 걱정은 안 해도 된다." 벨러미가 말했다. "아빠는 내가 지금까지 만난 사람들 중에서 제일 못된 사람이니까. 못된 사람일수록 오래 산다는 거, 알지?"

벨러미와 제이콥은 해럴드를 부축해 대니얼스네 집의 현관 계단에 앉혔다. 버려진 공터 옆, 깨진 가로등 밑에 웅크린 그 집도 상당히 외로워 보였다.

해럴드는 자신도 모르게 주먹이 쥐어질 때까지 기침을 해댔다.

제이콥이 그의 등을 어루만졌다.

벨러미는 마을 한복판, 학교 쪽에 시선을 고정한 채 말없이 서 있었다.

"자네는 어서 어머니한테 가 봐." 해럴드가 말했다. "아무도 우리를 건드리지는 않을 거야. 총을 가진 이들은 군인들뿐인데, 숫자가 워낙 부족하니까." 해럴드는 그 말의 마침표를 기침으로 대신했다.

벨러미는 여전히 학교 쪽을 응시할 뿐이었다.

"지금은 우리 같은 노인과 어린아이한테 신경 쓸 사람이 아무도 없어. 그렇게 버티고 서 있지 않아도 괜찮다고."

해럴드는 팔을 뻗어 제이콥을 끌어안았다.

"그렇지 않니, 제이콥? 네가 나를 지켜줄 거지?"

"그럼요, 아빠." 제이콥이 진지한 표정으로 대답했다.

"자네도 우리 집을 알지 않나." 해럴드가 말했다. "우리는 아무래도 루실을 찾으러 돌아가야 할 것 같아. 이제 그쪽은 조용해진 것 같군. 모두들 게이트를 빠져나가도 루실은 아마 그 자리에 버티고 있을 거야. 우리를 기다리느라고."

벨러미가 재빨리 고개를 돌렸다. 남쪽 게이트 쪽을 바라보는 눈치였다.

"루실 걱정은 하지 마. 그 여편네는 아무 일도 없을 테니까."

해럴드는 그렇게 말하며 미소를 지었지만, 팽팽한 긴장감 때문에 무척이나 무겁게 느껴지는 웃음이었다.

"우리가 부인을 놔두고 왔어요." 벨러미가 말했다.

“놔두고 온 게 아니야. 제이콥을 안전한 곳으로 데리고 온 거지. 그렇게 하지 않았으면 그 여편네가 자기 손으로 우리를 쐈을 거야. 틀림없다고.” 해럴드는 제이콥을 좀 더 끌어당겼다.

멀리서 한바탕 고함소리가 들리더니 이내 잠잠해졌다.

벨러미가 이마를 문질렀다. 해럴드는 벨러미를 만난 뒤 처음으로 그가 땀을 흘리고 있다는 것을 알아차렸다.

“괜찮을 거야.” 해럴드가 말했다.

“저도 알아요.” 벨러미가 대답했다.

“루실은 살아 있어.” 해럴드가 말했다.

벨러미는 쓴웃음을 지었다.

“아직도 그게 문제로군요, 안 그렇습니까?”

해럴드는 팔을 뻗어 벨러미의 손을 잡았다.

“고맙네.” 그가 기침을 억누르며 말했다.

벨러미는 미소를 머금었다.

“이제야 저에게도 부드러운 모습을 보여주시는군요.”

“그냥 천만에요, 하고 대답해, 요원 나리.”

“아, 그래요?”

벨러미가 말했다.

“사실 저도 이제 슬슬 지겨워지기 시작했거든요. 기념사진이라도 한 장 찍어야겠네요. 제 휴대전화 어디 있지요?”

“망할 녀석.” 해럴드는 웃음을 참으며 쏘아붙였다.

“천만에요.” 벨러미가 밝은 목소리로 중얼거렸다.

두 사람은 그렇게 작별 인사를 대신하고 헤어졌다.

해럴드는 눈을 감고 계단에 앉아 좀처럼 멈출 기미가 없는 망할 놈의 기침을 어떻게 해야 좋을지 생각했다. 이제부터 어떻게 할 것인지를 결정해야 했다. 모든 것이 끝나기 전에, 정말로 끔찍한 일이 벌어지기 전에 반드시 처리해야 할 일이 한 가지 남은 기분이었다.

조금 전까지 루실에게는 아무 일도 없을 거라고 큰소리를 쳤지만, 그건 그냥 해본 소리일 뿐이었다. 루실이 괜찮은지 확인하고 싶은 사람은 누구보다도 해럴드 자신이었다. 그녀를 두고 온 죄책감을 따지자면 그가 벨러미보다 몇 배는 더했다. 그는 그녀의 남편이었다. 하지만 해럴드는 제이콥의 안전을 위해 어쩔 수 없었다는 사실을 상기했다. 루실이 자기 입으로 그렇게 하라고 부탁하지 않았던가. 일리가 있는 이야기였다. 그토록 많은 사람, 그 많은 총을 생각하면 언제 어떤 일이 벌어질지 모르는 상황이었다. 적어도 아이를 데리고 있을 만한 곳이 아닌 것만은 분명했다.

만약 정말로 입장이 바뀌어 해럴드 자신이 루실의 자리에 서 있고 루실이 군인들 쪽에 서 있었더라면, 해럴드 역시 그녀에게 당장 아이를 데리고 그 자리를 떠나라고 소리쳤을 것이다.

"아빠?"

"응, 제이콥? 왜 그래?"

해럴드는 미칠 듯이 담배가 피우고 싶었지만, 주머니 속에는 아무것도 없었다. 그는 두 손을 포개 무릎 위에 내려놓고 이제 쥐 죽은 듯이 조용해진 아카디아 시내 쪽을 바라보았다.

"저 사랑하시죠, 그죠?"

해럴드는 움찔했다.

"그런 멍청한 질문이 어딨어, 제이콥?"

제이콥은 무릎을 가슴팍으로 끌어당겨 두 팔로 다리를 껴안은 채 아무 말도 하지 않았다.

그들은 조심스럽게 마을을 가로질러 게이트로 돌아가기 시작했다. 이따금 귀환자들과 마주치기도 했다. 이미 많은 사람이 탈출했음에도 불구하고 아직 마을 울타리 안에 남아 있는 이들도 적지 않았다.

해럴드는 폐에 부담을 주지 않으려고 조심스럽게 걸음을 옮겼다. 가끔 머릿속에 떠오르는 생각을 아무렇게나 겉으로 내뱉었다. 주로 아카디아에 대한 이야기, 제이콥이 살아 있었을 당시에는 어땠다 하는 이야기였다. 그 사이에 얼마나 많은 변화가 일어났는지 돌이켜 보는 것이 굉장히 중요한 일처럼 느껴졌다.

대니얼스네 집 옆의 공터는 원래부터 공터가 아니었다. 옛날, 그러니까 제이콥이 살아 있었을 때는 그 자리에 오래된 아이스크림 가게가 있었는데, 1970년대 석유 파동 무렵에 문을 닫았다.

"수수께끼 하나 내 봐, 제이콥."

해럴드가 제이콥의 손을 꼭 잡은 채 말했다.

"아빠도 다 아는 것뿐이에요." 제이콥이 대답했다.

"내가 아는지 모르는지 네가 어떻게 알아?"

"아빠가 가르쳐주신 것들이니까요."

해럴드는 호흡이 어느 정도 정상으로 돌아와 한결 기분이 나아졌다. "새로 배운 것들도 있을 것 아니냐."

제이콥은 고개를 가로저었다.

“텔레비전에서 본 것은 어때? 누구한테 들은 것도 있을 테고.”

제이콥은 또 고개만 가로저었다.

“우리가 스톤 부인과 함께 미술실에서 지낼 때 다른 아이들한테 들은 것도 없어? 아이들은 누구나 수수께끼를 좋아하잖아. 사람들이 너무 많이 불어나기 전에는 걔들이 몇 가지쯤 얘기해줬을 법도 한데. 네가 걔네를 두들겨 패기 전에 말이다.”

해럴드는 그렇게 말하며 빙긋 웃었다.

“새로운 수수께끼를 가르쳐주는 사람이 아무도 없어요.” 제이콥이 잘라 말했다. “아빠도 마찬가지고요.”

해럴드는 제이콥의 손을 놓았다. 이제 두 사람은 팔을 크게 흔들며 걸었다.

“좋아.” 해럴드가 말했다. “그럼 우리가 한 번 만들어볼까?”

제이콥의 얼굴에 미소가 떠올랐다.

“뭐에 대한 걸로 만들까?”

“동물이요. 전 동물이 나오는 수수께끼가 좋아요.”

“동물 중에서?”

제이콥은 잠시 생각을 해보았다. “닭.”

해럴드는 고개를 끄덕였다. “좋아. 닭 하면 또 할 이야기가 많지. 특히 수탉에 대해서. 하지만 엄마한테는 얘기하지 않기다.”

제이콥은 웃음을 터뜨렸다.

“장갑이 손한테 뭐라고 했게?”

“뭐라고 했어요?”

"언제까지나 사랑해줄게."*

아카디아의 남쪽 게이트 근처에 다다를 때까지 아버지와 아들은 수수께끼에 대한, 나아가 수수께끼에 담긴 철학에 대한 이야기를 주고받았다.

"비결이 뭐예요?" 제이콥이 물었다.

"말투." 해럴드가 대답했다.

"말투가 왜요?"

"네가 잘 아는 수수께끼인 것처럼 말하는 게 중요해."

"왜요?"

"네가 즉흥적으로 만들어낸 수수께끼라는 느낌이 들면 아무도 안 들으려고 해. 사람들은 언제나 널리 알려진 수수께끼일수록 더 재미있다고 생각하거든. 인간은 누구나 뭔가에 참여하고 싶은 속성을 갖고 있어." 해럴드가 말을 이었다. "사람들한테 미리 준비된 수수께끼를 들려주면 마치 자신의 수준이 한 단계 올라가는 듯한 느낌에 사로잡히거든. 그러면 그걸 머릿속에 담아가서 다른 친구들한테 이야기함으로써 그들도 자기 수준으로 끌어올리려는 거지. 가능하면 주위 사람들도 같은 편이 되는 게 좋으니까."

"그렇겠네요." 제이콥이 흐뭇한 표정으로 말했다.

"정말 좋은 수수께끼라면 어떻게 될까?"

"정말 좋으면 계속 퍼져 나가겠죠."

---

* 원문에는 "I'll always glove you."라고 되어 있음. glove를 활용한 말장난.

"바로 그거야." 해럴드가 말했다.

"좋은 것들은 절대 사라지지 않아."

다음 순간, 더 이상 이야기를 이어갈 겨를도 없이 그들은 어느새 남쪽 게이트에 도착했다. 그저 아버지와 아들이 별다른 목적지도 염두에 두지 않고 무작정 발길을 옮기다가 자신들도 모르는 사이에 여기까지 와버린 느낌이었다. 그러나 이곳은 사건이 처음 시작된 곳이고, 루실이 있는 곳이었으며, 짐 윌슨이 누워 있는 곳이기도 했다.

해럴드는 제이콥과 함께 짐 윌슨을 에워싼 귀환자들 사이를 뚫고 들어갔다.

짐은 아주 평화로워 보였다.

루실이 그 옆에 무릎을 꿇은 채 하염없이 눈물을 흘리고 있었다. 누군가가 재킷 같은 것을 짐의 머리 밑에 받쳐주었고, 또 누군가는 옷으로 그의 가슴을 덮어주었다. 루실은 그의 한쪽 손을 붙잡고 있었다. 그의 아내 코니가 반대쪽 손을 잡고 있었다. 다행히도 누군가가 아이들을 다른 데로 데려간 모양이었다.

여기저기 군인들이 총을 빼앗긴 채 몇 명씩 앉아 있고, 귀환자들이 그들을 에워싸고 있었다. 어떤 군인들은 노끈 같은 것으로 손이 묶여 있기도 했다. 이미 전의를 상실한 것으로 판단되는 군인들은 손을 묶지도 않고 그냥 앉혀 놓았다. 그런 군인들은 더 이상 저항할 엄두도 내지 않고 말없이 상황을 지켜볼 뿐이었다.

"루실?"

해럴드가 그녀 옆에 쪼그려 앉으며 아내의 이름을 불렀다.

"이 사람은 우리 친척이었어요." 그녀가 말했다.

"다 나 때문이라고요."

해럴드는 그제야 자신이 짐의 몸에서 흘러나온 피 위에 앉아 있다는 사실을 깨달았다.

"해럴드 하그레이브." 루실이 힘없는 목소리로 말했다.

"우리 아들은 어디 있어요?"

"여기 있어." 해럴드가 대답했다.

제이콥이 루실 뒤로 다가와 두 팔로 그녀를 껴안았다.

"저 여기 있어요, 엄마." 제이콥이 말했다.

"그래." 루실이 말했다. 하지만 해럴드는 그녀가 정말로 제이콥이 온 것을 알아차렸는지 모르겠다는 생각이 들었다. 그런 생각을 알아차리기라도 한 듯, 루실이 제이콥을 와락 끌어안았다.

"내가 끔찍한 짓을 했어." 그녀가 제이콥을 끌어안은 채 말했다.

"주여, 저를 용서하소서."

"어떻게 된 거야?" 해럴드가 물었다.

"우리 뒤에 누가 있었어요." 코니 윌슨이 눈물을 닦으며 말했다.

해럴드는 천천히 몸을 일으켰다. 다리가 유난히 무겁고 쑤셨다.

"군인이 그랬나? 아니면 그 망할 놈의 대령?"

"아니에요." 코니가 차분한 목소리로 대답했다.

"그는 이미 떠난 다음이었어요. 그 사람 짓이 아니에요."

"짐이 어느 쪽을 향해 서 있었지? 마을 쪽이었나, 아니면 저 뒤쪽이었나?" 해럴드는 아카디아에서 뻗어 나온 도로 쪽을 가리키며 물었다. 마을이 끝나고 들판과 숲이 시작되는 곳이 보였다.

"마을 쪽이요." 코니가 대답했다.

해럴드는 반대쪽으로 돌아서서 들판을 바라보았다. 빈 옥수수밭 사이로 시커먼 도로가 길게 이어져 있었다. 옥수수밭 가장자리에는 커다란 소나무들이 별빛 찬란한 밤하늘을 배경으로 서 있었다.

"망할 녀석." 해럴드가 중얼거렸다.

"왜 그러세요?" 코니는 그의 목소리에서 뭔가 심상치 않은 기운을 알아차린 모양이었다.

"이 개 같은 자식."

해럴드는 그렇게 내뱉으며 주먹을 불끈 쥐었다.

"왜 그러세요?" 코니가 자기에게도 총알이 날아들 것 같은 기분에 사로잡혀 다급한 목소리로 되물었다. 그녀는 숲 쪽을 바라보았지만, 보이는 것이라고는 나무와 어둠뿐이었다.

"아이들을 데려와." 해럴드가 말했다. 그러고는 자신의 낡은 픽업트럭을 바라보며 덧붙였다. "짐을 짐칸에 실어. 당신도 같이 타고, 코니. 내가 내리라고 할 때까지 꼼짝도 하지 말고 누워 있어."

"무슨 일이에요, 아빠?" 제이콥이 물었다.

"신경 쓸 것 없다." 해럴드가 말했다. 이어서 그는 루실을 돌아보았다. "총 어디 있어?"

"여기." 루실이 넌더리를 내며 총을 남편에게 건넸다.

"멀리 던져 버리세요."

해럴드는 권총을 허리춤에 찔러 넣고 트럭의 운전석 쪽으로 걸어갔다. "아빠, 왜 그러세요?" 제이콥이 물었다. 그는 아직 엄마 품에 안겨 있었다. 루실이 그제야 제이콥의 존재를 알아차린 듯 아들의 손등을 토닥였다.

"조용히 해." 해럴드가 험악한 목소리로 말했다. "이리 와서 트럭에 타. 시트 밑에 머리를 처박고 꼼짝도 하지 마."

"엄마는 어떡하고요?"

"제이콥, 시키는 대로 해!" 해럴드가 쏘아붙였다. "당장 여기를 빠져나가야 해. 코니와 아이들을 안전하게 지킬 수 있는 집으로 돌아가야 한다고."

제이콥은 트럭 앞자리에 납작 엎드렸다. 해럴드는 이게 다 그를 위해서라는 점을 확실히 하기 위해 아이에게 다가가 머리를 쓰다듬어 주었다. 제이콥에게 소리를 지른 것에 대해서는 굳이 사과하지 않았다. 그때는 그럴 수밖에 없는 상황이었고, 잘못한 것이 없을 때는 사과를 하면 안 되는 법이다. 물론 애정의 표현으로 아이의 머리를 쓰다듬어 주는 것은 전혀 그의 신념에 위배되는 행동이 아니었다.

아이가 트럭에 오르자, 해럴드는 짐 윌슨의 시신을 짐칸에 실었다. 그들이 시신을 옮기는 것을 보니, 루실은 문득 성경 한 구절이 떠올랐다.

"나의 하나님이 이미 그의 천사를 보내어 사자들의 입을 봉하셨으므로 사자들이 나를 상해하지 못하였사오니 이는 나의 무죄함이 그 앞에 명백함이오며."(단 6:22)

해럴드는 잔소리를 하지 않았다. 틀린 말은 아닌 것 같았다.

"조심해." 해럴드는 시신을 옮기며 딱히 누구에게라고 할 것도 없이 주의를 주었다.

"참회합니다." 루실이 아직도 무릎을 꿇은 채 중얼거렸다. "참회

합니다. 모든 게 저 때문입니다."

시신을 안전하게 실은 해럴드는 코니에게도 트럭에 타라고 했다.

"아이들은 앞에 태워도 돼." 그가 말했다. 그러고는 불쑥 미안하다고 중얼거렸는데, 뭐가 미안한지는 말하지 않았다.

"무슨 일이죠?" 코니가 물었다.

"도무지 이해가 가지 않아요. 어디로 가는 거죠?"

"아이들은 앞자리에 태우는 게 낫겠어." 해럴드가 대답했다.

코니는 해럴드가 시키는 대로 했다. 아이들이 루실과 제이콥, 해럴드 옆에 끼어 탔다. 해럴드는 세 아이에게 절대 고개를 들지 말라고 주의를 주었다. 아이들은 트럭이 덜컹거리며 마을 반대쪽으로 달리기 시작하자 가끔 비명을 지르기는 했지만, 얌전히 해럴드의 지시에 따랐다.

루실은 마음이 딴 곳에 가 있는 사람처럼 먼 허공을 응시할 뿐이었다.

트럭 짐칸에는 코니가 남편의 시신과 나란히 누워 있었다. 그와 결혼한 뒤 밤마다 그렇게 누워서 잠을 자던 그녀였다. 코니는 남편의 손을 잡았다. 시신과 나란히 누워 있는 게 조금도 두렵거나 불편하지 않아 보였다. 어쩌면 남편을 떠나보내고 싶지 않아서 그런 것인지도 모른다.

해럴드는 트럭을 몰면서 전조등 불빛이 닿는 모든 각도를 샅샅이 살폈다. 당장이라도 어디선가 총구가 불쑥 튀어나와 그를 무덤으로 보내 버릴 것만 같았다. 집이 가까워지고 마을은 어둠 속에 저만치 멀어졌을 무렵, 해럴드는 팔을 뻗어 루실의 손을 잡았다.

"왜 집으로 가는 거예요?" 제이콥이 물었다.

"너 혼자 중국에서 깨어나 잔뜩 겁에 질렸을 때 제일 먼저 하고 싶은 게 뭐였지?"

"집에 가고 싶었어요." 제이콥이 말했다.

"인간은 누구나 그렇단다." 해럴드가 말했다. "거기서 무엇이 기다리고 있는지 모를 때조차도."

트럭이 고속도로를 벗어나 집으로 이어지는 비포장도로로 접어들자, 해럴드는 아내를 향해 말했다.

"도착하면 제일 먼저 코니와 아이들을 집안으로 들여보내야 해. 아무것도 묻지 마. 짐에 대해서 걱정하지도 말고. 당신은 그저 아이들을 얼른 집안으로 데리고 들어가면 돼. 알았지?"

"네." 루실이 대답했다.

"안으로 들어가면 2층으로 올라가. 무슨 일이 벌어져도 절대 멈추지 말고."

해럴드는 진입로 끝에 트럭을 세우고 상향등을 켜서 주위를 꼼꼼히 살펴보았다. 집이 너무 캄캄하고 한적해서 마지막으로 본 게 언제인지 기억조차 잘 나지 않을 지경이었다.

해럴드는 가속 페달을 밟아 트럭을 전진시켰다. 그러고는 마당에서 방향을 바꾸어 후진으로 트럭을 현관 계단 앞에 세웠다. 마치 짐칸에 실린 것이 짐 윌슨의 시신이 아니라 크리스마스트리나 장작더미라도 되는 듯이.

줄곧 누군가가 뒤를 밟는 느낌이 들었다. 그렇지 않아도 일이 다 끝난 게 아니라는 느낌이 너무 강했기 때문에 마음이 그렇게 바쁠 수가 없었다. 귀를 기울이니 바람을 타고 멀리서 트럭의 엔진 소리가 들리기 시작했다. 소리의 크기로 미뤄볼 때 지금쯤 비포장도로 입구에 들어선 것 같았다.

해럴드는 트럭 문을 열고 뛰어내렸다.

"안으로 들어가." 그는 그렇게 말하고 아이들을 하나하나 트럭에서 내보내 현관 앞에 내려놓으며 집안을 가리켰다.

"어서 들어가." 그가 말했다. "빨리빨리 서둘러."

"재미있었어요." 제이콥이 말했다.

"얼른 들어가기나 해." 해럴드가 말했다.

갑자기 진입로에 흔들거리는 전조등 불빛이 나타났다. 해럴드는 손으로 불빛을 가린 채 얼른 허리춤의 권총을 꺼냈다.

첫 번째 트럭이 참나무 밑에 멈춰 섰을 때, 제이콥과 루실은 윌슨네 가족과 함께 막 현관문을 통과한 참이었다. 총 세 대의 트럭이 상향등을 켠 채 나란히 멈춰 섰다.

해럴드는 그들이 누구인지 알고 있었다.

트럭 문이 열리고 운전자들이 내려서는 순간, 해럴드는 몸을 돌려 현관 계단을 올라갔다. "해럴드!" 환한 불빛 뒤에서 누군가가 소리쳤다. "어디 가는 거야, 해럴드!"

"망할 놈의 전조등이나 꺼, 프레드!" 해럴드가 맞받아쳤다. "자네 친구들한테도 그렇게 전해." 해럴드는 문 앞에 버티고 서서 권총의 안전장치를 풀었다. 집안에서는 그가 시킨 대로 2층으로 올라가는 여러 개의 발소리가 들렸다. "클래런스는 아직도 트럭의 벨트를 조이지 않은 모양이군."

"그런 걱정은 할 필요가 없어." 프레드 그린이 대답했다. 그제야 그의 트럭 전조등이 꺼졌다. 잠시 후, 다른 트럭들도 하나둘 전조등을 껐다.

"아직도 그 총을 가지고 있겠군." 해럴드가 말했다.

해럴드의 눈이 갑작스런 어둠에 적응하면서 프레드가 트럭 앞으로 돌아 나오는 것이 보였다. 그는 팔짱을 끼듯 라이플을 끌어안고 있었다.

"정말 그러고 싶지 않았어." 프레드가 말했다.

"그것만은 알아줘, 해럴드."

"아, 맙소사." 해럴드가 소리쳤다. "옛날부터 꼭 해보고 싶었던 일을 할 기회가 왔으니, 잠시도 망설이지 않았겠지. 자네는 젊었을 때부터 성미가 급했어. 세상이 이렇게 미쳐 돌아가니 기회는 이때다 하고 그 급한 성미를 제대로 발휘했을 거야."

해럴드는 문을 향해 한 걸음 물러서며 권총을 치켜들었다. 프레드와 함께 온 노인들은 일제히 그를 향해 라이플과 엽총을 겨누었지만, 프레드만은 예외였다.

"해럴드." 프레드가 고개를 가로저으며 말했다.

"그들을 내보내고 이쯤에서 마무리하자고."

"그들을 죽이려고?"

"해럴드!"

"왜 그렇게 그들을 죽이지 못해 안달이지?" 해럴드는 또 한 걸음 물러섰다. 짐의 시신을 트럭 짐칸에 방치해두고 싶은 마음은 조금도 없었지만 어쩔 수가 없었다. "자네가 도대체 어쩌다가 이렇게 되었나?" 해럴드가 물었다. "나도 나름 자네를 잘 안다고 생각했는데 말이야." 이제 해럴드는 거의 집안으로 들어간 상태였다.

"옳지 않은 일을 바로잡고 싶을 뿐이야." 프레드가 말했다.

"그것뿐이라고."

해럴드는 집안으로 들어가 힘껏 문을 닫았다. 잠시 사방은 쥐 죽은 듯한 정적에 휩싸였다. 갑자기 남쪽에서 불행을 암시하는 듯한 바람이 한 줄기 불어와 집 앞의 참나무가 바스락거렸다.

"휘발유통 가져와." 프레드 그린이 말했다.

퍼트리샤 벨러미

그는 교실 한 귀퉁이의 침상에 혼자 앉아 있는 어머니를 발견했다. 두 손을 무릎 위에 모은 채 한없이 누군가를 기다리는 모습이었다. 시선은 똑바로 전방을 향해 고정되어 있었지만 정작 아무것도 보이지 않는 것 같았다. 하지만 문 앞에 그가 나타난 것을 발견한 순간, 그녀의 눈빛에 환한 생기가 돌기 시작했다.

"아, 찰스." 그녀가 말했다.

"예." 그가 말했다. "저 왔어요."

그녀는 환한 미소를 지었다. 벨러미는 그녀가 생전에 저토록 환하고 밝은 미소를 지은 적이 있던가 하는 생각이 들었다.

"걱정했잖아요." 그녀가 말했다. "당신이 나를 잊어버린 줄 알고. 이번 파티에는 꼭 시간 맞춰 가야 해요. 절대 늦으면 안 돼. 그렇게 무례한 짓이 어디 있어요? 있을 수 없는 일이죠."

"그래요." 벨러미는 그녀 옆에 걸터앉으며 말했다. 그렇게 나란히 앉아서 그녀의 손을 마주 잡았다. 그녀는 다시 미소를 지으며 그의 어깨에 머리를 기댔다. "보고 싶었어요." 그녀가 말했다.

"저도요." 그가 말했다.

"당신이 나를 잊어버린 줄 알았어." 그녀가 말했다.

"정말 한심하지 않아요?"

"맞아요."

"그래도 당신이 돌아올 거라고 생각했죠." 그녀가 말했다.

"물론이지요." 그렇게 대답하는 벨러미의 눈가에 눈물이 어렸다. "제가 절대 떠나지 않는다는 걸 잘 아시잖아요."

"아, 찰스." 그녀가 말했다. "그 아이가 너무 자랑스러워요."

"알아요." 벨러미가 말했다.

"그래서 늦으면 안 된다는 거예요." 그녀가 말했다. "오늘밤은 그 아이에게 정말 중요한 날이잖아요. 우리 아들이… 멋진 공무원이 되는 날이니까. 그 아이에게도 우리가 자기를 얼마나 자랑스러워하는지 알려줘야 해요. 우리가 얼마나 그를 사랑하는지를, 우리가 늘 함께 있다는 것을 알려줘야 해요."

"틀림없이 알고 있을 거예요." 벨러미는 목이 메어 말이 잘 나오지 않았다.

두 사람은 아주 오랫동안 그렇게 나란히 앉아 있었다. 이따금 바깥에서 요란한 소리가 들려오기도 했다. 아직 여기저기서 싸우는 소리가 완전히 그치지 않은 것은 지극히 당연한 일이었다. 윌리스 대령에게, 혹은 그가 내세우는 명분에 충성을 다하는 병사들이 전혀 없는 것은 아니었으니까. 그들이 무턱대고 그가 한 모든 말과 행동, 귀환자에 대한 그의 견해가 잘못되었다고 몰아붙일 수는 없을 것이다. 그래서 그런 병사들은 다른 군인들보다 좀 더 오래 버티며 싸웠지만, 그나마도 시시각각 희미해져서 이제 곧 싸움은 완전히 끝이 날 것 같았다. 이제 머지않아 이곳에는 벨러미와 그의 어머니 밖에 남지 않을 것이고, 그녀에게, 혹은 그에게 죽음—귀환자들을 한밤중의 속삭임처럼 흔적도 남기지 않고 데려가는 것이 무엇이건 간에—이 찾아올 때까지 다시 한 번 이 모든 시련을 견뎌내려 애쓸 것이다.

벨러미는 같은 실수를 되풀이하고 싶지 않았다.

"아, 마티." 그의 어머니가 말했다. "사랑한다, 아들아." 그녀는 벨러미가 어렸을 때 그랬던 것처럼, 그에게 줄 사탕을 찾으려고 주머니를 뒤지기 시작했다.

벨러미는 어머니의 손을 꼭 잡았다. "저도 사랑해요." 그가 말했다. "두 번 다시 잊지 않을 겁니다."

19

"내가 거기로 들어갈 만큼 멍청하다고 생각하는 건 아니겠지?" 프레드가 소리쳤다. 그의 목소리는 마치 종소리처럼 얇은 현관문과 벽을 뚫고 집안에 울려 퍼졌다.

"기대를 저버리는군." 해럴드가 대답했다. 그는 막 소파를 끌고 와 현관문 앞을 틀어막은 직후였다.

"왜 이래, 해럴드. 이러지 말자고. 자꾸 이러면 내 친구들이 자네를 산 채로 불태워 버릴 거야."

"한 번 해보시지." 해럴드는 집안의 전등을 모두 끄며 말했다.

"하지만 그러려면 이 집 근처로 바짝 다가설 수밖에 없을 텐데. 어디, 내가 이렇게 권총을 들고 있는데도 자네들한테 그럴 만한 배짱이 있는지 두고 보지."

그 사이에 전등이 모두 꺼지고 문들을 모두 막은 해럴드는 현관문을 가로막은 소파 뒤에 버티고 섰다. 이미 집 뒤쪽에서 벽에 휘발유를 끼얹는 소리가 들리기 시작했다. 당장 그쪽으로 달려가 미친 듯이 총을 갈기고 싶은 마음이 간절했지만, 그렇게 총알을 다 써버리면 자칫 그들 중 한 놈도 때려잡지 못하고 기회를 날려 버릴까 봐 두려웠다.

"나도 이러고 싶지 않아, 해럴드."

해럴드는 그렇게 말하는 프레드의 목소리에서 일말의 진심이 느껴진다는 생각을 했지만, 그것을 어디까지 믿어야 할지는 자신이 서지 않았다.

"하고 싶지 않아도 어쩔 수 없이 해야만 하는 일들이 있으니까."

"그건 누구나 마찬가지야, 그렇지 않나?"

해럴드는 계단 쪽을 돌아보았다. 머리 위에서 누군가가 뭔가를 움직이는 소리가 들렸다. "창문에서 떨어져!" 해럴드가 소리쳤다. 루실이 계단 위에서 고개를 내밀더니, 다리가 불편한 듯 어색한 동작으로 계단을 내려오기 시작했다.

"빌어먹을, 당장 올라가지 못해!" 해럴드가 소리쳤다.

"할 일이 있어요." 루실이 대답했다.

"모든 게 내 잘못이에요. 다 내 탓이라고요!"

"대단하시군!" 해럴드가 중얼거렸다.

"당신이 그토록 신주단지처럼 모시는 성경책에 탐욕이 죄악이라는 소리가 나오지 않아? 욕심 그만 부리고 그 죄책감을 좀 나눠 가지면 어때? 당신이 지금처럼 모든 비난을 혼자 독차지하려고 고집을 피웠다면 우리의 결혼 생활이 어찌 되었을지 상상해 봐. 나는 아마 지루해서 미쳐 버렸을 걸!"

해럴드는 루실을 향해 가슴을 쭉 내밀었다.

"이제 제발 좀 올라가!"

"왜요? 내가 여자라서?"

"아니. 내가 그렇게 말했으니까!"

루실은 자기도 모르게 피식 웃고 말았다.

"그건 저도 마찬가지예요." 코니가 계단을 내려오며 말했다.

"이런, 빌어먹을." 해럴드는 신음을 토해냈다.

"여기서 뭐하는 거예요, 코니?" 루실이 물었다.

"어서 올라가세요."

"당해 보니 기분이 어때?" 해럴드는 루실을 향해 빈정거렸다.

"어떻게 할 거예요?" 루실이 물었다.

"지금 고민 중이야." 해럴드가 대답했다.

"걱정하지 않아도 괜찮아."

코니는 창가를 피해 조심스럽게 주방으로 들어가더니, 칼꽂이에서 제일 큰 부엌칼을 하나 꺼내 들었다.

"그걸로 뭘 하려고?" 해럴드가 물었다. "보비트 사건(아내가 남편의 성기를 절단한 사건) 기억 안 나?" 해럴드는 고개를 설레설레 가로저었다. 그러고는 다시 바깥을 향해 소리쳤다. "이쯤에서 그만두는 게 어때, 프레드!"

"곱게 끝날 것 같지 않아요." 루실이 말했다.

"내가 하려던 말이 바로 그 말이야." 프레드가 소리쳤다. 그의 목소리로 미뤄볼 때 거의 현관 앞에까지 다가선 것이 분명했다.

"해럴드, 창문 쪽으로 나와 봐."

해럴드는 '끙' 하는 신음과 함께 몸을 일으켰다.

"제발, 해럴드." 루실이 그에게 다가오며 애원했다.

"괜찮아."

"이야기를 좀 해보자고." 프레드 그린이 말했다. 그는 창문 바로 앞에 서 있었다. 해럴드가 마음만 먹으면 당장이라도 확실하게 명중시킬 수 있는 위치였다. 게다가 트럭 짐칸에 누워 있는 짐 윌슨의 시신이 눈에 들어오자, 해럴드는 그대로 방아쇠를 당기고 싶은 강한 충동에 사로잡혔다. 하지만 프레드는 혼란스러운 표정으로 총도 들지 않은 채 창문 앞에 서 있었다.

"해럴드." 프레드가 말했다. "정말 미안해."

"나도 그 말을 믿고 싶어, 프레드."

"진심인가?"

"물론."

"그럼 내가 더 이상의 피를 원하지 않는다는 것도 이해하겠군."

"정상인의 피를 말하는 거겠지, 안 그런가?"

"맞아." 프레드가 말했다.

"나더러 마치 아무 일도 없었다는 듯이 저 불쌍한 가족을 자네 손에 넘기라는 거로군?"

"맞아. 하지만 우리가 사람을 죽이려고 이 난리를 피우는 게 아니라는 걸 자네도 이해해야 해. 전혀 그런 게 아니라니까."

"그럼 뭔가?"

"일종의 청산이라고 해야겠지. 잘못된 일을 바로잡자는 거야."

"바로잡는다?"

"우리는 단지 모든 일을 원래 상태로 되돌려 놓으려는 것뿐이야."

"원래 상태로 되돌린다고? 언제부터 서로 죽고 죽이는 것이 원래 상태였지? 한 번 처참하게 살해된 것만으로는 충분하지 않다는 건가? 왜 저들이 다시 죽어야 하지?"

"우리는 그들을 죽이지 않았어!" 프레드가 소리쳤다.

"우리라니, 누구 말인가?"

"누가 그런 짓을 했는지는 나도 몰라." 프레드가 말을 이었다.

"이방인이겠지. 우리 마을을 지나가던 어떤 미치광이가 그랬을 거야. 그들은 하필이면 그날 재수 없이 당한 것뿐이야. 그게 다라고. 우리가 한 짓이 아니야. 아카디아 사람이 아니라니까. 우리는 여기서 사람을 죽이지 않아!"

"나도 자네 짓이라고는 말하지 않았어." 해럴드가 대답했다.

"하지만 결국 그런 일이 벌어졌잖아." 프레드가 말했다. "그 이후로 이 마을은 완전히 달라졌어." 프레드는 잠시 뜸을 들인 뒤 말을 이었다. "그들은 여기 있어서는 안 되는 사람들이야. 우리는 그저 한 번에 한 가족씩, 그들을 원래 있어야 할 곳으로 돌려보내려는 것뿐이야."

해럴드도, 프레드도 짐 윌슨의 시체를 쳐다보지 않았다. 짐 윌슨은 거기 그 자리에 죽어 있는 것만으로 아카디아의 현실에 대해, 해럴드와 프레드의 인생에 대해 너무나 많은 이야기를 들려주고 있는 것 같았다.

"옛날에는 우리 삶이 어땠는지 기억하나?" 해럴드가 입을 열었다. "제이콥의 생일파티 기억나? 그 눈부신 햇살. 모두들 환한 미소를 지으며 즐거운 시간을 보냈지. 그날 저녁에는 메리가 노래를 불러주기로 되어 있었고." 해럴드는 한숨을 내쉬었다. "그랬는데 갑자기 모든 게 엉뚱한 길로 접어들고 만 거야. 우리 모두가."

"내 말이 그 말이야." 프레드가 말했다. "특정한 사건은 특정한 장소에서 일어나게 되어 있어. 강도, 강간, 총에 맞아 죽는 사람, 제 명을 못 살고 죽는 사람들이 있을 수밖에 없다고. 여기서는 그런 일들이 일어나지 않아."

"하지만 일어났잖아." 해럴드가 말했다. "윌슨네 가족도 그렇고, 메리도 마찬가지야. 게다가 지금 우리가 하고 있는 짓거리를 생각해 보면, 우리한테도 그런 일이 일어나지 말라는 보장이 없어. 세상은 우리를 발견했어, 프레드. 아카디아를 발견했다고. 짐과 코니가 또다시 죽는 꼴을 본다고 해서 달라질 건 없어."

한참 동안 침묵이 이어졌다. 일말의 가능성이 담긴 침묵이었다. 이윽고 프레드 그린이 마음속의 갈등을 털어 버리듯 고개를 가로저었다.

"이쯤에서 끝내야 해." 잠시 후 해럴드가 다시 입을 열었다. "그들은 아무 잘못도 없어. 짐은 여기서 태어나고 자란 사람이야. 코니도 마찬가지고. 코니의 부모님은 루실의 가족이 살던 곳에서 그리 멀지 않은 블라덴 카운티 출신이잖아. 망할 놈의 북부 출신이 아니라고. 만약 그녀가 뉴욕 출신이었다면 내 손으로 먼저 그녀를 쏘았을 거야!"

그 와중에도 두 사람은 웃음을 터뜨렸다.

프레드는 어깨 너머로 짐의 시체를 바라보았다. "나 같아도 그랬겠지." 그가 말했다. "나도 알아. 하지만 어쩔 수가 없었어. 난생 처음으로 옳은 일을 하고 싶었고, 원칙대로 행동하고 싶었어. 군인들에게 그들이 이 집에 머물고 있다는 사실을 알렸고, 그래서 군인들이 그들을 평화적으로 데려간 거야. 그것으로 끝이었지. 나도 그것으로 다 끝내려고 했어. 하지만, 음…"

"그는 그저 살려고 한 죄밖에 없어. 이 세상의 다른 모든 사람들처럼, 살아서 자기 가족을 지키려고 한 거라고."

프레드는 고개를 끄덕였다.

"이제는 루실과 제이콥, 그리고 내가 그들을 보호해야 해."

"제발 이러지 마, 해럴드." 프레드가 말했다. "부탁이야."

"거기에 대해서는 나도 더 이상 할 말이 없어." 해럴드가 대답했다. 이번에는 그가 짐의 시체를 바라보았다. "만약 지금 이 순간, 저 친구가 벌떡 일어나서 나더러 왜 자기 가족을 자네한테 넘겨주었냐고 물으면, 내가 뭐라고 대답해야겠나? 만약 저기 누워 있는 사람이 루실이라면…" 해럴드는 말끝을 흐리며 아내를 돌아보았다. "아니야." 그는 고개를 가로저으며 중얼거렸다. 그러고는 총으로 프레드에게 그만 현관에서 물러나라는 시늉을 했다. "이 일이 자네에게 어떤 의미인지는 모르겠지만, 갈 데까지 가보는 수밖에 없겠어."

프레드는 손을 치켜들고 천천히 현관에서 물러섰다. "자네, 소화기 가지고 있나?" 그가 물었다.

"그래." 해럴드가 대답했다.

"자네가 먼저 나나 내 친구들을 쏘지 않는 이상 나도 자네를 쏘지는 않겠어." 프레드가 말했다. "언제든 마음이 바뀌면 그들을 내보내고 일을 마무리하자고. 모든 건 자네한테 달렸어. 분명히 말해두는데, 우리는 이 집을 살리기 위해서 최선을 다할 거야. 자네가 그들을 내보내기만 하면 모든 게 끝난다고."

프레드는 그 말을 남기고 현관에서 물러났다. 해럴드는 위층의 아이들을 불렀다. 그때 프레드 그린이 바깥에서 뭐라고 외치는 소리가 들렸다. 잠시 후 집 뒤쪽에서 뭔가가 폭발하는 소리에 이어, 나직이 불길이 치솟는 소리가 들렸다.

"어쩌다가 이 지경이 되었는지."

해럴드가 혼잣말처럼 중얼거렸다.

방이 빙글빙글 돌아가는 기분이었다. 도무지 말이 되지 않았다. 그는 코니를 바라보았다. "코니?"

"네?" 코니가 아이들을 양팔에 하나씩 끌어안고 대답했다.

해럴드는 잠시 머뭇거렸다. 머릿속에 온갖 의문이 가득했다.

"해럴드…" 루실이 그의 생각을 방해했다. 그렇게 오랜 세월을 같이 살고서도 서로의 마음을 모른다면 말이 되지 않았다. 루실은 해럴드가 코니에게 무엇을 물으려 하는지 알고 있었다. 그런 질문을 해서는 안 된다고 생각했지만, 도저히 막을 수가 없었다. 누구보다 궁금한 것은 그녀 자신이었다.

"어떻게 된 거지?" 해럴드가 물었다.

"뭐가요?" 코니는 혼란스러운 표정으로 되물었다.

"그때 그 일." 해럴드가 바닥을 내려다보며 말을 이었다. "이 마을… 그 일 이후로 이 마을은 달라졌어. 지금 우리가 하고 있는 꼴을 좀 보라고. 그토록 오랜 세월 동안 아무것도 모르는 채 의심만 하고 살았지. 행여 우리 마을의, 우리 이웃 가운데 누군가가 그런 짓을 했을지도 모른다는 두려움에 떨면서." 해럴드는 고개를 절레절레 가로저었다. "만약 사람들이 그날 밤 그 사건의 진상을 확실하게 알게 되었더라면 일이 이 지경까지 되지는 않았을 거라는 생각을 떨쳐 버릴 수가 없어." 이어서 그는 코니의 눈을 똑바로 바라보았다.

"누구였나?"

코니는 한참 동안 아무 대답도 하지 않았다. 그저 아무것도 모른 채 겁에 질려 있는 아이들을 멍하니 바라보았다. 코니는 아이들을 가슴에 꼭 끌어안고 그들의 귀를 막았다. "저도…" 이윽고 그녀가 입을 열었다. "저도 몰라요." 갑자기 목에 무언가가 걸린 사람처럼, 코니가 마른 침을 꿀꺽 삼켰다.

해럴드, 루실과 제이콥은 아무 말도 하지 않았다.

"정말로 기억이 나지 않아요." 코니가 머나먼 어딘가를 헤매는 목소리로 말을 이었다. "한밤중이었어요. 갑자기 무슨 소리가 들린 것 같아서 잠을 깼죠. 가끔은 무슨 소리를 듣기는 했는데, 꿈결인지 현실인지 잘 분간이 가지 않을 때가 있잖아요."

루실은 이해한다는 듯 고개를 끄덕였지만, 입을 열지는 않았다.

"꿈인가 보다 하고 다시 잠을 청하려는데, 부엌에서 발소리가 들렸어요." 그녀는 해럴드와 루실을 바라보며 미소를 지었다. "부모는 아이들의 발소리를 알잖아요." 이내 그녀의 미소가 사라졌다.

"확실히 아이들 발소리는 아니었어요. 문득 겁이 나더군요. 그래서 짐을 깨웠어요. 처음에는 잠이 덜 깨 어리둥절하던 그이도 그 소리를 들었어요. 뭔가 무기가 될 만한 것을 찾는 눈치였는데, 보이는 거라고는 침대 옆에 놓인 낡은 기타뿐이었어요. 그이는 그거라도 집어 들까 하다가, 혹시라도 그게 망가지면 안 된다고 생각을 고쳐먹는 눈치였어요. 짐과 제가 결혼하기 직전에 우리 아버지가 주신 기타였거든요. 그런 상황에 기타 걱정을 하다니, 정말 어리석은 생각이었죠. 하지만 짐은 원래 그런 사람이었어요."

코니는 눈가의 눈물을 닦았다. 그녀의 고백이 이어졌다.

"제가 아이들 방으로 달려가는 사이, 짐은 주방으로 뛰어갔어요. 짐이 누군가에게 당장 이 집에서 나가라고 외치는 소리가 들리더군요. 이어서 몸싸움이 벌어졌어요. 주방이 온통 난장판으로 변하는 소리가 났어요. 총소리가 터진 게 바로 그때였어요. 그러고는 조용해졌죠. 제 평생에 그토록 긴 침묵은 처음이었어요. 저는 짐의 목소리가 들려오기를 애타게 기다렸죠. 비명이든 고함이든 뭐든 간에. 하지만 끝내 그의 목소리는 들리지 않았어요. 그 대신 누군가가 뭔가를 찾는 것처럼 집안을 뒤지는 소리가 나더군요. 조금이라도 값이 나가는 물건은 뭐든 가지고 가려 했겠죠. 다음 순간, 저는 발소리가 아이들 방을 향해 다가오는 것을 깨달았어요. 저는 아이들을 침대 밑에 숨겼어요. 제 눈에는 방문 아래쪽밖에 보이지 않았죠. 제가 본 것은 낡은 작업용 부츠뿐이었어요. 페인트가 묻어 있었고요."

코니는 말을 멈추고 잠시 생각을 하더니, 코를 훌쩍이며 말을 이었다.

"그때 마을에 페인트공들이 있었던 게 기억나요. 존슨의 농장에서 작업하던 사람들이었죠. 저는 그들을 눈여겨보지 않았지만 짐은 그들을 도와주러 가기도 했어요. 일이 있을 때 한 푼이라도 벌어야 된다고. 하루는 제가 짐한테 점심을 가져다주러 갔는데, 그날 아이들 방에서 본 부츠를 신은 남자를 본 기억이 나요. 그 사람에 대해서 많은 게 기억나지는 않아요. 빨강머리에, 얼굴이 아주 흰 남자였다는 정도밖에는. 동네에서 못 보던 사람이었어요. 그 뒤로도 본 적이 없고요."

코니는 또 잠시 생각을 정리한 다음, 말을 이었다. "인상이 별로 좋지 않았어요. 어쩌면 제가 그렇게 믿고 싶어서 그렇게 상상하는 것인지도 모르지만요. 하지만 솔직히 말해서 저는 범인이 누구인지 몰라요. 우리는 그런 일을 당할 만한 짓을 한 적이 없어요. 지금 생각해보니, 우리 말고도 그런 일을 당할 만한 가족은 아무도 없을 것 같아요."

그제야 코니는 아이들의 귀에서 손을 뗐다. 그녀의 목소리는 더 이상 흔들리지 않았다. "세상은 때때로 참 잔인한 것 같아요." 그녀가 말했다. "아무 때고 텔레비전만 켜면 그게 사실임을 확인할 수 있잖아요. 하지만 우리 가족은 마지막 순간까지 서로를 끔찍이 사랑했어요. 정말 중요한 건 그거니까요."

루실이 눈물을 흘리기 시작했다. 그녀는 제이콥을 꼭 끌어안고 입을 맞추며 사랑한다고 속삭였다.

해럴드가 그런 루실과 제이콥을 한꺼번에 끌어안았다. 그러고는 코니를 향해 말했다. "내가 당신을 지켜줄 거야. 약속하지."

"이제 우리 어떻게 해요?" 제이콥이 물었다.

"해야 할 일을 해야지, 제이콥."

"아줌마를 내보낼 거예요, 아빠?"

"아니." 루실이 대답했다.

"우리가 해야 할 일을 할 거다." 해럴드가 말했다.

불길은 해럴드가 예상한 것보다 훨씬 빠른 속도로 번졌다.

워낙 오래된 집이고 그가 평생을 살아온 집이라 쉽게 사라지지 않을 거라고 생각했던 것인지도 모른다. 하지만 불길은 이 건물 역시 한낱 나무와 추억으로 만들어진 집에 지나지 않는다는 사실을 여실히 증명했다. 나무와 추억 모두 손쉽게 파괴될 수 있음을 미처 생각하지 못한 모양이었다.

불길이 뒷벽을 타고 오르면서 거대한 연기가 하그레이브 가족과 윌슨 가족을 거실에서 현관 쪽으로 밀어붙였다. 현관문 바깥에서는 프레드 그린이 총을 들고 기다리고 있었다.

"좀 더 시간을 끌었어야 했어." 해럴드가 연신 기침을 해대며 중얼거렸다. 이 기침이 의식 불명으로 이어지는 예의 그 기침이 아니기를 바라는 마음 간절했다. "시간을 끌어서 총알을 더 꺼내 왔어야 했어."

"주여, 주여, 주여." 루실이 중얼거렸다. 그녀는 손을 비비 꼬며 이 모든 것이 다 자기 때문이라는 자책을 거듭했다. 짐 윌슨이 그녀의 눈에 들어왔다. 조금 전만 해도 그는 건장하고 잘생긴 남자였으며, 아내와 딸과 아들이 그를 끌어안고 그에게 매달려 있었다. 그러나 루실은 그가 아카디아의 길거리에서 총에 맞아 나무토막처럼 쓰러져 죽는 모습을 지켜보지 않았던가.

"아빠?" 제이콥이 해럴드를 불렀다.

"다 괜찮을 거야." 해럴드가 말했다.

"이럴 수는 없어." 루실이 중얼거렸다.

코니는 아이들을 품에 안은 채 오른손에는 여전히 커다란 부엌칼을 들고 있었다. "우리가 뭘 잘못한 거죠?" 그녀가 물었다.

"이럴 수는 없어." 루실이 다시 한 번 되풀이했다.

해럴드는 권총에서 탄창을 꺼내 네 개의 총알이 아직 그대로 남아 있는지 확인했다. 그러고는 도로 탄창을 끼우며 말했다.

"이리 와, 제이콥."

제이콥이 연기 때문에 기침을 하며 다가오자, 해럴드는 아이의 팔을 잡고 현관문을 막아두었던 소파를 치우기 시작했다. 말없이 지켜보고 있던 루실은 아무것도 묻지 않고 그를 도왔다. 하나님의 계획을 믿는 것처럼, 지금 해럴드도 틀림없이 뭔가 계획이 있을 거라고 믿었다.

"어떻게 하죠?" 제이콥이 아버지를 향해 물었다.

"여기서 빠져나가야지." 해럴드가 대답했다.

"하지만 저 사람들은 어떡하고요?"

"너는 내가 시키는 대로만 해, 제이콥. 네가 죽도록 내버려두지는 않을 테니까."

"하지만 저 사람들은 어떡하죠?" 제이콥이 다시 물었다.

"총알은 충분해." 해럴드가 대답했다.

달도 없는 캄캄한 시골 하늘에 투명한 총소리가 울려 퍼졌다. 모두 세 발이었다.

이어서 현관문이 열리더니 권총 한 자루가 휙 날아왔다. 권총은 트럭 짐칸, 짐의 시신 옆에 떨어졌다.

"좋아!" 해럴드가 두 손을 번쩍 치켜들고 걸어 나왔다. 루실이 제이콥을 자기 몸으로 보호하며 그 뒤를 따랐다. "자네가 이겼어, 빌어먹을." 해럴드가 소리쳤다. 침울한 얼굴이었다. "이렇게 하지 않고는 자네가 절대 그냥 물러서지 않는다는 것을 아니까. 그들을 자네 손에 넘기기보다는 차라리 내 손으로 이 비참한 상황을 벗어나게 해주는 것이 낫겠지."

해럴드는 기침을 했다.

"주여, 주여, 주여." 루실은 숨 죽여 하나님을 불렀다.

"내 눈으로 직접 확인해야 해." 프레드 그린이 말했다. "내 친구들이 아직 집 뒤에서 기다리고 있어. 자네가 장난을 치는 것인지도 모르니까 말이야."

해럴드는 힘겹게 계단을 내려와 트럭을 붙잡고 섰다.

"내 집은 어떡할 거야?"

"그건 나중 일이고, 지금은 자네가 정말 방금 말한 대로 했는지 확인하는 게 먼저야."

해럴드는 또다시 기침을 했다. 한참 동안 연달아 기침을 토해내던 해럴드는 급기야 허리를 꺾은 채 트럭 옆의 땅바닥에 쓰러졌다. 루실이 그 옆에 쪼그리고 앉아 그의 손을 잡았다.

"도대체 무슨 짓을 한 거예요, 프레드 그린?"

그렇게 묻는 루실의 얼굴이 불빛에 번들거렸다.

"미안해요, 루실." 프레드가 말했다.

"다 타버리겠어." 해럴드가 간신히 중얼거렸다.

"그건 내가 알아서 처리하지." 프레드가 말했다. 자신의 트럭 앞에 서 있던 그는 천천히 해럴드 옆으로 걸어왔다. 행여 죽은 자들이 아직 죽지 않았을 경우를 대비해, 허리춤에 든 라이플이 현관문을 향하고 있었다.

해럴드는 워낙 기침을 해대서 그런지, 눈앞에 조그만 불빛이 깜빡거리는 것이 보였다. 루실이 그의 얼굴을 닦아주었다.

"아, 프레드 그린! 어떻게 좀 해봐요!" 그녀가 소리쳤다.

"내 트럭이라도 좀 옮겨주게." 해럴드가 간신히 말했다. "짐의 시신이 훼손되기라도 하면 자네들을 한 놈도 남기지 않고 내 손으로 다 죽여 버릴 거야."

제이콥이 무릎을 꿇고 아버지의 손을 잡았다. 고통스럽게 기침을 해대는 아버지를 돕고 싶은 마음도 있었겠지만, 그보다는 프레드 그린이 들고 있는 총이 자신의 부모를 향하지 못하도록 가로막고 싶은 심정이 더 큰 듯했다.

프레드 그린은 해럴드와 루실과 제이콥 앞을 지나 현관으로 다가갔다. 계단을 올라가니 열린 현관문으로 하얀 연기가 뭉실뭉실 뿜어 나왔다. 집 뒤쪽에서 맹렬한 기세로 불길이 번지고 있는 것이 보였다. 윌슨 가족의 시신은 보이지 않았지만, 선뜻 안으로 들어가 볼 엄두가 나지 않는 모양이었다. "어디 있지?"

"천국에." 해럴드는 그렇게 말하며 힘없이 미소를 지었다. 기침은 한풀 꺾였지만 아직도 눈앞의 조그만 빛은 아무리 눈을 깜빡여도 좀처럼 사라지지 않았다. 그는 루실의 손을 꽉 쥐었다. "괜찮아." 그가 말했다. "제이콥을 잘 지켜."

"장난치지 마, 해럴드." 프레드가 여전히 현관 앞에 버티고 서서 소리쳤다. "필요하면 집이 홀랑 다 타도록 그냥 내버려둘 수도 있어." 그는 혹시 기침소리나 울음소리, 신음이 들리지 않나 해서 집 안을 들여다보았지만, 불길이 타닥거리는 소리 말고는 아무 소리도 들리지 않았다. "그들이 뒷문으로 빠져나가려 하면 내 친구들이 기다리고 있을 테고, 앞문으로 나오려고 하면 내 눈을 피할 수 없겠지. 집안은 온통 불구덩이고." 점점 열기가 밀려나오자 프레드는 조금 뒤로 물러섰다. "보험을 들었잖아, 해럴드. 조만간 두둑한 수표가 날아올 거야. 아무튼 미안하네."

"피차일반이야." 해럴드가 힘겹게 중얼거렸다.

다음 순간, 해럴드는 자기가 생각해도 깜짝 놀랄 만큼 재빠른 동작으로 몸을 일으켜 현관 계단을 올라가기 시작했다. 프레드는 여전히 문 앞에 서서 불타는 집 안쪽을 들여다보고 있었다. 그는 불길이 타닥거리는 소리 때문에 해럴드가 계단을 올라오는 소리를 듣지 못했다. 뭔가 이상한 낌새를 알아차렸을 때는 이미 커다란 부엌칼이 그의 오른쪽 콩팥을 뚫고 들어온 참이었다.

해럴드의 칼이 프레드 그린의 복부를 파고들었을 때, 해럴드의 얼굴은 그의 허리 높이에 있었다. 불의의 기습을 당한 프레드는 자신도 모르게 몸을 빙글 돌리며 손가락으로 방아쇠를 감아쥐었다. 그의 라이플 개머리판이 뒤로 튕겨나가며 해럴드의 코뼈를 부러뜨렸다. 적어도 이 순간만큼은 프레드가 윌슨 가족을 죽일 수 있는 처지가 아니었다.

“어서 나가!” 해럴드가 기침을 하면서 소리쳤다. “서둘러!” 프레드의 총은 현관 위에 떨어졌지만 해럴드도, 프레드도 그 총을 집어 들기 위해 몸을 날릴 정신이 아니었다. “루실?” 해럴드가 외쳤다. “그들을 도와줘!” 숨이 점점 가빠졌다. “그들을…”

루실은 대답이 없었다.

코니와 아이들은 간신히 해럴드가 외치는 소리를 듣고 물에 적신 담요를 뒤집어쓴 채 집 밖으로 뛰쳐나왔다. 밖으로 나오자마자 아이들이 미친 듯이 기침을 해댔지만, 코니는 아직 칼을 뽑지도 못하고 쓰러져 꿈틀거리는 프레드를 지나쳐 아이들을 이끌었다.

“트럭에 타!” 해럴드가 소리쳤다. “다른 녀석들이 언제 들이닥칠지 모르니까.”

윌슨네 가족은 서둘러 현관 계단을 내려와 트럭의 운전석 쪽으로 달려갔다. 코니는 트럭 열쇠가 꽂혀 있는지부터 확인했다. 열쇠는 그대로 있었다.

첫 번째 총성이 울렸을 때, 코니가 하필이면 그 자리에 서 있었던 것은 순전히 행운이었다. 해럴드의 낡은 트럭이 거뜬히 총알을 막아주었기 때문이다. 이 72년형 포드 트럭은 섬유 유리가 한 남자와 그의 가족을 우주의 한 지점에서 또 다른 지점으로 이동시켜 줄 교통수단의 재료로 인정받기 전에 만들어진 차량이었다. 해럴드가 그렇게 오랫동안 낡은 트럭을 고집한 이유 역시 요즘 트럭들은 산탄총을 막아줄 만큼 튼튼하게 만들어지지 않았기 때문이었다.

하지만 코니와 그녀의 아이들과는 달리, 해럴드와 그의 가족은 강력한 보호막을 가지고 있지 못했다. 루실은 제이콥을 끌어안은 채 땅바닥에 엎드려 있었고, 제이콥은 두 손으로 귀를 틀어막은 상태였다.

"쏘지 마, 빌어먹을!" 해럴드가 소리쳤다. 하지만 그는 총을 든 사람들에게서 등을 돌린 자세라, 그들의 귀에 자기 목소리가 들릴지 확신이 서지 않았다. 설령 들었다 한들, 그들이 해럴드의 말을 따를 거라는 보장도 없었다. 해럴드는 아내와 아들을 끌어안았다.

"주여, 우리를 도우소서."

해럴드는 50년 만에 처음으로 그렇게 읊조렸다.

문득 프레드의 라이플이 시야에 들어왔다. 해럴드는 아직 두 발로 몸을 일으킬 수 있을 만큼 상태가 회복되지 않았지만, 상대편의 관심을 유도할 기운은 남아 있었다. 다리를 앞으로 쭉 뻗은 채 간신히 일어나 앉으니 머릿속이 윙윙거리고 코에서는 계속 피가 흘렀다. 하지만 해럴드는 이를 악물고 프레드의 라이플을 집어든 채 허공을 향해 방아쇠를 당겼다. 일순 모든 이들의 동작이 정지되었다.

집은 이제 온통 불길에 휩싸여 있었다. 프레드 그린이 현관 위에 쓰러진 채 칼에 찔린 상처를 부여잡고 꿈틀거리는 가운데, 해럴드는 어떻게든 상황을 정리하기 위해 안간힘을 썼다.

"이쯤에서 그만두자고."

총성의 여운이 사라질 무렵, 해럴드가 중얼거렸다.

"프레드? 자네 괜찮아?" 총을 든 프레드의 친구들 중 한 명이 소리쳤다. 클래런스 브라운의 목소리 같았다.

"아니, 괜찮지 않아!" 프레드가 소리쳤다. "칼에 찔렸어."

"스스로 초래한 일이야." 해럴드가 말했다. 코에서 흘러나온 피가 입 속으로 스며들었지만, 해럴드는 그 피를 닦을 엄두가 나지 않았다. 그렇지 않아도 프레드 그린의 피가 손에 잔뜩 묻어 있는 판에, 라이플을 제대로 다루려면 더 이상 손에 피를 묻히면 안 되었기 때문이다. "이제 다들 집으로 돌아가는 게 어때?"

"프레드?" 클래런스가 소리쳤다. 집이 불타는 소리 때문에 그의 목소리가 잘 들리지 않았다. 건물의 갈라진 틈에서 뿜어 나오는 시커먼 연기가 굵은 기둥을 이루며 달을 향해 치솟았다.

"이제 어떻게 하지? 말해 봐, 프레드!"

"코니?" 해럴드가 말했다.

"네?" 트럭 운전석 쪽에서 그녀의 목소리가 들려왔다. 시트에 얼굴을 파묻고 있는 듯 아주 조그만 목소리였다.

"그 트럭을 몰고 어서 여기서 빠져나가!" 해럴드가 말했다. 그 사이에도 그의 시선은 여전히 총을 든 남자들에게 고정되어 있었다.

잠시 후, 트럭에 시동이 걸렸다.

"당신은 어떡하려고요?" 코니가 물었다.

"우리는 괜찮아."

코니 윌슨은 아이들과 죽은 남편을 실은 채 트럭을 몰았다. 더는 아무 말도 하지 않았고, 해럴드 쪽을 돌아보지도 않았다.

"좋아." 해럴드가 조그만 목소리로 중얼거렸다. "좋아." 해럴드는 그들에게 짐을 잘 보살펴달라고 부탁하고 싶었지만, 굳이 말로 표현할 필요는 없을 듯했다. 게다가 코뼈가 부러진 통증은 더욱 심해졌고, 불타는 집에서 뿜어 나오는 열기는 더 이상 견디기가 힘들 정도였다. 해럴드는 가쁜 숨을 몰아쉬며 손등으로 입 근처에 흘러내린 피를 닦았다.

클래런스를 비롯한 프레드의 친구들은 코니가 모는 트럭이 멀어져 가는 것을 지켜보기만 할 뿐, 그들의 총구는 여전히 해럴드를 향하고 있었다. 만약 프레드가 뭔가 다른 지시를 내렸다면 다들 거기에 따랐겠지만, 지금 그들의 대장은 입을 다물고 몸을 일으키느라 여념이 없었다.

해럴드가 겨우 일어선 프레드에게 총을 겨누었다.

"빌어먹을, 해럴드!"

프레드가 말했다. 그러고는 해럴드를 향해 한 발 다가섰다.

"누가 할 소릴." 해럴드는 그렇게 중얼거리며 프레드의 목덜미에 총구를 조준했다. "루실?" 해럴드가 소리쳤다. "제이콥?" 둘 다 아직 땅바닥에 엎드린 채 꿈쩍도 하지 않았다. 여전히 루실이 제이콥을 감싸 안은 자세였다.

해럴드는 이제라도 이 어처구니없는 사태를 정리할 멋진 대사를 한마디 읊조리고 싶었지만, 그의 허파가 협조를 하지 않았다. 조그만 면도날 같은 기침이 허파 속에 가득 차 있는 것 같았다. 거대한 거품이 목구멍 위로 치밀어 올라오는 것 같기도 했다.

"이 집은 곧 무너질 거야." 프레드가 말했다.

열기는 이제 정말로 참을 수 없을 정도로 뜨거워졌다. 해럴드는 목숨을 부지하려면 뒤로 물러서야 한다는 것을 알고 있었지만, 당장이라도 터져 나올 준비를 하고 있는 기침 때문에 섣불리 움직일 수가 없었다. 지금 또 기침이 터지면 꼼짝없이 정신을 잃고 바닥에 쓰러질 것 같았다.

그렇게 되면 제이콥은 어떻게 될까?

"루실?" 해럴드가 다시 한 번 아내의 이름을 불렀다. 이번에도 그녀는 대답을 하지 않았다. 그녀의 목소리만 들리면 모든 일이 잘 마무리될 거라는 믿음이 생길 것 같았다. "어서 꺼져." 해럴드는 프레드를 향해 총구를 들이대며 윽박질렀다.

프레드도 이제 모든 것을 포기했는지 천천히 뒤로 물러나기 시작했다.

해럴드가 억지로 일어서자, 온몸이 안 아픈 데가 없었다. "빌어먹을." 그의 입에서 자신도 모르게 신음이 터져나왔다.

"제가 잡아 드릴게요."

어느새 해럴드 옆으로 다가온 제이콥이 아버지를 부축했다.

"엄마는 어디 계시냐?" 해럴드가 속삭였다. "괜찮으시지?"

"아뇨." 제이콥이 대답했다.

해럴드는 만약의 경우에 대비해 총구를 프레드 쪽으로 고정시켰다. 그리고 클래런스와 그 일당이 흥분을 주체하지 못하고 또 한바탕 총질을 해댈 경우를 대비해 제이콥을 자신의 등 뒤에 바짝 끌어당겼다.

"루실?" 해럴드가 다시 아내의 이름을 불렀다.

제이콥, 해럴드와 프레드 그린이 힘겹게 계단을 내려와 마당으로 나왔다. 프레드는 두 손으로 복부를 움켜쥔 자세로 걸었고, 해럴드는 제이콥을 등 뒤에 거느린 채 게처럼 옆걸음질을 쳤다.

"좋아." 이윽고 불타는 집에서 충분히 멀어지자 해럴드는 그렇게 중얼거리며 총구를 내렸다. "이만하면 됐어." 그의 손에서 총이 떨어졌다. 총을 버리려고 한 것이 아니라 거대한 산사태처럼 기침이 터져 나왔기 때문이었다. 허파 속의 면도날은 역시 그의 예상을 크게 빗나가지 않았다. 극심한 통증과 함께, 눈앞에 바늘구멍 같은 빛이 다시 나타났다. 땅바닥이 불끈 치솟아 오르며 그의 얼굴을 때렸다. 사방에 번갯불이 번쩍거리고, 천둥 같은 기침이 그의 몸을 갈기갈기 찢어놓는 것 같았다. 해럴드는 욕을 내뱉을 기운조차 없었다. 욕이라도 한바탕 내뱉고 나면 조금이나마 기분이 나아질 것 같았다.

프레드가 다가와 땅바닥에 떨어진 총을 집어 들었다. 그러고는 탄창에 총알이 남아 있는지 확인했다.

"이제부터 일어날 일은 모두 자네가 자초한 거라고 생각하게."

프레드가 말했다.

"이 아이가 일으킨 기적까지 빼앗지는 말아줘."

해럴드가 간신히 말했다.

죽음이 코앞이었다. 해럴드 하그레이브는 죽음을 맞이할 준비가 되어 있었다.

"그녀가 왜 안 돌아왔는지 모르겠어요." 제이콥이 불쑥 말했다.

해럴드와 프레드 그린은 이 아이가 갑자기 어디서 나타났는지 의아하다는 듯 멍하니 그를 바라보았다. "아저씨 부인 말이에요." 제이콥이 프레드를 향해 말했다. "그 아줌마가 기억나요. 아주 예쁘고 노래도 잘하셨잖아요." 숱 많은 갈색 머리칼 아래, 여덟 살짜리 소년의 얼굴이 살짝 상기되었다. "저는 그 아줌마가 참 좋았어요." 제이콥이 말했다. “아저씨도 좋아했고요. 아저씨는 저한테 장난감 총을 주었고, 아줌마는 제 생일날 노래를 불러주기로 약속했어요.” 아이의 얼굴에 불타는 집의 불빛이 번들거렸다. 눈동자도 유난히 반짝이는 것 같았다. “아줌마가 왜 저처럼 돌아오지 않았는지 모르겠어요.” 제이콥이 말했다. “때로는 그냥 가버리고 돌아오지 않는 사람들도 있어요.”

프레드는 숨을 크게 들이쉬었다. 그러고는 그 숨을 내쉬면 자신의 몸이 폭발해 버리기라도 할 듯이, 온몸의 세포가 팽팽하게 곤두설 때까지 이를 악물고 숨을 참았다. 다음 순간, 그의 목구멍에서 물기 가득한 한숨소리가 새어나왔다. 프레드는 눈물과 한숨을 동시에 쏟으며 총을 내려놓았다. 그 앞에는 어떤 기적에 의해 죽었다가 다시 돌아온, 그러나 그의 아내는 데리고 오지 않은 소년이 서 있었다.

프레드는 이상한 각도로 풀썩 주저앉으며 정신 나간 사람처럼 중얼거렸다. “내 눈앞에서 사라져라. 어디로든 가버려.” 그가 말했다. “나를 혼자 내버려둬, 제이콥.”

집이 불타는 소리만이 정적을 방해했다. 프레드의 울음소리가 거기에 가세했다. 부모가 자식에게, 남편이 아내에게 팔을 뻗듯 시뻘건 불꽃과 연기와 재가 혀를 날름거리는 가운데, 해럴드의 나직한 신음이 울려 퍼졌다.

그녀는 하늘을 올려다보았다. 눈꼬리에 달이 걸려 있었다. 그녀에게서 멀어지고 있는 것인지, 혹은 그녀를 인도하는 것인지 잘 분간이 가지 않았다. 어느 쪽인지 단정하기란 불가능해 보였다.

해럴드가 다가와 그녀 옆에 무릎을 꿇었다. 땅이 부드럽고, 피가 원래 색깔처럼 그렇게 빨갛지 않은 것이 감사할 따름이었다. 불타는 집의 불빛 때문에 피는 그저 시커먼 얼룩으로밖에 보이지 않았고, 해럴드는 제발 그것이 아내의 피가 아니기를 기도하는 심정이었다.

그녀는 아직 숨을 쉬고 있었지만, 숨소리는 가늘기 그지없었다.

"루실?" 해럴드가 그녀의 귀에 입술을 대고 속삭였다.

"제이콥." 그녀가 중얼거렸다.

"여기 있어." 해럴드가 말했다.

그녀는 고개를 끄덕였다. 그러고는 눈을 감았다.

"그러지 마." 해럴드가 말했다. 그는 자기 얼굴의 피를 훔치다가, 문득 피와 숯검정과 그을음으로 엉망진창이 된 자신의 얼굴이 얼마나 흉측해 보일지를 깨달았다.

"엄마?" 제이콥이 그녀를 불렀다.

그녀가 눈을 떴다.

"그래, 아가." 루실이 속삭였다. 그녀의 가슴에서 뭔가 달그락거리는 소리가 났다.

"괜찮아요." 제이콥이 말했다. 그러고는 허리를 숙여 그녀의 뺨에 입을 맞추었다. 이어서 그녀 옆에 드러누워 그녀의 어깨에 얼굴을 문질렀다. 마치 그녀가 죽어가는 것이 아니라, 별빛 아래 잠시 잠을 청하기라도 하는 것처럼.

그녀는 미소를 지었다. "그래, 괜찮다." 그녀가 말했다.

해럴드는 눈가를 훔쳤다. "망할 여편네." 그가 중얼거렸다. "내가 인간이란 아무런 가치도 없는 족속이라고 말했지?"

그녀는 여전히 미소를 지었다.

워낙 작은 목소리라, 해럴드는 귀를 쫑긋 곤두세워야 했다.

“당신은 염세주의자예요.” 그녀가 말했다.

“난 현실주의자야.”

“당신은 비관주의자예요.”

“당신은 침례교인이야.”

그녀는 웃었다. 오래전에 그랬듯이, 그들 세 사람이 그렇게 서로를 껴안고 있는 한 그 순간은 영원히 계속될 것만 같았다. 해럴드가 그녀의 손을 꼭 잡았다.

“사랑해요, 엄마.” 제이콥이 말했다.

루실은 아들의 마지막 말을 들었다. 그렇게, 그녀는 떠나갔다.

제이콥 하그레이브

어머니가 숨을 거둔 뒤, 그는 자기가 말을 제대로 했는지 모르겠다고 생각했다. 부디 그랬기를 바랐다. 혹은 적어도 충분히 말을 했기를 바랐다. 어머니는 언제나 무슨 말을 해야 할지를 알고 있었다. 말은 그녀의 마법을 가능하게 하는 수단이었다. 말. 그리고 꿈.

제이콥은 불타는 집 앞에서 어머니 옆에 무릎을 꿇고 아주 오래전, 그가 강가로 내려가기 전의 기억을 더듬었다. 그는 어머니와 함께 보낸 시간들을 기억했다. 아버지가 일 때문에 며칠씩 출장을 떠나면 집에는 그와 어머니가 단 둘이 남곤 했다. 아버지가 집을 떠나면 어머니의 표정이 왠지 슬퍼 보인다는 것을 알고 있었지만, 그래도 어머니와 단 둘이서만 함께하는 시간을 충분히 즐기고 싶다는 생각을 떨쳐 버릴 수 없었다. 아침마다 그들은 식탁 앞에 마주 앉아 꿈과 예감과 그날 하루의 기대치에 대해 이야기를 나누었다. 제이콥은 아침에 일어나면 간밤에 꾼 꿈들이 하나도 기억에 남아 있지 않는 반면, 어머니는 모든 것을 생생하게 기억할 수 있는 사람이었다. 어머니의 꿈속에는 항상 마법이 깃들어 있었다. 도저히 말도 안 될 만큼 높은 산이 나오는가 하면, 말을 하는 짐승이나 오색찬란한 달이 등장하기도 했다.

그런 꿈들은 하나하나 특별한 의미를 담고 있었다. 꿈에 산이 나오면 불행이 닥칠 징조였다. 말하는 짐승이 나오면 머지않아 오래전에 헤어진 옛 친구가 다시 나타날 징조였다. 달의 색깔은 그날 하루의 분위기가 어떠할지를 미리 말해주는 징조였다.

제이콥은 넋을 잃고 어머니의 신비로운 이야기에 빠져들곤 했다. 특히 아버지가 집을 떠나 있던 어느 날 아침의 기억이 지금도 생생하게 떠올랐다. 앞마당의 참나무가 바람에 바스락거리고 나뭇가지 사이로 해가 얼굴을 내미는 아침이었다. 두 사람은 함께 아침식사를 만들었다. 제이콥은 베이컨과 소시지를 구웠고, 어머니는 계란과 팬케이크를 준비했다. 그러는 동안 내내 어머니는 꿈 이야기를 들려주었다.

어머니는 혼자 강가로 내려갔다. 왜 갔는지는 아무도 몰랐다. 강둑에 도착하자, 강물은 유리알처럼 잔잔했다. "유화를 습기 찬 다락에 오랫동안 내버려두면 파란 얼룩 같은 것이 생길 때가 있어." 어머니가 말했다. 그러고는 가만히 제이콥을 바라보았다. 식탁에 앉아 막 아침을 먹기 시작한 참이었다. "무슨 말인지 알겠니, 제이콥?"

완벽하게 알아듣지는 못했지만, 제이콥은 고개를 끄덕였다.

"파랑은 색깔이라기보다는 감정에 더 가까운 그 무엇이거든." 어머니가 말을 이었다. "강둑에 서 있으니 저 아래쪽 어디선가 무슨 음악소리가 들리더구나."

"어떤 음악소리요?" 제이콥이 물었다. 어머니의 이야기에 완전히 정신이 팔린 나머지, 아침 먹는 것도 잊어버리고 있을 정도였다.

루실은 잠시 생각을 해보았다. "말로는 설명하기가 힘들어." 그녀가 말했다. "가극에 나오는 음악이라고나 할까. 아무튼 드넓은 들판을 가로질러 어디선가 노랫소리가 들려오는 것 같았어." 어머니는 눈을 감고 숨을 멈춘 채 그 아름다운 노랫소리를 마음속에 다시 떠올려 보는 눈치였다. 잠시 후 어머니가 눈을 떴다. 표정이 더없이 행복하고 황홀해 보였다.

"그냥 음악소리였어." 그녀가 말했다. "순수한 음악 그 자체."

제이콥은 고개를 끄덕였다. 엉덩이를 꼼지락거리며 귀를 긁었다.

"그래서 어떻게 됐어요?"

"정신없이 강을 따라 내려갔지. 한 몇 킬로미터는 걸었을 거야."

루실이 말했다. "강둑에는 난초가 가득 피어 있었어. 지극히 아름답고 섬세한 난초. 원래 이 근처에서는 그런 꽃이 잘 피지 않거든. 하지만 나는 어떤 책에서도 그렇게 아름다운 꽃을 본 적이 없어."

제이콥은 포크를 내려놓고 접시를 앞으로 밀었다. 그러고는 식탁 위에 팔짱을 끼고 팔뚝에 턱을 얹었다. 그의 머리칼이 눈 위로 흘러내렸다. 루실이 미소를 지으며 팔을 뻗어 그 머리칼을 쓸어 올려주었다. "머리 좀 잘라야겠다." 그녀가 말했다.

"그래서 뭘 발견했어요, 엄마?" 제이콥이 물었다.

루실은 말을 이었다. "어느새 해가 저물고, 몇 킬로미터를 따라갔는데도 음악소리는 조금도 가까워지지 않았어. 해가 완전히 넘어가기 전에야 그 음악소리가 강 아래쪽에서 나는 게 아니라 강 한복판에서 들려온다는 사실을 알아차렸지. 마치 사람들을 홀리는 마녀의 노랫소리처럼, 나를 강물 속으로 유혹하는 듯했어. 하지만 난 두렵지 않았어." 루실이 말했다. "왜 그랬는지 아니?"

"왜요?" 제이콥은 그녀의 말을 한마디도 놓치지 않으려고 귀를 쫑긋 곤두세웠다.

"아름다운 난초들이 활짝 피어 있는 강둑 너머, 숲 쪽에서 너랑 아빠가 웃으며 노는 소리가 들렸거든."

제이콥은 자신과 아버지 이야기가 나오자 더욱 눈이 반짝거렸다.

"음악소리는 더 커졌어. 정확히 말하면 소리가 커진 게 아니라 더 강해졌다고나 할까. 아무튼 하루 종일 마당에서 열심히 일하고 나서 뜨거운 물로 기분 좋게 목욕을 할 때처럼 그 소리를 더 생생하게 느낄 수 있었어. 부드럽고 따뜻한 침대에 누워 있는 기분도 들고. 오로지 음악이 들리는 곳을 향해 조금이라도 더 가까이 다가가고 싶은 생각뿐이었어."

"저랑 아빠는 아직 놀고 있고요?"

"그래." 루실이 한숨을 내쉬며 말했다. "너랑 아빠의 웃음소리도 더 커졌어. 마치 강하고 경쟁을 해서 누가 더 내 마음을 끌어당기는지 시합이라도 하는 것처럼." 어머니는 어깨를 으쓱거렸다. "솔직히 말해서… 처음에는 어느 쪽으로 가야 할지 잘 모르겠더라."

"그래서 결국 어떻게 결정하셨어요?"

루실은 가만히 팔을 뻗어 제이콥의 손을 만지작거렸다. "그냥 내 마음이 시키는 대로 했지." 그녀가 말했다. "돌아서서 너랑 아빠가 있는 쪽으로 간 거야. 막상 그렇게 돌아서니까 강에서 들려오는 노랫소리는 아까만큼 달콤하지 않더라. 세상에 남편과 아들의 웃음소리보다 더 달콤한 것은 아무것도 없어."

"우와." 제이콥은 얼굴이 화끈거리며 말했다. 마침내 어머니의 이야기에서 비롯된 마법이 풀린 듯, 그 목소리가 아득하게 들렸다. "정말 멋진 꿈을 꾸셨네요." 제이콥이 말했다.

두 사람은 말없이 아침을 마저 먹었다. 제이콥은 이따금 고개를 들어 식탁 건너편의 신비롭고 매력적인 여인을 멍하니 바라보곤 했다. 그 여인이 바로 그의 어머니였다.

어머니가 지상에서 보내는 마지막 순간, 그 옆에 무릎을 꿇은 제이콥은 어머니가 이 세상에서 일어난 일들을 어떻게 생각하고 있을지 궁금했다. 그녀가 아들을 키우고 남편과 사랑을 나누었던 곳, 바로 그 집이 거대한 불길에 사로잡힌 가운데, 그녀는 이렇게 땅바닥에 누워 죽어가고 있었다. 제이콥은 어떻게 해서 이런 상황이 닥쳤는지, 어떻게 해서 자기가 그 오랜 세월을 건너뛰어 여기로 돌아왔는지를 설명해주고 싶었다. 어머니와 단 둘이 보낸 그 잔잔한 아침, 어머니가 자신에게 해준 것을 자기도 어머니에게 해주고 싶었다. 이 세상의 모든 신비로운 일들을 설명해주고 싶었다.

하지만 인생이 늘 그렇듯 그들이 함께하는 시간은 너무 짧았고, 그도 어떻게 해서 이런 일이 벌어졌는지 알지 못했다. 제이콥은 세상이 아주 무서운 곳이라는 것을 알고 있었다. 또한 온 세상이 어떻게 죽은 사람들이 돌아오는지를 궁금해한다는 것도 알고 있었다. 누구에게나 혼란스러운 일이 아닐 수 없었다. 문득 벨러미가 그에게 중국에서 깨어나기 전에 무슨 일이 있었는지 기억하냐고 물었던 것이 생각났다.

하지만 솔직히 말해서 그가 기억하는 것이라고는 부드럽고 아련한 음악소리 같은 것뿐이었다. 그게 전부였다. 너무나 섬세해서 과연 그것이 진짜였는지도 확실하지 않았다. 그가 돌아온 뒤 단 한순간도 음악소리가 들리지 않은 적이 없었다. 감미로운 속삭임이 그를 부르는 듯했다. 요즘 들어 그 소리가 더 커진 것 같지 않던가? 제이콥은 그것이 어머니가 꿈에서 들었던 음악소리와 같은 것인지 궁금했다. 지금도 어머니는 그 가늘고 연약한 음악소리, 가족이 한자리에 모여 웃음을 터뜨리는 것 같은 그 소리를 듣고 있을지 궁금했다.

한 가지 확실한 것은 지금 이 순간 그는 살아 있다는 사실, 그리고 어머니와 함께 있다는 사실, 무엇보다 어머니가 눈을 감아 그들이 함께한 시간이 끝나는 순간, 어머니가 두려움을 느끼지 않기를 바란다는 사실뿐이었다.

"저는 지금 살아 있어요." 제이콥은 죽어가는 어머니 앞에서 하마터면 소리 내어 그렇게 말할 뻔했다. 하지만 이미, 어머니의 얼굴에서는 두려움을 찾아볼 수 없었다. 마지막으로 그가 한 말은 "사랑해요, 엄마"가 전부였다. 중요한 건 오직 그것뿐이었다.

이어서 제이콥은 아버지와 함께 눈물을 흘렸다.

에필로그

낡은 트럭이 고속도로를 덜컹거리며 달렸다. 엔진은 기침을 해댔고, 브레이크는 뭔가가 찢어지는 소리를 토해냈다. 커브를 한 번 돌 때마다 차체가 부르르 몸서리를 치는 듯했다. 그래도 아직 이 트럭은 살아 있었다.

"조금만 더 가면 된다."

해럴드가 운전대를 붙잡고 씨름하며 말했다.

제이콥은 말없이 창밖을 바라보았다.

"이렇게 교회에서 나올 수 있어서 정말 다행이야." 해럴드가 말했다. "거기에 너무 오래 있으면 틀림없이… 개종을 하거나 총을 쏴대거나 둘 중에 하나였을 거야." 그러면서 그는 혼자 웃음을 터뜨렸다. "아니면 둘 중에 하나로 시작해서 다른 하나로 끝나든지."

그래도 소년은 아무 말도 하지 않았다.

이제 그들은 거의 집 근처에 도착했다. 트럭이 비포장도로로 접어

들면서 이따금 꽁무니에서 파란 연기를 뿜어냈다. 해럴드는 이 트럭이 총에 맞은 다음부터 상태가 더 나빠졌다고 욕을 내뱉고 싶었지만, 그건 말이 되지 않았다. 이 트럭은 단지 너무 오래되고 낡아서 수명이 다 된 것뿐이었다. 낡은 트럭으로 그동안 너무 많은 거리를 달렸다. 해럴드는 루실이 몇 달 동안 어떻게 이 트럭을 끌고 다녔는지, 그날 밤 코니가 어떻게 이 트럭을 끌고 달아났는지 모르겠다는 생각이 들었다. 할 수만 있다면 미안하다고 사과라도 하고 싶었다. 하지만 코니와 그녀의 아이들은 이제 떠나 버렸다. 루실이 죽은 그날 밤 이후로 아무도 그들을 본 사람이 없었다. 해럴드의 트럭은 그 다음날 마치 운전석에 사람이 아무도 없었던 것처럼 비현실적인 각도로 주간고속도로 길가에 처박힌 채 발견되었다.

요즘 들어 종종 들려오는 이야기처럼, 윌슨네 가족도 한순간에 갑자기 사라져 버린 것 같았다.

"좋아질 거다." 해럴드는 이윽고 마당으로 접어들면서 중얼거렸다. 그들의 집이 있던 땅에는 앙상한 뼈대만 남아 있을 뿐이었다. 그래도 기초는 아주 튼튼한 집이었다는 사실이 이참에 확인되었다. 보험금이 들어오자 해럴드는 집을 새로 지을 업자를 고용했는데, 그들은 뼈대를 그대로 살리기로 결정했다. "옛날 집과 크게 달라지지 않을 거야." 해럴드가 말했다. 그는 진입로 끝에 트럭을 세우고 시동을 껐다. 낡은 포드가 한숨을 내쉬었다.

제이콥은 아버지와 함께 흙으로 덮인 진입로를 걷는 동안에도 입을 열지 않았다. 어느덧 10월이었다. 한여름의 열기와 습기는 사라졌다. 제이콥은 루실이 죽은 이후 아버지가 부쩍 늙고 피곤해 보인다고 생각했다. 정작 본인은 늙고 피곤해 보이지 않으려고 안간힘을 쓰고 있기는 했지만 말이다.

앞마당의 참나무 밑에 루실이 묻혀 있었다. 해럴드는 그녀를 교회 공동묘지에 묻을까 했지만, 아무래도 가까이 있는 게 좋을 것 같았다. 자신의 그런 결정을 루실이 용서해주기를 바랄 뿐이었다.

아버지와 아들은 무덤 앞에 멈춰 섰다. 해럴드가 쪼그리고 앉아 손가락으로 흙을 긁어모았다. 이어서 그는 뭐라고 중얼거리며 저쪽으로 걸어갔다.

제이콥은 그 자리에 남았다.

집은 해럴드가 기대했던 것보다 더 좋아질 것 같았다. 아직은 뼈대밖에 없다시피 했지만 벌써 주방과 거실, 이층의 침실이 눈에 보이는 듯했다. 나무는 새로 쓰겠지만 토대는 옛날 집 그대로의 연륜을 이어갈 터였다.

해럴드는 제이콥에게 집의 겉모양이 예전과 똑같지는 않겠지만 그 속에 담긴 의미만은 변하지 않을 거라고 말한 적이 있었다.

해럴드는 루실의 무덤 앞에 서 있는 제이콥을 그냥 놔두고 혼자 집 뒤쪽의 쓰레기더미 쪽으로 걸음을 옮겼다. 화재가 남긴 것은 잿더미와 돌멩이뿐이었다. 새 집을 짓는 인부들이 쓰레기더미를 치워 가겠다고 했지만, 해럴드는 그러지 못하게 했다. 그러고 나서는 거의 매일같이 이곳에 와서 잿더미를 뒤졌다. 본인도 자신이 무엇을 찾고 있는지 알지 못했다. 그저 보면 알 거라는 막연한 생각뿐이었다.

이제 거의 두 달이 지났지만 아직도 해럴드는 아무것도 찾지 못했다. 그래도 그동안에 바뀐 것이 있다면 해럴드가 담배를 끊었다는 사실이었다.

한 시간 뒤에도 크게 달라진 것은 없었다. 제이콥은 여전히 루실의 무덤 앞 풀밭에 양쪽 무릎을 턱 밑으로 끌어당긴 자세로 앉아 있었다. 벨러미의 차가 나타났을 때도 움직이지 않았고, 그가 차에서 내려 "안녕." 하고 인사를 건넬 때도 마찬가지였다. 벨러미도 제이콥이 대답을 하지 않는다는 사실을 알고 있었기 때문에 굳이 걸음을 멈추지 않고 그 앞을 지나갔다. 그가 해럴드를 만나러 올 때마다 늘 반복되는 과정 가운데 하나였다.

"뭐 좀 찾으셨어요?" 벨러미가 물었다.

해럴드는 무릎을 펴며 고개를 가로저었다.

"좀 도와 드릴까요?"

"내가 무엇을 찾는지나 좀 알았으면 좋겠어."

해럴드가 툴툴거렸다.

"그 기분, 저도 압니다." 벨러미가 말했다. "제 경우에는 사진이더군요. 어렸을 때 찍은 사진."

해럴드는 '끙' 하고 신음을 토했다.

"이번 사태가 무엇을 의미하는지, 왜 이런 일이 일어났는지 아직 아무도 밝혀내지 못하고 있어요."

"물론 그렇겠지." 해럴드가 말했다. 그는 하늘을 올려다보았다. 파랗고, 탁 트이고, 왠지 서늘한 느낌의 하늘을.

해럴드는 지저분한 손을 바짓가랑이에 문질러 닦았다.

"폐렴이었다고 들었네." 해럴드가 말했다.

"맞습니다." 벨러미가 대답했다. "처음과 똑같았어요. 마지막에는 아주 평화롭게 가셨어요. 처음에도 마찬가지였지만 말입니다."

"결국 똑같은 과정이 되풀이되는 건가?"

"꼭 그렇지는 않습니다." 벨러미는 그렇게 대답하며 넥타이를 바로잡았다. 해럴드는 벨러미가 다시 제대로 정장을 갖춰 입은 것을 보니 한결 마음이 놓였다. 지금도 그가 여름 내내 어떻게 그 망할 놈의 넥타이까지 꼬박꼬박 매고 다녔는지 좀처럼 이해가 가지 않았지만, 시간이 갈수록 조금씩 흐트러진 모습이 보인 것도 사실이었다. 이제 다시 그는 넥타이를 단정하게 매고 있었다. 바지도 신중하게 다림질을 해서 각이 살아 있었고, 흠잡을 데 없이 깨끗했다. 모든 게 다시 정상으로 돌아가는 느낌이었다.

"이번에는 괜찮았어요." 벨러미가 말했다.

"음." 해럴드는 또 대답인지 신음인지 모를 소리를 냈다.

"교회는 어떻습니까?" 벨러미가 잿더미 사이를 건너오며 물었다.

"아무 일도 없어." 해럴드가 대답했다. 그러고는 또 쪼그리고 앉아 잿더미를 뒤지기 시작했다.

"목사님이 돌아왔다면서요."

"그래. 사모님과 함께 아이를 입양하면 어떨까 상의하는 모양이더군. 아무래도 아이가 있어야 진정한 가족이 되는 모양이야."

해럴드가 대답했다. 다리가 쑤셨다. 쪼그려 앉은 자세를 포기하고 지저분한 바닥에 무릎을 대고 앉았다. 어제도, 그제도, 엊그제도 그랬다.

벨러미는 제이콥을 돌아보았다. 소년은 여전히 어머니의 무덤 앞에 앉아 있었다.

"정말 미안합니다, 모든 게 다." 벨러미가 말했다.

"자네 잘못이 아니잖아."

"그렇다고 미안하지 말라는 법은 없잖아요."

"그런 의미라면 나도 미안하다고 해야겠군."

"뭐가요?"

"뭐든."

벨러미는 고개를 끄덕였다. "저 아이도 곧 떠날 겁니다."

"나도 알아." 해럴드가 말했다.

"떠날 때가 다가오면 저렇게 거리를 둔답니다. 적어도 사무국이 관찰한 바로는 그렇더군요. 항상 그런 것은 아니어서 어느 날 갑자기 불쑥 사라져 버리는 경우도 있지만, 대개의 경우는 사라지기 얼마 전부터 말이 없고 잔뜩 위축된 모습을 보인다더군요."

"텔레비전에서도 그렇다고 하더라고."

해럴드는 다시 집의 잔해를 뒤지는 일에 몰두했다. 그의 팔뚝에 시커멓게 그을음이 묻었다. "혹시 위로가 될지 모르겠지만," 벨러미가 다시 입을 열었다. "그렇게 사라진 귀환자는 자신의 무덤에서 발견되는 경우가 많습니다. 돌아가는 거지요… 그게 무슨 의미이건 간에 말입니다."

해럴드는 대답하지 않았다. 마치 그가 애타게 찾고 있는 그 무언가에 가까이 근접한 듯, 그의 손이 거의 자동으로 움직이는 것 같았다. 어디서 삐져나온 못이나 나무조각에 찔려 손가락이 온통 상처투성이였지만, 그래도 그는 포기하지 않았다. 벨러미가 그런 그를 물끄러미 지켜보았다.

아주 오랫동안 이런 과정이 되풀이될 듯싶었다.

이윽고 벨러미는 재킷을 벗고 무릎을 꿇은 채 해럴드의 수색 작업에 합세했다. 두 사람은 아무 말도 하지 않았다. 그저 묵묵히 미지의 무언가를 찾아 잿더미를 파헤칠 뿐이었다.

그것을 발견했을 때, 해럴드는 이내 자신이 무엇을 찾고 있었는지를 깨달았다. 쇠로 된 조그만 상자였다. 불에 타서 겉이 시커멓게 변해 버린 상태였다. 해럴드의 손이 가볍게 떨리기 시작했다.

해가 서쪽 하늘에 걸려 있었다. 날씨는 하루가 다르게 서늘해졌다. 금년에는 겨울이 일찍 찾아올 모양이었다.

해럴드는 상자를 열고 손을 넣어 루실의 편지를 꺼냈다. 조그만 은빛 십자가가 재 위에 떨어졌다. 해럴드는 한숨을 내쉬며 떨리는 손을 진정시키려고 애썼다. 편지도 불길을 피하지는 못했지만, 루실의 길고 우아한 필체로 쓰인 글씨들은 대부분 알아볼 수 있었다.

미쳐 돌아가는 세상… 엄마는 어떤 반응을 보여야 할까요? 아빠는 또 어떻게 대처해야 할까요? 해럴드, 당신이 너무 힘들 것 같아요. 나도 너무 힘들다고 생각하는 때가 있으니까요. 우리 아이가 죽은 강물 속으로 그 아이를 보내 버리고 싶을 때가 있어요.

예전에는 내가 모든 것을 잊어버릴까 봐 두려웠어요. 그다음에는 모든 것을 잊어버렸으면 좋겠다고 생각했죠. 어느 쪽도 다른 한쪽

보다 나을 것 같지는 않았지만, 둘 다 외로움보다는 나으니까요. 주여, 저를 용서하소서. 하나님은 계획이 있어요. 언제나 그랬죠. 내가 이해하기에는 너무 큰 계획이라는 걸 알아요. 당신에게도 마찬가지고요, 해럴드.

당신은 더 힘들 거예요. 나도 알아요. 이 십자가가 사방에 굴러다니더군요. 이번에는 베란다의 당신 의자 밑에서 발견했어요. 늘 그랬듯이, 손에 쥐고 있다가 잠이 들었겠지요. 아마 당신은 없어진 줄도 몰랐을 거예요. 내가 보기에 당신은 이 십자가가 두려운 것 같아요. 그럴 필요는 없는데.

당신 잘못이 아니었어요, 해럴드.

십자가만 보면 당신 머리를 뒤죽박죽으로 만드는 게 뭔지는 모르지만, 그건 당신 잘못이 아니에요. 제이콥이 하늘나라로 간 뒤, 당신은 이 십자가를 지니고 다녔어요. 예수님이 당신의 십자가를 졌듯이. 하지만 예수님조차도 결국은 십자가에서 내려오셨잖아요.

가게 해주세요, 해럴드. 그 아이를 보내주세요.

그 아이는 우리 아들이 아니에요. 나는 그걸 알아요. 우리 아들은 이 십자가 같은 사소한 장신구를 찾으려다 강에서 죽었어요. 아버지가 가르쳐준 게임을 하다가 그랬으니, 당신도 차마 잊을 수가 없겠지요. 당신과 그 아이가 강물 속으로 뛰어들었다가 이 십자가를 건져서 돌아왔을 때, 둘 다 얼마나 좋아했는지 아직도 눈에 선해요. 마치 무슨 마술 같았죠. 당신은 아이와 함께 베란다에 앉아 세상은 이런 비밀들로 가득 차 있다고 얘기하곤 했어요. 모든 영혼은 그 비밀을 찾아 나서야 하고, 비밀은 반드시 어디엔가 숨어 있다고 말이에요.

그때만 해도 당신은 아직 이십대였어요, 해럴드. 제이콥이 당신의 첫 아이였고요. 그 아이가 당신 말을 곧이곧대로 믿을 줄 어떻게 알았겠어요. 그 아이가 혼자서 그 강물 속으로 들어갈 마음을 먹을 거라고, 당신이 어떻게 알았겠어요.

나는 이 아이, 제2의 제이콥이 어떻게 해서 우리 곁으로 왔는지 알지 못해요. 하지만 솔직히 말해서, 그런 건 상관없어요. 두 번 다시 가질 수 없을 거라고 생각했던 그 무언가가 우리에게 주어진 셈이니까요. 그것은 곧, 사랑이 무엇인지를 기억할 기회였어요. 우리 자신을 용서할 기회였죠. 우리가 아이에게 아무런 나쁜 일도 일어나지 않게 해달라고 기도하던 젊은 부모였을 때나 똑같은 사람이라는 사실을 깨달을 기회였어요. 두려움 없는 사랑, 우리 자신을 용서할 기회이기도 했고요.

그만 보내주세요, 해럴드.

그 아이를 사랑하세요? 그럼 보내주세요.

모든 것이 뿌옇게 흐려졌다. 해럴드는 조그만 은빛 십자가를 손바닥에 꼭 쥐고 웃음을 터뜨렸다.

"괜찮으세요?" 벨러미가 물었다.

해럴드는 더 큰 웃음으로 대답을 대신했다. 그러고는 편지를 구겨서 가슴에 끌어안았다. 그가 루실의 무덤 쪽으로 고개를 돌렸을 때, 제이콥은 거기 없었다. 해럴드는 일어나서 마당 건너편을 바라보았지만, 제이콥은 거기에도 없었다. 타다 남은 집의 뼈대 옆에도,

낡은 트럭 주변에도 제이콥의 모습은 보이지 않았다.

해럴드는 눈가를 훔치며 숲이 있는, 그 너머에 강이 흐르는 남쪽을 돌아보았다. 단순한 우연일 뿐이었는지, 아니면 처음부터 그렇게 예정된 것인지는 아무도 알지 못했다. 어느 쪽이든, 해럴드는 저물어가는 태양 아래 소년의 뒷모습을 흘낏 본 것도 같았다.

몇 달 전, 귀환자들은 집 밖으로 나오지 말라는 정부의 명령이 떨어졌을 때, 해럴드는 아내에게 앞으로 가슴 아픈 일들이 벌어질지도 모른다는 이야기를 한 적이 있었다. 그의 생각이 옳았다. 정말 많이 가슴 아플 것이다. 그러나 루실은 처음부터 제이콥이 자신의 아들이 될 거라고 믿지 않았다. 하지만 해럴드는 생각이 달랐다. 어쩌면 다들 마찬가지였을 것이다. 어떤 이들은 누군가를 잃으면 마음의 문을 닫아건다. 또 어떤 이들은 모든 문과 창문을 활짝 열어놓고 추억과 사랑이 자유롭게 드나들도록 내버려둔다. 어쩌면 그게 정상일지도 모른다고, 해럴드는 생각했다.

모든 곳에서 이런 일들이 벌어지고 있었다.

감사의 말

사람은 섬이 아니고, 작가는 혼자 쓰지 않는다. "고맙다"는 말로는 턱없이 부족하지만, 일일이 축배의 잔을 나누기 전에 먼저 고마운 마음을 전한다.

미셸 브로워와 샬럿 노트는 보잘것없는 내 원고를 에이전트로서 잘 보듬어 세상에 소개하였고, 마침내 우리는 서로가 믿을 수 있는 존재가 되었다.

편집자 에리카 임라니는 험한 장애물을 헤쳐 나올 수 있도록 시종일관 나를 격려해주었다. 나와 함께한 첫 번째 편집자가 어떤 사람일지 알 길은 없었지만, 이토록 대단한 사람일 줄은 꿈에도 몰랐다.

모리스 벤슨과 자크 스토웰, 두 사람은 그야말로 환상적인 듀엣이었다. 그들과 함께한 스테이크와 비디오 게임, 크림소다, 80년대 액션 영화, 그리고 무엇보다도 내 두 발이 땅에 붙어 있도록 하고, 끊임없이 나를 바쁘게 만들어준 것에 감사한다. 자유를 위하여!

랜디 스키드모어와 제프 카니는 소중한 시간을 할애해 황량한 모래사막 같았던 이 소설의 초고를 읽어주었다. 두 사람의 용기와 용맹은 발할라 한 귀퉁이에 그대들의 자리를 마련해줄 것이다.

저스틴 에지는 문학적 형제로서 이 작품의 토대가 된 기획 회의에서 유감없이 역량을 발휘했다. 줄거리를 짜고, 등장인물을 비롯한 온갖 아이디어들을 논의한 그 오랜 시간이 없었더라면 아무것도 되는 일이 없었을 것이다.

누이 앤젤라 채프만 지터, 그날 주차장에서 당신과 나눈 대화는 가히 결정적이었다. 당신에게 고마워해야 할 순간들은 수없이 많지만, 그중에서도 그날의 대화를 잊을 수가 없다. 그날 이후로 온갖 놀라운 일들이 벌어지기 시작했으니까.

여러 해에 걸쳐 나를 격려하고 이 일이 가능하다는 믿음을 심어준 카라 윌리엄스도 빼놓을 수 없다. 인간의 언어로는 도저히 그에 대한 감사의 뜻을 온전히 전할 수가 없다. 그는 나 같은 사람에게는 정말로 과분한 은인이 아닐 수 없다.

그 밖에 많은 친구들과 후원자들, 동료 작가들이 원고를 마무리하는 데 도움을 주었다: 미셸 화이트, 대니얼 네이선 테리, 라본 애덤스, 필립 제라드, UNC 윌밍턴의 문예창작과, 빌 십만, 크리스 모어랜드, 댄 본과 그의 환상적인 ILY 팀(imleavingyoutheshow.com),

마마 & 파파 스키드모어(브렌다, 놀란 '미스터 스키드'), 마마 & 파파 에지(세실리아와 폴), 사만다, 하이든, 마커스 에지, 윌리엄 코파지, 애슐리 시바, 애너 리, 재클린 보트, 애쉬리 케니온, 벤 빌링슬리, 케이트 스위니, 앤디 와일즈, 데이브 라파포트, 마고 윌리엄스, 크렘 도니에르, 윌리엄 크로포드.

이 모든 것을 멋진 꿈처럼 느껴지도록 만들어준 MIRA와 할리퀸의 모든 분에게 감사의 뜻을 전한다. 여러분의 따뜻한 지지와 격려를 영원히 잊지 못할 것이다. 여러분의 기대를 저버리지 않았으면 좋겠다.

또한 나의 가족 스위티, 소냐, 저스틴, 제레미, 다이아먼드, 아자, 자이언에게 평생 변하지 않을 사랑과 지원을 약속한다.

무엇보다도 어머니와 아버지, 배니스 대니얼스 모트와 너새니얼 모트 주니어. 비록 예전에 돌아가셨지만 마음만은 영원히 나와 함께할 것이다.

제이슨 모트

출판업자의 가장 큰 보람은 남다른 재능을 가졌지만 아직 자신의 책을 출간한 적이 없는 신인 작가를 발굴하는 일일 것입니다. 이따금 개인적으로 너무나 큰 감동을 받아 꼭 독자 여러분에게 소개하고 싶은 이야기가 있을 때가 있는데, 이번 역시 그런 행복한 사례 가운데 하나가 될 것 같습니다. 제이슨 모트는 이 탁월한 데뷔작의 첫 페이지에서부터 그 무엇—심지어는 죽음조차도—도 확실하지 않은 세상을 탐구할 뿐 아니라, 또 한 번의 기회를 얻게 된 한 가족의 감동적인 이야기를 펼쳐 보입니다.

『더 리턴드』는 50년 전 여덟 번째 생일날 비극적인 익사로 삶을 마감한 제이콥이라는 아들이 살아 돌아온 루실과 해럴드 하그레이브의 이야기입니다. 제이콥의 이 불가사의한 귀환은 전 세계에서 죽었던 사람들이 살아 돌아오는 전대미문의 현상 가운데 한 사례임이 드러나지만, 이것은 흔히 심야의 공포 영화에나 나올 법한 이야기와는 차원이 다릅니다. 귀환자는 그들이 떠나간 세계로 되돌아오기를 원하는, 지극히 정상적이고 죽기 직전과 완벽하게 똑같은 인간입니다. 그들은 많은 이들에게 기적과도 같은 선물이지만, 그렇지 않은 이들에게는 상상도 못할 만큼 복잡 미묘한 갈등의 원인이 되기도 합니다. 이러한 인간의 본질에 대한 심오한 통찰과 함께, 놀랍도록 매력적인 이야기가 펼쳐지기 시작합니다.

사랑하는 사람을 잃은, 그리고 그 사람이 돌아오기를 갈망해본 적이 있는 사람이라면 누구나 믿음과 도덕, 가족과 책임이라는 시공을 초월한 보편적인 질문을 탐구하는 이 작가의 섬세한 손길에 매료될 것입니다. 원고를 읽어본 이들의 반응은 하나같이 폭발적이었습니다. 따라서 저는 이 작품이 독서계와 평단, 양쪽 모두의 지대한 관심을 이끌어낼 것이라 확신합니다. 제이슨 모트와 같은 참신한 작가의 등장을 지지해주신 여러분에게 다시 한 번 감사의 뜻을 전합니다. 『더 리턴드』와 같은 뛰어난 작품에 대한 여러분의 아낌없는 성원에 감사드립니다.

발행인 겸 최고경영자

도나 헤이즈

THE RETURNED 더 리턴드

진실 혹은 영혼의 귀환

글 | 제이슨 모트
옮김 | 안종설

초판 1쇄 발행 | 2014년 4월 7일

펴낸이 | 신난향
편집위원 | 박서경
펴낸곳 | (주)맥스교육(맥스미디어)
출판등록 | 2011년 08월 17일(제 321-2011-000157호)
주소 | 서울특별시 서초구 논현로 83 삼호물산 빌딩 A동 4층
전화 | 02-589-5133(대표전화)
팩스 | 02-589-5088
홈페이지 | www.maksmedia.co.kr

편집장 | 이성주
기획 · 편집 | 최정미 김경애
디자인 | 이경미 김아름
영업 · 마케팅 | 김찬우 박해수
경영지원팀 | 장주열 김란
인쇄 | 삼보아트

ISBN 979-11-5571-138-5 03840
정가 15,000원